Tocada Por El Escándalo

Liz Carlyle

Tocada Por El Escándalo

Titania Editores
ARGENTINA – CHILE – COLOMBIA – ESPAÑA
ESTADOS UNIDOS – MÉXICO – PERÚ – URUGUAY – VENEZUELA

Título original: *One Touch of Scandal*
Editor original: Avon Books.An Imprint of HarperCollins*Publishers*,
   New York
Traducción: Victoria Horrillo Ledezma

1.ª edición Junio 2013

Reservados todos los derechos. Queda rigurosamente prohibida, sin la autorización escrita de los titulares del copyright, bajo las sanciones establecidas en las leyes, la reproducción parcial o total de esta obra por cualquier medio o procedimiento, incluidos la reprografía y el tratamiento informático, así como la distribución de ejemplares mediante alquiler o préstamo público.

Todos los nombres, personajes, lugares y acontecimientos de esta novela son producto de la imaginación de la autora, o son empleados como entes de ficción. Cualquier semejanza con personas vivas o fallecidas es mera coincidencia.

Copyright © 2010 by Susan Woodhouse
All Rights Reserved
Copyright © 2013 de la traducción *by* Victoria Horrillo Ledezma
Copyright © 2013 *by* Ediciones Urano, S. A.
   Aribau, 142, pral. – 08036 Barcelona
   www.titania.org
   atencion@titania.org

ISBN: 978-84-92916-44-3
E-ISBN: 978-84-9944-578-6
Depósito legal: B. 10559-2013

Fotocomposición: Moelmo, SCP
Impreso por: Romanyà-Valls – Verdaguer, 1 – 08786 Capellades (Barcelona)

Impreso en España – *Printed in Spain*

Prólogo

El surgimiento de los guardianes

París, 1658

Una fina niebla avanzaba en silencio sobre el Marais, una capa de gasa que se depositaba por igual sobre las callejuelas empedradas y las grandes alamedas, silenciando suavemente la noche como la paja que se esparcía ante una carroza fúnebre. A lo largo del Sena, las farolas de París se encendían una tras otra con un resplandor húmedo y ambarino, traspasando apenas la noche con su luz.

Poco importaba. La tormenta que había arreciado sobre la *cité* durante tres días y tres noches había hecho buscar refugio tanto a hombres como a bestias, y en el Marais nada se movía. Nadie oyó el ruido de cascos que resonaba en la bruma, al principio como un suave fragor. Pero el ruido fue haciéndose más fuerte y más rápido, se convirtió en estrépito y poco después en un rugido que ni la niebla ni la muerte podían acallar ni hombre alguno dejar de oír, hasta que la estrecha calzada de la *rue* Saint Paul se llenó de caballos que, cubiertos de sudor, lanzaban espumarajos por la boca.

Chirriaron los postigos, se oyó el golpe de las ventanas de guillotina al alzarse, y todo a lo largo de la calle los vecinos se asomaron a ver qué era aquel tumulto. Pero los jinetes pasaron tan rápidamente como habían llegado. Precipitándose hacia la carretera del río, trotaron frente al Hôtel de Sens, llegaron al Pont Marie y, ondeando sus negras capas al viento, cruzaron casi de un salto el Sena para perderse en la oscuridad más completa.

Más tarde, quienes los vieron murmuraron que aquellos jinetes no eran humanos; que sus gruesas capuchas sólo ocultaban pómulos de descolorido hueso y, sobre ellos, las órbitas vacías y ardientes de los ojos. Que las manos que sujetaban las riendas no tenían carne ni sustancia, y que los jinetes que, llegados con la estela de la tormenta, habían invadido los apacibles pastos de la Île Saint Louis eran en realidad emisarios del mismísimo diablo, y que todo lo que sucedería después no era más que un justo castigo.

En la oscuridad, más allá del Pont Marie, el jefe de aquellos esbirros del diablo refrenó a su montura, una masa de nervios y músculo que resoplaba y relinchaba, y se arrojó de la silla aún en marcha. El manto de lana negra ondeó sobre sus botas cuando avanzó entre el barro y la maleza y levantó el puño (de carne y hueso) para aporrear la puerta de una vieja casa de piedra con toda la fuerza de su brazo y de su hombro.

Dentro, la llamada se oyó con toda claridad, como claro era su propósito. En efecto, los moradores de la casa habían intuido la llegada de los jinetes y sus intenciones mucho antes de que cruzaran el puente con estruendo.

Desmontó otro jinete con la antorcha en alto.

—¿Están dentro?

—Sí, hasta aquí llega el hedor de su astucia —contestó el otro antes de aporrear de nuevo la puerta—. *¡Ouvre-moi!* ¡Abre, perro insolente! ¡En nombre de la *Fraternitas Aureae Crucis*!

Como impelida por sus palabras, la hoja de una puerta arqueada y desgastada por la intemperie se abrió con un chirrido, basculando sobre sus rígidos goznes, y la herrumbrosa anilla de hierro que le servía de aldaba resonó, impotente, al detenerse.

—*¿Oui?*

—El Don —dijo el jinete con voz rasposa, apoyando su ancha mano sobre la puerta—. Hemos venido a por el Don.

Un fraile de cara redonda, el hábito de un marrón apagado a la luz parpadeante de las antorchas, los ojos febriles, levantó la mirada hacia el recién llegado.

—Enseguida —bramó el jinete, y se llevó la otra mano a la empuñadura de la espada.

El fraile meneó la cabeza.

—*Je ne sais pas ce que vous voulez.*

—Vos, señor, sois un maldito embustero —repuso el jinete con mortífera suavidad—. El Don, amigo. Ahora mismo, u os juro por todo lo que es sagrado que os ataré por las muñecas y os llevaré a rastras hasta Saint Paul para que deis cuenta ante nuestros hermanos jesuitas. ¿Y qué diréis entonces en vuestra defensa? ¿Eh?

El rostro del fraile se contrajo, lleno de vehemencia.

—*Très bien* —gruñó, arrojando saliva—. ¡Que este pecado pese sobre vuestra cabeza!

Pero no se movió. El jinete permaneció inmóvil, sin decir nada, con la mano posada nerviosamente sobre la espalda.

—He jurado lealtad a Dios —afirmó—, no a la paz. Haríais bien en hacerme caso.

Tras un largo suspiro, el fraile se apartó de la puerta, revolvió en la penumbra unos instantes y regresó con un bulto grande apoyado en la cadera.

El jinete se inclinó sobre el umbral de piedra y apartó con cuidado los pliegues de lana hasta que una carita soñolienta asomó bajo un montón de rizos rojos, con el puño minúsculo pegado a la boca.

—No, Sibila —dijo en voz baja el jinete—. El pulgar no, pequeña.

Estiró los brazos hacia la niña y sus altas botas crujieron en medio del silencio.

Pero en el último momento el fraile dudó y dio un paso atrás en la penumbra.

—*¡Imbécile!* —siseó—. ¡Pensad lo que hacéis! ¡Es *l'Antéchrist*! Os pesará este día cuando estéis en el infierno.

—El único día que me pesa —replicó el jinete, pasando por la fuerza— es el día en que ella puso rumbo a este lugar.

El fraile escupió sobre las baldosas, entre sus botas firmemente plantadas en el suelo.

—Pero ahora hemos vuelto —añadió el jinete al tiempo que sacaba su espada, cuyo chirrido de acero resonó en la noche—. Y lo único que cabe preguntarse, *mon frére*, es si Dios os permitirá vernos marchar.

Capítulo 1

Sólo los buenos mueren jóvenes

Londres, 1848

Sangre, sangre por todas partes.

Sorda a los susurros y a los pasos apresurados que iban y venían por el corredor, Grace Gauthier levantó sus manos y las miró con desapasionado aturdimiento a la parpadeante luz de gas de las lámparas. Tenía la sensación de que sus dedos y sus palmas, y hasta los puños destrozados de su bata, pertenecían a otra persona.

Del otro lado del corredor llegaban susurros cautelosos.

—Está atontada por la impresión, ¿verdad?

—Sí, y éste murió nada más caer al suelo.

Grace se estremeció.

¿Había sufrido él? Ojalá no. Bajó las manos, cerró los ojos y se recostó contra la pared de la sala para dejar de temblar, pero enseguida comprendió que el temblor le salía de muy adentro, de los mismos huesos, y que no sería fácil aquietarlo.

En alguna aparte, en el piso de abajo, sollozaba una mujer. Ella también debería estar llorando. ¿Por qué no lloraba? ¿Por qué no conseguía entender todo aquello?

—¿Señorita Gauthier?

Aquella voz que chapurreó su nombre le llegó de muy lejos, pero Grace no se inmutó. Se sentía como si estuviera en un túnel, muy, muy lejos de aquel silencioso caos. Pero no lo estaba. Estaba allí, Ethan había muerto y todo aquello le parecería de pronto espantosamente real. Los largos meses que había pasado en los campos de batalla del norte de África le habían enseñado que el aturdimiento ante la muerte no era más que un alivio pasajero.

—¿Señorita? —repitió aquella voz.

Una voz inglesa, pero no cultivada. Tampoco como la de Ethan, sin embargo. Desprovista de la dureza y el aplomo de la voz de un hombre que se había hecho a sí mismo.

—¿*Oui?* —dijo y se obligó a abrir los ojos.

Una mano cálida y gruesa se deslizó bajo su codo.

—Lo lamento, pero ha de acompañarme a la biblioteca, señorita.

Se apartó de la pared y avanzó con él por el corredor como una autómata. ¿Cómo se llamaba? Se lo había dicho al irrumpir en el despacho de Ethan, aquel hombre ancho y de mejillas rubicundas que la sujetaba con firmeza por el codo. Y se lo había repetido al apartarla del cadáver, con voz suave y tranquilizadora, como si hablara con una niña.

O con una loca.

Pero su nombre se le había escapado, junto con todas sus esperanzas. Tiró de ella rápidamente más allá del despacho, donde varios hombres de uniforme azul y botones metálicos hablaban en voz baja, y la hizo bajar por la amplia escalera, donde la corriente que entraba por la puerta abierta agitó los faldones de su bata. Los sollozos procedentes del interior de la casa se convirtieron en un inhumano gemido de aflicción.

Ella vaciló, el bolo del poste de la escalera frío como el cuerpo de Ethan bajo su mano.

—Debería ir —murmuró—. Debo ver a Fenella... a la señorita Crane.

Pero el hombre no le hizo caso.

—Sólo un par de preguntas más, señorita —dijo sin aflojar el paso—, luego podremos...

Se interrumpió al ver aparecer a otro hombre. El cuarto, pensó Grace. O el cuadragésimo, quizás. Estaba tan aturdida que no llevaba la cuenta.

Pero, a diferencia de los otros, aquél no llevaba uniforme. Iba elegantemente vestido, como para ir al teatro. Con la capa negra agitándose alrededor de sus tobillos, se materializó como un espectro entre la niebla de Londres, subió los peldaños y, quitándose los finos guantes de cabritilla, cruzó la puerta abierta como si fuera el dueño de aquella casa y de todo cuanto había en ella.

Lo absurdo de todo aquello amenazó con sumir definitivamente a Grace en la histeria. Ethan yacía muerto en medio de un charco de sangre, detrás de su escritorio, en su propia casa. ¿Y el resto de Londres seguía como si tal cosa? ¿La gente seguía yendo al teatro?

El recién llegado sorteó ágilmente el montón de maletas que había en el vestíbulo y se dirigió hacia ellos. Sus pasos resonaron enérgicamente sobre el hermoso suelo de mármol.

—Buenas noches, subcomisario.

El hombre que escoltaba a Grace se puso firme al tiempo que se metía limpiamente el alto sombrero bajo el brazo.

El recién llegado se detuvo a unos pasos de ellos y recorrió rápidamente a Grace con la mirada.

—Buenas noches, Minch. ¿Ésta es *mademoiselle* Gauthier?

Pronunció su nombre impecablemente, *Go-tié*, como si fuera francés de nacimiento.

—Sí, señor —repuso Minch—. ¿Le ha informado el capitán?

—No ha sido preciso. El propio sir George consideró conveniente sacarme de la ópera a rastras. —El hombre, el comisario o lo que fuese, inclinó la cabeza para mirarla a los ojos—. Mi más sincero pésame, *mademoiselle*. Tengo entendido que el fallecido era su prometido.

Grace intentó sostenerle la mirada, pero era fría como el hielo.

—*Oui*, yo... nosotros... teníamos... —De pronto, una oleada de pena y horror estuvo a punto de ahogarla—. Te-teníamos un acuerdo.

El recién llegado se hizo cargo de la situación.

—El sargento Minch nos acompañará al salón, donde podemos hablar en privado —dijo—. Si tiene la bondad de acompañarlo...

Era la primera indicación que le daban que no sonaba como una orden marcial. Sonaba, en realidad, como algo mucho más peligroso que eso. El subcomisario la agarró del brazo y un instante después Grace se halló sentada en el sillón favorito de Fenella, junto a la chimenea, con una copa de coñac en la mano.

—Bébaselo, *mademoiselle*.

Pasado un tiempo, levantó la mirada y vio que estaba a solas con aquel hombre moreno de nariz afilada como una espada. Se había quitado la capa y los guantes y la miraba con serena intensidad.

—¿Dónde está la señorita Crane? —susurró Grace, tirando nerviosamente de los puños ensangrentados de su bata—. Debería... debería cambiarme e ir en su busca.

El subcomisario desvió la mirada.

—Le doy mi más sincero pésame, *mademoiselle* —repitió—. Los baúles y las maletas que hay en el pasillo... Entiendo que son suyos.

Grace se humedeció los labios y sintió el sabor del coñac, que no recordaba haber bebido.

—Sí, iba a ir a casa de mi tía —logró decir—. Para que Ethan, el señor Holding, mandara el anuncio a los periódicos mañana.

—¿El anuncio? —Entornó los ojos—. ¿De su compromiso?

—Sí. —Se le quebró la voz—. Su año de luto había... había acabado.

Y el suyo acababa de empezar, de nuevo.

—Me temo, *mademoiselle* —añadió él— que no puedo permitir que saquen el equipaje esta noche.

—¿Esta noche? —Grace parpadeó—. Pero... Naturalmente, no tenía intención de hacerlo.

Él la miró un momento en silencio mientras acariciaba rítmicamente con un dedo el borde de una carpeta de piel que sostenía en equilibrio sobre la rodilla. Y mientras lo miraba, volviendo poco a poco en sí, Grace comprendió que aquello era precisamente lo que más había temido Ethan. El escándalo. Las habladurías. Los abigarrados fragmentos de una vida poco aristocrática, cosas cuyo rastro un antiguo comerciante con aspiraciones sociales no se atrevía a seguir más allá de los blancos soportales de Belgravia. Todos los esfuerzos de Ethan por encajar, por ser uno de ellos, no servirían para nada.

Entonces, sin embargo, se acordó: ya no importaba.

El subcomisario siguió hablando:

—Una doncella se encargará de guardar en una maleta aparte, bajo supervisión, las cosas que vaya a necesitar en los próximos días —añadió—. ¿Tiene familia en Londres? ¿Adónde iba a ir mañana?

—A casa de mi tía —contestó Grace, perpleja—. Lady Abigail Hythe, en Manchester Square.

—Hythe. —Se quedó pensando un momento, pero no dio muestras de reconocer el apellido—. Bien, ahora debo pedirle que tenga la bondad de repasar conmigo lo sucedido esta noche, señora. Después, cuando se haya cambiado y esté hecha su maleta, el sargento Minch la acompañará a casa de su tía.

De pronto, por primera vez esa noche, se sintió horrorizada por hallarse en camisón entre todos aquellos desconocidos. Debería haber sentido vergüenza, pero enseguida se dio cuenta de lo que acababa de decirle aquel hombre.

—¿Marcharme esta noche? —preguntó bruscamente—. ¡Eso es imposible! Las niñas me necesitan. La señorita Crane querrá que esté aquí. *Mon Dieu*, señor, han perdido a su padre, y la señorita Crane a su hermano. Jamás se me ocurriría abandonarlos en un momento así, por apenada que esté.

Él ladeó ligeramente la cabeza y la observó. Grace nunca había visto unos ojos grises de un tono tan frío como aquéllos, que parecían taladrarla. Sintió entonces un estremecimiento de temor que le corrió por la espalda, dejándola helada.

Inexplicablemente, aquella lucidez le dio valor. O quizá fuera indignación. Ethan había muerto, sí. Pero ella había sobrellevado cosas mucho peores. Era hija de un comandante, por el amor de Dios. No le tenía miedo a un simple burócrata.

—*Monsieur* —dijo en tono crispado—, un hombre bueno y un buen amigo del gobierno de Su Majestad acaba de ser asesinado a sangre fría. Confío en que la policía tenga cosas mucho más urgentes de las que preocuparse que del lugar donde vaya a pasar la noche una simple institutriz. De hecho, confío en que dentro de una hora tenga en la calle a todos los hombres de Scotland Yard.

—Soy muy consciente de la alta estima en que tenía el gobierno al señor Holding, señora —repuso el subcomisario—. Si no lo era ya antes, la visita que he recibido esta noche por cortesía de nuestro ministro del Interior me lo habría dejado absolutamente claro.

Ella se levantó rápidamente.

—Muy bien, entonces —dijo. Usted tiene muchas cosas que hacer y yo he de bañarme, cambiarme y ocuparme de Fenella y de las niñas. Le aseguro, señor... Disculpe, pero no recuerdo su nombre...

—Napier —contestó él sin levantarse, una terrible ofensa al protocolo—. Subcomisario Royden Napier, de la Policía Metropolitana. Ahora, haga el favor de volver a sentarse, *mademoiselle* Gauthier.

Grace se irguió en toda su estatura.

—Sólo será un momento —dijo con toda la altivez gala que pudo reunir—. Me temo que he de insistir.

Él titubeó sólo un momento, como si sopesara algo para sus adentros. Luego dijo:

—Lo siento mucho, *mademoiselle*, pero no puede irse aún, ni puede ver a la hermana de su prometido. Hemos dado orden al servicio de que sólo se queden uno o dos criados esta noche en la casa. Debemos proceder con los interrogatorios y registrar la casa en busca de pruebas incriminatorias.

—¿Pruebas? —preguntó Grace—. ¿Dentro de la casa? Pero el ladrón habrá venido de fuera. ¿No? ¿Algún...? ¿Cómo los llaman? Algún caco. Y las niñas... ¿quién las consolará?

En el semblante del subcomisario se dibujó una especie de piedad.

—Creo que la hermana de su difunta madre... —Consultó su carpeta—. Una tal señora Lester, va a venir a recogerlas para llevarlas a su casa de campo, en Rotherhithe. De modo que, dadas las circunstancias, lo mejor será que vaya usted a casa de su tía, como estaba previsto.

—¿Esta noche?

—Sí, *mademoiselle*. —Siguió acariciando con un dedo su carpeta de piel—. Esta noche.

Entonces por fin comprendió Grace lo que aquel hombre no le estaba diciendo en voz alta. No se trataba de aflicción, ni de piedad, ni siquiera de lo que quizás hubiera visto ella. Aquel hombre no se fiaba de ella. Tal vez incluso, que Dios se apiadara de su persona, la consideraba sospechosa.

Apuró el resto del coñac con mano temblorosa.

El escalofrío del miedo había vuelto.

Mientras el sol de la mañana se alzaba sobre Westminster, Adrian Forsythe, lord Ruthveyn, echó la cabeza hacia atrás para que su ayuda de cámara afeitara la última franja de vello negro de su garganta, confiando a medias en que le temblara la muñeca y le seccionara la yugular.

A aquella idea siguió, sin embargo, el sonido que hizo Fricke al limpiar la hoja de la cuchilla pasándola por el borde de la bacía.

¡Ay, no sería hoy!

Ruthveyn se irguió en su silla y tomó la toalla caliente que le ofreció Fricke.

—Bien, acabemos de una vez, Claytor —dijo hoscamente, dirigiéndose a su secretario mientras se limpiaba los restos de jabón de la cara—. ¿Qué más ha salido mal estas últimas doce horas, aparte de las dos ventanas rotas, la conmoción cerebral de Teddy y ese pequeño contratiempo con el alguacil?

Claytor aguardaba de pie en la puerta abierta de su dormitorio, con el sombrero todavía entre las manos y el semblante descolorido.

—¿Qué más? —repitió el secretario—. Yo diría que es suficiente con eso, ¿no?

—Entonces puede marcharse. —Ruthveyn arrojó al suelo la toalla y, desdoblando su enjuta figura, se levantó de la silla—. Dígale a Anisha que confío en ir a cenar a casa. Luego iré a ver a Teddy.

—Muy bien. —Claytor pareció retorcer el ala de su sombrero—. Pe-pero el alguacil vino ayer por la tarde, señor. Y hoy es... bueno, hoy.

El marqués se quitó la bata. Desnudo hasta la cintura, con el faldón delantero de los pantalones medio abotonado, se estiró para alcanzar la camisa limpia que Fricke acababa de dejar sobre la cama. Sabía adónde quería ir a parar su secretario, y no le serviría de nada.

—¿Tiene algo que decir, Claytor? —preguntó por fin.

El secretario abrió los ojos de par en par.

—He hecho lo que he podido, señor. Le dije a Ballard que llamara al cristalero y al pequeño Teddy ya le han dado puntos, pero ¿qué voy a hacer yo respecto a lo demás? ¿Respecto a lord Lucan?

—Dejar que se pudra —sugirió Ruthveyn mientras se pasaba la camisa por la cabeza.

—Pe-pero ¿en la cárcel, por deudas? —balbució Claytor.

—Todo hombre ha de aprender a vivir conforme a sus ingresos —repuso el marqués al tiempo que se ajustaba el cuello y los puños de la camisa—. Sencillamente, preferiría que mi hermano aprendiera cuanto antes.

—Pero, señor, ¡su hermana está fuera de sí! ¡Lady Anisha estaba llorando! ¡Usted no sabe cómo fue, señor! No estaba allí.

No estaba allí.

La frase quedó suspendida en el aire un instante, ligeramente entreverada de reproche. Sólo un ápice. Claytor sabía a qué atenerse. Ruthveyn le pagaba bien, muy, muy bien, y su mal genio era de todos conocido. Y sí, últimamente casi siempre estaba fuera de casa.

—El chico se ha endeudado, Claytor —respondió—. Que se las arregle solito para salir de ésta.

No sería fácil, desde luego. Lord Lucan Forsythe recibía una renta trimestral de la finca, y el siguiente pago no era hasta el día de san Miguel. Tiempo suficiente, confiaba Ruthveyn, para que escarmentara, pero no tanto como para que los chinches envenenaran su sangre, muriera de disentería o, peor aún, comenzara a codearse con sujetos aún de más baja estofa de los que frecuentaba desde su llegada a la ciudad. Ruthveyn tenía la impresión de que nada de eso sucedería, pero hasta él podía equivocarse. Y las cárceles para deudores eran lugares míseros y sórdidos.

El marqués se remetió con cierta brusquedad los faldones de la camisa y tiró del resto de los botones. Quizá debería haber estado más pendiente de Lucan, pero en realidad lo sucedido le había parecido inevitable desde el principio. Y, tal y como había señalado Claytor, desde hacía seis meses se alojaba casi siempre allí, en una suite del piso de arriba de su club privado, y hacía venir de Mayfair a su ayuda de cámara, a su secretario y a quien creyera conveniente, cuando lo creía conveniente. No le gustaba que le contrariaran, aunque estuviera en el exilio.

Claytor se dio por vencido.

—Para cenar, entonces, milord —murmuró inclinando rígidamente la cabeza—. Le diré a lady Anisha que lo espere.

Se volvió para marcharse en el mismo instante en que Fricke ofrecía la corbata a Ruthveyn. El marqués la cogió y pareció aplacarse.

—Mire, Claytor —dijo por encima del hombro—, lo siento, pero esta mañana me duele la cabeza y estoy de mal humor. Aun así, ningún joven se ha muerto por pasar quince días encarcelado por sus deudas. En realidad, creo que a mi hermano le hará mucho bien.

—Pero ¿piensa usted sacarlo de allí? —preguntó Claytor con cierta amargura—. ¿O va a dejar que vaya derecho a la cárcel por sus deudas?

Ruthveyn se giró al oír aquello.

—Cuidado, muchacho. —Su voz sonó amenazadoramente suave—. No confunda una explicación con una licencia para expresar libremente sus opiniones.

Claytor bajó la mirada.

—Le ruego me disculpe —contestó—, pero puedo decirle lo que va a pasar, señor. Dentro de cuatro o cinco días, cuando el alguacil vuelva otra vez con sus exigencias y se hayan amontonado unos cuantos acreedores más, lady Anisha irá a Houndsditch y empezará a vender sus joyas. Eso, señor, es lo que pasará.

Lo peor era que quizá Claytor tuviera razón. Pero eso era decisión de Anisha.

—Mi hermana no va a ser una prisionera en mi casa —contestó con calma—. Sus joyas, y su vida, son suyas ahora. Puede hacer con ellas lo que le plazca. Sólo confío y rezo por que se proponga educar a Tom y a Teddy con más severidad de la que nuestra madrastra puso en educar a Lucan.

—Pero, milord, no puede haber sido tan...

—Usted no sabe cómo fue, Claytor —lo atajó Ruthveyn—. No estaba allí.

Pero, por más que pagara a Claytor con su propia moneda, lo cierto era que él tampoco había estado allí. No muy a menudo, al menos. Por aquel entonces estaba empezando su carrera diplomática y, como su padre antes que él, había recorrido el Indostán arriesgando su vida y su integridad física al servicio del gobierno de Su Majestad y al de su ilustre casa de lenocinio, la Compañía de las Indias Orientales. Entonces, como ahora, había evitado a su familia.

Había evitado cualquier contacto íntimo. Y no era tan necio para confundir la intimidad con el sexo. Ni siquiera con el amor.

Quererlos, los quería a todos, hasta a Lucan, aquel mozalbete arrogante y estúpido. Los quería más que a la vida misma. Pero su llegada de Calcuta, seis meses antes, había sacudido hasta sus cimientos la vida que con tanto afán había intentado edificar.

Anisha, sin embargo, era ahora viuda y tenía dos pequeños golfillos a los que criar. Y en cuanto a su hermano... En fin, Lucan necesitaba sencillamente un padre. Lástima que no lo tuviera.

—¿Qué levita, señor? —preguntó Fricke cuando la puerta se cerró detrás de Claytor—. He traído la azul oscura y la negra del año pasado.

—La negra. —Ruthveyn se quitó la corbata a medio anudar—. Y quiero un corbatín negro para acompañarla.

—En efecto —murmuró Fricke al llevarse la corbata desdeñada—. Estamos de un humor muy negro, deduzco.

—Ha sido una noche negra —repuso él.

No era preciso decir más. Los vestigios de una noche complicada yacían dispersos por la habitación: una botella vacía de coñac, un frasco de botica sin el tapón de corcho, ceniceros sucios y el olor penetrante del tabaco especiado y el hachís impregnando aún el aire.

Fricke acabó de vestirlo en silencio, tocándolo lo menos posible. Cualquiera que trabajara al servicio de Ruthveyn descubría muy pronto sus manías en ese sentido, y al marqués lo traía sin cuidado lo que sus sirvientes pensaran al respecto.

Completado su aseo, se tiró una última vez de los puños para enderezárselos y bajó a pedir un ejemplar del *Morning Chronicle* recién salido de la imprenta y una tetera de aquel té tan fuerte que siempre tenían a mano para él.

Encontró vacío el salón de café del club, excepción hecha del doctor Von Althausen y lord Bessett. Éste último estaba inclinado sobre una de las cajas de Von Althausen y la observaba a través del monóculo dorado del doctor. Ruthveyn lo saludó con la cabeza al pasar y Bessett le indicó que se acercara.

—Anoche tuvimos noticias de Lazonby —dijo en voz baja—. Los asuntos de su padre se han solucionado. Va a llevar a la pequeña con la familia de su madre. Allí estará a salvo.

—Un plan excelente —contestó Ruthveyn—. Buenos días, doctor. ¿Qué tiene ahí?

—Una mosca africana tumbú, muy rara —repuso Von Althausen, mirando el espécimen—. Eche un vistazo. Verá, las larvas se introducen bajo la piel y las ampollas purulentas que causan...

—Válgame Dios —contestó Ruthveyn con una mueca—. Aún no he desayunado.

—Si eso no te interesa, amigo mío, el doctor repetirá esta noche sus experimentos de galvanismo —comentó Bessett—. El generador electromagnético ya está reparado.

—Gracias, pero no pienso acercarme a ese cacharro —dijo Ruthveyn—. Creo que dejaré que los misterios de mi cerebro sigan siendo eso, misterios.

—A veces hay que sacrificarse en nombre de la ciencia, Adrian —masculló Von Althausen—. Especialmente en su caso. A fin de cuentas, si el cerebro de la *Electrophorus electricus* puede generar un campo eléctrico alrededor de su cuerpo, imagínese lo que...

—No —lo interrumpió el marqués con firmeza—. Yo no soy una anguila. Gracias. Continúen, caballeros.

Von Althausen se despidió de él con gesto distraído y ambos se enfrascaron de nuevo en su examen del ejemplar de mosca africana.

Ruthveyn ocupó su sitio de costumbre (solo en una mesa situada junto a la ventana central) y bebió su té mientras hojeaba distraídamente el periódico. El té estaba caliente, el opulento salón era confortable y el día que tenía por delante estaba tan preñado de posibilidades como pudiera desear un riquísimo y aristocrático marajá. La noche, sin embargo, aún pesaba sobre su ánimo.

Iba a tener que prescindir de la señora Timmonds.

En realidad era una pena, siendo su amante tan bella. Pero Ruthveyn empezaba a sentir hacia ella un hormigueo de afecto. Y lo que era peor aún: la dama había empezado a hacerle demasiadas preguntas comprometedoras. No había hecho caso de sus advertencias iniciales, a pesar de que las había expresado de manera inequívoca. Y ahora... Bien, sencillamente le tenía demasiado cariño para asestarle el revés que solía reservar para quienes lo desobedecían.

Estaba, aun así, enfadado: un poco con ella, pero sobre todo consigo mismo. ¿Cuánto tiempo había creído que podía ejecutar los intrincados pasos de aquella danza, que le hacía tropezar una y otra vez? Pasados apenas seis meses había empezado a sentir aquel impulso, aquel deseo seductor de arrojar la cautela por la borda y saltar el abismo que había interpuesto premeditadamente entre ellos. No porque se hubiera enamorado, de lo cual era incapaz, sino porque, como le ocurría con Anisha, con Luc y los niños, quería cuidar de Angela Timmonds. Hacerla feliz.

Nunca, sin embargo, había hecho feliz a una mujer. No por mucho tiempo.

Llevado por un impulso, agarró la campanilla colocada en el centro de la mesa y al instante apareció un lacayo de semblante inexpresivo.

—¿Más té, milord?

—No. Tráigame a Belkadi.

El lacayo inclinó la cabeza.

—En este momento está con el vinatero, señor, pero se lo diré.

Tomada ya una decisión, Ruthveyn recorrió con la mirada la primera página del diario, pero ardía de impaciencia de tal modo que no asimiló ni una palabra de lo que leía. Bien sabía Dios que no necesitaba otra noche como aquélla. No quería tocar a una mujer y sentirse luego desgarrado por las dudas. Ni prescindir fríamente de ella como si fuera un trapo inservible. Dejarla sollozando sola en la oscuridad.

Ni siquiera él era tan cruel. Y, sin embargo, lo había hecho.

Al recordarlo, dejó a un lado el periódico y esperó, rígido por la emoción contenida, hasta que Belkadi se dignó a aparecer por fin. El mayordomo del club ejecutó una leve reverencia, el traje negro impecablemente planchado, el cabello también negro recogido severamente hacia atrás en una anticuada coleta.

—¿Deseaba verme?

Belkadi, aquel demonio arrogante, nunca decía «señor» como no fuera en tono rebosante de sarcasmo, de modo que Ruthveyn ya no lo esperaba de él.

—Siéntese —dijo, indicándole una silla—. Un poco de Assam.

—¿La mezcla de Von Althausen? —contestó el mayordomo con tenue acento extranjero—. No, gracias. Prefiero conservar el forro de mis intestinos.

Pero se sentó de todos modos.

Ruthveyn empujó un poco más allá su periódico.

—Bien, dígame, amigo mío, ¿ha ordenado a su vinatero que deje de mandarnos esa bazofia colorada que él llama «clarete»? —preguntó—. ¿O se ha limitado a decapitar a ese pobre infeliz?

—No creo que me haya hecho venir para hablar de la bodega —repuso Belkadi.

Ruthveyn esbozó una sonrisa, pero no le sostuvo la mirada.

—No, en efecto —contestó—. Quiero prescindir de la señora Timmonds. ¿Se ocupará usted?

El mayordomo manifestó su sorpresa levantando casi imperceptiblemente una ceja.

—¿Por qué quiere que así sea?

—¿Que por qué? —repitió Ruthveyn—. ¿Y a usted qué puede importarle? Quizá me haya cansado de la dama. O quizá me interese otra. Sean cuales sean mis motivos, fue usted quien arregló este asunto. Ahora, póngale fin.

Una sombra cruzó los ojos de Belkadi. Se levantó suavemente y ejecutó otra reverencia.

—Desde luego, señor.

Ruthveyn lo vio dar media vuelta para marcharse, la espalda rígida.

—Y Belkadi —añadió—, una cosa más.

El mayordomo se volvió hacia él.

—Ofrézcale el usufructo de por vida de la casa de Marylebone y una renta anual de la cantidad que usted considere justa. Dígale a Claytor que se encargue de ello.

Belkadi volvió a inclinarse rígidamente ante él. Su negra mirada no traslucía emoción alguna.

—Le haré llegar su generosa oferta —contestó—, pero la señora Timmonds no carece de orgullo.

Ni de pretendientes, agregó Ruthveyn para sus adentros.

Estaba seguro de que la dama no lloraría mucho tiempo su ausencia. De hecho, al cabo de una semana se alegraría de haberse librado de él. Alejó bruscamente de sí aquella idea y consiguió concentrarse en el diario, a pesar de que era un periodicucho de radicales. Cualquier hombre sensato procuraba conocer a sus enemigos. Pasó un rato leyendo en silencio, hasta que en la página tres un nombre llamó su atención y su boca se tensó en una mueca de amargura.

Miró a Von Althausen torciendo el cuello.

—Parece que nuestro plumilla predilecto se ha quedado sin chismorreos salaces que dar a la imprenta y ha recurrido a la astronomía —dijo—. Asegura que Lassell ha descubierto otra luna alrededor de Saturno.

—¡Buf! —repuso el buen doctor—. Enviaré mis felicitaciones a William por su descubrimiento, pero respecto a ese mequetrefe, yo le habría encargado las necrológicas.

Ruthveyn contestó con un gruñido afirmativo y se volvió de nuevo hacia la ventana. Fue entonces cuando la vio: una mujer alta, vestida de negro y gris, entraba con paso decidido en Saint James's Place desde la avenida principal.

Ruthveyn no supo por qué se había fijado en ella. Rara vez miraba a los demás. Quizá fuera por el velo de blonda negra que cubría toda su cara, salvo la punta de su barbilla, y que le prestaba cierto aire de misterio. Fuera por lo que fuese, una vez que comenzó a observarla ya no pudo apartar la mirada. Fue acercándose con paso presuroso y firme hasta que, justo enfrente de los seis escalones que conducían a la entrada del club, se detuvo y miró hacia arriba como si quisiera observar los símbolos labrados en el frontispicio.

Al menos eso le pareció a Ruthveyn, que los observaba, pero era imposible saberlo con certeza a causa del velo. Era, de hecho, como si todo su ser, su carácter, sus sentimientos, sus intenciones, estuviera igualmente velado, pues no dejaba traslucir ni un ápice de su íntimo temperamento. A excepción de lo que podía ver con sus dos ojos, una mujer joven y esbelta, con gusto impecable en el vestir y cabello de color miel, era un misterio. Qué extraño.

Se sintió atravesado de pronto por una punzada de frustración. ¿O era acaso de fascinación? Sintió el impulso de levantarse y bajar la escalinata para alzar el velo, tocar su cara y mirarla a los ojos.

Qué locura. Un instante después se obligó a relajarse en su asiento. Obligó a su respiración a aquietarse y a su mente a concentrarse en el flujo incesante del aire entrando y saliendo de sus pulmones.

Había tenido una mala noche. No le hacía falta tener también un mal día.

La dama del velo de blonda no era de su incumbencia. Tal vez sólo estuviera paseando por Saint James's Place y se había detenido a admirar los extraños símbolos de la fachada. Quizá fuera una turista. Era lo más probable, en realidad, pues aunque elegantes, su sombrerito negro y su vestido gris no se correspondían con la moda de Londres. Y Ruthveyn lo sabía bien. Últimamente, había comprado un montón de ropa de mujer.

El recuerdo de la señora Timmonds lo ayudó a olvidarse de la dama del velo. Se sirvió otra taza de té y abrió de nuevo el *Chronicle*. Por pura perversidad comenzó a leer el artículo acerca de la luna de Saturno, aunque el firmamento era más la especialidad de Anisha que la suya. Sin embargo, apenas había llegado a la mitad de la columna cuando se escuchó un tumulto en el vestíbulo de abajo.

Oyó a Belkadi hablando con firmeza y en tono brusco, lo cual era muy extraño. Belkadi rara vez hablaba ásperamente. Al igual que a él, no le hacía falta.

En ese instante, una voz de mujer resonó en el pasillo, enérgica y levemente enojada. Ruthveyn lanzó otra mirada a Von Althausen. El médico se encogió de hombros y ladeó la cabeza hacia el alboroto. *Le toca, amigo mío*, pareció decir con la mirada.

Ruthveyn suspiró, empujó su taza de té y se levantó. Las investigaciones de la Sociedad atraían de vez en cuando, por su índole, a algún lunático furioso hasta sus puertas. A nadie le gustaba, pero así era. Y había que salirles al paso.

Salió de la sala y bajó por la espaciosa escalera de mármol, que bajaba un piso y medio y se vertía en el vestíbulo principal como una ancha y blanca cascada, y al instante le sorprendió ver a la dama de negro y gris junto a la puerta de entrada. Sostenía sobre el brazo su manto de lana negra y se estaba quitando los guantes con tirones cortos y enérgicos, como si tuviera intención de quedarse.

Como sucedía con los lunáticos, era poco frecuente ver a una mujer más allá de la puerta del club, pero no era inaudito. La Sociedad albergaba salas de lectura y una vasta biblioteca que de vez en cuando se abrían al público en general. Aquella dama, sin embargo, no parecía una estudiosa.

En ese instante se levantó el velo y dejó al descubierto un rostro tan clásico y elegante como su atuendo, y una tez tan macilenta como la de Claytor esa mañana. Ruthveyn acabó de bajar ágilmente las escaleras con los ojos fijos en aquella cara de grandes ojos azules y boca carnosa y más bien trémula. Y aun así, pese a la emoción que irradiaba, no percibió nada en ella. Era extrañamente desconcertante.

La discusión subió de tono. La señora levantó su pequeña mano, con la palma vuelta hacia la cara de Belkadi.

—Le doy las gracias, señor. —Tenía una voz aguda, con leve acento francés—. Pero le aseguro que no pienso marcharme. Es urgente que vea al sargento Welham.

—Si la señora tiene la amabilidad de escucharme —repuso Belkadi en tono altivo—, volveré a explicarle que...

—¿Puedo ser de alguna ayuda, Belkadi? —terció Ruthveyn.

El mayordomo le tendió una bandejita con una tarjeta.

Ruthveyn la miró.

—¿*Mademoiselle* Gauthier? —dijo, leyendo en voz alta aquel nombre vagamente familiar—. ¿En qué puede servirle la Sociedad Saint James?

—En modo alguno —contestó ella tajantemente—. Y en todo caso, si ésta es la Sociedad Saint James, ¿por qué dice «F.A.C» en el frontispicio?

Ruthveyn levantó las cejas en un gesto sumamente arrogante.

—Alguna obscura frase latina, creo, señora —respondió—. ¿Puedo preguntar que la trae por aquí? ¿Algún libro raro de nuestra biblioteca, quizás?

—¿Un libro raro? —repitió ella con incredulidad.

Él logró esbozar una tensa sonrisa.

—Confieso que no parece usted el tipo de persona que frecuenta nuestra sala de naipes o nuestro salón de fumar.

El nerviosismo se pintó en su rostro encantador.

—He venido únicamente a ver a un amigo —dijo—. Un viejo y querido amigo que...

—Sí, he oído su nombre. El sargento Welham. —Ruthveyn se permitió mirarla a los ojos directamente, escudriñándolos con atención—. Deduzco, sin embargo, que esa amistad no ha de ser ni tan antigua ni tan estrecha, puesto que ignora usted que el sargento Welham es ahora lord Lazonby. En todo caso, poco importa. En estos momentos no está en Londres.

El insulto pareció resbalarle.

—¿No está en Londres? —La dama se llevó una mano a la garganta, un gesto revelador—. ¿Cómo es posible que esté de viaje? ¿Cuánto tardará en volver?

—Varias semanas, diría yo —repuso Ruthveyn—. Tomó el tren hacia Westmorland hace dos días.

La mujer pareció tambalearse al oír aquello, y Ruthveyn tuvo la impresión de que el arrojo que demostraba no era sólo un disfraz. Era desesperación.

Se preguntó en qué clase de problemas podía haberse metido aquella joven... o en qué clase de problemas la había metido Rance Welham, maldito fuese. Sus ojos tenían una expresión perpleja y atormentada, y su mano seguía paralizada junto a su garganta.

Y pese a todo, pese a su angustia apenas reprimida, pese al temor velado de su mirada y al hecho de que Belkadi estuviera subiendo la ancha escalera, dejándolos solos, no logró desvelar su misterio. Podía verla únicamente con los ojos, y sólo alcanzaba a ver lo que habría visto cualquiera.

—Entonces se ha ido... —musitó la dama—. *¡Mon Dieu!*

Echó la cabeza bruscamente hacia atrás, su manto cayó al suelo y alargó el brazo, buscando a tientas el mostrador de recepción.

—¡Belkadi! —gritó él.

Pero era demasiado tarde. Le fallaron las piernas y, a pesar de su casi insuperable reticencia, Ruthveyn se vio obligado a tocarla. Entre el revuelo de sus faldas y sus enaguas, la levantó en brazos para impedir que se desplomara sobre el suelo de mármol.

—¡Belkadi! —repitió, sosteniéndola casi con cautela.

El mayordomo apareció de inmediato a su lado.

—Aire fresco —dijo—. Sígame.

Con sus faldas grises rebosándole sobre el brazo, Ruthveyn bajó el corto tramo de escalones que llevaba a la planta baja y siguió a Belkadi por el pasillo. El mayordomo abrió las puertas que daban al pórtico y el jardín trasero del club.

Ruthveyn depositó a la dama sobre uno de los sillones de mimbre.

—Traiga el whisky de Lazonby.

Belkadi desapareció. Ruthveyn se arrodilló para examinar el rostro de la mujer, blanco como la leche bajo la malla negra del velo, caído de nuevo a medias. No era tan joven, pensó, como le había parecido en un principio. Tenía alrededor de los ojos un tenue asomo de arrugas, como si hubiera pasado algún tiempo al sol. Pero sus pómulos eran altos y firmes, y su frente aristocrática y muy inglesa.

Le extrañó de nuevo su apellido francés y la vaga impresión de conocerlo que había sentido al ver su tarjeta de visita color marfil. Pero la dama estaba ya volviendo en sí y mascullaba algo en francés.

Entonces apartó la mirada de su rostro y se levantó.

—Voy a ponerle los pies en alto, señora —dijo—. Le pido disculpas por anticipado.

—¿Qué... qué ha pasado? —musitó ella.

—Creo que se ha desmayado. —Cogió un par de cojines de un sillón cercano—. Seguramente habrá sido por Belkadi. A veces surte ese efecto sobre las señoras.

Ella se limitó a parpadear, mirándolo con estupor cuando le levantó los tobillos, unos tobillos muy finos y bien torneados, y posó sus pies sobre los cojines. El bajo de su falda se deslizó de pronto, dejando al descubierto sus espumosas enaguas y gran parte de sus finísimos tobillos. Venciendo su renuencia, Ruthveyn volvió a ponerlo en su sitio.

Tobillos elegantes, pensó. *Ojos bellísimos. Pómulos fuertes y hermosos.*

Y aun así no sintió nada.

Nada, aparte del consabido deseo, de la lujuria de siempre.

Capítulo 2

Ha de ser magia

*L*icor, otra vez.

¿Acaso creían los hombres que era la solución a todos los males?, se preguntó Grace mientras tomaba a duras penas otro trago.

—*Merci*, ya me encuentro mucho mejor —mintió, apartando el vaso.

Pero los dos hombres de ojos oscuros siguieron arrodillados a su lado, la mirada fija en su cara. Pasado ya el arrebato de angustia, Grace miró al primero y más ancho de espaldas. Tenía una apariencia casi satánica con su atuendo caro y adusto y aquellos ojos que ardían, negros como la noche. El segundo, el que le había franqueado la entrada, era más joven y su rostro, asombrosamente atractivo, tenía una expresión menos torva.

—Belkadi —masculló, recordando de pronto—. Un nombre cabileño.

—Puede ser.

Como si sus palabras le importunaran, el hombre adoptó una expresión hermética y se levantó, dispuesto a irse.

El otro también se levantó, pero en lugar de marcharse acercó al pie del sillón un taburete de mimbre cuyas patas chirriaron sobre el suelo de baldosas de la terraza. Grace miró a su alrededor, desorientada. El hombre se sentó en el taburete con las rodillas separadas y los codos apoyados sobre ellas.

—Bueno —dijo con voz queda, pero imperiosa—, dígame quién es y qué hace aquí.

Grace miró de nuevo a su alrededor, parpadeando para protegerse del sol.

—¿Do-dónde estoy exactamente?

Una expresión de enojo cruzó la cara de él.

—Quiero decir... ¿Todavía estoy en el club del sargento Welham? —aclaró ella—. Mucho me temo que ha tenido que traerme en brazos hasta aquí.

—En efecto. Acierta usted en ambas cosas.

Grace sintió que sus mejillas se cubrían de rubor.

—Ignoraba que los clubes de caballeros tuvieran jardines —dijo fútilmente—. Y nunca me desmayo. Qué vergüenza.

Él esbozó una sonrisa que apenas suavizó su semblante.

—¿Cuánto tiempo hace que no duerme usted, señora? —preguntó—. ¿O que no come?

Ella intentó recordar.

—Cené, pero eso fue ayer, supongo. Y anoche... *Non*, no dormí.

La leve sonrisa se volvió reflexiva. Luego desapareció.

—Conozco esa sensación.

—Le pido disculpas. —Grace le tendió una mano temblorosa—. Soy Grace Gauthier. Gracias por su ayuda.

Tras vacilar un momento, tomó su mano, pero en lugar de estrecharla inclinó la cabeza y se la llevó casi a los labios.

—Ruthveyn —dijo con voz baja y un poco rasposa—. Para servirla.

—Gracias —logró decir ella—. Dígame, ¿conoce al sargento Welham?

—Lo conozco muy bien —contestó el hombre moreno—. Creo que puedo afirmar sin temor a equivocarme que soy su mejor amigo.

Grace levantó las cejas.

—¿De veras?

—¿Cuánto tiempo hace que no lo ve, señora? —preguntó—. Pese a la estima que le tengo, Rance, lord Lazonby, no es de esos hombres a los que las señoras de buena cuna se precian de conocer.

Grace bajó la mirada.

—Se refiere usted a que una vez estuvo en prisión.

—Sí, entre otras cosas.

—Nunca lo creí culpable —repuso ella con vehemencia—. Nunca. Ni tampoco mi padre. El sargento Welham era un señor de la cabeza a los pies.

—¡Ah! —dijo él.

Grace levantó la cabeza y vio en su mirada que al fin la había reconocido.

—Su padre era el comandante Henri Gauthier, de la Legión Extranjera francesa en Argel —dijo—. Por eso ha reconocido el nombre de Belkadi.

Grace se enderezó un poco en el sillón.

—Sí, viví allí muchos años. Pero usted... usted no es argelino.

—No.

Aquel hombre, Ruthveyn, no pareció inclinado a decir nada más, y Grace se resistió al impulso de preguntarle sobre su origen. Excepto por su espeso cabello negro como el azabache, su tez bronceada por el sol y una nariz quizás una pizca demasiado grande, podía pasar por inglés... o por Satán en persona, calzado con un par de botas de Bond Street.

Pero, dejando a un lado de dónde procediera su ropa, intuyó que no era un inglés corriente. Tenía un aire sobrenatural imposible de describir, desprendía un desapasionamiento casi helador, como si observara sin dar nada de sí mismo. No irradiaba maldad exactamente, sino otra cosa mucho más compleja.

O quizá fuera que ella se había fracturado el cráneo al caer sobre el suelo de mármol del vestíbulo.

¡Qué fantasiosa se había vuelto! Su misión era demasiado importante para permitirse especulaciones absurdas. Además, pese a que afirmara ser amigo de Rance, no se sentía a gusto con él.

Apartó la mirada y la fijó en el fondo del pequeño jardín simétrico, más allá del elegante pórtico.

—El sargento Welham sirvió a las órdenes de mi padre muchos años —dijo con esfuerzo—. Estaban muy unidos. De hecho, tenía con mi padre una deuda de honor. Yo... necesito invocar esa deuda. Es urgente que lo vea. Y ahora dice usted...

—Que está de viaje —concluyó él.

Se levantó inesperadamente del taburete, desplegándose como un negro y ligero pájaro de presa. Grace notó al incorporarse que era muy alto. Muy alto y muy oscuro, y no precisamente por el color de su piel o su cabello. Lucía un complicado anillo con un cabujón de rubí engastado que debía de valer un imperio y que relució al sol de la tarde cuando le tendió la mano morena y de largos dedos.

—Si se ha recuperado, *mademoiselle* —dijo—, creo que sería preferible que siguiéramos hablando en privado. Y quizá convenga que coma un poco.

Incapaz de pensar en comida, Grace miró a su alrededor y vio al menos treinta ventanas que daban al jardín desde la parte de atrás de uno o varios edificios altos, la mayoría de ellas abiertas a la fresca brisa de septiembre. Ruthveyn tenía razón. Allí no había intimidad.

Como no le quedaba otro remedio, cogió su brazo, que le pareció cálido, grueso y musculoso bajo la levita negra.

—¿Se siente con fuerzas para caminar, *mademoiselle*?

Su voz sonó baja y solícita.

—Sí, desde luego —contestó Grace—. Y llámeme sólo señorita Gauthier. Con eso basta.

Él se dio por enterado con una inclinación de cabeza y la condujo al interior del club, cruzaron el edificio y subieron un corto tramo de escalones. Grace vio la entrada principal al doblar la primera esquina y oyó que, por encima de ellos, aquel tal Belkadi reprendía con aspereza a otra persona.

—Welham no le daría ni la hora aunque estuviera aquí. —Su voz acerada les llegó desde lo alto de la escalera—. Ahora tenga la bondad de salir antes de que lo sorprendan Ruthveyn o Bessett y le den una buena tunda.

El acompañante de Grace se tensó de pronto. Luego, mascullando en voz baja un juramento, se apartó de ella y corrió escaleras arriba.

—¡Fuera! —ordenó al doblar la siguiente esquina—. ¡Fuera de esta casa, señor!

Grace cruzó el descansillo y vio a Belkadi de pie junto al mostrador de recepción y a Ruthveyn atravesando el vestíbulo.

—¡Se lo hemos advertido, Coldwater!

Ruthveyn señaló con el índice la cara de un joven vestido con un gabán de color apagado. Sostenía bajo el brazo una carpeta raída.

—Márchese o esta vez lo echaré a patadas.

—*Namasté*, lord Ruthveyn —dijo el joven, juntando las manos y ejecutando una reverencia burlona—. ¿Cómo está? Confiaba en que Welham estuviera dispuesto a hablar de su recién estrenado título condal. A nuestros lectores les encanta seguir las complicadas vueltas y revueltas de su vida.

¿Lord Ruthveyn?

Lord Ruthveyn, lord Lazonby... A Grace empezaba a darle vueltas la cabeza. Tenía la impresión de haber aparecido de pronto en medio de un grotesco drama teatral. Desde hacía dos días, su vida, tan predecible, se había convertido en una pesadilla y de pronto empezaba a temer tropezarse con otro cadáver al huir del escenario, pues Ruthveyn había agarrado al joven y lo estaba llevando a rastras hacia la puerta con una expresión de pura malevolencia pintada en el semblante. El cordero estaba condenado... y había ido allí por el mismo motivo que ella.

—*Mon Dieu*, ¿es que todo el mundo en Londres está buscando a Welham?

Apenas se dio cuenta de que había hablado en voz alta hasta que el joven volvió la cabeza y le lanzó una mirada.

—Jack Coldwater, señora, del *Morning Chronicle* —dijo con un destello en la mirada—. ¿Conoce usted a Welham? ¿Le importa que hablemos? ¿Contestar a unas preguntas?

Ruthveyn se paró en seco y acercó los labios al oído del joven.

—Empieza usted a poner a prueba la paciencia de todos, señor —dijo con una voz tan inanimada como la muerte—. Márchese tranquilamente y déjelo así. Por su bien.

El joven no se inmutó.

—Lo único que digo, Ruthveyn, es que es mucha coincidencia que Welham salga de la cárcel y un par de meses después muera su padre. Sólo quería preguntarle por eso, nada más. ¿Culpa al gobierno? ¿O a sí mismo? ¿O a usted? El momento es muy chocante, debe usted reconocerlo.

Ruthveyn pareció estallar de pronto, pero de forma controlada y fría. En un abrir y cerrar de ojos agarró a Coldwater por la pechera, lo empujó contra la puerta y lo levantó un palmo del suelo. Y aun así la coronilla del joven quedó por debajo de la suya.

—¿Chocante? —preguntó en tono peligrosamente suave—. Yo le daré algo «chocante». Voy a estrangularlo aquí mismo, maldito ca...

—Pe-pero... —tartamudeó el joven con los pies colgando en el aire—. ¡Ya basta, Ruthveyn! Sólo estoy haciendo mi trabajo.

—¿Y su trabajo consiste en perseguir como un sabueso a un hombre inocente? —replicó Ruthveyn—. ¿Levantar cada piedra de Londres para ver qué inmundicias hay debajo y publicarlas? —Lo zarandeó con fuerza—. ¿Ése es su trabajo, Coldwater?

—Mi trabajo... —El joven hizo una pausa para tragar saliva—, consiste en hacer preguntas contundentes.

—Pues entonces espere respuestas contundentes —gruñó Ruthveyn—. Veamos cómo responden mis puños...

Grace debió de proferir algún sonido, porque Ruthveyn miró hacia atrás. Entonces pareció calmarse y dejó que aquel tal Coldwater se deslizara hasta el suelo antes de volver bruscamente para agarrarla del brazo.

—Échelo a la calle, Belkadi —dijo, llevándola prácticamente en volandas escalera arriba—. Y no deje que vuelva a entrar.

—Desde luego.

Belkadi rodeó enérgicamente el mostrador como si le hubieran pedido que se hiciera cargo de una maleta.

—Santo cielo —dijo Grace, y apretó el paso para seguir a Ruthveyn.

—Le pido disculpas —contestó él con voz crispada—. No estoy acostumbrado a la presencia de una dama.

—No, me refería a... —Echó una ojeada por encima del pasamanos y vio que Belkadi arrojaba literalmente a la calle a Coldwater sin el menor esfuerzo, pues el muchacho no debía de pesar más de sesenta kilos cubierto de brea y emplumado y apenas parecía lo bastante mayor para afeitarse. Coldwater aterrizó de culo cerca del tercer escalón mientras su cuaderno salía volando y se puso en pie, tambaleándose, antes de que la puerta se cerrara de golpe.

Ruthveyn la hizo detenerse bruscamente en el siguiente escalón.

—Le pido disculpas —dijo de nuevo con un brillo peligroso en la mirada—. Ninguna señora debería haber presenciado eso.

Santo cielo, pensó Grace. Convenía no enemistarse con aquel hombre.

—Soy hija del ejército francés, señor, no una delicada flor inglesa —respondió—. En los bazares de Argel he visto a hombres morir apuñalados por una partida de ajedrez que se torció. Sólo me refería a que todo el mundo parece estar buscando a Rance. Y me pregunto por qué.

Su mirada sombría volvió a clavarse en ella.

—Es complicado —dijo a regañadientes—. ¿Por qué? ¿Qué sabe de él?

Grace levantó la barbilla.

—Todo lo necesario.

—Todo —repitió él incrédulo—. Si se cree eso es que es usted una ingenua, *mademoiselle* Gauthier.

—Hay cosas peores que la ingenuidad —repuso ella, haciendo acopio de valor—. Bien, lord Ruthveyn, quizás hayamos hablado ya suficiente. Por lo visto es cierto que Rance se ha ido, así que no hay razón para que me quede.

—Acompáñeme —contestó él en un tono que no admitía discusión.

Era una necedad ir con él a ninguna parte, con aquel hombre del que no sabía nada y que la asustaba. Las palabras «enigmático» y «peligroso» parecían haber sido acuñadas a propósito para él. Pero, inexplicablemente, se descubrió subiendo tras él los escalones y siguiéndolo por un corto pasillo. Tal vez porque no tenía alternativa. O porque Ruthveyn aseguraba ser amigo de Rance. Una esperanza muy endeble, sin duda, pero la única que tenía.

Unos pasos más allá, lord Ruthveyn abrió una puerta. Grace entró tras respirar hondo y se halló en una pequeña biblioteca o sala de estudio cuyas paredes estaban forradas de arriba debajo por enormes libros de lomos fileteados, muchos de ellos agrietados por el paso del tiempo. La sala olía gratamente a cuero viejo, cera de abeja y hombres.

—La sala de estudio privada del club —explicó Ruthveyn, señalando un par de sofás colocados el uno frente al otro delante de la chimenea—. Tome asiento, se lo ruego, mientras pido un refrigerio.

Grace no se molestó en protestar.

—¿No son privadas todas las salas de un club de caballeros? —preguntó cuando regresó Ruthveyn—. ¿No se molestarán los demás socios por que esté aquí?

Lord Ruthveyn se acomodó en uno de los sofás de cuero, poniéndose de espaldas a la luz de la ventana. Premeditadamente, pensó Grace. Estiró un tenso y musculoso brazo sobre el borde del sofá y cruzó lánguidamente una rodilla sobre la otra en una postura que en cualquier otro hombre habría parecido afeminada y que en él producía una impresión vagamente amenazadora.

La miró de nuevo a los ojos y ella se sintió de pronto como si estuviera intentando escudriñar las profundidades de su alma. Era una idea sobrecogedora. Y fantasiosa, además. ¿Qué había dicho para ponerlo hasta tal punto en guardia?

—¿Qué sabe usted exactamente de esta casa, señora? —preguntó por fin.

Grace se encogió de hombros.

—Para serle sincera, nada excepto la dirección.

—No es, estrictamente hablando, un club —aclaró Ruthveyn—. Es una especie de sociedad.

—¿De sociedad?

—Una organización de hombres que comparten... En fin, inquietudes intelectuales semejantes, por decirlo así.

—¿Qué clase de hombres? —inquirió ella con recelo.

—Gente que ha viajado mucho, principalmente —explicó Ruthveyn con un ademán lánguido—. Aventureros, diplomáticos... Y sí, también mercenarios como Rance Welham.

—Cuando mi padre estaba a punto de morir, Rance nos escribió a Francia —dijo Grace—. Ignoro cómo consiguió que la carta saliera de prisión, pero fue casi como si... Bueno, como si presintiera que la muerte de mi padre estaba próxima. Y en esa carta daba a entender que, si alguna vez necesitaba su ayuda, me dirigiera aquí. Eso es todo lo que sé.

—Entonces, ¿no lo ha visto?

Ruthveyn formuló la pregunta como un latigazo.

Grace se echó hacia atrás.

—No desde que fue hecho prisionero en Argel —contestó.

—Sí —dijo Ruthveyn con voz crispada—. Yo estaba con él en Argel. Regresamos juntos aquí.

—Ah —dijo Grace en voz baja—. Estábamos muy preocupados por él, pero mi padre cayó enfermo poco después y me lo llevé a París. Hace menos de un año que estoy en Londres.

—¿Para qué vino, entonces, si no fue para ver a Welham? —le preguntó.

—Para buscar empleo. —Se estaba cansando de sus preguntas cargadas de petulancia y de sus ojos duros y brillantes—. ¿Qué imaginaba, milord? ¿Que lo había seguido hasta aquí? ¿Que había algo entre nosotros?

Ahora fue él quien apartó la mirada.

—Es usted una mujer muy bella, *mademoiselle* Gauthier —contestó—. Y Lazonby nunca ha podido resistirse a... En fin, a nada que deseara.

—Yo en cambio siempre he podido resistirme a los libertinos —replicó ella con aspereza—. Y eso es justamente Rance: un excelente soldado y un buen amigo, sí, pero también un libertino.

—Sólo quería estar seguro —dijo Ruthveyn.

—¿Por qué? —preguntó ella.

La miró y torció una ceja negrísima.

—Dejémoslo, *mademoiselle* Gauthier. —Meneó de nuevo una mano lánguida y elegante—. El mal humor no nos sienta bien a ninguno de los dos. Y bien, ¿qué clase de empleo, señora? ¿Acaso Gauthier no la dejó bien situada?

Grace se irguió unos centímetros.

—Eso tampoco es asunto de su incumbencia —contestó, desabrida—. Pero sí, mi padre me dejó bien situada. No soy rica. Vivo cómodamente, aunque por poco, según su rasero, y en todo caso no me gusta la ociosidad. Me satisface trabajar y estos últimos meses he estado al servicio del señor Ethan Holding, de Astilleros Crane y Holding.

Ruthveyn pareció tensarse.

—Crane y Holding —murmuró—. Los principales constructores navales de la Armada Británica. Tiene astilleros en Liverpool y Rotherhithe.

—Y en Chatham —agregó Grace—. Ethan, el señor Holding, obligó hace poco a abandonar el negocio a un competidor. —Bajó la barbilla y se quedó mirando el suelo—. Yo soy, o era, la institutriz de sus hijastras, Eliza y Anne, cuya madre murió en un trágico accidente el año pasado.

Un largo silencio se apoderó de la habitación, y a través de la hilera de ventanas abiertas Grace oyó el traqueteo de los carruajes y los carros en la lejana Saint James's Street. Abajo, en la calle, alguien estaba barriendo un umbral y más allá un portero llamaba a un coche de punto. Entre tanto, Ruthveyn no dejó de mirarla con sus fríos ojos negros.

—El *Morning Chronicle* informó de su muerte esta mañana —dijo por fin—. Daba a entender que había muerto degollado.

Grace sintió de pronto que la pena volvía a embargarla, dejándola sin respiración. ¿Darlo a entender? La cosa no había sido tan vaga. La muerte de Ethan había sido veloz, espantosa y palmaria, y había muerto, ciertamente, degollado.

Se inclinó un poco hacia delante, rodeándose el vientre con un brazo. De repente, al avivarse en su memoria el recuerdo de aquella noche, sintió náuseas. Santo Dios, ¿de veras hacía poco más de un día? Todavía veía a Ethan allí, gorgoteando en el suelo y clavando los dedos en la alfombra como si pudiera escapar a rastras.

Tenía que irse. Aquel hombre, aquel aristócrata, no podía ayudarla a encontrar a Rance. El sargento Welham se había ido y allí no encontraría ayuda. Y lo que era peor aún: esa mañana se había fijado en los dos policías de uniforme apostados a ambos lados de la plaza y sabía que uno la había seguido hasta Saint James. ¿Cómo iba a explicar su visita al club?, se preguntó de pronto. Y sin duda tendría que hacerlo. La policía no tardaría mucho en relacionarla con Rance Welham, el famoso asesino, una idea que cobró repentina nitidez dentro de su cabeza.

¡Qué necia había sido! Clavó los dedos en los brazos del sillón e intentó levantarse, pero parecía haber perdido hasta el dominio de sus músculos.

—¿*Mademoiselle* Gauthier?

La voz de lord Ruthveyn pareció llegarle de muy lejos.

—¿*Mademoiselle*?

Sonó más enérgica esta vez.

—¿*Oui?* —Logró soltar los brazos del sillón—. Sí, le pido disculpas.

—¿Qué tiene usted que ver con la muerte del señor Holding?

De algún modo logró mirarlo a los ojos.

—¿Que qué... tengo que ver?

—¿Es por eso por lo que ha venido? ¿Por el asesinato de Holding? —Sus ojos centellearon como diamantes negros—. ¿Estaba usted allí? ¿La han interrogado? ¿Es usted sospechosa?

—Sí —sollozó, arrancándose por fin del asiento—. ¡Sí, sí, sí, sí a todas sus viles preguntas! Mucho me temo que soy sospechosa. No lo sé. Nadie me lo ha dicho. No me permiten entrar en la casa. Me han prohibido ver a las niñas. Me sigue un policía, por el amor de Dios. Así que sí, milord. Creo que puedo afirmar con seguridad que estoy metida hasta el cuello en este asunto.

Presa de la angustia, se levantó las faldas y corrió hacia la puerta. Pero Ruthveyn era tan rápido que ni siquiera lo vio moverse. Chocó contra él de bruces y sintió que algo dentro de ella cedía. Entonces la agarró por los hombros con sus manos elegantes y ella se desplomó contra su pecho. Toda su fortaleza, toda su voluntad, se disolvieron en un único y asfixiante sollozo.

Ruthveyn hizo entonces algo de lo más extraño: la rodeó con sus brazos, con cautela al principio, como si nunca antes hubiera abrazado a un ser humano. Como si estuviera hecha de cristal hilado y pudiera romperse al menor contacto. La abrazó así un instante. Luego, repentinamente, sus brazos la abarcaron por completo, cálidos e increíblemente sólidos, y la estrecharon con todas sus fuerzas.

—Mi querida niña —murmuró, y su aliento cálido rozó la frente de Grace—, no todo puede estar perdido.

Tanta ternura, y procedente de un hombre que parecía todo menos tierno, la abrumó. Ahogó otro sollozo, sabedora de que el diluvio era casi irrefrenable.

—Ah, señor, usted no sabe todo lo que he perdido —logró decir—. Pero es... es usted muy amable. Y le doy las gracias por ello.

—Amable —repitió el marqués como si nunca le hubieran llamado tal cosa.

Grace acercó las manos a sus hombros y, empujando, se apartó de él. Ruthveyn la soltó, con expresión todavía ilegible, pero alejarse de su calor fue casi doloroso, como si la despojaran de algo no sólo físico, sino también anímico.

La ocasión fue, sin embargo, de lo más inoportuna, pues justo en ese instante se abrió de golpe la puerta y apareció un camarero empujando un carrito de caoba con un servicio de té y tres platillos. Grace se volvió hacia la ventana y parpadeó para refrenar las lágrimas mientras les servían el té.

—Debe quedarse, *mademoiselle* Gauthier —dijo Ruthveyn imperiosamente entre el tintineo de la plata y la porcelana—. Insisto en que coma algo y me cuente exactamente para qué buscaba al sargento Welham... o, mejor dicho, a lord Lazonby.

Cinco minutos después, a instancias del marqués, Grace se hallaba de nuevo sentada y se calentaba las manos exangües con una taza de un té tan fuerte que habría hecho saltar la pintura. La levantó y bebió casi con reverencia mientras lord Ruthveyn le llenaba el plato con canapés que no iba a comerse. Era extremadamente temprano para tomar el té, pero el marqués no parecía hombre al que preocuparan las convenciones.

Grace advirtió desapasionadamente que la vajilla era de la porcelana más fina imaginable. La tetera, en cambio, era de plata muy pesada y tenía labrado el mismo extraño escudo de armas que había visto en el frontispicio del club. En efecto, aquella casa y todos sus enseres destilaban una serena y acrisolada masculinidad. Fuera lo que fuese la Sociedad Saint James, a sus miembros no parecía faltarles de nada, y a ella le costaba conciliar tanta opulencia con el recuerdo que tenía de Rance Welham como un militar curtido y torvo.

Lord Ruthveyn la calibró con la mirada, atajando de inmediato sus cavilaciones.

—Yo diría que hemos comenzado con muy mal pie, ¿no le parece, *mademoiselle*? —murmuró mientras ponía una galleta de limón en su plato con unas pinzas de plata labrada—. Lazonby de viaje y usted aquí, teniendo que soportarme. Y, además, mi imperdonable arrebato de ira en el vestíbulo.

—No sé si se lo reprocho. —Grace cogió su plato, aliviada por poder entregarse a aquella conversación intrascendente, pensada, estaba segura, para tranquilizarla—. Ese espantoso joven... ¿Cómo se llamaba?

—Coldwater —contestó Ruthveyn—. Se ha convertido en un verdadero incordio para nosotros con su empeño de desenterrar ese viejo asunto del asesinato de lord Lazonby y airearlo otra vez en la prensa. Pero yo me encargaré de Coldwater. Ahora, si es usted tan amable, explíqueme qué quería pedirle a Rance.

Grace dejó su taza de té.

—¿Por qué quiere saberlo?

Él la miró fijamente.

—Para poder ayudarla.

—Pero ¿por qué habría de hacerlo? —Sintió que sus cejas se fruncían—. No tiene usted ninguna obligación para conmigo. Hasta hace un momento no me conocía.

Ruthveyn vaciló un momento, como si midiera sus palabras.

—Puede que así estuviera escrito, *mademoiselle* Gauthier —respondió por fin—. A fin de cuentas, ha sido el destino el que la ha traído aquí hoy.

—En mi opinión cada cual se labra su propio destino, lord Ruthveyn —repuso ella—. Usted no me debe nada.

—¿Y Lazonby sí?

—Él parece creer que sí —contestó.

—¿Y acaso la deuda de mi hermano no es la mía? —inquirió Ruthveyn—. Lazonby haría lo mismo por mí, y lo ha hecho. Así que volveré a preguntárselo, *mademoiselle* Gauthier, ¿qué deseaba de él?

Grace abrió la boca, pero de ella no salió nada. Por fin confesó:

—No estoy del todo segura. Sólo he pensado que... que podía aconsejarme. Después de todo, ¿quién mejor que él? Rance fue injustamente acusado de asesinato. De hecho, tuvo que huir de su país por culpa de ese asunto y emplearse como soldado de fortuna. Pero al fin se ha hecho justicia. Le han exonerado de todos los cargos.

—Los tribunales de Su Majestad puede que sí —comentó lord Ruthveyn—. Pero ¿la opinión pública? Eso es menos seguro.

—Me importa un comino la opinión pública —afirmó Grace.

—¡Ah, querida! Esto es Inglaterra. —Le lanzó una mirada extraña—. Mucho me temo que debería importarle.

—¡Pues no me importa! —exclamó enérgicamente—. La verdad es que no sé por qué se me ocurrió venir a este país. Mis conocidos ingleses no son de ninguna ayuda, la policía sólo ve en mí a una francesa sospechosa. Ya sabe usted que los franceses siempre somos sospechosos. Y ahora mi prometido ha muerto. Queda poco más de lo que preocuparse, señor, como no sea del buen nombre de mi padre. Y por eso estoy dispuesta a luchar.

Los ojos negros de lord Ruthveyn se endurecieron.

—¿Su prometido?

Grace bajó los ojos y cogió de nuevo su té, pero le tembló la mano y la taza titiló espantosamente sobre el platillo.

—Sí, el señor Holding y yo... estábamos comprometidos en secreto.

—¿En secreto? —preguntó Ruthveyn enérgicamente—. ¿En absoluto secreto?

—No, no del todo. —Bebió un sorbo del té negro y fuerte para darse ánimos—. Su hermana, Fenella Crane, lo sabía. Y la familia de su difunta esposa también había sido informada. Estábamos esperando a que acabara oficialmente su año de luto, pero se lo habíamos dicho a las niñas. —Sintió que su cara se contraía de pronto—. ¡Y estaban tan contentas...! A mí me daba mucho miedo que se llevaran un disgusto. Era tan pronto... Pero estaban... estaban tan felices...

No se dio cuenta de que estaba llorando hasta que Ruthveyn se sentó en el sofá, a su lado, y le ofreció un pañuelo.

—¡Oh! —susurró, dejando la taza, avergonzada. Se enjugó los ojos y se sonó la nariz—. Debo de parecerle una horrible regadera.

—Lo que me parece, *mademoiselle* Gauthier —murmuró él—, es que ha vivido usted muchas tragedias. Y en un plazo muy corto.

Ella se volvió, azorada. Lord Ruthveyn tenía algo que sencillamente... la intimidaba hasta el punto de lo insoportable. Para sorpresa suya, él posó la mano sobre su cara, cubrió su mejilla con sus largos y cálidos dedos y la hizo volver la cara.

Sucedió entonces algo sumamente extraño. Fue como si el calor de su contacto calara dentro de ella, atravesando su mandíbula y los músculos de su cara, hasta que recorrió su cuerpo una cálida oleada que se parecía al chisporroteo de los relámpagos cercanos y sin embargo no era eso en absoluto.

Fue como si hubiera vuelto la cara hacia el sol más brillante que cupiera imaginar y extrajera de él no sólo calor, sino también algo que se parecía vagamente a un sentimiento de paz. Se quedó perfectamente quieta y dejó que el silencio descendiera en torno a ellos. El ruido de la calle de abajo, la leve brisa otoñal que entraba por la ventana, hasta el sonido de su propia respiración, todo ello pareció desvanecerse por completo, aunque Grace no alcanzó a saber por cuánto tiempo.

Cuando volvió en sí, oyó una voz que decía:

—Abra los ojos.

Intentó recordar de quién era aquella voz.

—Míreme, *mademoiselle* Gauthier.

No se había dado cuenta de que tenía los ojos cerrados.

—¿Por-por qué?

—Porque quiero ver sus ojos —murmuró lord Ruthveyn—. A fin de cuentas son el espejo del alma, ¿no?

Al oír aquello, la mirada de Grace voló hacia la suya casi contra su voluntad. Pero en cuanto sus ojos se encontraron, procuró ahuyentar aquel extraño letargo. No tenía nada que esconder. No la asustaban aquel hombre ni su mirada negra y centelleante. Así pues, lo miró con la misma intensidad que él a ella. Estaban sentados tan cerca, que uno de los fornidos muslos de Ruthveyn se apretaba contra los suyos. Su perfume y su calor giraban en el aire: una mezcla de especias exóticas, humo y virilidad pura e inalterada.

Grace aspiró aquel aroma. Aquella extraña sensación de calma y el silencio sobrenatural seguían invadiéndolo todo. Pasó un instante, un abrir y cerrar de ojos durante el cual se sintió completamente a solas con aquel hombre, como si fuera de aquella sala y en aquel instante todo hubiera cesado de existir.

Entonces la mano de Ruthveyn abandonó su cara.

Como si no hubiera pasado nada raro, el marqués fijó su atención en la mesa de té, cogió una de las galletas de limón del plato de Grace y la acercó a sus labios.

—Coma —murmuró.

—¿Por qué?

—Está pálida otra vez.

Ella se descubrió haciendo lo que le pedía, como hipnotizada. Mordió la mitad de la galleta y la masticó lentamente. Fue como si sus papilas gustativas estuvieran de pronto sensibilizadas en extremo. El trozo de galleta le supo ácido como un gajo de limón crudo, y sin embargo dulce y mantecoso. Estuvo a punto de caérsele una miga y, sin pensarlo, la atrapó con la lengua mientras dejaba escapar un murmullo de delectación.

Ruthveyn entornó los párpados, satisfecho.

—Receta especial de nuestro chef —murmuró—. *Monsieur* Belkadi recorrió todo París hasta dar con él. Y luego hizo que su hermana reeducara a ese pobre diablo. Espere a probar su couscous de azafrán.

—¿Cuscús? —Grace cogió la otra mitad de la galleta con los dedos y se la comió—. ¿De veras? Uf, yo besaría el suelo por donde pisa.

—Se lo haré saber —dijo Ruthveyn—. Ahora, un sándwich.

—No... no tengo hambre.

—Sí que la tiene —contestó en tono imperioso—. Está hambrienta. Necesita la lucidez que procura el alimento.

Resultaba extraño que dijera aquello, pero Grace comió un bocado del pequeño sándwich que le ofrecía casi sin detenerse a pensar en lo raro que era verse alimentada por un hombre al que acababa de conocer... o por un hombre en general.

El sándwich contenía una fina rodaja de pepino encima de un paté de color rosa que sabía al mismo tiempo a salmón, a limón y a eneldo y, como colofón, a nata purísima.

—Dios mío —dijo después de tragar—, me sorprende que sean ustedes capaces de subir las escaleras.

Ruthveyn no dijo nada más. Se limitó a ofrecerle el plato y a llenar de nuevo su taza, añadió una gota de leche, como a ella le gustaba, y removió lentamente el té. Grace se comió hasta el último bocado, avanzando meticulosamente en el sentido de las manecillas del reloj hasta que vio con sorpresa que había vaciado el plato.

—Excelente —le dijo al retirarlo.

Regresó al sofá de enfrente y se sintió extrañamente desvalida; notó un poco de frío. Él se entretuvo un instante en llenar su taza de té, que, según pudo advertir ella, tomaba solo. Sin ningún motivo en particular, tomó nota de ello.

Pasado un rato, Ruthveyn dejó su taza y adoptó de nuevo su postura casi felina en el sofá.

—Ya ha recuperado el color —dijo con calma—. Así pues, volvamos al asunto que nos ocupa, *mademoiselle*, y a mis preguntas.

Grace comprendió que era inútil discutir con él.

—Muy bien —contestó con un suspiro—. ¿Qué desea saber?

Una expresión innominada se dibujó en su rostro, tan vaga y fugaz que ella creyó haberla imaginado.

—Deseo saber —dijo parsimoniosamente— si amaba usted a Ethan Holding.

Grace lo miró con sorpresa.

—¿De veras? —preguntó—. ¿Importa acaso?

Él levantó ligeramente el hombro.

—Puede que sólo tenga curiosidad —respondió—. Pero podría aducirse que un crimen pasional parece mucho menos probable cuando hay... en fin, poca pasión.

Ella le dedicó una sonrisa mordaz.

—¡Cuán pragmático es usted, lord Ruthveyn, y cuán cruel! —comentó—. No, no lo amaba en el sentido en que usted lo dice, pero sentía un profundo respeto por él. Y aunque algunas personas lo consideraran duro, para mí era un hombre justo y un buen padre.

—Entiendo —repuso Ruthveyn—. ¿Y quién es el Crane de Crane y Holding? Porque sin duda no es su hermana.

—¡Santo cielo, no! —Intentó relajarse recostándose en el sofá—. La madre de Ethan creía que las mujeres no tenemos cabeza para los negocios. Es su primo, Josiah Crane.

—¿Un primo? —preguntó él—. Qué acuerdo tan extraño.

—El negocio lo fundó la familia Crane —explicó Grace—. La madre de Ethan era viuda y había heredado los astilleros Holding, un negocio en quiebra. Se casó con uno de los herederos de la familia Crane cuando Ethan era pequeño, y su nuevo marido aceptó a Ethan como a un hijo. Cuando murió su madre, unos años después que el señor Crane, Ethan se convirtió por herencia en el accionista principal de la empresa.

—A eso lo llamo yo un matrimonio de conveniencia —dijo Ruthveyn—. ¿Y el resto del negocio?

—El señor Crane dejó el cuarenta por ciento a su sobrino, Josiah Crane, en su testamento.

Ruthveyn esbozó una sonrisa torcida.

—Me pregunto cómo se lo tomó Josiah Crane.

—Yo diría que fue un trago amargo y que sin embargo estaba agradecido —contestó Grace—. Su padre era el mayor de los hermanos Crane, pero demostró ser un manirroto y tuvo que vender su parte del negocio familiar a su hermano pequeño. Durante un tiempo Josiah no fue más que un aprendiz que trabajaba para su tío. Pero de eso hace mucho. Ahora es agua pasada.

Ruthveyn ladeó la cabeza y la miró un momento con expresión calculadora.

—Y, sin embargo, ¿qué es el tiempo, *mademoiselle* Gauthier, sino un invento del ser humano? —preguntó por fin en tono pensativo—. El tiempo puede abarcar el infinito. A veces, en cambio, no es más que una trivialidad. «El tiempo cura todas las heridas», ¿no es eso lo que dicen los ingleses? Pero la envidia... Créame, *mademoiselle*. La envidia puede ser eterna.

Grace logró sonreír.

—Es usted de convicciones mucho más esotéricas de lo que esperaba, lord Ruthveyn —respondió—. Y confío, por mi propio bien, en que el tiempo cure en efecto todas las heridas.

—A veces, *mademoiselle* Gauthier, no las cura —repuso quedamente. Luego pareció salir de una especie de trance—. Así pues, el padre de Josiah Crane vendió su parte de la herencia familiar, ¿no es eso? —murmuró—. Josiah fue muy afortunado al recuperarla.

—El cuarenta por ciento —le recordó Grace—, no el cincuenta por ciento original.

—Ah, de modo que durante su viudedad la señora Holding empuñó el control del negocio, o una parte significativa de él.

—No me la imagino empuñando nada más significativo que una aguja de zurcir —repuso Grace—. La madre de Ethan creía que el sitio de una mujer estaba en el hogar. Por lo que dice Fenella, los fideicomisarios lo controlaron todo hasta que Ethan y Josiah tuvieron experiencia suficiente para seguir solos.

—Fascinante —murmuró Ruthveyn—. ¿Qué tal se llevaba Ethan Holding con su socio minoritario?

—Bastante bien —contestó Grace—. Discutían a veces, como suelen hacerlo los hombres con carácter. Pero en general estaban muy unidos.

—¿Quién manejaba el dinero?

—Josiah Crane —respondió ella—. Tenía mejor cabeza para los números. Fenella y él. Creo que debe de ser un rasgo propio de la familia Crane. Ethan es... era la cara amable de Crane y Holding. Caía bien. La gente confiaba en él.

—Ciertamente, el gobierno de Su Majestad confiaba en él.

—Sí —respondió Grace con sencillez—. Se ha hablado incluso de ascenderlo a la nobleza.

—¿De veras? —murmuró Ruthveyn—. Así pues ¿podría haberse convertido usted en lady Holding?

Ella se rió con cierta amargura.

—Como si eso me importara —dijo—. En la familia de mi difunta madre hay títulos a montones, y ninguno de ellos vale nada. Un título no te da de comer, ni te da un techo. No te calienta por las noches. Los títulos sólo sirven para jactarse... Le ruego me disculpe, milord.

—No tiene por qué disculparse —repuso Ruthveyn.

Grace sintió que se sonrojaba de vergüenza.

—Me figuro que usted nació ya noble —murmuró— y que el marquesado lleva en su familia desde la época de Guillermo el Conquistador.

—No, me temo que sólo tenían un título de poca monta —contestó—. Mis antepasados, sin embargo, se las ingeniaron para acumular toda una colección de títulos y honores, por las buenas o por las malas, o al servicio de la Corona... Pero, en fin, creo que me estoy repitiendo, ¿no le parece?

—¿Y el marquesado?

Él encogió sus anchos hombros.

—Obra mía, supongo.

—Ah —dijo Grace—. ¿También al servicio de la Corona?

En el semblante de Ruthveyn se dibujó algo turbio.

—¿No es así como suele ser? —contestó—. Sí. Por los servicios prestados a Su Majestad.

En ese instante, en algún lugar de la casa un reloj dio la hora. Grace puso cara de horror.

—¡Ay! —exclamó—. ¡No puede ser tan tarde!

Ruthveyn extrajo un reloj de oro del bolsillo de su chaleco.

—Me temo que sí —dijo—. ¿Tenía otro recado que hacer?

—No lo sé —contestó pensativa—. Quería preguntarle a Rance... Bueno, si creía que necesitaba un abogado. Pero la idea me horroriza.

Ruthveyn guardó el reloj.

—Todavía no la han acusado de ningún delito —dijo con calma—. Siga con sus asuntos, compórtese como se comportaría una persona inocente. Lazonby tuvo al mejor abogado de Londres, un socio de este club, en realidad. Hasta que lo localice, puede usted confiar en él para que proteja sus intereses.

Para que proteja sus intereses...

Pero ¿cuáles eran sus intereses? ¿Qué le quedaba? La existencia apacible y trivial que había logrado labrarse desde la muerte de su padre había quedado tan vacía de esperanza como la de Ethan. Y de pronto el mundo exterior se cernía de nuevo sobre ella con toda su fealdad.

—Dudo que pueda permitirme al mejor abogado de Londres, señor —repuso sin perder la calma.

—Eso déjelo en mis manos de momento —contestó él.

Era una orden, no un ofrecimiento.

Sintió la mirada de lord Ruthveyn fija en ella y un escalofrío repentino recorrió su columna vertebral. Deseó huir de aquel hombre enigmático e imponente y de sus ojos penetrantes. Y, sin embargo, al mismo tiempo, sintió girar a su alrededor todo su misterio, envolviéndola casi por completo como un manto protector. Lord Ruthveyn le estaba ofreciendo su ayuda. Y no era hombre al que conviniera mentir o manipular. Grace lo sabía instintivamente.

El marqués era todo lo que tenía. Tragó saliva y lo miró a los ojos.

—Acepto su amable oferta, señor —dijo—. ¿Cómo se llama ese abogado?

—Sir Grenville Saint Giles —respondió Ruthveyn—. Tiene su despacho en el Inner Temple, pero puede mandarle recado aquí si es necesario. Si la policía se atreve a detenerla, y creo que no lo hará, debe decirles que la representa Saint Giles. Y a continuación no dirá ni una sola palabra más. Bajo ninguna circunstancia. Yo haré que la pongan en libertad antes de que acabe el día, se lo aseguro.

Grace le creyó. Parecía capaz de ir hasta el fin del mundo, y quizás incluso más allá, hasta el negro abismo del infierno, con el solo propósito de demostrar que tenía razón.

—Gracias —repitió, y se puso rápidamente en pie—. Y ahora he de irme. Ya he abusado de su amabilidad más que suficiente.

Ruthveyn se levantó, puesto que no le dejaba elección. Pero al llegar a la puerta titubeó y le cortó el paso con sus anchos hombros.

—Tengo una última pregunta, si me permite.

Ella levantó la vista.

—¿Sí?

Ruthveyn la miró desde lo alto de su nariz aguileña.

—*Mademoiselle* Gauthier, ¿mató usted por casualidad a Ethan Holding?

Grace se quedó boquiabierta.

—¡No! —contestó por fin—. Yo... ¿Por qué...? ¡Cómo puede creerme capaz de una cosa así!

—Todos somos capaces de una cosa así, *mademoiselle* —repuso él con toda tranquilidad—. Es la naturaleza del ser humano. Pero acepto su respuesta. Así pues... si no fue usted, ¿quién lo hizo?

Ella le lanzó una mirada llena de exasperación.

—¡Pues algún... ladrón, por supuesto! La casa estaba llena de plata y obras de arte. Nadie le deseaba la muerte.

—En ese punto me temo que estoy en desacuerdo con usted —dijo lord Ruthveyn—. No sé nada de él y ya se me ocurren varias personas que podrían haberlo matado. ¿Quién encontró el cadáver?

Los ojos de Grace se desorbitaron.

—Yo.

Ruthveyn se echó un poco hacia atrás.

—¿En plena noche?

A Grace le impresionó de nuevo lo peligroso que parecía aquel hombre. Lo cerca que estaba. Por un instante fue como si la habitación se quedara sin aire. Sintió el ardor de su mirada recorriéndole la cara hasta la garganta y más allá.

—No fue en plena noche —logró contestar—. Eran las doce y media.

—Explíquese.

—Josiah Crane me había prestado un libro de poesía durante la cena —contestó ella—, y yo había expresado mi intención de quedarme levantada hasta que acabara de leerlo. Ethan deslizó una nota bajo mi puerta pidiéndome que fuera a su despacho si todavía estaba despierta.

—¿De veras? —Su voz sonó como un trueno suave—. ¿Hacía a menudo cosas así?

—No, nunca —respondió Grace, arrugando las cejas—. Y la nota estaba escrita de forma un tanto extraña.

—¿En qué sentido?

Arrugó aún más el ceño.

—Me llamaba «señorita Gauthier» —dijo—. Y parecía creer que me debía una disculpa por algo.

—¿Cómo solía llamarla?

—Grace cuando estábamos solos. Después de prometernos, quiero decir. Y cuando me escribía durante sus viajes... Sí, solía llamarme Grace a no ser que adosara la carta a otra dirigida a una tercera persona.

—Y dígame, ¿qué había hecho Holding para deberle una disculpa?

Grace se encogió de hombros débilmente.

—Ése es el caso —contestó—. Que no se me ocurre nada. Estuvo un poco hosco durante la cena porque estaba cansado. Acababa de volver de pasar quince días en los astilleros de Liverpool. Habló sobre todo con Josiah, de asuntos de negocios, y yo... bueno, yo no les presté atención, francamente.

Ruthveyn pareció meditar sobre aquello.

—¿Comía a menudo con la familia?

Grace desvió la mirada.

—A la hora de la cena, sí. Creo que a Ethan le impresionaba mucho que fuera nieta de un conde —confesó—. Y le agradaba mucho que me hubiera hecho amiga de su hermana.

—¿Confiaba en que se le pegara su refinamiento?

Grace soltó una risa mordaz.

—Qué tontería, ¿no es cierto?, habiéndome pasado yo casi toda mi vida en destacamentos militares. Pero las familias de comerciantes suelen sentirse inferiores a cualquiera que tenga aunque sólo sea una gota de sangre azul en sus venas. Y Ethan era un poco... —Aquí sonrió melancólicamente—. En fin, solía decir que siempre tendría aire de gañán, pero creo que confiaba en que Fenella hiciera una buena boda. Tenía una dote inmensa, pero su círculo social era muy limitado.

—¿Y Josiah Crane? —inquirió Ruthveyn—. ¿Cenaba allí con frecuencia?

—Una o dos veces por semana. —Hizo una pequeña pausa—. Creo que, cuando eran jóvenes, Ethan esperaba que Josiah y Fenella se casaran, pero... En fin, no ocurrió nada.

Ruthveyn se quedó pensando.

—Muy bien —dijo por fin—. Entonces, ¿fue enseguida al despacho de Holding cuando la nota apareció por debajo de su puerta?

Grace se mordió el labio y sacudió la cabeza.

—No, tonta de mí —musitó—. Me recogí el pelo y me puse la bata. ¡Me preocupaba el recato, nada menos! Y fueron diez minutos fatales. ¡Ay, Dios! ¡Ojalá hubiera ido enseguida!

—Lo siento, *mademoiselle* Gauthier —dijo Ruthveyn—, pero no creo que hubiera servido de nada. Dígame, ¿qué hizo al encontrar a Holding?

—¡Grité! —respondió—. Y luego... intenté ayudarlo. Pero no había nada que hacer. Entonces llegaron unos sirvientes, alguien fue a buscar a un alguacil... Después... La verdad es que no recuerdo muy bien en qué orden sucedieron las cosas, pero hubo mucha gente y muchas preguntas. Nos tuvieron a todos separados. Y ahora creo... Sí, creo que sospecharon de mí desde el principio.

—Es lamentable —comentó Ruthveyn—. ¿Había alguna cerradura forzada? ¿Alguna ventana?

Ella negó lentamente con la cabeza.

—Nadie dijo nada de eso —susurró—. Pero tenía que haberla. ¿No? Trenton, el mayordomo, lo cierra todo con llave, sin falta. La casa es una fortaleza. Para que las niñas estuvieran a salvo, decía siempre Ethan.

—¿Y la nota que deslizaron bajo su puerta?

Grace sacudió de nuevo la cabeza.

—Debió de caérseme en el despacho de Ethan —reconoció—. Imagino que la tiene la policía.

—Imagino que sí —repuso Ruthveyn con sorna—. ¿Y no han vuelto a dejarla entrar en la casa?

—No se lo han permitido a casi nadie —respondió Grace—. Hasta Fenella se ha ido a casa de la señora Lester. Dijo que no podía soportar vivir allí hasta que atraparan al asesino.

—Y dígame, ¿quién es la señora Lester?

—La hermana de la primera esposa de Ethan. Vive cerca de Rotherhithe. Allí es donde han ido Eliza y Anne. —Tuvo que hacer un ímprobo esfuerzo para no echarse a llorar otra vez—. Y me figuro que... En fin, me figuro que es donde se quedarán ahora, ¿no? Es lo que ha deseado siempre la señora Lester.

—¿No le agrada la señora Lester?

Grace titubeó.

—No la conozco bien —confesó—. Mima mucho a las niñas, pero su difunta hermana quiso que éstas se quedaran con Ethan en el único hogar que habían conocido. La señora Lester tiene cinco hijos varones, así que puede que pensaran que sería demasiado alboroto. No lo sé. Sólo sé que Ethan era un buen padre y que se tomaba sus deberes muy a pecho.

—¿La señorita Crane no puede quedarse con las niñas?

Ella negó con la cabeza.

—¿Una mujer soltera y sin parentesco sanguíneo con ellas? —preguntó Grace, pensativa—. No, imagino que las niñas se quedarán con la familia de su madre. El señor Lester es muy rico. La familia tiene fábricas de madera, según creo, y el señor Lester le consiente todos los caprichos a su mujer. Fenella querrá mantener la paz. Y respecto a lo que opine yo... —Su voz se quebró, acongojada—. Bien, eso ya no importa, ¿no?

Ruthveyn ladeó la cabeza con su acostumbrada expresión calculadora.

—Piensa usted que la muerte del señor Holding le ha quitado a las niñas para siempre —dijo—, cuando estaba haciéndose a la idea de ser madre. De hecho, toda su vida ha dado un vuelco.

Grace consiguió esbozar una sonrisa llorosa.

—Quiero a las niñas, ¿sabe? —dijo—. Pero la señora Lester también. Tiene una casa llena de criados y juguetes y siempre ha anhelado tener hijas. Cuando esto pase... En fin, pediré permiso para ir a visitarlas. Confío en que todo salga bien.

Los ojos oscuros parecieron suavizarse por primera vez.

—Yo también tuve una madrastra —dijo solemne—, aunque era casi adulto. Pero Pamela era amable, demasiado, en realidad, y todos la queríamos mucho. La compadezco a usted.

—Gracias.

Ruthveyn se volvió, vaciló un momento con la mano sobre el picaporte.

—¿Dónde puedo encontrarla a partir de hoy, *mademoiselle* Gauthier?

—¿Encontrarme? —preguntó ella—. ¿Encontrarme para qué?

La ternura de sus ojos se había desvanecido.

—Por si surgiera algo.

Grace dudó un instante, pero dudar no serviría de nada. De momento, estaba atrapada.

—Me alojo en casa de mi tía, en Manchester Saquera —respondió—. Lady Abigail Hythe.

—No parece muy contenta al respecto.

Grace esbozó una sonrisa irónica.

—Hay que dar gracias por tener un techo... o eso me han dicho a menudo.

—Ah, conque sí, ¿eh?

Ella se encogió de hombros y lo dejó correr.

Lord Ruthveyn abrió la puerta y le ofreció el brazo.

—Entonces, la ha seguido hasta aquí un agente de policía, ¿no es así?

Grace logró soltar una risa desganada.

—Sí, y a estas horas estará preguntándose qué ha sido de mí.

Lord Ruthveyn la miró.

—Pues que siga preguntándoselo, ¿no le parece? —murmuró al empezar a bajar la ancha y blanca escalera—. ¿Conoce usted Spenser House? Nada más doblar la esquina hay un pasadizo muy estrecho que da a Green Park.

Grace sonrió.

—¿Un pasadizo secreto?

Él se encogió de hombros.

—Un pasadizo en el que casi nadie se fija —aclaró—. Permítame que la acompañe a través de los jardines y le muestre su salida. Quizá pueda disfrutar de un largo paseo a casa en soledad.

Habían llegado al final de la espaciosa escalera. El joven moreno seguía de pie ante el mostrador de la entrada, pasando uno de sus cuidados dedos por la página de un libro de registro abierto.

—Belkadi —dijo Ruthveyn.

El joven levantó los ojos.

—¿Sí?

—¿Ha visto a Pinkie Ringgold?

—Enfrente —contestó el mayordomo distraídamente—, haciendo de portero del tugurio de Quartermaine.

Sólo podían referirse a Ned Quartermaine, pensó Grace. Todo el mundo conocía a Quartermaine: regentaba el salón de juego más exclusivo, indecoroso y discreto de todo Londres. Tan discreto era que al parecer Grace había pasado por delante sin darse cuenta.

—Vaya allí —dijo Ruthveyn— e inicie una pelea con Pinkie.

Belkadi cerró el libro de registro.

—Muy bien —dijo—. ¿Quiere algún hueso roto? ¿Sangre?

—No, hay un alguacil rondando por aquí. Limítese a meterle el miedo en el cuerpo y armar un poco de jaleo mientras hago salir a *mademoiselle* Gauthier por detrás.

Belkadi hizo una reverencia y se encaminó hacia la puerta.

—Y traiga a esa piltrafa de Pinkie a rastras cuando haya acabado —añadió Ruthveyn mientras bajaban las estrechas escaleras de atrás—. Yo iré a buscar a Bessett. Quiero que hablemos los cuatro.

Grace miró hacia atrás con los ojos como platos y vio desaparecer a Belkadi por la puerta de entrada.

Ruthveyn le dio unas palmaditas en la mano que ella había posado ligeramente sobre la manga de su levita.

—Ya está, *mademoiselle* Gauthier, ¿lo ve? Belkadi creará un poco de alboroto para distraer a la policía.

Grace lo miró, indecisa. Empezaba a sospechar que el único peligro que había en Saint James's Place estaba sujetando su brazo.

Y posiblemente la tenía en sus manos.

Capítulo 3

Pinkie hace una visita de cortesía

Las mujeres, pensó lord Ruthveyn, *siempre han sido mi ruina*.

Y no hacía falta ser adivino para saber que aquélla no sería una excepción.

Por más que intentaba evitar al bello sexo, es decir, evitarlo con más ahínco aún que al resto de la raza humana, seguía siendo un hombre, con los apetitos propios de un hombre. Y al parecer a los hombres les gustaba la intriga. Quizás incluso quedara dentro de él algún jirón de caballerosidad.

Fuera lo que fuese lo que impulsaba a Ruthveyn, tardó apenas tres minutos en sacar a su amigo Bessett del salón de café y explicarle su curioso encuentro con *mademoiselle* Gauthier. Tardó otros cinco, sin embargo, en justificar su decisión.

Estaban de pie junto a la cima de la escalera de mármol y lord Bessett se frotaba pensativamente la barbilla. Sus ojos tenían, como de costumbre, una expresión cautelosa.

—Deduzco que estás convencido de que debemos tomar cartas en este asunto —comentó—. Pero confieso que no veo por qué ha de inmiscuirse en eso la *Fraternitas*. Aunque esa mujer conociera a Lazonby en Argelia, no es de los nuestros.

—Eso no lo sabes.

Una sonrisa sagaz tensó la boca de Bessett.

—Ah, pero tú sí —respondió—. Y si lo fuera, ya lo habrías dicho.

El semblante de Ruthveyn se crispó.

—En este asunto no estoy seguro de nada.

—¿Qué sabe ella de Lazonby? —Bessett bajó la voz—. ¿Le has dicho dónde estaba?

—No seas absurdo —contestó Ruthveyn—. Le he dicho que había tenido que irse a casa, lo cual es perfectamente cierto, de momento. Bueno, ¿piensas ayudarme o no? Es lo que me he propuesto, hasta que tengamos noticias de Lazonby.

Lord Bessett cruzó los brazos y lo observó con los párpados entornados.

—¿Por qué será, amigo mío, que tengo la impresión de que la dama es una preciosidad? —murmuró—. Claro que la belleza femenina nunca ha tenido mucho poder sobre ti, ¿no es cierto? Siempre te ha atraído más la belleza interior.

De pronto oyeron abrirse violentamente la puerta de abajo y a continuación un ruido sordo y estremecedor, un par de golpes y una retahíla de juramentos que hacían daño a los oídos.

—Será Pinkie Ring —dijo Ruthveyn con un suspiro. Abrió bruscamente la puerta del salón de café—. ¿Qué contestas, Geoff?

Bessett inclinó la cabeza casi majestuosamente.

—Que sea como deseáis, lord Bafomet. ¿Acaso no sois nuestro Príncipe de las Tinieblas y nosotros vuestros leales caballeros templarios?

Ruthveyn señaló con la cabeza la puerta que sostenía abierta.

—Estás volviendo a leer demasiada bazofia medieval —le espetó—. Entra y procura que esos dos no se maten.

No fue tarea fácil.

Al final, tuvieron que poner una mesa de buen tamaño entre Belkadi y su presa y mandar a buscar una botella de jerez del fuerte, a pesar de que la tarde acababa de empezar.

—¡Yo no he dicho *na*, salvaje del demonio! —vociferó Pinkie Ringgold, lanzándose hacia Belkadi por encima de la mesa.

—¡Basta!

Bessett se levantó de un salto, agarró a Pinkie y lo obligó a sentarse de nuevo en su silla.

—¡Puto moro cabrón!

Pinkie intentó desasirse, la cara hinchada y roja de rabia.

Belkadi permaneció sentado, impasible.

—Lo siento muchísimo, amigo mío —dijo con aire de total aburrimiento—. Habría jurado que criticaba el corte de mi levita.

—Conque el corte de su levita, ¿eh? —Lord Bessett dejó que su mirada se deslizara sobre la arrugada chaqueta marrón de Pinkie, con sus botones desparejados—. Me figuro que habrá sido un malentendido. Caballeros, somos vecinos. A veces incluso socios. Dejémoslo estar, ¿de acuerdo?

—Desde luego que sí —repuso Belkadi.

Pinkie se desasió de Bessett, movió los hombros inquieto, se sentó y agarró el filete de ternera crudo que acababa de dejar sobre la mesa uno de los subalternos de Belkadi.

El mayordomo lo miró desapasionadamente cuando se lo puso en el ojo derecho.

—Ringgold, envíeme la factura por haberle roto la corbata —dijo.

Ruthveyn tomó la palabra por primera vez:

—Yo me encargo de eso —dijo. Sacó su monedero, extrajo de él un montón de billetes y los empujó por la mesa, hacia Pinkie—. Tenga. Espero que baste con eso.

Pinkie achicó el ojo izquierdo.

—Sí, ya, ustedes los ricachones se creen que *puen* comprar al bueno de Pinkie cuando se les antoja —dijo—. Con ese montón de dinero se *puen* comprar treinta corbatas. ¿Qué *quié* de verdad, Ruthveyn?

Ruthveyn sonrió levemente.

—Permítame ir al grano, entonces.

—Que yo sepa no *tié* fama de andarse con rodeos —replicó Pinkie.

Ruthveyn y Bessett cruzaron una mirada.

—El miércoles por la noche hubo un asesinato en Belgravia —explicó Ruthveyn mientras tamborileaba pensativamente con la punta de un dedo sobre la mesa—. Quiero saber qué se dice por ahí.

Pinkie, que seguía sosteniendo el filete, soltó un gruñido.

—Fue en casa de un tal Holding —dijo mirando al marqués con desconfianza—. Y está muerto, ¿no? Eso es lo que se cuenta por ahí, que yo sepa.

Ruthveyn sacó otro billete.

—Quiero saber si fue un robo —dijo al dejarlo sobre el montón sosteniéndolo con dos dedos—. Quiero saber si forzaron una puerta o una ventana. Quiero saber si se llevaron algo. Y quiero saber el nombre del perista. En resumidas cuentas, Pinkie, quiero saber todo lo que se sabe en los bajos fondos. ¿Me he explicado bien?

El portero se lamió los labios, vaciló y sacudió la cabeza a medias.

—No malgaste más cuartos, jefe —dijo, y cogió un billete del montón—. Con esto me conformo por hoy.

—¿Qué quiere decir?

La voz de Ruthveyn sonó peligrosamente suave.

Pinkie achicó los ojos.

—Que a Holding no se lo cargó un ladrón. Aquello es territorio de Johnnie Rucker. Y si se hubiera *torcío* algún asunto, Johnnie lo sabría. Habría *procurao* enterarse... y me lo habría dicho a mí.

—¿Y no se lo ha dicho?

—Me dijo que no sabía *na* de eso —contestó Pinkie en tono confidencial—. Además, Johnnie no permite que a nadie se le vaya la mano. Dicen por ahí que fue uno de los sirvientes quien se lo cargó.

—¿Cuál de ellos? —terció Bessett.

Pinkie se encogió de hombros.

—La institutriz, a lo mejor —dijo—. Se creía que estaba *enamo-*

rá de Holding... y encima era franchute. —Miró a Belkadi malévolamente—. Son *mu* fogosas las franchutes, tengo *entendío*.

Belkadi se limitó a sonreír.

—Cíñase al tema que nos ocupa, Ringgold, ¿quiere?

Ruthveyn no hizo caso y empujó de nuevo el montón de billetes hacia Pinkie.

—Asegúrese de todo eso —dijo rechinando los dientes—. Hable con Quartermaine y vea qué puede descubrir. Hable otra vez con Rucker. Haga correr la voz entre todos los peristas de Londres. Sea lo que sea lo que hayan robado, pagaré el doble de lo que valga sin hacer preguntas.

—No robaron *na* —le advirtió Pinkie.

—Eso dice usted.

Tras vacilar un momento, Pinkie dejó bruscamente el filete en el plato y recogió el dinero.

—El dinero es suyo, jefe —dijo al levantarse.

Ruthveyn sacó su reloj de bolsillo.

—Esta noche estaré en el Quartermaine sobre las once —dijo, mirando la hora—. Entonces podrá informarme.

No era una petición.

—¡Ja! —exclamó Pinkie, incrédulo—. Vendrá a echar una partidita, ¿eh? A Quartermaine no le gustará ni un pelo.

Ruthveyn lo miró sombríamente.

—Yo no juego —contestó con calma—. Con dinero, al menos. Dígame, Pinkie, ¿a quién le han asignado este asunto en Scotland Yard?

Pinkie sonrió, replegando los labios para dejar al descubierto unos caninos amarillentos que habrían sido la envidia de un lobo.

—A su buen amigo Royden —dijo—. Royden Napier. Así que buena suerte, Ruthveyn.

Se metió el fajo de billetes en el bolsillo de la chaqueta y se alejó trabajosamente hacia la puerta.

Ruthveyn masculló una maldición. Napier. Tendría que haberlo imaginado: el asesinato de un favorito de la Corona tenía por fuerza que atraer el interés de los mandamases. Ningún sargento de tres al cuarto podía hacer justicia al cadáver de Ethan Holding.

—Es de lo más interesante —murmuró Bessett mientras veía marchar a Pinkie.

Belkadi también se levantó.

—¿Algo más? —preguntó.

—Sí, otra cosa —contestó Ruthveyn—. La dama que acaba de marcharse, *mademoiselle* Gauthier... Es hija del comandante Henri Gauthier.

Belkadi pareció al fin sorprendido, cosa que raramente ocurría.

—¿De veras?

En los labios de Ruthveyn se dibujó una sonrisa irónica.

—Eso asegura ella —confesó—. Y al parecer es inglesa por parte de madre.

—En efecto, *le commandant* había estado con una inglesa, muerta hacía tiempo —comentó Belkadi—. Y tenía una hija de la que se decía que era muy bella.

—*Mademoiselle* Gauthier lo es, ciertamente —repuso Ruthveyn—. Dice alojarse con una tía suya apellidada Hythe, en Manchester Square.

—Pero usted no la cree —dijo el mayordomo con énfasis—. Y quiere que confirme lo que ha dicho.

—¡Santo cielo, Adrian! —Bessett se puso en pie—. ¿Quieres decir que vas a hacer que nos juguemos el tipo por una mujer de la que ni siquiera te fías?

Ruthveyn se encogió de hombros.

—Por una vez, caballeros, no sé qué creer —respondió—. Es una novedad para mí, se lo aseguro. Yo diría que esa mujer es exactamente quien dice ser, pero no he tenido tiempo de verificarlo, así que lo hará Belkadi.

Bessett levantó las manos, rezongando, y se marchó. Belkadi hizo una de sus tensas y burlonas reverencias y lo siguió de inmediato.

Ruthveyn se quedó de nuevo solo en la mesa.

Como prefería.

—¡Grace! Grace, ¿eres tú?

Aquella voz petulante se dejó oír tan pronto como ella abrió la puerta de la modesta casa de su tía en Marylebone.

—¡Buenas tardes, tía Abigail! —contestó alzando la voz.

—¡Lo serán para ti! —gritó su tía—. ¡Para mí no lo son!

Grace se quitó su manto y deseó fugazmente haber prolongado aún más su paseo de vuelta a casa, saboreando su libertad mientras aún podía hacerlo. Pero el número de escaparates que ver era limitado y había tantas cosas que la abrumaban que no podía disfrutarlos.

Miriam, la segunda doncella, entró apresuradamente y, al cruzarse su mirada con la de Grace, puso los ojos en blanco.

—Ha venido la policía —susurró mientras recogía el manto de Grace—. No hace ni diez minutos que se fueron. Luego a la señora le dio un soponcio.

Un «soponcio» era como llamaba el servicio a las jeremiadas de la tía Abigail.

—Ay, Señor. —Grace metió su llave en su bolsito—. Entonces, ¿ya se ha tomado su jarabe?

Miriam frunció los labios.

—Sí, y he hecho la mezcla bien fuerte.

—Buena chica. —Respiró hondo para calmarse, echó un vistazo a su pelo y su cara en el espejo de encima del aparador y se recogió un rizo que estaba fuera de su sitio—. Bueno, Miriam, ¿qué tal estoy?

—Estupendamente —contestó la doncella sin inmutarse—. Aunque de todos modos hoy nada va a parecerle bien.

Era una advertencia innecesaria. Grace le lanzó una sonrisa valerosa y luego recorrió a paso vivo el pasillo hasta llegar al salón de atrás.

Lady Abigail Hythe yacía reclinada en todo su mustio esplendor en su diván favorito para desmayarse. Agitaba letárgicamente un abanico de plumas y a su lado, sobre un velador de palisandro, se veían su frasquito de sales y su sempiterna copita de licor.

—Tía Abigail, ¿te encuentras bien?

Grace se acercó apresuradamente.

—¡Ay, Grace, no puedes ni imaginártelo! —exclamó lady Abigail, abanicándose más aprisa—. ¡Qué mañana tan espantosa hemos tenido! ¡Después de que se cometiera un asesinato prácticamente delante de tus narices! ¿Cómo se te ocurrió trabajar para esa gente?

Se le había ocurrido, contestó Grace para sus adentros, porque allí no la querían.

Y, en efecto, la había movido el impulso de escapar. No había querido ser una carga para una mujer que, evidentemente, prefería sus ilusiones de grandeza y sus fantasías acerca de lo que podía haber sido a la tristemente ajada realidad. Pero ahora había vuelto, y la vida con su tía era más insoportable que nunca.

Recorrió con la mirada el alto salón, con sus cortinas descoloridas, casi hechas jirones, y sus muebles que habían estado de moda hacía un siglo. El aire estaba impregnado de un olor a dinero viejo y gastado hacía mucho tiempo, tan denso como las motas de polvo mohoso que se levantaban del tambaleante sofá que había junto a las ventanas. Grace comprendió de pronto por qué su madre se había sentido impelida a escapar de todo aquello hacía tanto tiempo.

—Tía Abigail, eran personas muy amables, te lo aseguro —dijo con suavidad—. Y estoy segura de que el señor Holding no tenía ni la menor idea de que estaban a punto de asesinarlo. De haberlo sabido, no habría querido que tuvieras ni la más mínima relación con su casa para no causarte molestias.

Lady Abigail giró la cabeza hacia ella.

—¡Chiquilla descarada! —dijo en voz baja, temblando de rabia—. Adelante, búrlate del disgusto que tengo. No te reirás tanto cuando te diga que ha venido la policía.

Grace juntó las manos sobre el regazo.

—Lo siento mucho, tía.

—¡La policía, sí! —prosiguió lady Abigail interrumpiéndola—. ¡Y esa arpía despreciable de la señora Pickling los ha visto desde el otro lado de la calle! ¡A estas horas todo Manchester Square sabrá que estamos metidas en este turbio asunto! ¡Oh, qué vergüenza! Y la culpa la tienes tú, Grace. Sí, tú. Y tu madre por...

Por hacer aquel viaje a París, hacía siglos. Por enamorarse de un francés sin un céntimo. Por degradar a toda nuestra familia. Por vivir en tiendas y codearse con españoles y árabes y sabe Dios qué más. Por morir demasiado joven y no haber sufrido bastante...

Aunque eso último la tía Abigail nunca lo decía expresamente. No era necesario. Y a Grace no le hacía escuchar lo que sí decía: había oído tantas veces las lamentaciones de su tía... Así pues, se limitó a hacer oídos sordos, acarició la mano marchita de lady Abigail y se recordó que su tía era la única hermana viva de su madre. Que era mayor. Que no sentía en realidad lo que decía.

Confiaba en que así fuera.

—Tía Abigail, dime qué quería la policía —sugirió cuando amainó la perorata.

—¡A ti! —exclamó lady Abigail, levantando la cabeza del diván—. Te querían a ti, Grace. Parecen creer que puedes ayudarles a contestar a algunas preguntas. ¿Te lo puedes creer? ¡Preguntas! Ese hombrecillo despreciable traía una carpeta llena de trozos de papel... y no le hizo ninguna gracia que le dijera que no estabas en casa. La verdad es que me pareció sospechoso.

—¿Te pareció que sospechaba de mí? —preguntó Grace—. ¿O sospechabas tú de él?

—¡Las dos cosas! —gritó lady Abigail, intentando incorporarse—. ¡Ah, santo cielo! ¡Todavía me da vueltas la cabeza! ¡Tráeme mi amoníaco!

Grace encontró el amoníaco y estuvo un rato mimando a la anciana para que se calmara. Miriam fue a ayudarla, volvió a llenar la copita de licor reconstituyente de lady Abigail y hasta le puso un chorrito de coñac.

Grace comprendió que era hora de volver a París, aunque no sintiera París como su hogar. Había nacido en Londres, en aquella misma casa, y durante su primera infancia había vivido largas temporadas tanto en Francia como en España, pero sólo al llegar a Argelia había echado auténticas raíces. Y su último viaje a París, adonde había llevado a morir a su padre, había sido especialmente triste.

Pero una mujer soltera no hacía nada en el Norte de África, y a alguna parte tenía que ir. En alguna parte tenía que encontrar su hogar. Tenía que decantarse por un sitio u otro, y le había importado muy poco cuál fuese. Sin embargo, ahora que Ethan había muerto, la Inglaterra de su infancia ya no le parecía tan acogedora.

Cuando se calmaron los ánimos y su tía estaba a punto de acabarse el licor, Grace acercó una silla al diván.

—Bien, en cuanto a ese policía, tía Abigail —dijo con calma—, ¿recuerdas cómo se llamaba?

—¡Santo cielo, no!

Chasqueó los dedos repetidamente, llamando a Miriam.

La muchacha corrió a buscar una bandejita de plata con pies que sostenía aún una tarjeta de visita de color marfil. Lo cual era bastante extraño. Nadie habría pensado que un policía corriente usara tarjetas de visita.

—¿Estás segura de que era policía, tía Abigail?

—¡Faltaría más! —declaró ésta.

La oleada de cansancio que lord Ruthveyn había logrado mitigar la embargó de pronto. Resignada, cogió la tarjeta.

Royden Napier.

—Me temo, tía Abigail, que no es policía —dijo con voz queda.

—¡Bueno, yo no he dicho que llevara uniforme! —La anciana resopló, cruzando las manos—. Le dije que dejara en la calle a esos patanes vestidos de azul. Pero su actitud... En fin, no me atreví a decirle que se marchara. Le dejé entrar, aunque te aseguro que le presté muy poca atención.

—Lamento que no lo hayas hecho —repuso Grace con sorna—. Quizá te habría reconfortado saber que ese caballero estaba sólo uno o dos escalones por debajo del mismísimo ministro de Interior.

—¿El ministro de Interior? ¿Qué quieres decir?

Grace volvió a dejar la tarjeta en la bandeja, boca abajo.

—El señor Napier —añadió suavemente— es el subcomisario de Scotland Yard.

Y muy posiblemente, agregó para sus adentros, *mi verdugo*.

Capítulo 4

Visita a Belgrave Square

*T*ampoco le hizo falta el don de la adivinación para descubrir al día siguiente cuál era la residencia del difunto Ethan Holding. La bruma matutina se había disipado ligeramente y aunque los edificios que daban a Belgrave Square parecían idénticos entre sí como enormes monolitos blancos, el marqués de Ruthveyn sólo necesitó ver a las mujeres llorosas y a los hombres con brazaletes de luto que se materializaban entre la niebla, al pie de la escalinata de los Holding.

Al subir los peldaños, sus pasos sonaron huecos y descarnados en medio de la espesa niebla. Sacó su tarjeta con ademán de altiva condescendencia, mencionó su título y enseguida le hicieron atravesar el alto vestíbulo de dos pisos, revestido en su mayoría de mármol blanco, y pasar a otra estancia espaciosa y amueblada con opulencia a la que llamaban, con intención irónica, era de esperar, el «saloncito». Ruthveyn miró a su alrededor divertido y le pareció que todo tenía, para su gusto, cierto aire a nuevo rico, a pesar de que los grandes espejos dorados que había entre las ventanas estaban tapados con crespón negro, el reloj de la repisa de la chimenea había enmudecido y todas las cortinas estaban corridas por respeto al difunto.

—Qué habitación tan notable —comentó.

El mayordomo, que se disponía a salir por la puerta, le lanzó una mirada extraña.

—La diseñó el propio señor Holding —dijo en tono indiferente—, cuando compró la casa, hace tres años.

—Entiendo —murmuró Ruthveyn sin dejar de mirar a su alrededor—. Y dígame, ¿dónde vivía antes?

—En Rotherhithe —contestó el criado—, en una casa cerca de los astilleros.

—Ah.

Era comprensible que Holding hubiera querido mudarse. Con sus muelles, sus astilleros y sus almacenes, Rotherhithe era en su mayor parte una zona obrera de la ciudad.

Ruthveyn estaba fingiendo que admiraba el friso dorado que rodeaba lo que parecía ser un medallón de techo de oro macizo cuando le llegó un eco de voces procedente del vestíbulo abovedado. Miró por las puertas abiertas y vio bajar por la escalera a una mujer alta y atractiva, con el cabello rojo oscuro recogido en un alto moño, del brazo de un caballero larguirucho y de pelo ralo. Les seguían varios criados cargados con maletas y sombrereras.

—Diles que lo dejen todo aquí, Josiah —ordenó la mujer— hasta que venga el carruaje. Sólo será un momento.

La señorita Fenella Crane, que parecía rondar los treinta y cinco años, entró en la sala vestida como si se dispusiera a salir de viaje. Ruthveyn vio con alivio que ya se había puesto los guantes y que, al igual que *mademoiselle* Gauthier, llevaba un sombrero negro con velo. El velo, sin embargo, no ocultaba del todo su mirada, y advirtió que su curiosidad lo atravesaba como un hierro al rojo vivo. Curiosidad, y algo más.

Se abrió de buena gana a ella y sintió resonar en la habitación cierta desconfianza y un asomo de ira, lo cual era lógico teniendo en cuenta lo que acababa de suceder en aquella casa. Reparó en que la señorita Crane tenía los ojos enrojecidos como si hubiera estado llorando. Se adelantó, hizo una reverencia y confió en que a la dama no se le ocurriera preguntar hasta qué punto conocía al difunto señor Holding.

—Señorita Crane, le pido disculpas —dijo suavemente—. Como me ha advertido su mayordomo, veo que se dispone a salir.

Ella inclinó rígidamente la cabeza, pero por suerte no le tendió la mano.

—Sí, lo siento milord —contestó—, pero ¿nos conocemos?

—No.

Ruthveyn sabía que la suya era una de esas caras de las que todo el mundo se acordaba.

—Es un honor, desde luego —añadió ella con desgana—, pero me temo que mi primo Josiah va a acompañarme de vuelta a casa de los Lester. Nos esperan a la hora del té.

—Entonces permítame que le exprese de inmediato mi más sentido pésame, señora —repuso el marqués—. Su hermano era un buen hombre y...

—Mi hermanastro —lo interrumpió ella.

—¿Cómo dice?

—Ethan era mi hermanastro —puntualizó, y se le quebró la voz—, aunque yo no lo quería menos por ello.

—Ah —dijo Ruthveyn—. Discúlpeme.

—No es necesario que se disculpe. Siempre nos reíamos por lo mucho que nuestros apellidos distintos confundían a la gente. Pero dígame, señor, ¿qué puedo hacer por usted antes de irme? Verá, me alojo en otra parte hasta que se solucione este horrible asunto. Ni siquiera nos entregarán al pobre Ethan... el cadáver del pobre Ethan hasta mañana.

—Lo siento muchísimo —repitió él—. Su mayordomo me ha explicado que sólo ha venido usted a recoger unas cosas.

—Muy pocas cosas —contestó ella un poco crispada—. La policía ha sido de lo más estricta. Parecen creer que uno de nosotros mató al pobre Ethan.

Ruthveyn levantó una ceja.

—Es indignante.

—Además de ridículo —añadió la dama—. Aquí nadie le deseaba ningún mal a Ethan. De hecho, todos lo queríamos muchísimo.

Ruthveyn dudaba mucho que un hombre se hubiera hecho tan rico como Ethan Holding gozando del amor de todos, pero prefirió guardarse para sí esa reflexión.

—Entonces, ¿tienen buenos sirvientes? —preguntó—. ¿Confían en ellos?

—Para mí son como de la familia —afirmó la señorita Crane.

—Me alegra saberlo —comentó Ruthveyn.

—No me explico por qué —dijo ella con una sonrisa melancólica—, cuando acabamos de conocernos.

—Me han recomendado a un miembro de su servicio para que entre a trabajar en mi casa —explicó—. Una tal señorita Grace Gauthier, que, según creo, estuvo al servicio de su familia hasta hace muy poco tiempo.

—¿Grace? —Bajó la voz y sus cejas se arrugaron en una mueca de alarma—. Ay, Dios. No pensé que...

—¿Que fuera a dejarles? —concluyó él—. Verá, tengo dos sobrinos. Dos diablillos, en realidad, y necesito a alguien competente.

La señorita Crane vaciló. El aire vibró, lleno de incertidumbre.

—Bien, la señorita Gauthier es excelente —dijo por fin—. Las niñas la adoran. Y mi hermano sentía un enorme respeto por ella.

—Uno de mis criados ha oído decir que las niñas van a mudarse al campo.

—Sí —respondió la señorita Crane—. La señora Lester, la hermana de su difunta madre, está desesperada por que vayan a vivir con ella, porque sólo tiene chicos. De hecho, nos alojamos las tres allí en estos momentos.

A Ruthveyn no le gustó cómo empleaba el término «desesperada». Las personas desesperadas solían hacer cosas desesperadas.

—¿La señora Lester ya tiene institutriz? —preguntó.

—Sí, la mejor de todas —respondió Fenella Crane—. Una chica de Berna. Me han dicho que las institutrices suizas hacen furor, aunque resulten un poco caras. Pero el señor Lester procura siempre que su mujer tenga todo lo que desea.

Ruthveyn logró sonreír con desgana.

—Yo me conformo con una institutriz competente. —Hizo una pausa mientras se pasaba pensativamente la mano por la barbilla—. Pero lo cierto es que resulta odioso recurrir a una agencia de contratación. Nunca puedes estar seguro...

La señorita Crane picó el anzuelo.

—Tiene usted mucha razón —respondió—. Nunca sabe una qué le van a mandar.

—Entonces, ¿es seguro que *mademoiselle* Gauthier no va a volver al servicio de su familia? —insistió Ruthveyn.

La señorita Crane pareció apenada.

—Lo creo improbable —contestó—, aunque voy a echarlas horriblemente de menos, Grace incluida.

—Si no es mucha molestia, señora, ¿tendría la amabilidad de darme la dirección de *mademoiselle* Gauthier?

—Claro que sí. —Se acercó de inmediato a un pequeño escritorio de caoba y lo abrió—. Grace se aloja en casa de su tía, en Marylebone —prosiguió mientras sacaba una hoja de papel de cartas y garabateaba algo en ella—. Voy a escribirle una nota de presentación.

—Qué amable es usted —repuso Ruthveyn.

En un abrir y cerrar de ojos, la nota estuvo escrita, aireada para secar la tinta y doblada. Ruthveyn la cogió cuidadosamente con la mano izquierda, procurando no tocar los dedos de la señorita Crane.

—Gracias —dijo.

Después, acordándose de su verdadero objetivo, respiró hondo y le tendió la mano.

Como era natural, la señorita Crane puso sus dedos sobre los de él. Ruthveyn se obligó a apretarlos mientras la miraba a los ojos.

Unos ojos grandes, azules y fijos, detrás de aquel velo que ya no escondía nada. A pesar del fino guante que separaba sus manos, sintió una brusca sacudida de lucidez, como si acabaran de sacarlo por la fuerza de un sueño profundo y lánguido para devolverlo a la blanca y fría realidad. Era la sensación repentina y espeluznante de haber mirado demasiado tiempo algo horrendo. Los bordes de su vista se oscurecieron y volvieron a iluminarse con un resplandor doloroso, señal de lo que iba a suceder.

Una vez, de joven, mientras viajaba por el confín septentrional del Indostán, había visto a través de un angosto desfiladero a un leopardo de las nieves abalanzarse sobre un conejo y hacerlo pedazos salpicando la nieve de gotas brillantes como rubíes, de una belleza sobrecogedora. El mismo horror volvió a apoderarse de él en ese instante. No sólo las salpicaduras de sangre sobre el blanco cegador, sino un enmarañado abanico rojo intenso. Jirones de fustán negro. Una mano de mujer lánguida y exangüe.

Santo Dios.

Respiró hondo y se resistió al impulso de cerrar los ojos ante aquella horrible visión, pues sabía que no serviría de nada. No veía con los ojos.

—¿Lord Ruthveyn? —La voz de la señorita Crane pareció llegarle de muy lejos—. ¿Se encuentra bien?

De algún modo encontró la presencia de ánimo necesaria para inclinarse elegantemente sobre su mano.

—Sí, y ha sido usted muy amable, señora —dijo con esfuerzo—. Ya he abusado demasiado de su tiempo en estos momentos tan tristes para usted.

Se despidió apresuradamente de la dama, deteniéndose sólo para presentarse a Josiah Crane, que le pareció un hombre reservado y taciturno. Crane masculló una palabra de agradecimiento pero no le tendió la mano, ni Ruthveyn se ofreció a estrechársela. Bajó a toda prisa la escalinata de entrada y regresó casi aturdido a su carruaje, con la nota de la señorita Crane hecha una bola dentro del puño.

Aquella visión ¿había sucedido en realidad o era meramente simbólica? Santo cielo, ¡cuánto se alegraba de que ella no se hubiera quitado los guantes!

Aun así, una parte de su ser lo impulsaba a volver. A advertirla. Pero ¿advertirla de qué? ¿Y con qué fin? Sabía por experiencias pasadas que todo era inútil. Sus fracasos lo seguían a todas partes, aplastándolo como un peso incluso cuando levantó la mano y ordenó a su cochero que se pusiera en marcha.

—A Whitehall Place, Brogden —dijo con voz ronca—. Y dese prisa.

Conocía bien el corto trayecto, pues no era ni mucho menos la primera vez que visitaba las oficinas administrativas de la Policía Metropolitana. La niebla casi se había levantado, pero seguía habiendo una humedad agobiante. Mientras el carruaje atravesaba Westminster con su lento traqueteo, estorbado por el tráfico incesante, Ruthveyn contempló el mundo más allá de su ventanilla: el mundo que se ocupaba de sus quehaceres cotidianos, ajeno y ciego a todo lo que no fuera el presente.

Tal vez sería sensato aprender a mimetizarse con ese mundo más amplio, o quizá simplemente retirarse a alguna casita de campo en Cornualles, junto a un acantilado, y evitarlo por completo. O volver a casa, con el pueblo de su madre, y desaparecer en las montañas para estudiar las filosofías antiguas y aprender así, tal vez, algún método para controlar el Don, como sugería a menudo su hermana Anisha.

En efecto, a veces se descubría preguntándose si la *Fraternitas*, o la Sociedad Saint James, si se prefería su faceta pública, servía a algún propósito concreto con todas sus investigaciones, sus lecturas y sus incursiones en los asuntos mundanos. ¡Guardianes, sí! Cada vez estaba más persuadido de que sólo los problemas del presente podían llegar a dominarse.

Pensó de nuevo en Grace Gauthier y curiosamente también en Anisha. Ambas eran tan fuertes en apariencia... Y, sin embargo, tenían un aire de fragilidad que quizá no todo el mundo era capaz de ver. Sólo Grace, sin embargo, había aceptado su oferta de ayudarla, aunque fuera con reticencia.

Al menos sus necesidades, sus necesidades inmediatas, eran claras y definidas. Algo que un hombre podía entender, y quizás incluso solventar. Las de Anisha, en cambio, eran mucho más imprecisas. Y lo que era peor aún: la viudedad la había hecho marchitarse, perder su color, y esa palidez persistía aún, empañando su antigua vivacidad juvenil. Aquello lo entristecía, y su incapacidad para ayudarla lo llenaba de frustración.

El carruaje entró de repente en Whitehall. Brogden consiguió hacerlo pasar con cierta brusquedad entre un carromato cargado de madera y un viejo coche de punto. El conductor del carromato agitó el puño y mandó al diablo al cochero de Ruthveyn. Y como obedeciendo a su arrebato de mal genio, el cielo bajo y gris que pendía sobre Londres comenzó a verter gotas de lluvia del tamaño de huevos de petirrojo. Funcionarios y ministros por igual abandonaron las aceras y corrieron a refugiarse en los soportales y los callejones. Luego, el chaparrón se convirtió en diluvio y el agua martilleó sobre su berlina como un hatajo de zapateros locos.

Al llegar al Almirantazgo, golpeó con fuerza el techo para hacerse oír entre aquel torrente. El cochero detuvo el carruaje delante de la Oficina de Pagas y Ruthveyn sacó un paraguas de debajo de su asiento. Tardaría poco en arreglar aquel asunto en Scotland Yard, se dijo, y no quería encontrarse luego atascado en una callejuela con el tropel de gente y carros de labriegos que se disputaban el espacio de la vía pública.

El aire de Londres se había liberado efímeramente de su olor penetrante y sulfuroso cuando echó a andar con paso enérgico por la acera. Al llegar al número cuatro, dejó su paraguas en el desgastado perchero de roble que había junto a la puerta y presentó su tarjeta al agente de guardia, que se puso firme. Sin duda su nombre, quizás incluso su reputación, le era bien conocido. Lo acompañaron escalera arriba y le ofrecieron el último asiento vacío en la antesala del despacho del subcomisario, donde un par de enjutos oficinistas de negra levita, sentados a sus altos escritorios como cuervos posados sobre postes de una valla, mantenían los ojos fijos en alguna prosaica tarea administrativa.

Ruthveyn se sentó, impaciente. Podría haber exigido que el subcomisario lo recibiera inmediatamente, se dijo. De hecho, seguramente podría haber abierto sin contemplaciones la pesada puerta de roble y ordenado salir a quien hubiera dentro del despacho. Pero su desdén aristocrático le haría un flaco servicio a *mademoiselle* Gauthier. Su influencia, por otro lado, quizá pudiera serle de ayuda..., aunque todavía no tenía claro por qué se tomaba tantas molestias por ella.

Quizá porque parecía lo más fácil.

Más fácil que afrontar sus propios problemas. O los de Anisha. O incluso los de Luc.

Santo Dios.

¿Sería así de sencillo? ¿Acaso no era la bella *mademoiselle* Gauthier más que una distracción? Hostigado aún por esa duda, se acomodó en la rígida silla de madera situada de espaldas a la pared, a la izquierda de la puerta de Napier. No era el sitio que habría elegido, pues estaba pésimamente diseñado, y Napier no era hombre al que conviniera dar la espalda.

Así sentado, se dispuso a observar el caudal constante de policías, funcionarios y miseria humana que subía y bajaba por la escalera y discurría a lo largo del pasillo. Pocas personas iban a Scotland Yard por propia voluntad. Pasado un rato, posó la mirada en sus compañeros de espera: un recadero desarrapado, con un agujero en la puntera de una de sus botas, que sostenía un sobre tan ancho como su pecho, y un par de sargentos de uniforme azul y semblante fúnebre que parecían estar aguardando a que Napier les diera una buena zurra con su fusta de montar.

En ese instante, sin embargo, la bisagra de la puerta chirrió a su espalda y en un abrir y cerrar de ojos el recadero se levantó de su asiento y se precipitó hacia la puerta, lanzándole de pasada una mirada recelosa pero triunfal.

—Las cuentas del señor Cook, señor —dijo sorteando al robusto caballero que intentaba salir—. Me dijo que se las diera a *usté* en mano, señor.

Sin perder un instante, el muchacho salió de la sala dejando a Napier con el sobre entre las manos. Ruthveyn ignoraba quién podía ser el señor Cook, pero la expresión tempestuosa que cruzó el semblante de éste cuando posó la mirada en él le resultó familiar.

—Lord Ruthveyn —dijo forzadamente—, no me explico qué lo trae por aquí.

Ruthveyn estaba seguro de que no. De hecho, él tampoco se lo explicaba.

Se levantó de la odiosa silla.

—Señor Napier —dijo sin tenderle la mano—, ¿tiene un momento? Me gustaría hablar con usted.

Napier levantó una ceja.

—¿Tengo elección?

Sin aguardar respuesta, despidió a los policías que aguardaban. Se levantaron de un salto y salieron apresuradamente, como si huyeran de galeras. Napier estiró un brazo como ordenando entrar a Ruthveyn.

Tan pronto se cerró la puerta del despacho, sin embargo, el subcomisario se volvió hacia él con una mirada cargada de amargura y enderezó orgullosamente la espalda.

—Tiene usted mucho valor, milord —dijo en voz baja y dura—. No quería ofenderlo delante de mis hombres, aunque imagino que usted no se molestaría en hacer lo propio. En todo caso, que conste que no es bien recibido en este despacho.

Ruthveyn levantó la mano para atajarlo.

—Ahórrese el discurso, Napier.

—¿Ahorrarme el discurso? Si por mí fuera, señor, lo echaría a la calle en este mismo instante.

El marqués le dedicó una sonrisa sutil.

—No, me echaría a los lobos —puntualizó— y miraría mientras me devoraran las entrañas.

Napier sonrió con acritud y Ruthveyn vio un destello de regocijo detrás de sus ojos. La inquina envolvía a Napier como una nube, y sin embargo era difícil de sondear. Pero él sabía por experiencia que aquel hombre era colérico... y despiadado.

—¿Qué quiere esta vez, Ruthveyn? —preguntó con aspereza—. Ahórreme la indignidad de ver mis decisiones boicoteadas por Buckingham Palace y dígamelo.

—Lo lamento —repuso él—. Hice lo que tenía que hacer, Napier. Iba usted a colgar a un hombre inocente.

—Eso dice usted.

—Lo sé —contestó con calma—. Lo sé, Napier, pero también sé que usted nunca me creerá. En este caso, sin embargo, no hay nadie condenado al patíbulo, al menos aún.

—¿Y qué caso es ése?

—La muerte de Ethan Holding.

—¿Holding? —Napier soltó un bufido desdeñoso—. Pensaba que su abuelo era un todopoderoso príncipe *rajput*, Ruthveyn. Bien sabe Dios que es usted altanero. Me cuesta creer que se haya rebajado a tratar con la plebe.

—Se sorprendería usted si supiera con qué clase de hombres me trato —repuso el marqués sin perder el aplomo—. Pero en todo caso Holding estaba muy bien situado, ¿no es así?

Napier se encogió de hombros y, acercándose a una de las ventanas, se quedó mirando el tráfico de la calle. Se metió una mano en el bolsillo mientras medía a todas luces sus palabras.

—Holding no era quizá tan rico como creía todo el mundo —respondió por fin, de espaldas a Ruthveyn—. Todavía estamos investigando el asunto. Pero ¿a usted qué más le da?

Ruthveyn vaciló, midiendo él también sus palabras.

—Un miembro de su servicio ha acudido a mí —contestó—. No puedo decir más.

—¿Un miembro del servicio? —Napier se apartó de la ventana con expresión incrédula—. ¿Ha venido de parte de un sospechoso? ¿Y no va a decirme de quién se trata?

—Todavía no. —Fingió sostenerle fijamente la mirada, cuando en realidad miraba a un punto más allá de su hombro—. No lo haré hasta que tenga una idea clara de este asunto.

El subcomisario cerró los puños.

—¡Maldita sea, Ruthveyn! ¿De parte de quién está? —preguntó—. ¡Estamos hablando de nuestro país! ¡De nuestra civilización! Inglaterra tiene leyes, y a veces debemos sacrificar nuestros sentimientos personales para hacerlas cumplir.

—No me hable a mí de sacrificarse por la patria, Napier —replicó Ruthveyn—. Dios sabe que he sacrificado todo lo que me importa. Y que eso se acabó.

Napier profirió un sonido desdeñoso y puso los ojos en blanco. Y el enfado de Ruthveyn se disipó tan rápidamente como había brotado.

Napier tenía razón. Era un cabezota, pero tenía razón. Y él se sintió de pronto cansado de todo aquello. Había pasado otra noche en vela y ni el coñac, ni el hachís, ni nada habían bastado para hacerle conciliar el sueño.

Ardía en deseos de hablar con Lazonby y averiguar qué le debía a *mademoiselle* Gauthier, en caso de que le debiera algo. Deseaba entender por qué se sentía tan impelido a ayudarla. Geoff había tenido razón, quizás, al advertirle que lo dejara.

Se sentía como si volara a ciegas, intentando entender los miedos y las motivaciones de una mujer de la que no sabía nada. Una mujer a la que no podía sondear en modo alguno, lo cual era muy extraño y profundamente frustrante, en aquel caso.

De algún modo se sentía retado por Grace. Y sí, también atraído por ella. Tal vez, pese al comentario de Geoff, pudiera dejarse engatusar por la belleza de una mujer. ¿Qué hacía a Grace Gauthier menos sospechosa que al resto de las personas atrapadas en aquella tragedia? La gente mataba por toda clase de razones difíciles de comprender. Y él no envidiaba a Royden Napier el trabajo de intentar aclararlas todas.

Se pasó una mano por el pelo, un gesto pueril que intentaba dominar desde hacía tiempo.

—Mire, Napier, ¿puedo sentarme? —preguntó—. ¿Tenemos que seguir así? ¿Siempre a la greña?

—Ah, conque ahora quiere una tregua, ¿no? —contestó taimadamente el subcomisario, pero señaló un asiento con la cabeza, regresó a su mesa, se sentó y acercó su silla con un fuerte chirrido.

Exhaló un suspiro cansino.

—Le diré lo que pueda, Ruthveyn —dijo en tono ligeramente conciliador—. A Holding le cortó el cuello desde atrás una persona diestra... e insegura, porque fue una chapuza. Él intentó escapar arrastrándose, pero murió desangrado junto a su escritorio. Consideramos sospechosas a todas las personas con acceso a la casa.

—Entonces, ¿están seguros de que el asesino es alguien de dentro? —insistió Ruthveyn—. ¿No había indicios de robo?

Napier negó con la cabeza.

—Un atraco es siempre mucho más fácil de digerir —contestó—. No, a Holding lo mató alguien a quien conocía, y no podrá usted convencerme de lo contrario —añadió en tono de advertencia.

Así pues, no había ninguna ventana rota. Ni cerraduras forzadas. Ruthveyn se desanimó un poco.

—¿De quién sospechan?

El subcomisario volvió a encogerse de hombros.

—¿Del socio de Holding? —sugirió—. ¿O del lacayo que en opinión del mayordomo birlaba la plata? Y luego está la institutriz, una francesa. Se las había ingeniado para prometerse en matrimonio con Holding, pero aún no hemos encontrado un posible móvil.

Su tono hizo que un escalofrío le recorriera la columna vertebral, lo cual no era hazaña fácil.

—¿Han acabado de registrar la casa?

—Prácticamente —respondió Napier a regañadientes—, pero hemos sacado un montón de libros de cuentas y cartas que aún tenemos que revisar. Y tengo a un hombre en Crane y Holding echando un vistazo a las cuentas de la empresa.

—¿Qué le hace pensar que fue la institutriz? —inquirió Ruthveyn—. Tengo entendido que fue ella quien encontró a Holding y que había de por medio una nota.

Napier se tensó.

—Puede que la hubiera.

—¿La han encontrado? —preguntó, esperanzado—. Me gustaría verla.

El semblante de Napier se oscureció.

—No tiene derecho a ello —respondió—. No es usted un funcionario de la justicia, ni nada remotamente parecido.

Ruthveyn vaciló.

—No le deseo ningún mal, Napier —contestó por fin—. El asesinato es un pecado y quien lo cometió debería acabar en la horca. Si descubro al asesino, y no espero descubrirlo, lo ayudaré de buen grado a atar el nudo.

El subcomisario pareció recelar aún.

—¿Qué está pasando exactamente, Ruthveyn? ¿Qué sabe usted que yo ignoro?

El marqués se encogió de hombros.

—Nada —reconoció—. Aun así, pienso seguir el caso hasta su conclusión. Sería conveniente para todos que lo aceptara.

Al oír aquello, una especie de resignación se dibujó en las duras facciones de Napier. Sacó una llavecita del bolsillo de su chaleco y abrió un cajón.

—Es usted un azote para esta casa, Ruthveyn —masculló mientras hojeaba una carpeta—. Sé lo que se propone. Sabe algo y va a ocultármelo. Y después retorcerá los hechos, los tergiversará para que encajen en la teoría que se propone demostrar.

—Se equivoca —repuso Ruthveyn al tiempo que Napier sacaba un papel doblado y se lo tendía.

Lo cogió con cautela, sin tocar al subcomisario. Estuvo un rato con él en la mano, frotando entre dos dedos el grueso papel de color crema. Tenía una esquina enrojecida. Era sangre seca, comprendió. Así pues, había sucedido lo que sospechaba *mademoiselle* Gauthier: había dejado caer la nota. Aun así, no sintió nada. Pero tampoco esperaba sentirlo.

Aflojó la mano y miró detenidamente la nota. No tenía nada escrito por fuera. Al desdoblarla, comprobó que estaba formulado en los términos que recordaba *mademoiselle* Gauthier: en tono rígido y un tanto ceremonioso. Se la devolvió a Napier.

—Puede que la institutriz sea una oportunista —convino con él—, pero ¿por qué matarlo?

El semblante de Napier se volvió hermético.

—Las mujeres son criaturas emocionales —respondió—. Todo el mundo, hasta ella, reconoce que el suyo no iba a ser un matrimonio por amor, pero Holding tenía desde hace tiempo una querida en el Soho. Puede que la institutriz se enterara de ello.

—No parece que fuera un hombre muy interesado en casarse —masculló Ruthveyn.

—Hacía quince días que había roto con su amante —agregó Napier—. Le dijo que su compromiso era inminente. Puede que sea un móvil, pero la amante no estaba en la casa.

—No, que se sepa —murmuró el marqués, mirando a los ojos a su interlocutor.

A pesar de las sospechas del subcomisario, dentro de Ruthveyn había ido relajándose poco a poco un tenso resorte que finalmente se aflojó por completo. Comprendió que hasta ese instante ni siquiera había estado convencido de que la historia que le había contado *mademoiselle* Gauthier acerca de su compromiso matrimonial fuera cierta. No era insólito que una mujer empobrecida se entregara a fantásticas ilusiones. Lo cual planteaba otro interrogante.

—¿Había alguien más? —le preguntó a Napier—. ¿Alguna otra mujer resentida? ¿Alguna criada que calentara la cama del señor? ¿Algo de ese estilo?

El subcomisario exhaló lentamente un suspiro.

—Había una criada que en algún momento se creyó la favorita de Holding —dijo con calma—. Lo mismo que su amante, aparentaba no estar dolida, pero...

—¿Qué hay de la familia de la esposa?

Napier se encogió de hombros desdeñosamente.

—Sólo tenía una hermana —respondió—, pero ella y la difunta estaban en buenos términos. Deduzco que tenían discusiones puntuales sobre lo que era más conveniente para las niñas, para las hijas de la difunta señora Holding, pero nunca llegaron a más.

—Entonces sigue sospechando de la institutriz. ¿Por qué? ¿Cuál es su teoría?

El semblante de Napier volvió a adquirir una expresión hermética.

—No tengo ninguna teoría. Y sospecho de todo el mundo.

—Embustero —dijo Ruthveyn en voz baja.

Los ojos del subcomisario brillaron amenazadoramente.

—Puede que tenga que decirle lo que sé —replicó—. No tengo ganas de que me llamen del Ministerio del Interior para que sir George vuelva a darme de baquetazos. Pero mis pensamientos son míos. Ni siquiera pertenecen a la reina. Aún no, en todo caso.

Una sonrisa amarga se dibujó en la boca de Ruthveyn.

—Entonces considérese afortunado, amigo mío. Antes eran dueños de los míos.

Napier, sin embargo, apenas se interrumpió para tomar aliento:

—En cuanto a lo que sé —prosiguió—, sé que la francesa fue la última en ver con vida a Holding. Sé que salió de la habitación cubierta de sangre. Y sé que dos horas después del hecho todavía estaba medio aturdida.

Ruthveyn se limitó a arquear una ceja.

—Bueno, yo diría que encontrar a tu prometido en medio de un charco de sangre y dando las últimas boqueadas dejaría a cualquiera...

En ese instante la puerta chirrió de nuevo. Uno de los oficinistas vestidos de negro entró sigilosamente en el despacho, dejó un papel sobre la mesa de Napier y desapareció con el mismo sigilo con que había llegado. Ruthveyn echó una ojeada a la hoja, que parecía ser una especie de listado.

Napier masculló un juramento, levantó los ojos del papel y miró al marqués.

—Maldita sea —dijo entre dientes—. ¿Ha ido a ver a la hermana de Holding?

Ruthveyn se encogió de hombros.

—¿Por qué? —preguntó Napier con aspereza—. Eso es interferir y usted lo sabe perfectamente.

El marqués no dijo nada. No estaba del todo seguro de por qué lo había hecho. Sólo sabía que quería ver el lugar donde había vivido y trabajado *mademoiselle* Gauthier; que había confiado en que algo dentro de la casa le «hablara». Y suponía que así había sido.

Napier dejó el papel a un lado y se levantó.

—No sobrestime el poder de su influencia en este caso, Ruthveyn —gruñó, apoyando las manos en la mesa para inclinarse hacia él—. Sé que cuenta con la confianza de la reina. El rapapolvo que recibí mientras investigaba el caso Welham lo dejó bien claro. Pero no se atreva a interferir en esta investigación, ¿me oye? No tiene nada que ver con usted, ni con su *Fraternitas* o como quiera que llamen a ese maldito aquelarre. Y no voy a permitirlo, puede estar seguro. Ahora márchese, antes de que decida rascar un poco por ahí para averiguar a qué se dedican exactamente en Saint James y ponerle coto.

Ruthveyn se levantó enérgicamente.

—Es usted un necio, Napier. —Se inclinó sobre la mesa al tiempo que recogía su sombrero—. No fui a Belgrave Square para interferir en su trabajo.

—Entonces ¿a qué fue? —preguntó de nuevo el subcomisario.
Ruthveyn dio media vuelta y posó la mano sobre el picaporte.
—No es que sea asunto de su incumbencia —dijo, crispado—, pero fui... a ver.
—¡Ah, sí! ¡Ruthveyn el chiflado! —La voz de Napier rebosaba desdén—. Y dígame, ¿qué vio esta vez? ¿Eh? ¿Hadas? ¿Trasgos? ¿El fantasma de las Navidades pasadas? *¡Fraternitas!* ¡Valiente majadería!
Con el sombrero todavía en la mano, Ruthveyn se giró para mirarlo. A pesar de su arrogancia y su desprecio, Napier ni siquiera alcanzaba a sospechar su propio candor. Ni siquiera podía preguntarse durante una fracción de segundo si había quizás algo más grandioso que él y que el poder que era capaz de desplegar.
—Napier —replicó—, el loco es usted si piensa que puede sacar a la luz todas las faltas y los secretos de un ser humano. Hay algunas cosas que escapan a la vulgar compresión humana. Si no ha aprendido eso, no ha aprendido nada. Y yo no tengo tiempo para sacar a un necio de su ignorancia.
El subcomisario rodeó su ancha mesa. Se había puesto un poco pálido. Miró a Ruthveyn con nueva intensidad. Sus ojos brillaron, no de miedo exactamente, sino de otra cosa semejante al espanto.
—Muy bien —dijo—. Conteste a la pregunta, Ruthveyn. ¿Qué vio?
Ah, quizá no sea tan desdeñoso, después de todo...
Haciendo un esfuerzo, Ruthveyn dejó de estrujar el ala del sombrero.
—Muerte, Napier —respondió—. Vi muerte.
Se volvió hacia la puerta y se sorprendió cuando el subcomisario lo agarró de la manga. Se desasió rápidamente y dio media vuelta.
—Maldita sea, Ruthveyn —rezongó Napier—, ¡no puede entrar aquí lanzando esas afirmaciones! Si sospecha algo, por Dios, ¡dígalo de una vez!
El subcomisario no se atrevía a decir en voz alta a qué se refería, pensó Ruthveyn esbozando una sonrisa amarga.

—A diferencia de usted, no sospecho nada —contestó—. Y sé aún menos.

—Ruthveyn —dijo Napier con una nota de advertencia—, no me deje al margen. Es un asunto muy serio.

El marqués lo miró con incredulidad.

—¿Acaso cree que no lo sé?

—Entonces ayúdeme —le exigió Napier—. Ha dicho que ése era su propósito. ¿No es así?

La mala conciencia se apoderó de él, seguida por una sensación de impotencia que conocía demasiado bien y que agitó su cólera. ¿Qué podía hacer? ¿Qué podía decir que cambiara las cosas?

Pero Napier seguía mirándolo expectante.

Ruthveyn se resistió, como de costumbre, a sostenerle la mirada.

—Vi sangre —dijo con voz ronca—. Sangre que brillaba como rubíes arrojados en la nieve. Y no me pregunte qué quiero decir con eso, porque no lo sé. Pero vigile a la hermana. Puede que haya... ¡Dios mío, Napier, no sé! Quizá haya tropezado con algo.

Napier bajó al fin la voz.

—¿Quiere decir que podría estar en peligro?

Ruthveyn abrió la puerta bruscamente.

—¡Por el amor de Dios, Napier! —exclamó—. Todos estamos en peligro. Todos. Constantemente.

Y la bella *mademoiselle* Gauthier parecía correr un peligro mucho mayor que la mayoría. Porque era la principal sospechosa de Napier, lo reconociera él o no.

Capítulo 5

Vuelta a casa accidental

Grace Gauthier se rebullía, inquieta, por diversos motivos. Principalmente, por el nudo de angustia que había empezado a formarse en la boca de su estómago, pero también por lo incómoda que se hallaba. El respaldo de la rústica silla de roble en la que se había sentado tenía un ángulo que parecía diseñado para rechazarla de sí, y el asiento estaba tan hundido que tenía la impresión de estar sentada encima de un montón de enaguas.

La justa indignación que la había sostenido durante el trayecto hasta Marylebone se había difuminado al darse de bruces con aquellas oficinas siniestras y funcionariales que olían a hollín mojado y a desesperación. Se removió otra vez en vano y procuró hacer caso omiso de las miradas subrepticias que le lanzaban los dos secretarios, uno de los cuales había estado a punto de volcar su alto taburete al verla entrar. Sin duda entraban muy pocas mujeres en aquel bastión de virilidad, y menos aún de su posición, por bajo que fuera el peldaño que ocupaba dentro de la escala social.

Empezaba por fin a acomodarse cuando la puerta del despacho del señor Napier se abrió bruscamente, de par en par, como empujada por una pequeña explosión. Acto seguido salió la explosión en persona, ataviada con botas negras bien bruñidas, chaleco gris y levita ceñida de finísimo paño gris oscuro. Hasta la expresión de lord Ruthveyn semejaba una nube de tormenta.

Por suerte no reparó en ella: pasó de largo y salió dejándola a solas en la antesala con otro hombre al que reconoció vagamente.

Royden Napier la miraba con expresión colérica.

Grace logró levantarse y sostenerle la mirada sin pestañear.

—Buenas tardes —dijo, tendiéndole su mano enguantada—. Puede que se acuerde de mí. Soy Grace Gauthier.

—La recuerdo, sí —contestó ásperamente el subcomisario—. ¿Qué quiere?

Grace ladeó la cabeza inquisitivamente.

—¡Qué extraño! —murmuró—. Eso es justamente lo que iba a preguntarle yo.

Napier pareció desconcertado. Luego, como si se lo pensara mejor, se volvió y le abrió la puerta.

—Pase entonces, señora.

—Gracias.

Entró con la cabeza alta y la espalda erguida, imitando en lo posible a su difunta madre.

Napier era un hombre apuesto, pensó, de no ser por el perpetuo ceño que fruncía su frente y que convertía lo que de otro modo habría sido una boca de expresión amable en otra cosa mucho menos grata a la vista.

—Tengo entendido que estuvo usted ayer en casa de mi tía, señor Napier —dijo tras rechazar la silla que le ofrecía el subcomisario—. Este asunto la ha dejado muy disgustada. Me temo que debo pedirle que se abstenga de volver a visitarla.

El semblante de Napier se ensombreció.

—Disculpe, señorita Gauthier, pero eso no es usted quien debe decidirlo.

Grace cruzó las manos sobre su bolsito.

—En mi opinión sí lo es —replicó—. Si vuelve, me temo que no estaré para recibir ninguna visita.

—Dadas las circuns...

—En cambio —añadió, levantando aún más la barbilla—, si me envía recado, aquí estaré. En su despacho. Ese mismo día.

Napier se había puesto rígido de la cabeza a los pies.

—Es usted muy prepotente, señora.

—Puede ser. Pero mi tía es muy frágil.

—¡Frágil! —refunfuñó Napier—. ¿Eso es sinónimo de engreída? Recuerde que la he conocido.

—Con «frágil» quiero decir que está muy delicada —contestó Grace, inamovible—. Y tiene todo el derecho a estarlo, pensemos nosotros lo que pensemos. La casa es suya, más que mía.

—Pero vive usted allí —repuso el subcomisario.

Grace sintió que se sonrojaba.

—Me temo que mi tía soporta mi presencia de mala gana —respondió—. En estos momentos siente que he convertido a nuestra familia en objeto de las más horribles sospechas. No era esa mi intención, desde luego. Y naturalmente no le reprocho a usted que intente cumplir con su labor. De hecho, ansío que atrapen al asesino de Ethan y lo ayudaré en todo lo que esté en mi mano. Pero no debe volver a visitar la casa de lady Abigail.

Napier no dijo nada. Se limitó a arquear una ceja hasta una altura inverosímil.

Grace respiró hondo.

—Envíeme recado y vendré de inmediato. Le doy mi palabra. —Le tendió la mano—. ¿Trato hecho, señor Napier?

Él negó con la cabeza.

—Yo no hago tratos, señorita Gauthier.

Grace bajó la mano.

—Yo no maté al señor Holding —dijo con calma—. No tenía ningún motivo para matarlo, al contrario. Me había ofrecido una casa propia y la oportunidad de vivir cómodamente. Quizás incluso de ser feliz.

—Soy consciente de ello —rezongó Napier.

Ella ladeó de nuevo la cabeza ligeramente.

—Sí, es consciente de ello —murmuró—, pero ¿acaso tiene idea de lo que eso significa para una mujer como yo? ¿Una mujer de medios modestos que ha pasado toda su vida en remotos destacamentos militares, sin tener nunca un verdadero hogar? Tengo veintiséis años, señor Napier, y ardo en deseos de tener una familia. Eso fue lo que me ofreció Ethan: ser mi familia. Intentar amarme y compartir sus hijas conmigo. Quizás incluso darme hijos propios. Habría hecho cualquier cosa por preservar eso. Me pregunto si es usted capaz de comprenderlo.

Para su asombro, Napier desvió la mirada.

—Comprendo la desesperación, señorita Gauthier —dijo quedamente—. La veo todos los días, en todas sus múltiples formas. Y veo lo que empuja a hacer a la gente.

—Entonces debería saber que yo jamás le habría hecho daño —susurró Grace.

Pero Napier ya no parecía escucharla. Miraba fijamente por la ventana, hacia un punto mucho más allá de la lluvia que arreciaba de nuevo y golpeaba los cristales como pedrisco.

—Señor Napier, yo respetaba a Ethan Holding —afirmó—. Créame cuando le digo que deseo encontrar a quien lo mató.

Napier habló sin mirarla:

—Espero que lo diga sinceramente, señorita Gauthier, porque voy a averiguarlo. De eso puede estar segura.

—Entonces gracias, señor, por su diligencia.

Pero, para sus adentros, suspiró. Ese día no obtendría del subcomisario ninguna promesa. Quizá, sin embargo, había aclarado su posición. Se volvió y abrió la puerta, pero Napier no la miró.

Se marchó como había llegado, cruzando la antesala, pasando ante los oficinistas boquiabiertos y bajando por el ancho tramo de escaleras. Pero al doblar el primer rellano, alguien la agarró por detrás. Una mano fuerte asió su brazo y la hizo volverse a medias.

—¿Qué demonios cree que está haciendo? —preguntó entre dientes el marqués de Ruthveyn.

Grace lo miró con asombro y abrió la boca, pero él no esperó.

—Venga conmigo —dijo él hoscamente.

La llevó a rastras hasta el piso de abajo y entró en un pasillo mal iluminado.

—Creía que no me había visto —reconoció ella.

—No sea tonta —gruñó él—. No hacía falta que la viera.

—Deje de tirar de mí. Me hace daño en la mano.

Ruthveyn no hizo caso y, tras dejar atrás varias puertas, abrió una con el hombro y la hizo entrar. Era una especie de almacén al que daban luz varias ventanas estrechas y sin cortinas. Olía a polvo y a cuero viejo y estaba abarrotado de armarios y estanterías llenas de libros hasta rebosar.

—Lord Ruthveyn, tenga la amabilidad de soltarme —protestó ella.

Él se volvió y la obligó a pegar la espalda a la puerta.

—¿Qué le dije? —preguntó con furia—. ¿Qué le dije, Grace? ¿No le dije que se fuera a casa y se quedara allí? ¿Que no hiciera nada ni dijera nada hasta que tuviera noticias mías?

El estómago de Grace dio un extraño brinco.

—Pero quería que Napier dejara de...

Él siguió apretando con fuerza sus brazos.

—¡Escúcheme, Grace! Estoy intentando ayudarla. No interfiera. Váyase a casa. Éste es un asunto peligroso.

Ella buscó algo que decir.

—Yo... creo que usted no lo entiende.

—¿Qué? —bramó él—. ¿Qué es lo que cree que no entiendo? ¿Que un hombre ha sido asesinado? ¿O que aún va a haber más desgracias? Porque va a haberlas, Grace. Y Napier ni siquiera es la peor de ellas, créame.

—No, que... —Tragó saliva con esfuerzo y estiró la espalda—, que ya no tengo casa a la que ir. Ni le he pedido ayuda.

La exasperación que reflejaba el rostro de Ruthveyn pareció acentuarse. Luego, con la misma velocidad, se convirtió en otra cosa. Sus ojos brillaron y la hizo retroceder un poco más.

—Demasiado tarde —contestó—. Ya tiene mi ayuda.

Grace sintió que su pulso se aceleraba.

—¡Ah, disculpe! —logró contestar—. Entonces, ¿esperaba que me quedara reclinada en el sofá, llorando y agitando mi frasquito de sales? Quizá sea yo quien deba preguntarle qué está haciendo aquí.

—Intento mantenerla a salvo —contestó él torvamente—. Intento descubrir qué es lo que sospecha Napier. Maldita sea, Grace, no debería... no debería estar aquí. Por varios motivos.

—Lord Ruthveyn —repuso ella—, ¿le he dado permiso para llamarme por mi nombre de pila?

Una sonrisa burlona levantó la comisura de la boca de él.

—No —susurró sin soltarla—. No me lo ha dado, Grace. ¿Quiere que deje de hacerlo?

Debería haber dicho que sí. Debería haberse enfadado. Estaba enfadada, maldita sea. Pero Ruthveyn no se refería solamente al uso de su nombre, y ella lo sabía.

En medio del aire denso y estancado de la habitación, la temperatura pareció subir de pronto. Lord Ruthveyn estaba muy cerca. Grace miró su corbata y su adornado alfiler de oro, cuyo diseño le resultaba extrañamente familiar. Sintió el olor del hilo almidonado, el aroma a jabón de afeitar caro que se alzaba con el calor de su furia y, bajo él, una fragancia dulce y brumosa: un perfume exótico y prohibido que la hizo pensar melancólicamente en el calor y la estrechez agobiante de la *kasbah*, en el lamento seductor de la música que se oía por encima de las tapias y en los secretos escondidos tras ellas.

La voz ronca de Napier la devolvió al presente.

—¿Es eso lo que quiere, Grace? —murmuró, y su aliento agitó el cabello de sus sienes—. ¿Que deje todo esto? Porque no estoy seguro de que ahora sea posible.

¿Era lo que quería? Grace sintió que le daba vueltas la cabeza. Ruthveyn se cernía sobre ella como una bestia bellísima e indomable, y dentro de ella, en lo hondo de su vientre, comenzó a agitarse una sensación traicionera.

Pero no se podía provocar impunemente a un tigre atado a duras penas.

Grace intentó apartarse. Él aflojó las manos, pero siguió escudriñando su cara.

—¡Qué locura! —murmuró para sí—. Una locura extraña y sutil, sí. Pero locura al fin y al cabo.

—Ruthveyn —musitó ella—, ¿de qué está hablando?

En sus ojos pugnaron la desconfianza y otra cosa semejante al anhelo. Grace advirtió de pronto que sus ojos no eran del todo negros: tenían un cerco de marrón café y motas de ámbar brillante. Absurdamente, dejó que su mirada se deslizara hasta la boca del marqués, aquella boca carnosa y sensual, y contuvo el aliento.

Él apretó sus antebrazos.

—Creo, *mademoiselle* Gauthier —dijo en voz baja—, que estoy a punto de hacer algo por lo que le debo una disculpa. Una suerte de experimento que...

Grace lo interrumpió poniéndose de puntillas y acercando sus labios a los de él.

Los ojos de Ruthveyn se suavizaron, llenos de sorpresa. Un instante después entornó los párpados. Ella ladeó la cabeza y sus bocas siguieron unidas, apretadas en un levísimo beso.

Grace aguantó un instante más. Luego se apartó, con el sabor de la boca de Ruthveyn prendido para siempre a su boca.

—*Et voilà* —dijo casi sin aliento—. Al menos nos hemos quitado de en medio su experimento.

Ruthveyn respondió mascullando una maldición. Apartó sus cálidas manos de los brazos de Grace y de pronto volvió a apoderarse de su boca, tomando su cara entre sus anchas manos. Ella dejó escapar un gemido de sorpresa. Después, cuando Ruthveyn pegó su cuerpo al suyo, apretándola contra la puerta de madera, sintió que algo dentro de ella se derretía. Se oyó un chasquido metálico en cuanto recostó todo su peso en la puerta y el resbalón de la cerradura volvió a encajar en su lugar.

Esta vez no hubo nada de inseguro ni de experimental en su beso. Fue un beso descarnado, casi alarmantemente sensual. Ruthveyn abrió la boca, sus labios y su lengua buscaron los de ella. El asombro de Grace se disolvió en una oleada de deseo, y abrió la suya ansiosamente.

Tal y como había sucedido el día anterior en la biblioteca del club, sintió que el calor de su contacto la atravesaba, penetrando sensualmente su piel y calando en sus huesos, derritiéndola hasta lo más profundo de su ser. Ruthveyn invadió su boca con un gruñido de satisfacción y acarició su lengua con la suya una y otra vez, hasta hacerla temblar.

No era la primera vez que la besaban, desde luego. Pero nunca la habían besado así, rodeándola con las manos, con la lengua, casi con todo el cuerpo. Santo Dios. Si ese hombre seguía así, se quedaría sin voluntad; quedaría presa de sus caricias. Ya parecía incapaz de apartarlo.

Deslizó insegura las manos por la cálida lana de su levita y las posó con firmeza sobre sus omóplatos. Llevada por el instinto, dejó que sus lenguas se entrelazaran y sintió, avergonzada, que su vientre se apretaba contra el rígido abultamiento que tensaba sus pantalones.

Una marea de soledad y deseo comenzó a agitarse dentro de ella. Ruthveyn la enlazaba con fuerza por la cintura mientras con la otra mano tocaba su cara. Para una mujer que hacía mucho tiempo que no conocía la ternura, aquello fue demasiado: zozobró en él y rezó por que aquella sensación se la llevara, por que Ruthveyn la arrastrara consigo hasta la oscura guarida en la que moraban los hombres como él. Dejó escapar un gemido de rendición.

Quizá fue ese gemido lo que a él lo hizo volver en sí.

Se apartó de ella tan bruscamente como había empezado a besarla. Murmurando un juramento, alejó de ella su peso y su calor y sólo entonces comprendió Grace que la había apretado de tal modo contra la puerta que era él quien la había sostenido en pie hasta ese instante. Al faltarle su fuerza, sintió que las piernas apenas la sostenían.

Mientras Grace se recostaba contra la puerta, él retrocedió y su mirada pareció cerrarse de pronto sobre sí misma. Después dio media vuelta y cruzó el estrecho cuarto hasta una de las ventanas desnudas y sucias. Apoyó las manos en la repisa y bajó ligeramente la cabeza.

Grace intentó desprenderse de su aturdimiento. ¿Qué pensaría de ella?

—Milord, yo...

Él levantó una mano y casi clavó la otra en la madera polvorienta de la repisa de la ventana.

—No... por favor.

Grace encontró de algún modo fuerzas y echó a andar hacia él.

—Yo...

—Quédese ahí un momento, Grace, se lo ruego —la interrumpió, con la voz todavía adensada por la emoción—. Mi pequeño experimento... ha sido un error peligroso.

Con las piernas todavía temblorosas, Grace se acercó de todos modos y puso una mano sobre su espalda, haciéndole saltar como un potro nervioso. Su mirada parecía fija en los regueros de lluvia del cristal.

—Está enfadado consigo mismo —murmuró ella apenas lo bastante alto para que la oyera por encima del golpeteo de la lluvia—. Y yo estoy un poco avergonzada. Pero ha sido sólo un beso. Debemos olvidarlo, Ruthveyn. Ahora mismo ninguno de los dos está en su sano juicio.

Él cerró los ojos, las aletas de su nariz se inflaron. Respiró hondo, lentamente, y dejó salir el aire en una lenta exhalación.

—Le aseguro que yo sí lo estoy, *mademoiselle* Gauthier —dijo por fin—. Le ruego que crea al menos eso, aunque prefiera no sacar otras conclusiones de este pequeño episodio.

Así pues, era de nuevo «*mademoiselle* Gauthier»...

Sintiéndose violenta de pronto, retrocedió hacia la puerta. Pareció pasar una eternidad mientras lo miraba. Incluso inclinado hacia delante, los hombros de Ruthveyn parecían extremadamente anchos, y su cuerpo irradiaba una virilidad que la llenaba de asombro.

Era muy alto, además. Medía mucho más de un metro ochenta, tenía la cintura estrecha y las piernas bien torneadas bajo los pantalones de corte impecable. Pero mientras lo miraba con delectación, su razón le advirtió que Ruthveyn era un hombre lleno de secretos, un hombre con el que no convenía jugar. Cerró los ojos al pensarlo y dentro de ella pareció estremecerse algo profundo y primitivo. Algo pecaminoso.

Santo cielo, no entendía nada. El cadáver de su prometido aún no se había enfriado y ella ya deseaba a otro, deseaba a Ruthveyn como nunca había deseado a Ethan ni había tenido esperanzas de desearlo.

Tenía que ser por la tensión, naturalmente. El día anterior, mientras se hallaba en su compañía, había empezado a creer que, en efecto, aquel hombre podía ayudarla. No, no sólo eso: había creído, durante unos instantes de intensa certidumbre, que era la única persona que podía ayudarla.

Hoy sabía, desde luego, que aquello sonaba absurdo. Había ido al club en busca de Rance y había salido de él fantaseando con la romántica idea de un caballero de radiante armadura, un hombre con la voz como coñac caliente y cuyo contacto la hipnotizaba. El único inconveniente era que lord Ruthveyn, tan moreno y de facciones tan afiladas, parecía más bien un pirata de Berbería que un sir Galahad.

—Le pido disculpas, *mademoiselle* Gauthier. —Él se había dado por fin la vuelta—. Sólo puedo decir en mi defensa que hacía mucho tiempo que... Bien, que hacía mucho tiempo.

—Preferiría que se disculpara por regañarme como a una niña —contestó ella con voz queda— y no por algo en lo que he tomado parte voluntariamente.

Él no hizo caso.

—Por favor, váyase a casa —dijo casi con cansancio—. No había motivo para que viniera aquí hoy.

Grace pegó ambas manos a la puerta y se recostó contra ella. Deseaba en parte fundirse con ella y desaparecer, y en parte... En parte deseaba algo completamente distinto.

—Tenía que hablar con el subcomisario Napier —respondió—. Fue a verme ayer y mi tía se llevó un disgusto. Le he pedido que no vuelva.

Ruthveyn tenía el semblante rígido, una mirada casi atormentada.

—A Napier le importa un bledo la sensibilidad de su tía —respondió—. Y también le importará un bledo la suya si decide colgarle este asesinato.

—Pero no puede hacer eso —dijo Grace, apartándose de la puerta—, porque no fui yo. Además, él sabe que no tenía ningún motivo.

Ruthveyn la miró por fin; la miró de veras.

—Aun así sigue figurando en su lista de sospechosos —afirmó mientras se acercaba a ella despacio—. La policía siempre sospecha primero de la esposa del difunto. O de su amante.

—Yo no era ninguna de las dos cosas.

Ruthveyn había recorrido ya la distancia que los separaba y estaba mirándola con los párpados entornados y una expresión de calma casi sobrenatural.

—No sé si decirle, querida mía —murmuró—, que no besa precisamente como una virgen.

Grace dio un paso atrás y chocó con la puerta.

—*Et alors* —replicó—. Sí, me han cortejado unas cuantas veces. Ninguno de mis pretendientes me convenía. ¿Y qué? ¿Qué le importa a usted eso?

—Sólo quería saber si... si Rance fue uno de ellos.

Lo preguntó en voz baja, con suavidad, casi como si temiera la respuesta. Y, sin embargo, su pregunta la indignó más que cualquier beso robado.

—¿Que si Rance fue uno de ellos? —repitió, echando la mano hacia atrás—. Dios mío, ¿otra vez volvemos a eso?

Pero un instante después le dieron ganas de reír... porque si no se echaba a reír, tal vez se echara a llorar. Bajó la mano. ¡Rance, sí! ¿Qué tenía que ver todo aquello con el apuro en que se hallaba? ¿Tan necesitada estaba de distracción que se hallaba dispuesta a dejarse...? ¿Qué? ¿Seducir? ¿Por un loco? Y además a permitir que la ofendiera.

—Está usted a punto de hacerme olvidar mi buena educación, lord Ruthveyn —dijo enérgicamente—. Deberíamos avergonzarnos los dos.

Ella, de hecho, se avergonzaba. Ethan había muerto. Fenella había perdido a su único hermano. Eliza y Anne se habían quedado de nuevo huérfanas. Y ella se había olvidado de todos, cautivada por el beso de un extraño.

Ruthveyn dejó de mirarla bruscamente.

—Tiene razón, no es asunto mío.

Retrocedió y en su boca se dibujó una mueca amarga.

Grace se apartó un poco.

—Tengo que irme —murmuró—. La tía Abigail me está esperando... para tomar el té.

Había estado a punto de decir «en casa», pero no había querido mentirle. El último ataque de histrionismo de su tía le había hecho comprender que no tenía hogar.

Quizá cuando acabara todo aquello, si encontraba un pueblecito tranquilo en Francia, si vendía todas las alhajas de su madre y se conformaba con tener sólo una cocinera o una criada... Sí, tal vez entonces podría permitirse una casita apacible en la que vivir sosegadamente, muy lejos de Belgrave Square y de la tía Abigail... y también de lord Ruthveyn. De pronto le parecía una idea enormemente atractiva.

Éste se agachó bruscamente para recoger algo del suelo. Grace vio que era su bolso. No recordaba que se le hubiera caído.

—*Merci* —logró decir al recogerlo.

Él le hizo una reverencia casi ceremoniosa.

—¿Me permite llevarla en mi carruaje hasta casa, señora?

Grace no podía imaginar nada más violento.

—No, gracias. —Consiguió esbozar una sonrisa reticente—. Me apetece dar un buen paseo para despejarme.

Como si asintiera, Ruthveyn estiró el brazo y le abrió la puerta.

Llegó al carruaje calado hasta los huesos. Había olvidado su paraguas. Había olvidado, de hecho, que estaba lloviendo, hasta que al salir a la calle e intentar esquivar a un vendedor de empanadas, se había metido en una cuneta rebosante de agua. Cegado por la bandeja vacía que sostenía sobre la cabeza, el vendedor callejero había atravesado el torrente sin detenerse, y Ruthveyn había vuelto a entrar en Whitehall maldiciendo y con las botas empapadas.

Al acercarse a su carruaje, vio que Brogden, su cochero, también refrenaba a duras penas su enfado. Había tenido que esperar demasiado junto a la acera, incurriendo sin duda en la ira, y en los puños amenazadores, de aquellos a quienes impedía el paso. Al ver acercarse a su amo empapado, el cochero saltó al pescante y lo miró con desafío.

Ruthveyn no tuvo paciencia para aguantarlo.

—¡A casa, maldita sea! —gritó, y le sorprendió que el pobre infeliz lo llevara, en efecto, allí.

Pasó unos instantes sentado contemplando la majestuosa mansión porticada de Upper Grosvenor Street mientras pensaba en regresar al club precipitadamente. Después de haber perdido el control con Grace, no estaba de humor para soportar el alboroto de su familia. Vio entonces, a través de la lluvia mortecina, aquel óvalo perfecto que tan bien conocía mirándolo desde la ventana del piso de arriba, y la cortina de pelo negro y liso que caía hacia delante para enmarcarlo.

Anisha.

Su hermana sonrió, radiante, lo saludó con la mano y desapareció.

En fin... Ya no podía hacer nada. Al abrir la portezuela de un empujón estuvo a punto de tirar al lacayo que había acudido a bajar los escalones del carruaje. Brogden ya estaba en el suelo, con los brazos cruzados, luciendo un golpe en la mandíbula que empezaba a amoratarse.

Ruthveyn pasó por su lado un tanto avergonzado.

—El tipo de la madera, ¿no?

—Sí —contestó el fornido cochero—. Por lo visto no le ha *gustao* mi forma de conducir, ni de aparcar. Como he *tenío* que estar media hora esperando en la acera en Whitehall...

—Lo siento muchísimo. —Ruthveyn se sacudió el agua de la bota izquierda—. Dígale a Higgenthorpe que abra el armario de los licores y le dé una botella del mejor coñac.

Brogden siguió con los brazos cruzados.

—Con una de ginebra me vale.

Ruthveyn intentó sonreír con benevolencia, pero tenía tan poca práctica que le salió una mueca.

—Coja una de cada —insistió antes de empezar a subir los escalones—. Por las molestias y todo eso.

—Sí —refunfuñó Brogden a su espalda—. Y todo eso.

Pero en cuanto Ruthveyn entró en la casa, se desató el caos.

—¡Raju! —Vestida para la intimidad de sus habitaciones, Anisha saltó desde el último peldaño y se arrojó en sus brazos. Los pliegues de su sari de seda dorada se aplastaron contra la levita húmeda de su hermano—. ¡No te esperábamos!

—¡Tío Adrian! ¡Tío Adrian! —Tom rebasó a su madre y agarró a Ruthveyn de la mano—. ¡Teddy está aprendiendo a jugar al faraón! ¡Y a mí no me deja!

—Buenas tardes, Tom.

Miró hacia abajo, rezando por que el chiquillo no se trepara por la pernera mojada de su pantalón.

Anisha se inclinó para apartarlo.

—Thomas —lo reprendió—, tu tío acaba de llegar. No lo atosigues.

—¡Pero no es justo, mamá!

El pequeño cerró los puños con obstinación.

Ruthveyn se compadeció de él y se agachó para mirarlo casi a la altura de los ojos, aunque no cedió al impulso de revolverle el pelo.

—Yo te enseñaré a jugar al faraón, Tom —dijo—, cuando seas lo bastante mayor. Te lo prometo.

—Pero ¿qué...? ¿Eres tú, Adrian? —Una voz jovial pero masculina les llegó desde el salón—. ¡Aprisa, Higgenthorpe! ¡Mate la ternera cebada!

Al levantarse, vio a su hermano saliendo del salón con el vaso en alto como si se dispusiera a brindar. Luc llevaba un chaleco de seda que parecía nuevo y la agreste cabellera de rizos rubios sometida a base de pomada.

—Si te refieres al hijo pródigo, Lucan —dijo con toda la calma Ruthveyn—, creo que ése eres más bien tú, y no yo. ¿Cuándo has llegado?

—¿Quieres decir que cuándo escapé de mis carceleros? —Luc apuró el vaso y lanzó a Anisha una sonrisa cómplice—. Ayer, creo que fue, amigo mío. ¿Ese cafre de Claytor no te lo dijo?

—Curiosamente, no —repuso Ruthveyn.

En ese instante Teddy, su sobrino de ocho años, se asomó por la puerta del salón. Los puntos de su frente empezaban a adquirir un tono amarillo bilioso.

—Hola, tío.

—Buenas tardes, Teddy —contestó antes de fijar de nuevo la mirada en Luc—. Dime que no estás enseñando al niño a apostar —añadió en voz baja.

Luc levantó un hombro.

—En algún momento tiene que aprender, Adrian. Y conviene que aprenda del mejor.

Ruthveyn rechinó los dientes con tanta fuerza que le vibró la mandíbula. A veces se preguntaba si sencillamente no entendía bien a su hermano, o si en realidad no había nada que entender. Aquel muchacho poseía la serenidad de un estanque poco profundo: si se arrojaba una piedra, el agua se rizaba un rato, pero, teniendo tan poca hondura, tardaba poco en aquietarse de nuevo.

Anisha los miraba con preocupación.

—Ven, Raju, estás empapado —dijo tomándolo del brazo—. Tienes que quitarte esa ropa. —Se detuvo para llamar a un criado que pasaba por allí—. Busque a Fricke —ordenó— y dígale que hay que secar las botas de su señor.

Ruthveyn la acompañó, porque, sino, acabaría por tumbar a Luc sobre su rodilla para darle una azotaina, lo cual les dejaría en ridículo a los dos teniendo en cuenta que su hermano tenía ya dieciocho años y podía defenderse como una fiera.

Mientras subían las escaleras cogidos del brazo, su hermana siguió charlando con aquella voz sedante, de leve acento. A diferencia de él, que había estudiado en Saint Andrews y había sido educado para llegar a ser funcionario imperial y *nabab*, lo mismo que su padre, Anisha se había criado con su madre y con la extensa familia de ésta. Poseedora de una gran belleza, había sido educada desde la cuna para ser noble y gentil, para encarnar la tradicional elegancia angloindia. La habían educado, en efecto, para ser la esposa de un inglés acaudalado a pesar de que los matrimonios mixtos eran cada vez menos frecuentes.

—Estás intentando ganar tiempo, Anisha —murmuró Ruthveyn, atajándola, mientras subían las escaleras.

Su hermana se limitó a tirarle del brazo.

—Vamos a tu habitación —ordenó—. Voy a prepararte un baño.

Se quedó callado sólo un minuto. Sus habitaciones ocupaban la mitad del primer piso. Al llegar a la entrada de su despacho privado, empujó la puerta, que ya estaba entornada, y lo atravesó para entrar en su dormitorio. *Seda* y *Satén*, sus gatas, se levantaron de la cama, bajaron de un salto y cruzaron sigilosas la alfombra, deteniéndose un momento para estirar las patas traseras.

Ruthveyn se tomó un momento para acariciar sus mofletes. Después cogió a *Satén* en brazos y se volvió hacia su hermana.

—Está bien, se acabó el juego, mi niña —le advirtió mientras acomodaba a la gata sobre su hombro—. Cuéntamelo de una vez.

Pero su hermana había abierto la puerta del cuarto de baño y se había acercado a la bañera para abrir el grifo.

—Espero que quede agua caliente en la caldera —comentó al arrodillarse para poner el tapón—. He pillado a Tom y a Teddy jugando en la despensa después de...

La agarró del brazo y la hizo levantarse.

—Basta, Anisha —dijo con firmeza.

—¿Ba-basta? ¿De qué? —preguntó ella, y *Satén* se bajó de los brazos de su hermano soltando un bufido.

—Yo no soy tu marido —contestó con voz crispada—. Tu marido está muerto. Y tengo un montón de sirvientes que pueden traerme agua. No necesito que mi hermana me sirva como una criada.

Anisha bajó la mirada y se ruborizó intensamente.

—Sólo quiero ser útil.

—No, lo que quieres es eludir mis preguntas —respondió—. Y bien, ¿quién sacó a Lucan de la casa del perista?

Anisha se desasió de un tirón.

—Sé que sólo te damos problemas. Si ya no quieres que estemos aquí, Raju, podemos...

—¡Maldita sea! Fui yo quien mandó por vosotros, ¿no? —dijo mientras la seguía por el baño—. Os supliqué que dejarais Calcuta porque os quiero aquí. Pero no contaba con que Luc se acostumbrara a la vida de Londres tan rápidamente... ni con tanto ardor.

Ella se volvió por fin, haciendo girar el vuelo de seda de su luminoso sari.

—Muy bien, entonces. Fui yo quien lo sacó. —Levantó la mano izquierda hacia su cara, con la palma hacia abajo—. Fui a Rundle's y vendí mis diamantes.

Recalcó sus palabras agitando ligeramente los dedos desnudos. Ruthveyn la cogió de la mano.

—Anisha, ¿has vendido tu anillo de casada?

—He vendido las piedras de mi anillo de casada —puntualizó—. El oro voy a mandarlo fundir para hacerme un juego de anillos para la nariz. Así que ya ves.

Él bajó la mano y retrocedió. Luego, al ver su expresión, rompió a reír.

—¡Ah, Anisha! ¡Eso me encantaría verlo! ¿Llevarás tu nuevo juego de anillos para la nariz a la iglesia el domingo?

Su hermana se sonrojó de vergüenza.

—Estoy bromeando y lo sabes —repuso—. No, no llevaré en público nada que pueda avergonzarte.

Él la agarró de las manos.

—Anisha, tú jamás podrías avergonzarme —dijo con suavidad—. Jamás. Pero ninguna mujer debería tener que desprenderse de su alianza de boda hasta que esté lista para hacerlo. La comodidad de Luc no merece...

—Estaba lista —lo atajó ella con firmeza—. Hace mucho tiempo que estoy lista, Raju. Y fue decisión mía vender los diamantes. Yo decidí gastar ese dinero en Luc. Siempre estás despotricando contra la injusticia de la opresión femenina, así que no te atrevas a negarme ese derecho.

Él ya estaba meneando la cabeza.

—Eres una viuda rica, hermana. —Bajó las manos—. Puedes gastar tu dinero como te plazca, pero te pido que pienses en Luc. Nunca ha tenido que afrontar las consecuencias de sus actos. Pamela lo mimó demasiado y ahora tú corres el riesgo de hacer lo mismo.

En los labios de su hermana se dibujó una sonrisa descreída.

—¿Sí?

—Te pasarás la vida salvando a Luc —le advirtió Ruthveyn mientras levantaba la barbilla para desatarse la corbata—. Ese muchacho se está convirtiendo en un pozo de libertinaje sin fondo.

—¿Tan ingenua me crees? —respondió Anisha—. Voy a hacerle pagar lo que me debe. Durante un año va a ayudar a los niños con sus estudios y a entretenerlos, diez horas al día hasta que encuentre un preceptor nuevo y después tres.

—Será una broma.

Ella negó con la cabeza.

—Al final, la casa del perista le parecerá una broma. He hecho que Claytor lo ponga todo por escrito como es debido. Un «pagaré», lo llamó.

—¿De veras? —Ruthveyn se quitó la chaqueta mojada y la arrojó a un lado—. Es toda una novedad, lo reconozco.

Su hermana arrugó la nariz.

—Uf, tu chaqueta huele a humo —dijo con expresión de reproche—. A hachís. ¿Otra vez te cuesta dormir, Raju?

—No cambies de tema —respondió al tiempo que se desabrochaba el chaleco de seda—. Estábamos hablando de Luc. No puedes permitir que enseñe a los niños a apostar, Nish. Sería un error, te lo aseguro. —Se sentó y comenzó a tirar de una de sus botas—. Maldita sea, ¿dónde está Fricke?

—Por el amor de Dios, dame la maldita bota —replicó Anisha, y se agachó para ayudarlo.

—¡Anisha! —exclamó él—. ¡Qué lenguaje! ¿Qué diría mamá?

—Diría que dejes de darme la lata.

Seguramente tenía razón, pensó Ruthveyn. Su hermana se arrodilló, metió una mano detrás del talón y tiró con fuerza del botín izquierdo. Pero el cuero estaba hinchado por la lluvia y la bota no se movió.

—¡Rayos! —gruñó—. Puede que necesitemos al mozo.

Tiró otra vez, enfadada, y la bota salió volando. Anisha perdió el equilibrio y cayó desmañadamente de culo. En sus ojos apareció un destello de regocijo, y acabaron los dos riendo.

Después se extinguieron sus risas y sólo quedó el goteo del grifo para romper el silencio. Anisha se incorporó apoyando las manos tras de sí, con el sari y la enagua enrollados a las rodillas. Ruthveyn vio que, por encima de la zapatilla roja engarzada con piedras semipreciosas, su hermana llevaba la tobillera con garras de tigre y anchos eslabones de oro que había pertenecido a su madre.

Él, por su parte, llevaba bajo la camisa, cerca del corazón, el colgante a juego. Aquélla era una de las muchas cosas que compartía con Anisha. También quería a Luc, desde luego. Lo quería tanto como a su hermana, y en ciertos aspectos sentía un afán aún más intenso de protegerlo. Pero Luc no sólo pertenecía a otra generación, sino también a otra cultura. Había nacido en una India muy distinta a la de sus hermanos mayores. Compartía con ellos la sangre escocesa de su padre, sí, pero su madre había sido una rosa inglesa de pura cepa. Luc no tenía nada de *rajputra*, ni tampoco nada de místico. Era una lástima que aquel muchacho no supiera la buena suerte que tenía.

Ruthveyn apartó la mirada de la tobillera y advirtió que su hermana seguía mirándolo atentamente a los ojos.

—Raju —dijo con voz suave—, ¿qué ocurre?

—Nada —contestó.

Ella esbozó una sonrisa.

—A mí no puedes mentirme, hermano —dijo—. Tú lo sabes. Noto tu desasosiego. Y anoche tus astros... Ibas a comenzar un viaje místico. ¿Qué ha sucedido?

Él se pasó una mano por el pelo húmedo y suspiró.

—Quítame la otra bota —respondió— y quizá te lo cuente después de bañarme.

Anisha se puso de rodillas sin dejar de mirarlo a los ojos.

—Dame la mano.

—Anisha...

—Dame la mano —exigió.

Él obedeció a regañadientes.

—No puedes leer en mí —le advirtió.

—Puedo leer tu mano y tus estrellas —afirmó ella con serenidad—. Y quizá también tu corazón.

Abrió por completo la mano de Ruthveyn y estuvo observándola un rato mientras trazaba las líneas de la palma con la yema del dedo índice. Luego se detuvo y posó la suya sobre la de él, palma con palma, largo rato.

—Ah, es una mujer —afirmó con los ojos cerrados—. Y estás indeciso.

—Podría decirse así —masculló su hermano.

—Esa mujer —prosiguió Anisha— es la causante de tu insomnio, de tu frustración. Se te aparece en sueños, y en sueños te enloquece en parte porque la encuentras tan eróticamente...

—¡Anisha!

En los labios de su hermana se dibujó una sonrisa lánguida.

—Muy bien —murmuró sin abrir los ojos—. Digamos que la encuentras atractiva, ¿no es así? Sientes una gran compasión por ella. Temes por ella. Ella te reclama y sin embargo... Ay, y sin embargo no confías del todo en ella, ¿verdad? —Abrió los ojos de golpe y se quedó callada un rato—. Raju... no puedes verla.

—Ajá —contestó Ruthveyn.

Ella le apretó la mano.

—Pero ¿es posible?

—Podría serlo —reconoció.

Anisha lo miró con expresión sagaz.

—Ah, pero sólo hay un modo de asegurarse —respondió con una sonrisa—. Y creo que los dos sabemos cuál es. Así que si es hermosa...

—No vamos a hablar de eso, Anisha —le advirtió Ruthveyn.

Pero su hermana se limitó a sonreír sagazmente.

—Dime, hermano, ¿está casada esa enigmática dama? ¿O acaso tiene un amante? Toda dama necesita un amante, como mínimo, ¿no es cierto?

Él apenas supo qué responderle.

—Creo, hermanita, que en eso tendrá que arreglárselas sola —contestó y, poniéndose en pie, tiró de ella—. Ahora dejémoslo... o empezaré a buscarte un marido que te caldee la cama.

—Pero he estado pensando que preferiría simplemente tener un amante, Raju. —Batió sus pestañas con aire candoroso—. ¿No es eso lo que hacen las viudas en Londres? Quizá tú podrías arreglarlo. Creo que lord Lazonby me vendría como anillo al dedo.

Agarrándola todavía de la mano, la atrajo hacia sí.

—Créeme, Anisha —gruñó, mirándola—: si alguna vez pillo a Rance Welham en tu cama, me olvidaré al instante de mis convicciones acerca de la opresión femenina y tú acabarás casada en un abrir y cerrar de ojos, y no precisamente con Rance.

—Ajajá —repuso su hermana.

—¡Anisha! —la zarandeó levemente—. ¿Estamos de acuerdo?

—*Haan*, Raju. —Dejó escapar un suspiro exagerado y soltó sus dedos—. Estamos de acuerdo.

Detrás de ellos se oyó un carraspeo. Al volverse, Ruthveyn vio a su ayuda de cámara en la puerta.

—Buenas tardes, señor —dijo Fricke—. ¿Puedo ayudarlo con esa última bota?

Capítulo 6

Té para dos

Grace se quedó en casa, en Marylebone, el resto de la tarde y todo el día siguiente, esperando una invitación de borde negro que nunca llegó. A lord Ruthveyn, pensó con acritud, le habría complacido su docilidad.

Un instante después, sin embargo, resolvió no pensar más en él. Tuvo escaso éxito, pues por lo que parecía el recuerdo de su beso había quedado grabado a fuego en su memoria. Incluso parecía perdurar el cálido peso de sus manos recorriendo su cuerpo. Y bajo aquel calor abrasador se hallaba la inquietante certeza de que había estado a punto de casarse con un hombre que nunca la habría hecho sentir ninguna de aquellas cosas. Jamás había sentido el más leve impulso de besar a Ethan Holding. Ni tampoco de abofetearlo, a decir verdad.

Para distraerse, pasó la tarde del domingo planchando y aireando el resto de su ropa de luto y, como deferencia a la sobriedad inglesa, arrancó los volantes de raso de su mejor vestido de fustán negro, que había comprado en París para el entierro de su padre.

Como la puerta seguía sin sonar, expidió cartas a todos sus conocidos parisinos, aunque su relación con ellos hubiera sido fugaz; a la que había sido su cocinera, al tío soltero al que apenas conocía, al antiguo ordenanza de su padre y a media docena de personas más, pidiéndoles ayuda para encontrar una casita de campo. Las cartas formaron un montoncillo patéticamente pequeño sobre la mesa de la entrada cuando las dejó allí para el correo de la mañana, pero al menos habían servido para mantenerla ocupada.

El lunes, sin embargo, se hizo evidente que estaba esperando en vano, lo cual resultaba humillante. No le habían enviado invitación para el funeral, y se vio reducida a leer la larga y rimbombante necrológica que apareció en el diario de la mañana y a llorar sola mientras se comía su tostada. Su casi prometido ya descansaba en su tumba.

No pensaba asistir al servicio religioso, desde luego. En Inglaterra, le había advertido la tía Abigail, se consideraba a las damas demasiado delicadas para tales cosas. Ardía en deseos, sin embargo, de ir a casa, o, mejor dicho, a Belgrave Square, a sentarse al menos con Fenella y con las demás señoras del velatorio. Reconfortar a Eliza y a Anne en la medida que pudiese hacerlo. Y cenar después en compañía de personas que sentían cariño y respeto por el difunto.

Pero nada de eso iba a suceder. Se habían olvidado de ella. ¿O quizá, Dios no lo quisiera, la culpaban de algún modo?

Sopesó la idea un momento. Era ella quien había encontrado a Ethan dando las últimas boqueadas. Era ella quien había salido a trompicones de su despacho con las manos manchadas de sangre. Quizá lord Ruthveyn tuviera razón al advertirla contra Napier. La idea resultaba aterradora.

El martes, no obstante, recuperó el aplomo y decidió sencillamente tomar cartas en el asunto. Devolvió el vestido negro a su funda de muselina y se puso uno de paseo de medio luto, gris oscuro. Tras sacar unos cuantos chelines de sus ahorros, se fue a Oxford Street a comprar una corona de flores frescas y llamó a un simón. No se molestó en mirar a su alrededor por si la seguía alguien. Que la siguieran. No tenía nada que esconder.

—A Fulham Road, por favor —dijo al cochero.

Mientras el viejo y apestoso carruaje recorría traqueteando Park Lane, contempló la verde espesura de Hyde Park y procuró no pensar en aquella última y horrenda noche en Belgrave Square. Ni en lord Ruthveyn, con su hosco semblante y sus ojos negros, afilados como cristales rotos. Deseó, en cambio, recordar el rostro, más redondeado y jovial, del señor Holding, vivo y sonriente.

El *señor Holding*...

Bien, eso era revelador, ¿no? También su rostro lo veía borroso. ¡Qué triste! Ethan Holding, un hombre merecedor de mejor suerte, había muerto comprometido con una mujer cuyo corazón no lograba recordar instintivamente ni su rostro ni su nombre de pila.

Pero quizá fuera comprensible, dejando a un lado su apasionado abrazo con Ruthveyn. Durante casi seis meses, Ethan Holding había sido solamente el señor Holding, su jefe. Lo había llamado «Ethan» menos de seis semanas, aunque a decir verdad nunca se había sentido del todo cómoda al tutearlo. De hecho, nunca se había sentido del todo cómoda con él.

Se había consolado pensando que muchas mujeres se casaban sin conocer en realidad a sus maridos. Ella al menos conocía el carácter de Ethan Holding, y eso le había parecido suficiente. Con todo, si podía olvidar tan rápidamente su nombre y su cara, quizá fuera lógico que su familia la hubiera dado de lado. Tal vez era lo que se merecía.

Ordenó detenerse al cochero nada más pasar Little Chelsea. El olor y el balanceo del desvencijado carruaje la estaban mareando. O quizá fuera el repentino recuerdo de las manos de lord Ruthveyn sobre su cara aquella primera vez, la certeza de haber vuelto en sí traspasada por su mirada, completamente segura de que de alguna manera se había extraviado en él, de que lord Ruthveyn se había asomado a lo más profundo de su ser y había visto... ¿Qué?

Era demasiado. Era ridículo.

¿Por qué recordaba con tanta precisión a uno y tan vagamente al otro? Agarró su corona y se apeó del simón.

—Gracias —dijo al depositar las monedas sobre la palma del cochero—. Iré andando desde aquí.

Él se llevó la mano a la frente con gesto respetuoso y miró de nuevo las flores.

—¿Va al cementerio del Oeste, señorita? —Señaló hacia Fulham con un dedo nudoso—. Es por ahí, no está *mu* lejos. Luego suba por la callejuela, a mano derecha.

Grace le dio las gracias, se encaminó hacia la puerta sur y al llegar a ella tomó uno de los caminitos que cruzaban la ancha explanada. Había agradecido la amabilidad del cochero, aunque en realidad no precisaba indicaciones. Mientras había trabajado en casa del señor Holding, a instancias de éste, había ido al cementerio al menos una vez cada quince días para que las niñas depositaran coronas de exuberantes flores de invernadero en la tumba de su madre.

Holding nunca había reparado en gastos a la hora de honrar el recuerdo de su difunta esposa, para la que había hecho construir como mausoleo un templete de estilo romano con pórtico apoyado en dos pares de columnas dóricas. Incluso desde lejos era inconfundible. Sin embargo, ese día, al mirarlo, algo llamó su atención.

Levantó la mano para protegerse del reverbero del sol. En lo alto de la escalinata, saliendo del mausoleo, había un hombre y una mujer con velo, ambos vestidos completamente de negro.

—¡Fenella! —exclamó tan alto como se atrevió.

Fue suficiente con eso. El caballero que acompañaba a Fenella volvió la cabeza sólo un instante. Luego, con gran determinación, giró la llave en la cerradura y posó una mano sobre los riñones de la mujer, animándola a bajar la escalinata. Grace apretó el paso, pero ya habían enfilado el camino y no le quedó otra alternativa que correr tras ellos o gritarles, cosas ambas poco apropiadas en un cementerio.

Vio horrorizada que doblaban apresuradamente la esquina y se metían entre una hilera de tumbas. Después desaparecieron entre los árboles. Por un instante no pudo respirar. Se sintió no sólo desairada, sino también vilipendiada.

¿Le había dirigido Fenella siquiera una mirada? Teniendo en cuenta el grosor de su velo, era imposible saberlo. Pero parecía que la labor de Royden Napier había dado fruto: Josiah Crane la había visto y su desplante no dejaba lugar a dudas.

Subió la corta escalinata sólo para cerciorarse de que la verja de hierro que había más allá de las columnas estaba, en efecto, cerrada con llave. El suelo de dentro, antes cubierto de musgo, aparecía pisoteado, y las señales de un entierro reciente saltaban a la vista. Grace agarró la reja de hierro con una mano y se agachó para dejar su corona, con cuidado de que cayera suavemente junto a la puerta, y sin embargo extrañamente reacia a desprenderse de ella.

Pero Ethan estaba muerto, se recordó. Y aferrarse a sus flores no le devolvería la vida.

Bajó la mirada y la corona se emborronó trágicamente ante sus ojos. Había escogido con esmero en la floristería rosas amarillas como símbolo de amistad y verdes tallos de agrimonia para acompañarlas. La agrimonia era símbolo de gratitud, y sin embargo se daba cuenta de que nunca le había dado verdaderamente las gracias al señor Holding por todo lo que había hecho. Quizá no hubiera habido amor entre ellos, pero gratitud sí, y en cantidad. Ethan Holding no sólo le había dado un empleo, también le había dado esperanza tras la muerte de su padre. Había confiado a su cuidado a las niñas más encantadoras que ella había conocido en su vida. Y la había hecho objeto del mayor cumplido imaginable al pedir su mano.

No, ella no lo había amado, y hoy se daba cuenta, extrañamente, de que jamás habría podido amarlo, lo cual hacía su muerte aún más insoportable por razones que no alcanzaba a comprender.

El verde y el amarillo de la corona se emborronaron del todo ante sus ojos inundados de lágrimas. Una lágrima rodó, caliente, por un lado de su nariz cuando cayó de rodillas sobre el suelo frío. Y allí, en el completo silencio del cementerio de Brompton, lloró como no esperaba volver a llorar. Lloró con grandes y entrecortados sollozos. Por las promesas incumplidas y las vanas esperanzas. Por las hijas huérfanas y los hombres buenos asesinados atrozmente a sangre fría, muertos mucho antes de lo que les correspondía.

Y aun así siguió sin recordar la cara de Ethan Holding.

Lo cual la hizo llorar más fuerte.

Regresó a casa de su tía a primera hora de la tarde, más o menos como había salido de ella, haciendo esta vez a pie el último tramo desde Oxford Street y llevando consigo una hogaza de pan y los nabos frescos que le había prometido a la señora Ribbings, la cocinera. Al torcer la esquina de Duke Street, le sorprendió ver un elegante carruaje parado junto a la acera: una reluciente berlina negra con un escudo rojo y negro en la puerta, un par de lacayos altaneros recostados en la parte de atrás y un cochero con la mandíbula magullada sentado sobre el pescante, todo lo cual contrastaba vivamente, se dijo de mala gana, con su destartalado simón.

Al pasar a su lado miró con recelo al trío formado por los lacayos y el cochero y subió los escalones para entrar en la casa. Miriam salió a recibirla a la entrada con los ojos como platos.

—No me he olvidado —le dijo Grace al pasarles los bultos—. Hasta he encontrado los berros de mi tía...

—¡Qué más dan los berros, señorita! —la interrumpió Miriam con un agudo susurro—. Ha venido un caballero. A verla a usted.

—¡*Zut!* —masculló en voz baja. De pronto comprendió de quién era aquel carruaje tan elegante. Era poco probable que el marqués de Ruthveyn hubiera visto alguna vez el interior de un coche de alquiler.

Vio confirmadas sus sospechas cuando Miriam le dio la tarjeta.

La dejó boca abajo sobre la mesa y procuró hacer caso omiso del extraño cosquilleo que notaba en el vientre. No deseaba volver a ver a Ruthveyn.

—¿Mi tía no está en casa?

—Ha ido a la reunión de las Damas por la Templanza, señorita —repuso Miriam—. Pero ese señor ha preguntado por usted... y creo que no le ha hecho ninguna gracia tener que esperar.

—No, claro, no está acostumbrado —contestó Grace con sorna—. En fin, tráiganos una jarra de té fuerte, Miriam, y...

—¿Del que le gusta a usted?

Grace se quedó pensando.

—Sí, por favor —contestó—. Yo voy a cambiarme de zapatos.

Subió apresuradamente la escalera para cambiar sus botines polvorientos por unas pantuflas de cabritilla y atusarse los mechones de pelo que habían escapado de sus horquillas. Después, como último recurso, se empolvó la piel enrojecida de alrededor de los ojos. No quería la compasión de nadie.

Carecía de sentido preguntar dónde había llevado Miriam a lord Ruthveyn. La única habitación adecuada para recibir a tan ilustre visitante era el salón, y hasta allí saltaba a la vista el deterioro. La puerta estaba abierta.

Grace vaciló en el umbral. Ruthveyn estaba de espaldas a ella, frente a una de las ventanas, la mirada aparentemente fija en un birlocho amarillo brillante que circulaba por Manchester Square. Apoyaba una mano sobre el pomo dorado de un fino bastón de ébano y había posado la otra a la altura de la cadera echando hacia atrás la levita negra, bajo la cual se distinguía el chaleco de seda gris y la esbelta curva de su cintura. Encarnaba hasta tal punto la elegancia masculina, que Grace necesitó un momento para recuperarse de la impresión. No dispuso de él, sin embargo.

—Buenas tardes, *mademoiselle* —dijo el marqués sin volverse—. Confío en no haber llegado en mal momento.

Grace se aclaró la garganta.

—Tiene usted un don sorprendente para eso, milord.

—¿Para hacer visitas inconvenientes?

Se apartó de la ventana y la miró levantando una de sus negras cejas.

—No, para darle a una la impresión de que tiene ojos en la nuca —contestó al tiempo que esbozaba una reverencia—. Lo encuentro desconcertante.

El marqués pasó elegantemente una mano bajo su nariz.

—Es su perfume, *mademoiselle* —murmuró—. Es inconfundible.

—No llevo ningún perfume.

—Por eso es suyo —respondió él—. ¿Puedo sentarme?

—*Mais oui.* —Logró sonreír mientras empujaba la puerta hasta casi cerrarla—. Prefiero no acabar con tortícolis, además de desconcertada.

Ruthveyn aceptó su invitación sentándose con elegancia en una silla endeble que, teniendo en cuenta la longitud de sus piernas, debería haberle dado un aspecto ridículo. Parecía, en cambio, aún más amenazador, como un halcón que, posado al borde de un precipicio, escudriñara a los seres inferiores situados por debajo de su altura en busca de alguno que tentara su paladar estragado.

La asaltó de pronto el recuerdo de su primer encuentro, esa visión del torvo semblante de lord Ruthveyn cerniéndose sobre la suya en medio del jardín soleado, el cabello abundante y liso cayéndole hacia delante y ocultando sus ojos. En su aturdimiento, lo había creído un Lucifer de carne y hueso: un demonio moreno y bellísimo, pero demonio al fin y al cabo. Ahora estaba aún menos segura de qué pensar de él.

—¿*Mademoiselle* Gauthier?

Su voz baja y sedosa la devolvió al presente.

—¿Disculpe?

Se dio cuenta de que había estado mirándolo fijamente.

—Le he preguntado si ha tenido una buena mañana —repitió.

—Sí, *merci*, yo... —Se interrumpió—. La verdad es que no. No. He tenido una mañana horrorosa. He ido al cementerio.

—¿Sola?

—Sí.

—Lo lamento. —Por primera vez, Ruthveyn apartó los ojos de los suyos—. Nadie tendría que afrontar eso solo.

—Da la impresión de hablar por experiencia —repuso ella con serenidad.

El marqués siguió sin mirarla.

—Perdí a mi esposa siendo muy joven —respondió por fin—. Fue... insoportable.

—Lo siento —murmuró Grace—. Lo compadezco.

Estuvo callado un rato, tranquilamente sentado, con una mano sobre la otra. Los bordes almidonados de sus puños brillaban, blancos, en contraste con sus manos morenas. A Grace le recordó a un gran retrato que había visto una vez de Suleimán el Magnífico en su trono: sereno, disciplinado, absolutamente regio.

Ruthveyn irradiaba una inagotable energía viril. Pensó en cómo la había besado, en cómo se había apoderado de su boca con una habilidad y un ansia que ella no imaginaba posibles. ¿Pensaba él en aquel momento? ¿Sentía la tensión que persistía entre ellos? ¿Tenía aún marcado a fuego en los labios el ardor de aquel beso?

Sin darse cuenta, se llevó los dedos a los labios.

Un destello de emoción apenas refrenada en los ojos de Ruthveyn traicionó al marqués.

Grace posó la mano en su regazo, sorprendida porque la habitación no estallara de pronto envuelta en aquel fuego repentino. Les salvó Miriam al entrar con la bandeja del té. Grace se atareó conversando de banalidades mientras lo servía, y halló algún consuelo al comprobar que no le temblaban las manos.

¿Qué le ocurría? Ruthveyn era sólo un hombre. Y sólo estaban tomando el té. Era innegable, sin embargo, que el marqués poseía algo que parecía de otro mundo, algo profundamente sensual.

—Este té es como pólvora verde. En casa lo tomábamos a menudo —explicó al coger la tetera—. Recuerdo que era el preferido del sargento Welham. ¿Lo va a tomar a la manera tradicional o lo quiere con leche tibia?

—Gracias, lo tomo así —contestó.

Grace levantó la desportillada tetera y sirvió el té desde lo alto, haciéndolo espumar hasta el borde de cada taza.

—Ya tiene azúcar —le advirtió.

Lord Ruthveyn bebió pensativo.

—Y menta —comentó con una leve sonrisa—. Es amargo, fuerte y delicioso. La felicito, *mademoiselle* Gauthier. Casi me imagino de vuelta en la *kasbah*.

—¿De veras? —murmuró ella mientras se servía té—. ¿Pasó mucho tiempo allí?

Ruthveyn arqueó una ceja.

—¿Con Rance Welham como compañero de correrías? —preguntó—. Preferiría no decírselo.

—El sargento Welham tenía algunas costumbres poco afortunadas, milord. —Dejó la tetera con un suave tintineo—. Y llevaba una vida de excesos. Confío en que no lo corrompiera a usted.

El marqués bebió como si intentara ganar tiempo.

—Puede que fuera más bien al contrario —dijo por fin—. Pero nada de eso es apropiado para los oídos de una dama. He venido a decirle que he conseguido informarme acerca de las pesquisas de Scotland Yard sobre la muerte de su prometido.

—Casi prometido. —Sonrió débilmente—. Así es como he resuelto llamar al señor Holding. Por alguna razón hace que todo esto me parezca más... llevadero. Imagino que le parecerá un sinsentido.

—En absoluto, me parece perfectamente comprensible —contestó con calma.

Grace miró su té.

—Lord Ruthveyn, una vez me preguntó si amaba al señor Holding —dijo—. ¿Le parecería comprensible si ahora le dijera que desearía fervientemente haberlo amado?

Su voz se suavizó fugazmente:

—Sí, desde luego.

Grace sintió que le temblaba la barbilla.

—Parece que... que ni siquiera soy capaz de llorar por él —musitó—. Llorar por la pérdida del que habría sido mi marido. Ahora desearía no haber aceptado casarme con él. Lo que antes me parecía enormemente práctico ahora me parece sencillamente un error.

—En ocasiones la pena se expresa mejor ayudando a que se haga justicia, *mademoiselle* Gauthier —dijo Ruthveyn—. Arrepentirse es inútil. Pienso a menudo, en cambio, que la venganza puede ser un consuelo.

Pese a su crudeza, aquel comentario extrañamente pareció tranquilizarla.

—No me gustaría tenerlo por enemigo, lord Ruthveyn.

Algo semejante a una sonrisa bailoteó en su boca.

—¿Puedo ponerle al día de lo que he averiguado? —preguntó—. Tal vez así se quedará más tranquila por dejar esto en mis manos de aquí en adelante. Y si hay que cobrarse venganza, yo me encargaré de ello.

—Ya veremos —contestó—. Naturalmente, le agradeceré muchísimo cualquier cosa que pueda decirme.

La mandíbula de Ruthveyn se tensó visiblemente.

—Sí, ya veremos —repitió—. En primer lugar, el señor Napier ha tenido que ausentarse de la ciudad. Un asunto familiar de alguna clase. En su ausencia, la Policía Metropolitana ha desprecintado la casa. ¿Le han devuelto sus pertenencias?

—El sábado vino una carreta con mis baúles. Supongo que está todo en ellos.

—Bien —murmuró Ruthveyn—. Tengo entendido que la señorita Crane ha vuelto a casa, que el señor Crane ha vuelto a abrir sus oficinas y que, tal y como esperaba usted, las hijastras del señor Holding van a quedarse con la hermana de su madre.

A Grace se le encogió un poco el corazón.

—Me había resignado a ello, desde luego —dijo con voz queda—. Al menos estarán bien atendidas.

—En efecto —repuso Ruthveyn—. Ayer se leyó el testamento. Holding ha dejado a cada una de las niñas un nutrido fideicomiso con el que vivir y una dote de treinta mil libras.

—Santo cielo —dijo Grace.

—También ha dejado rentas a sus criados más antiguos y unas

cuantas donaciones caritativas, pero el grueso de su patrimonio pasa a su hermana.

—Es lógico —comentó Grace—. A fin de cuentas, fue la empresa del padre de ambos la que generó la riqueza de la familia. ¿A Josiah Crane no le ha dejado nada?

—No, pero yo no habría esperado otra cosa, dado que ya es dueño de una parte del negocio —respondió el marqués—. *Mademoiselle*, ¿puedo preguntarle si había tensiones entre Holding y su socio?

Grace negó con la cabeza.

—No, que yo haya visto. ¿Por qué?

El marqués la observó un momento en silencio.

—Sé de buena tinta que Crane estaba endeudado —contestó por fin—. Por lo visto ha desarrollado cierto gusto por el juego.

Ella lo miró con asombro.

—*Mon Dieu* —murmuró—. ¿La maldición de los Crane? Así la llamaba Fenella. Por eso perdió su parte del negocio el padre de Josiah. Dígame, ¿estaba en serios apuros?

Ruthveyn levantó un hombro.

—No más que muchos hombres que llevan ese estilo de vida —reconoció—. Nada que no pueda permitirse pagar... con el tiempo. Pero su nombre circulaba de boca en boca por los tugurios de juego de la ciudad, que lo tenían en el punto de mira.

—¿Se refiere al señor Quartermaine y a los de su calaña? —preguntó Grace.

Él levantó las cejas al oírla.

—¿Conoce usted por casualidad el tugurio de nuestro vecindario? —contestó—. No, me refería a los tahúres que frecuentan tales sitios. Quartermaine es un hombre honrado... más o menos.

—¿Qué quiere decir?

Ruthveyn hizo una mueca.

—Quiero decir que es honrado casi siempre —respondió—. Y también dispone de un montón de información útil si uno sabe cómo sonsacarlo.

—¿Y usted sabe?

Lo miró por encima de su taza de té.

—Puedo ser persuasivo —respondió Ruthveyn.

—Sin duda gracias a su encanto —comentó Grace con una nota de ironía—. Lo noté enseguida.

Él le lanzó una mirada rápida y dura como el diamante.

—*Mademoiselle* Gauthier, comienzo a sospechar que tiene usted más agallas de las que pensé al principio... y nunca me ha parecido carente de ellas.

—Gracias —repuso Grace—. Me precio de ello. ¿Qué más ha averiguado?

—Que el competidor al que Holding obligó a dejar el negocio el mes pasado está arruinado. —Hizo una pausa para beber un sorbo de té—. Y que a Crane no le gustó el acuerdo. Al parecer la maniobra sobrepasaba las posibilidades financieras de Holding y Crane, una situación no precisamente ideal para un jugador que debe dinero a media ciudad.

Grace se envaró.

—Confío en que la empresa no corra peligro.

—Lo dudo —contestó el marqués—. Pero todo dependerá de quién sustituya a Holding al frente del negocio. Puede que la señorita Crane desee tomar parte en esa decisión. Puede alegarse que tiene algún derecho.

Grace arrugó el entrecejo.

—No creo que vaya a molestarse.

—Pocas mujeres lo harían —convino él—. ¿Nunca ha mostrado interés por el negocio?

Grace se encogió de hombros.

—Fenella se limitaba a actuar como anfitriona cuando el señor Holding recibía invitados —contestó—. Respondía a las invitaciones que recibía su hermano o alguna que otra carta y organizaba cenas si el negocio lo exigía. Pero en mi opinión creo que lo detestaba. Solía reírse y decir que su madre le había dicho a menudo que no tenía ningún talento para esas cosas. En cuanto al dinero, el señor Holding siempre le dio carta blanca. No le faltaba nada material.

Ruthveyn suspiró y dejó su taza sobre la mesa.

—Entonces sospecho que Josiah Crane recibirá otra visita de nuestro amigo Napier en cuanto el subcomisario se entere de esas deudas de juego, lo cual quizá le haga olvidarse un poco de usted. Dígame, ¿está segura de que Crane se marchó de la casa esa noche, después de cenar?

—Segurísima, sí. Yo misma lo acompañé a la puerta. Tenía el libro de poesía en el carruaje.

Ruthveyn reflexionó un momento.

—¿Cabe la posibilidad de que tuviera llave de la casa?

Los ojos de Grace se dilataron.

—Puede que sí —respondió—. De vez en cuando traía cartas y papeles a primera hora de la mañana, cosas que quería que el señor Holding leyera a la hora del desayuno. Verá, tenían horarios distintos. Cuando el señor Holding viajaba, solía mandarnos cartas con el correo diario que enviaba al señor Crane. Yo me las encontraba en la mesa del vestíbulo cuando bajaba.

—Entiendo. —Apoyó ambas manos sobre los muslos como si se dispusiera a levantarse—. Bueno, supongo que algo es algo.

—Pero, lord Ruthveyn, estoy segura de que el señor Crane no mató a su primo.

El rostro del marqués no exteriorizó ninguna emoción.

—Eso no me concierne —respondió—. Pero usted sí.

—¿Por qué?

Su voz sonó enérgica.

Él titubeó.

—Porque he recibido un telegrama de Rance, de lord Lazonby, mejor dicho, y así me lo pide él.

—¿Le ha pedido que me ayude?

—Quiere que me haga cargo de este asunto —puntualizó Ruthveyn—, y que la proteja del peligro o del escándalo del modo que sea preciso. Y si para ello hay que arrojar a Crane a los lobos, así lo haré.

—No será necesario —repuso ella con cierta aspereza.

La dura expresión de Ruthveyn pareció suavizarse al oírla. Apartó las manos de sus muslos y volvió a acomodarse en la endeble silla. Después pareció abstraerse unos instantes.

—*Mademoiselle* Gauthier, ¿podría pedirle otra taza de té si no es demasiada molestia? —preguntó por fin.

Aquello sorprendió a Grace, convencida de que el marqués estaba a punto de marcharse. De hecho, deseaba que se fuera. ¿Verdad?

—Disculpe —dijo y asió la tetera—. Debería habérsela ofrecido.

—Deduzco que hoy su tía no está en casa —comentó él con la mirada fija en el chorro de té—. Confío en que no le moleste mi visita.

Grace se encogió de hombros.

—No estoy segura de que haya algo que no moleste a la tía Abigail —respondió—. Sobre todo en lo que a mí respecta. A fin de cuentas, soy hija de mi madre. Me temo que somos muy decepcionantes.

—¿De veras? —murmuró él—. Jamás lo habría imaginado.

Ella le lanzó una sonrisa levemente amarga.

—Mi madre pudo haber hecho una boda de más categoría, lord Ruthveyn —explicó—. Era hija de un lord inglés, pero tuvo la temeridad de escaparse con un oficial del ejército francés sin blanca.

Los ojos negros de Ruthveyn volvieron a endurecerse.

—¿Eso es una boda de menor categoría?

—Es lo que pensó su familia —respondió Grace—. Sin duda es lo que piensa usted también.

—Con el debido respeto, *mademoiselle* Gauthier, usted ignora lo que yo pienso.

Grace bajó la mirada.

—Lo siento —dijo—. Tiene razón, lo ignoro.

—Pero ¿todo quedó perdonado? —preguntó Ruthveyn suavemente—. ¿Su madre se reconcilió con la familia?

Se encogió ligeramente de hombros.

—Mi madre era una mujer muy querida, y muy mimada —reconoció—. Yo venía aquí de niña, de cuando en cuando, y mis abuelos siempre me animaron a pensar en esta casa como en mi hogar, pero... —Al llegar aquí su voz se quebró con una nota de melancolía—. Sigo considerando Argelia mi hogar, aunque no lo sea. Aun así, aquí es donde fuimos felices los tres por última vez, mi madre, mi padre y yo.

Ruthveyn pareció leerle el pensamiento.

—No puede abandonar Londres, *mademoiselle* Gauthier —dijo con calma—. En eso estaba pensando, ¿me equivoco?

—Pues sí, a decir verdad —reconoció.

—¿Su situación con lady Abigail le resulta intolerable?

Grace torció la boca.

—Pocas cosas hay de verdad intolerables, milord —respondió—. Es incómodo. Mi tía vive en el pasado, y es un pasado amargo.

—¿Y eso por qué?

Ella respiró hondo.

—Mi madre era una mujer de gran belleza y se esperaba de ella que hiciera una boda ventajosa —explicó— y que por tanto rescatara a la familia de la ruina, de la que se hallaba al borde. Cuando decidió casarse egoístamente, en palabras de mi tía, no mías, desperdició su único recurso.

—¿Y de qué forma contribuyó eso a arruinar la vida de su tía?

—La tía Abigail nunca se casó —dijo Grace—. Ella asegura que no había dinero para la dote, ni siquiera para presentarla en sociedad. Que lo invirtieron todo en mi madre y que ella humilló a la familia. Así que ha permanecido aquí todos estos años, regodeándose en su amargura, y desde que murió mi abuelo ha vivido de la caridad del actual conde, de la poca que puede permitirse.

Ruthveyn esbozó una sonrisa desdeñosa.

—Qué autocomplacencia tan cobarde.

Grace suspiró.

—Puede ser, pero sólo tengo que soportarla hasta que Napier acabe su trabajo.

—¿Y después?

—Después volveré a Francia. —Cruzó las manos cuidadosamente sobre el regazo—. Además, he decidido que va a gustarme. De veras. Compraré una casita de campo y llevaré una vida tranquila. Aunque no encuentre la felicidad, pienso encontrar cierta paz.

—Paz y felicidad —dijo con descreimiento al dejar su taza de té, todavía intacta—. Le deseo suerte, querida.

Se levantó bruscamente y se acercó a la ventana a la que se había asomado poco antes.

—¿Milord? —Grace se puso en pie, desconcertada, y lo siguió—. Disculpe, ¿lo he ofendido en algo?

—No —contestó sin mirarla. Su voz había perdido aquella nota de descreimiento—. No, claro que no.

Ella ladeó la cabeza para mirar su perfil de líneas fuertes y precisas.

—¿Qué ocurre, entonces? Dígamelo, se lo ruego.

Ruthveyn se pasó una mano por el pelo negro con ademán casi pueril. Grace se preguntó de nuevo por su edad. A pesar de poseer el físico fornido y la estatura de un hombre en la flor de la vida y rebosante de virilidad, parecía extrañamente intemporal y al mismo tiempo mucho más anciano de lo que cabía esperar.

Pero había estado casado una vez. Había enterrado a su esposa. Quizás incluso tuviera hijos.

Santo cielo.

Tonta de ella, nunca se había parado a pensarlo, lo cual la hizo comprender que en realidad no sabía nada de él. Seguía meditando sobre ello cuando él volvió a hablar, con una voz tan suave que apenas la reconoció:

—¿Ve esas sombras, Grace? —Estaba mirando la hilera de casas de más allá del cristal—. Avanzan poco a poco desde el otro lado de la calle cada día sin falta, siempre dispuestas a envolvernos en su oscuridad tan pronto se pone el sol. Así es como imagino el destino. Como una sombra que acecha y a la que no podemos sustraernos. Y sabemos lo que va a ocurrir. A veces, justo antes de que caiga el velo, incluso podemos vislumbrar lo que hay tras ella. Y a veces lo que vemos es sólo una quimera, o el reflejo de nuestros miedos.

Grace sólo veía a la niñera de los Beeson, los vecinos de más abajo, empujando un carrito por la acera. Ruthveyn, sin embargo, parecía estar hablando literalmente. Grace pensó de nuevo en la turbia energía y la fortaleza que intuía en él y se preguntó fugazmente qué ocurriría si liberaba esa energía. Retiró bruscamente la mano que había estado a punto de posar sobre su brazo en un fútil intento por reconfortarlo.

Él le lanzó una mirada de soslayo.

—Espero que algún día pueda encontrar la paz que busca, Grace —dijo—. Pero la situación política en Francia sigue siendo inestable. No es aconsejable que abandone Inglaterra en un futuro cercano. Ni que permanezca en ella, pensándolo bien.

Grace abrió la boca para decirle que aquello era absurdo, pero sus palabras sonaban tan sinceras que ni siquiera se sintió capaz de reprenderlo por haber vuelto a llamarla por su nombre de pila. Además, oírlo de sus labios había empezado a parecerle extrañamente agradable.

—No tengo forma de ver qué acecha entre esas sombras que avanzan hacia usted, Grace —añadió—. No puedo verlo. Me siento... ciego.

—Nadie puede conocer el futuro, milord. —Pero mientras hacía aquella afirmación, un escalofrío recorrió su espalda—. ¿Y quién desearía conocerlo? Sería una maldición espantosa, no me cabe ninguna duda.

Ruthveyn apoyó la mano en el cristal con los dedos separados, como si con aquel gesto pudiera detener el avance de las sombras. Grace se preguntó, no por primera vez, si le estaba ocultando algo. ¿Era acaso aquella aura sobrenatural que lo envolvía algo mucho más peligroso?

Pero eso era un perfecto disparate.

—Me pregunto si me ha perdonado por lo que ocurrió entre nosotros en Whitehall.

Sus palabras, casi indiferentes, la sacaron de sus cavilaciones. Enseguida comprendió a qué se refería.

—¿Por aquel beso? —De algún modo logró que su voz sonara despreocupada—. Bueno, no fue más que un beso, milord. Y como usted mismo señaló, no era la primera vez que me besaban. Ni a usted tampoco, me atrevería a decir.

Una especie de humor negro tensó su boca carnosa y refinada.

—Una o dos veces, sí

Grace le tendió la mano.

—*Pax*, entonces —dijo—. Está olvidado.

—*Pax* —repitió él con voz cálida y ronca.

Se volvió y la agarró de la mano, pero en lugar de estrechársela, se la llevó a los labios. En el último instante, sin embargo, vaciló con los ojos clavados en los de ella y su aliento cálido rozándole los nudillos. Algo dentro de él pareció aflojarse. Cerró los ojos y la atrajo hacia sí.

—Ven aquí —susurró.

Como una tonta, Grace se acercó. Ansiaba sentir sus brazos rodeándola. La mano izquierda de Ruthveyn, que él había posado sobre su hombro, aún conservaba el frío del cristal de la ventana, pero la derecha, ancha y fuerte, desprendía calidez cuando la estrechó entre sus brazos, aplastando su vestido contra la seda de su chaleco. Su calor, ya dolorosamente familiar, la envolvió de inmediato. Fue como si su fortaleza comenzara a calar dentro de ella. Era una locura, lo sabía. Y, sin embargo, le parecía inevitable, como si ella también se hubiera contagiado de su extraño estado de ánimo.

—Me gustaría besarte otra vez —dijo Ruthveyn, escrutando su cara.

Grace lo miró sin pestañear.

—¿Me lo estás preguntando?

—Sí —respondió—. Y deberías negarte.

Tragó saliva con dificultad.

—¿Y si no lo hago?

—Entonces voy a besarte hasta hacerte perder el sentido —afirmó— y a confiar como un maldito idiota en que me pidas más.

Y ¡ah, cómo lo deseaba Grace! Contra toda lógica, pese a sus malas experiencias, ansiaba entregarse a él. Estaba tan cansada de estar sola, se sentía tan apartada de todo el mundo... O quizá fuera simple debilidad. Ya no le importaba. Así pues, mientras el corazón de Ruthveyn latía firmemente contra su pecho derecho, levantó la cara y dejó que sus párpados se cerraran.

Los labios de Ruthveyn rozaron los suyos en una tenue caricia. Una vez, dos, y luego otra más, como si estuviera tentándola. Respondió ladeando la cabeza a modo de invitación y sintió que su boca se abría por completo sobre la suya, cálidamente.

Dentro de ella algo despertó de pronto, vibrante de vida y leve a su contacto. Mientras sus labios se movían lánguidamente sobre los suyos, le pareció que despertaba de un sueño y se apretó contra él ansiosamente, enlazando su cuello con los brazos.

Ruthveyn profirió un sonido a medio camino entre un gruñido y un suspiro. Después, introdujo la lengua en su boca y la enlazó sinuosamente con la de ella. Aquella cosa que Grace sentía dentro se tensó como la cuerda de un arco, tirando desde su corazón a su vientre y aún más adentro. Luego, la tensión se convirtió en un ansia dolorosa y, mientras él seguía besándola, poseyendo su boca, se sintió provocativa, deseada, extrañamente libre.

Un instante después estaba contra la pared, apretada contra ella por el cuerpo duro del marqués, cuyas manos la recorrían frenéticamente. Él cubrió con la palma de la mano uno de sus pechos y, al notar su cálido roce en el pezón, sintió que el pálpito de sus entrañas se intensificaba. Con la otra mano, Ruthveyn la asió por la cadera y la levantó hacia sí.

Mientras acariciaba el pezón con un dedo hasta dejarlo tenso y erizado, dejó que su boca se deslizara por el cuello de ella y lamió suavemente la pequeña concavidad de encima de su clavícula. Grace deseó bajar la tela del escote y dar rienda suelta a Ruthveyn. Comenzó a respirar agitadamente, a cortas y ansiosas bocanadas, y él volvió a apoderarse de su boca, invadiéndola por entero. Advertía en ese hombre una desesperación semejante a la suya, como si ansiara desde hacía largo tiempo el contacto humano. El amor, quizá.

¡Ah, pero qué peligrosa ilusión era aquélla! Y ella no era ninguna niña. Sintió el duro abultamiento de su erección palpitar contra su vientre y comprendió que habían llegado demasiado lejos. De algún modo logró dominarse y respondió a sus besos con igual ardor, saboreando su placer, pero refrenándose al mismo tiempo para no precipitarse hacia aquel oscuro abismo que parecía llamarla. Un abismo en el que intuía que se extraviaría por completo, envuelta en la oscuridad de Ruthveyn.

Él la sintió vacilar y comenzó a apartarse. Primero aflojó la presión de sus muslos; luego, apartó de ella el muro protector de su pecho, hasta que solamente sus labios quedaran unidos. Se separaron con besos ligeros, como de soslayo; después, la boca de Ruthveyn se apartó de la suya y se deslizó por su mandíbula.

—Grace —murmuró junto a su oído—. Ah, Grace...

Había posado una mano sobre su nuca como si sostuviera su cabeza y por puro placer ella volvió la cara y apoyó la mejilla en la fina lana de su levita.

—Esto es una locura, ¿sabes? —murmuró, respirando agitadamente.

—Una completa locura —convino él—. Y lo que es peor: no vas a suplicarme más, ¿verdad?

—No. —Tragó saliva—. Al menos... No. No voy a hacerlo.

Él escondió la cara en su pelo y Grace notó que estaba temblando.

—Grace —murmuró—, no puedes dejar que vuelva a hacer esto.

—Tú... —Levantó la cabeza y añadió—: Usted es un hombre, lord Ruthveyn. Los hombres son libres de tomar lo que se les ofrece. Pero ¿en qué me conviene a mí el haberlo ofrecido?

Ruthveyn la apartó un poco de sí y bajó la cabeza para mirarla a los ojos.

—Grace, es usted una mujer que ha visto su vida cruelmente vuelta del revés —contestó—. Y puede que yo sea un granuja por haberme aprovechado de ello.

—Qué tonterí...

—En mi defensa —prosiguió poniéndole con firmeza un dedo sobre los labios—, sólo puedo decir que tocar a una mujer como usted es para mí algo muy poco frecuente... —Se le quebró la voz—. A decir verdad, no tengo excusa.

Grace se apartó. De pronto se sentía más sola que nunca.

—Nunca he conocido a nadie como usted, Ruthveyn —dijo mientras cruzaba los brazos sobre el pecho—. No sé si me gusta o si en parte me da miedo. Pero, sea como sea, parece que somos como yesca y pedernal el uno para el otro.

Él se pasó de nuevo la mano por el pelo en aquel ademán revelador, desordenándoselo por completo esta vez.

—Tengo que pedirle algo, Grace.

—Pida, desde luego. —Torció la sonrisa—. Pídame la luna, Ruthveyn. Hay motivos sobrados para creer que diré que sí.

Su mirada se oscureció amenazadoramente al oírla. Cerró el puño junto al costado.

—No sea cruel, Grace —dijo—, y menos aún consigo misma. No volveré a besarla. Ni siquiera lo intentaré.

Ella soltó una carcajada y dejó caer los brazos.

—¿Sabe, Ruthveyn?, la verdad es que le creo —contestó—. Lo siento. Es sólo que... su contacto me... me aturde de algún modo. Pero siga, por favor. Pídame lo que sea.

—La ocasión, desde luego, no podía ser más inadecuada —agregó él a modo de advertencia.

—Los dos tenemos el don de la inoportunidad —repuso ella.

—Puede ser. —Relajó la mano—. En cualquier caso, creo que... creo que debería venir a vivir conmigo.

Grace se llevó una mano al corazón.

—¿Cómo... cómo dice?

—Como institutriz —añadió rápidamente—. Me sentiría más tranquilo si estuviera bajo mi techo.

—¿Como institutriz? —repitió—. *¡Ça alors!* ¿De quién?

—De mi hermana —dijo al tiempo que la agarraba de los antebrazos. Después, como si se hubiera quemado, la soltó y retrocedió—. No para ella, claro, sino para sus hijos. Hablo completamente en serio. Mi hermana necesita urgentemente un preceptor de algún tipo. Y mis sobrinos son... En fin, son de cuidado.

—Aunque tuviera la necedad de aceptar, nadie me consideraría cualificada para enseñar a jóvenes caballeros —explicó Grace—. Tendrán que aprender matemáticas y ciencias y...

—Vamos, vamos, Grace. —Enarcó una de sus negras cejas en ese gesto de desdén que Grace empezaba a reconocer como suyo—. Sin duda no creerá que los hombres son el único sexo capaz de enseñar tales cosas. ¿Sugiere acaso que no sabe nada de aritmética, o de geografía?

Grace se sonrojó. Lo cierto era que aquellas materias siempre le habían parecido fascinantes. Estaba tan poco capacitada para enseñar a hacer encaje o a dibujar como para volar a la luna. En cambio, la historia militar y las tácticas de combate eran su fuerte, y la geografía tampoco se le daba mal. A fin de cuentas, había visto numerosos accidentes geográficos con sus propios ojos. Sólo su procedencia aristocrática y su francés impecable la hacían apta para trabajar como institutriz.

Ruthveyn intuyó su curiosidad.

—Ninguno tiene más de diez años, por cierto —añadió—, y la poca instrucción que han recibido la recibieron en Calcuta, de un caballero tan anciano y tan corto de vista que a duras penas lograba hacerse con ellos. En resumen, que no saben casi nada y son dos pícaros de la peor especie. Es un trabajo que no le procurará la paz que anhela, pero que a mí al menos me dará cierta tranquilidad.

—Pe-pero eso suena...

—Egoísta, sí —la atajó—. Todos los hombres lo somos, según me han dicho.

—Lord Ruthveyn —dijo enérgicamente—, haga el favor de dejar de interrumpirme.

—¿Lo ve? Ahí lo tiene —Levantó las dos cejas—. Al menos está dispuesta a intentar doblegar lo ingobernable.

—Bueno, soy perfectamente capaz de hacerlo —respondió con aspereza—. Ahora conteste a mis preguntas.

—Muy bien.

Retrocedió unos centímetros más.

—¿Hace esto por Rance Welham y no por otra razón?

Ruthveyn vaciló una fracción de segundo.

—Por Rance, sí —respondió—. Yo, por mi parte, rara vez estoy en casa. Tengo habitaciones en Saint James.

—En la Sociedad Saint James.

Fijó de nuevo la mirada en el alfiler de su corbata que, pese a ser extraño, le resultaba curiosamente familiar. Vio que el símbolo que tenía en el medio era una pequeña cruz dorada.

—Grace, mis sirvientes y mi familia son extremadamente leales —dijo él—. Estarás segura, rodeada por ellos.

—Nunca he tenido la sensación de correr peligro —repuso ella—. No me da usted miedo, desde luego. No de ese modo. Y de momento, en lo que respecta a Napier, los inocentes no deberían tener nada que temer. Y en ese sentido, al menos, soy inocente.

—Entre «deber» y «tener» hay un abismo —contestó Ruthveyn con calma—. Grace, ¿confía en mí para mantenerla a salvo?

Ella se lo pensó un momento.

—Imagino pocos hombres dispuestos a enfrentarse a usted —dijo—. Sí, confío en usted.

—¿Me cree cuando le digo que podría estar en peligro? —prosiguió—. ¿O al menos que corre cierto riesgo de verse convertida en chivo expiatorio? ¿O de ver dañada su reputación?

—Le creo cuando dice estar convencido de todas esas cosas —respondió.

—Y aquí no puede quedarse —añadió Ruthveyn—. Usted misma lo ha dicho no hace ni media hora.

Grace comprendió que le estaba ofreciendo una salida. Una forma de escapar de tía Abigail, sí, pero también su ancha ala bajo la que cobijarse. La horrorizaba pensar que pudiera necesitarla, pero el señor Holding estaba muerto... y alguien lo había asesinado.

—Puede que no. —Respiró hondo y meditó sobre ello. Con él estaría a salvo, de eso estaba segura. Y habría niños, niños que la necesitaban—. Debo de estar loca, claro, pero esos dos pillastres... ¿tienen nombre?

—Anoche, cuando me marché después de la cena, eran Thor, Martillo del Norte, y Erik el Sanguinario —respondió muy serio—. Mi mesa favorita de billar se había convertido en un barco vikingo y estaban remando vigorosamente rumbo a Lituania con un juego recién estrenado de tacos hechos a medida.

—Excelente —dijo Grace—. Entonces es que tienen al menos algunas nociones de historia de Escandinavia y de la geografía del norte de Europa. Eso por no hablar de su gusto por las maderas nobles. ¿Sus verdaderos nombres?

—Tom tiene seis años y Teddy ocho —contestó Ruthveyn—. Son los hijos de mi hermana Anisha. Es viuda.

—¿Anisha? —preguntó ella—. Qué extraño.

—¿Su nombre? Sí. —Vaciló un momento—. Nos criamos en la India. Quizá no se lo haya dicho.

—¿Los dos? Qué interesante.

—La verdad es que somos indios, rajputíes, por parte de madre —explicó—. Puede que no salte a la vista.

Grace lo recorrió con la mirada.

—No lo había pensado.

—¿Le importa?

Ella parpadeó, desconcertada.

—Santo cielo —dijo en tono reflexivo—, ¿en qué sentido podría importarme?

En la boca de Ruthveyn se dibujó una sonrisa irónica.

—Ha dicho que su madre pudo hacer una boda mejor, *mademoiselle* Gauthier —le recordó—. A menudo pienso que mi madre también.

Grace tardó sólo un instante en romper a reír.

—Creo que me gusta usted cada vez más, lord Ruthveyn —dijo—. Quizás acabemos por llevarnos bien, después de todo.

—Entonces recoja sus cosas.

Su sonrisa se borró.

—¿Qué? ¿Ahora mismo?

—¿Por qué no? —preguntó—. ¿Acaso espera algún cambio? En lo que respecta a su tía, puede decirle que le he ofrecido empleo. Déjele una nota. Mis criados vendrán a buscar sus baúles esta noche.

—Me parece innecesaria tanta prisa.

Él se encogió de hombros nuevamente y se apoyó contra el marco de la ventana.

—¿Viene, Grace, o no? —murmuró.

Miró más allá de él y vio que el crepúsculo, y las sombras de Ruthveyn, avanzaban rápidamente. Él también la observaba, esperando. Pronto la oscuridad caería sobre ellos. Pero ¿qué había que temer, en realidad, más allá de aquel velo?

Sólo a sí misma y su propia necedad, posiblemente.

Pese a todo, iba a marcharse con lord Ruthveyn. Iba a vivir con él. Iba a confiar en sus promesas y en su fortaleza. Sólo esperaba haber tomado la decisión correcta.

Y por la razón correcta.

Capítulo 7

Una pequeña riña familiar

Adrian, ¿cómo has podido?

Ruthveyn siempre sabía que su hermana estaba enfadada cuando lo llamaba por su nombre de pila.

Esa noche, lady Anisha lucía un vestido de color oro y topacio cuyo recto corpiño, adornado con puntillas de raso del color de la mantequilla, cruzaba sus esbeltos hombros. La ancha falda acampanada iba recogida hacia arriba con escarapelas a juego colocadas a ambos lados. El conjunto resultaba extremadamente favorecedor en contraste con su piel de cálido color marfil... a excepción de la cara, que había adquirido el tono del salmón recocido.

—Anisha, querida mía, siéntate. —La observó desde el otro lado de su escritorio mientras avanzaba por la alfombra como si abriera por ella un surco—. Dime sólo qué te parece. ¿Tienes alguna pega que ponerle, dejando a un lado mi abuso de autoridad?

Su hermana se quedó de piedra. Sus ojos centellearon.

—¿Cómo puedo ponerle alguna pega? —replicó—. ¡Acabo de conocerla!

Era en momentos como aquél cuando Ruthveyn se daba cuenta de lo mucho que se parecían.

—¡Y a la hora de la cena, nada menos! ¡Ha caído de pronto sobre mi regazo con la servilleta, como un hecho consumado y bien planchado! —prosiguió Anisha—. De veras, Adrian, nos has puesto a mí y a *mademoiselle* Gauthier, en un situación muy violenta. Y ella se ha dado cuenta, además. ¿Es que no lo has visto?

—Anisha, si haces el favor de...

—No, no quiero. —Dio media vuelta y comenzó de nuevo a pasearse por el despacho—. Son mis hijos, Adrian. El fruto de mi vientre. ¿Cómo puedes tener la pretensión de saber lo que les conviene? ¡Pero si no has pasado más de una hora con ellos desde que llegamos!

Ruthveyn se enojó al oír aquello.

—Adelante, Anisha, no te refrenes. Clava la espada hasta el fondo. —Se levantó bruscamente de la silla y se acercó al aparador—. ¿Quieres un coñac? —preguntó con aspereza—. Bien sabe Dios que yo necesito uno.

—¡No, no quiero un coñac! —Anisha cruzó la habitación para acercarse a él—. ¡Quiero respeto! ¿No eres tú quien siempre me está diciendo que debo exigirlo? ¿Que debo decidir sobre mi vida?

Ruthveyn suspiró y quitó el tapón de la botella con un chirrido discordante. Tenía treinta y tres años, le sacaba seis años a su hermana, pero Anisha todavía podía enfurecerlo como si fueran niños. Sirvió el coñac y después alejó de sí la copa, asqueado, para apoyar las manos sobre la encimera de caoba. En su estado de ánimo, ingerir alcohol sería como arrojar combustible sobre una hoguera: un infierno nacido de la cólera, de un deseo furioso y de la insidiosa sospecha de que su hermana podía tener razón.

Aspiró profundamente, llevando el aire hasta el fondo de su vientre, y lo dejó escapar en una larga y comedida exhalación. Una vez. Dos. Tres, hasta que la sangre dejó de atronar sus sienes.

Sintió a su hermana a su lado.

—Anisha, tú sabes que quiero a esos niños —respondió por fin con la mirada fija en la oscuridad del jardín trasero—. Daría mi vida por ellos, pero no puedo... No es fácil para mí hacer el papel de tío cariñoso. Por el amor de Dios, apenas puedo mirarles a los ojos.

—Llevas tanto tiempo huyendo de la gente, Adrian, que ya no sabes lo que es la intimidad —repuso su hermana en voz baja—. Tienes tanto miedo de lo que puedas ver que eso te obsesiona. Pero son niños. Ellos no lo entienden.

—Sí, Anisha, son niños. Y por ese motivo necesito verlos llenos de juventud y de vigor, con toda la vida por delante. ¿Tú no?

—Aunque yo tuviera el verdadero don de la clarividencia, no podría ver a mis propios hijos —contestó con sencillez—. Tú lo sabes. Además, no son de los Vateis, Raju, ni serán nunca Guardianes. No tienen la desgracia de ser ambas cosas, como tú. Mis hijos nacieron bajo los astros equivocados y no tienen ni un asomo del don. Son... en fin, como Luc, gracias a Dios.

—No estoy seguro de que de eso último puedas jactarte, querida mía. —Su voz adquirió un tono más fatigado y conciliador—. Pero en lo demás tienes razón. Debería haber hecho las cosas como es debido. Debería haberte preguntado si querías contratar a una institutriz. Es sólo que...

—¿Qué?

La voz de su hermana se había llenado de compasión.

—Necesito que esté aquí —logró decir por fin—. Y temía que no quisiera venir por las buenas, que hiciera falta un pretexto por mi parte. Por eso pensé en los niños. Los adora. Se nota en su voz.

Anisha arrugó sus delicadas cejas.

—Pero ¿por qué aquí, Raju? ¿Qué es para ti?

Una sonrisa amarga torció su boca.

—No es lo que piensas —respondió—. La verdad es que es una amiga de Lazonby que se ha metido en un lío. Él me ha pedido que la proteja.

—¿Que la protejas? —repitió Anisha tocando su brazo—. Entonces, ¿qué es? ¿La amante de Lazonby?

—Sólo una amiga, Anisha. —Se irguió y bebió un trago de coñac—. La hija de su antiguo comandante. Pero no permitas que tu corazón siga ese rumbo. Prométemelo. Lazonby no es para ti.

Anisha tensó la mandíbula.

—¿También en eso sabes lo que más me conviene?

—En este caso, sí. —La agarró con firmeza por los brazos—. Créeme, Nish, he visitado todos los burdeles y los fumaderos de opio de Casablanca a Edimburgo con ese hombre. Conozco sus hábitos y sus predilecciones, y lo quiero como un hermano a pesar de todo. Pero no te conviene. Y aunque lo desees, yo no lo permitiría.

Ella bajó sus largas y negras pestañas.

—No puedes impedirlo —dijo con voz queda—. Pero tienes razón. Debo pensar en los niños. No quiero volver a casarme. Y en cuanto a lo otro... Quizá lo mejor sea la soledad.

—Bueno, yo sólo te estoy advirtiendo contra Lazonby. ¿Qué me dices de Bessett? ¿O de Curran? Son jóvenes excelentes y... Pero, en fin, eso no es asunto mío, ¿no es cierto? —Apretó sus brazos para tranquilizarla y la soltó—. Mira, no te preocupes por *mademoiselle* Gauthier. Mañana por la mañana le diré que ya habías hecho otros planes. Buscaré otro modo de que siga aquí, al menos hasta que se solucione el problema.

Anisha se aclaró la garganta.

—Puede que sea violento.

—Lo sé —contestó—, pero no queda otro remedio. No puedo llevarla a una de nuestras fincas en Escocia. Napier pensaría que ha huido.

La inquietud se reflejó en los delicados rasgos de Anisha.

—¿Qué ocurre, Raju? —preguntó, tocándolo ligeramente—. ¿Qué ves? ¿Qué clase de peligro la acecha?

—No... —Se detuvo y levantó las manos con impotencia—. No lo sé, Anisha. No percibo nada. No veo nada. Ése es el meollo de mi dilema.

—¡Ah, sí! ¡Tu Incognoscible! —Su hermana desarrugó la frente—. Así que es ella.

Ruthveyn volvió a apoyar las manos sobre el aparador y bajó la cabeza.

—Sí —dijo en voz baja—. Es ella.

—¿Estás seguro?

Giró la cabeza para mirarla.

—Tan seguro como puedo estarlo —respondió— sin comprometer por completo su virtud. Y, por favor, no vuelvas a sugerirlo.

Anisha se sonrojó levemente.

—Pero es tan bonita, con ese cabello rubio y esa cara ovalada —murmuró—. ¡Ay, Raju! Puede que también yo me haya precipitado. ¿Cuáles has dicho que eran sus referencias?

Él cogió su coñac y le indicó los dos desgastados sillones de cuero que flanqueaban el fuego mortecino de la chimenea.

—Trabajaba como institutriz para un constructor de barcos llamado Holding que vivía en Belgravia —dijo cansinamente—. Dos niñas de la edad aproximada de Tom y Teddy.

—Me suena de algo. —Anisha se alisó las faldas y luego levantó bruscamente la cabeza—. Espera, ¿no es el que fue asesinado?

—Sí, el mismo.

Se sentó y bebió un largo trago de coñac. Sintió la quemazón del licor al bajar por su garganta y pensó que necesitaba otra copa. Qué demonios, más de una.

—¿Y temes que el asesino vaya también tras ella?

—No, mientras esté bajo mi protección —aseguró Ruthveyn—. Creo más probable que Napier intente arrestarla.

—¡Napier! —exclamó Anisha con desprecio, inclinándose hacia delante en su sillón—. ¿Es que no ha arruinado ya suficientes vidas? ¡Fue él quien detuvo a Rance! Consiguió que condenaran a un hombre inocente.

—La verdad es que fue su padre —puntualizó Ruthveyn—. Pero el hijo ha seguido sus pasos desde la muerte del viejo.

Anisha juntó las manos sobre su regazo. Parecía un poco avergonzada.

—Me he precipitado al juzgar este asunto —dijo—. He tenido un mal día, Raju, y no estoy de muy buen humor. Si *mademoiselle* Gauthier es amiga de Rance y tiene experiencia con niños...

Observó un momento la cara de su hermana.

—¿Un mal día, Anisha? ¿En qué sentido? —preguntó con calma—. ¿No estás enfadada sólo por lo de Grace?

—Vaya —dijo Anisha—, ya la llamas «Grace». —Pero no lo miró.

—¿Qué ocurre, querida?

Se inclinó instintivamente para mirarla a los ojos, pero no sirvió de nada. Los Vateis rara vez podían «leerse» los unos a los otros, y Anisha era probablemente uno de ellos, aunque no quisiera admitirlo. Crecer a su lado había sido quizá la salvación de Ruthveyn, pues lo había obligado a aprender a intuir y a comprender a las personas tal y como lo hacían los seres humanos corrientes. Y ahora veía tristeza y pesar en el rostro de su hermana.

—¿Luc ha vuelto a meterse en líos? —insistió—. Más vale que confieses, niña.

Ella clavó la mirada en la alfombra turca y sacudió la cabeza.

—No, es sólo que he recibido otro mensaje del doctor Von Althausen —dijo—. Ese hombre está dispuesto a incordiarme hasta hacerme volver a Calcuta sólo para huir de él.

—Anisha... —Le lanzó una sonrisa animosa—. Quizá deberías considerar...

Sus ojos centellearon.

—Pero yo no soy una Guardiana, Raju.

—No, porque eres mujer —reconoció él—. Si existen los Guardianes es precisamente para proteger a personas como tú.

—No quiero tu protección —replicó—. ¡Ni la de Rance, ni la de Curran! Y no quiero pasar ni un solo minuto en ese sótano viejo y húmedo dejando que Von Althausen me pinche o me electrocute o lo que quiera que haga. Además, ni siquiera tengo el Don. Me guía la sabiduría del Jyotish. He estudiado mucho para perfeccionar mis habilidades. No las menosprecies.

Ruthveyn cogió su copa vacía y comenzó a darle vueltas para que la luz del fuego se reflejara en ella.

—Entonces, crees que lo único que haces es leer las estrellas y la palma de la mano, ¿no es eso? —preguntó pensativamente sin dejar de mirar los destellos del vidrio—. Te pareces mucho a Lazonby, Nish. Siempre intentando negar lo evidente. Von Althausen puede aprender de ti y ayudarte a afilar tus facultades.

—¡Uno no afila la espada de su verdugo! —respondió con vehemencia, levantándose a medias del sillón—. Yo sólo quiero estudiar los astros, Raju. No están sujetos a interpretación.

—Lo cierto es que sí lo están, querida mía —respondió su hermano—. Sólo que a ti no te lo parece.

—Pero tú no colaboras con Von Althausen —replicó Anisha—. ¿Por qué habría de hacerlo yo?

Ruthveyn exhaló lentamente un suspiro. Su hermana tenía razón. Él vivía consagrado a los Guardianes y a su función, sí, pero a diferencia de algunos, no sentía deseo alguno de reforzar o llegar a entender sus facultades. Quería que desaparecieran, y habría vendido literalmente su alma al diablo para conseguirlo.

Pero no podía hacerlo. Su alma ya había sido vendida hacía mucho tiempo, pues las visiones lo atormentaban desde sus recuerdos más lejanos. De niño, lo habían considerado una especie de monstruo. Una criatura sobrenatural. Nadie podía cogerlo en brazos o sostenerle la mirada más allá de un instante fugaz, salvo su madre. Así había sido, al menos, hasta el nacimiento de Anisha. Incluso su padre, por cuyas venas corría con fuerza el Don, lo había considerado un ser extraño y misterioso.

Su padre había descubierto tardíamente que había una razón para que su esposa hubiera permanecido soltera hasta la edad de trece años: era una *rishika*, una vidente tan poderosa que su propio pueblo la temía. Su riquísima familia había considerado un golpe maestro casar a su bella princesa con un noble inglés y aliarse políticamente con Inglaterra. Pero aquella unión había dado como resultado una potentísima mezcla de sangres, y Ruthveyn, el hijo introvertido, frío y raro, había sido su fruto.

Había tenido que hacer acopio de fuerza de voluntad y de coraje para aprender a escudarse tras una fachada de lejanía e impasible formalidad. Sólo allí, en el Indostán, el país de la altanería y la ceremoniosidad, podría haberse abierto paso como diplomático. Combinadas, la crueldad de su padre y la gracilidad de su madre le habían sido muy útiles. Había sobrevivido.

¿Y ahora quería que su hermana hiciera aquello a lo que él se negaba?

Dejó la copa vacía sobre la mesa con un golpe estridente.

—Está bien, Anisha —dijo—. Le diré a Von Althausen que no vas a ir. Le diré que deje de pedírtelo.

—*Dhanyavad*, Raju.

Sus manos se relajaron sobre los brazos del sillón.

Ruthveyn la miró con expresión calculadora.

—¿Y tú te pensarás si le das una oportunidad a Grace? —preguntó—. Confío en que al menos intentes hacerte amiga suya. Si no por mí, quizá sí por nuestro querido Rance.

Los ojos de su hermana brillaron un instante. Luego, transigió.

—Muy bien, hermano —dijo—. Como siempre, sabes exactamente qué decir para salirte con la tuya. Pero primero has de hacer algo por mí.

No le gustó su tono resuelto.

—Continúa.

Ella se recostó en su sillón.

—Vas a contármelo todo —dijo—. Todo lo que sospechas y todo lo que has visto acerca de la implicación de *mademoiselle* Gauthier en ese asesinato.

—Está bien —dijo con calma, y cogió de nuevo su copa—, pero para eso me va a hacer falta otro brandy.

Grace se instaló en la gran mansión de lord Ruthveyn en Mayfair no sin cierta inquietud. La casa, carente de la ostentación a la que se había acostumbrado en Belgravia, era discretamente elegante, con un toque de influencia oriental en los tejidos y los objetos artísticos que le confería una atmósfera acogedora.

Los dos niños, Teddy y Tom, eran dos diablillos, pero tras pasar dos días encerrada con ellos en la sala de estudio, no desesperaba del todo. Aquellos dos granujillas eran inteligentes, casi demasiado, y estaban ansiosos por aprender con tal de que las enseñanzas fueran creativas y les brindaran algún desahogo para su inagotable energía, comparable a la de un mono.

Los niños habían traído de la India un enorme y escandaloso periquito llamado *Milo* y no se separaban ni un instante de *Seda* y *Satén*, las altivas gatas domésticas de Ruthveyn que, con su pelaje gris semejante a plata maciza, desdeñaban los acercamientos de casi todos los demás moradores de la casa. Grace tuvo que hacer acopio de toda su determinación para expulsar a los tres animales de la sala de estudio.

La inventiva de los niños en el campo de la física y la química aplicadas compensaba con creces sus carencias en otras disciplinas formales: fabricaban tirachinas capaces de romper un cristal a cincuenta pasos de distancia y llevaron a cabo un imaginativo experimento con pegamento casero gracias al cual a Teddy se le quedaron las medias adheridas a los zapatos. El tercer día, Grace los sorprendió debajo de la mesa de la sala de estudio después del almuerzo, sacudiendo un frasquito con algo que se agitaba y siseaba amenazadoramente, pero que resultó ser sólo una mezcla de vinagre y bicarbonato de sodio. Tras explicarles sucintamente las reacciones exotérmicas, les dio una larga lección acerca de cómo limpiar una alfombra manchada, cosa que tuvieron que hacer de rodillas.

Respecto a la hermana de lord Ruthveyn, Grace no las tenía todas consigo. Lady Anisha Stafford era una belleza exótica y taciturna que poseía los rápidos ojos negros de su hermano y su tendencia a traspasarlo a uno con la mirada. Aunque su tez era blanca como la nata, sus facciones tenían un matiz mucho más extranjero que las de Ruthveyn. O quizá fuera su costumbre de pasearse por las habitaciones privadas de la casa envuelta en lienzos de seda de brillantes colores y rebosantes de opulentos bordados, con un extremo de la tela echado sobre el hombro. Grace incluso la había visto una vez ataviada con unos pantalones muy anchos, como una princesa sacada de un harén mogol.

Con todo, lady Anisha era casi siempre la perfecta anfitriona inglesa y, de hecho, la trataba como a una invitada. Le había asignado una alcoba el doble de grande que su antigua habitación, con las paredes forradas de seda con filigrana en vivos tonos de oro y verde, y cortinas de terciopelo verde recamadas con hilo de oro. La habitación tenía adosada una maravilla moderna: un tocador provisto de chimenea de azulejos y una bañera de hierro de cuyo grifo podía extraerse de vez en cuando agua caliente. Grace no había visto nunca nada parecido.

Le pidieron, además, que cenara todas las noches con la familia a pesar de que, después de aquella primera noche, lord Ruthveyn nunca estaba presente. Quien sí cenaba con ellos era su hermano, un joven libertino de belleza angelical cuya existencia fue una sorpresa para ella. Como lo fue, por otro lado, el hecho de que una noche, durante el primer plato, le pusiera la mano en la rodilla. Grace, sin embargo, sabía desde sus tiempos en el ejército que un tenedor de pescado era un arma defensiva excelente. Lord Lucan Forsythe encajó su castigo como un hombre, un fuerte quejido y a continuación silencio, y a ella le alegró comprobar que ni siquiera se le infestaba la herida.

Estaba segura de que aquél sería el final de sus problemas con él. A fin de cuentas, el joven era tan transparente, y tan predecible, como podía serlo un calavera. Grace se propuso trabar amistad con Lucan y lo consiguió con suma facilidad.

Una tarde, pocos días después, fue en busca del libro de gramática de Teddy, que el chico había perdido, y encontró a lady Anisha cosiendo en el soleado invernadero. Los niños, como todos los días a las cuatro, habían salido a dar una vuelta con su tío.

—¡*Pauuuuk!* —chilló *Milo*, el periquito, desde su percha—. ¡Prisionero británico! ¡Déjenme salir!

Al oírlo, lady Anisha levantó la vista de su labor con una sonrisa tenue.

—Calla, *Milo* —dijo—. Buenas tardes, *mademoiselle* Gauthier. ¿Luc ha llevado a los niños al parque?

—Sí, señora. —Se irguió entre las palmeras que habían servido a Teddy de escondite—. Debo decir que es de lo más diligente. Pocos jóvenes de su edad y su apostura estarían dispuestos a dedicar tiempo a sus sobrinos.

Anisha esbozó una sonrisa melancólica.

—Bueno, créame, he sabido animarlo a encontrar tiempo para los niños.

—¡Socorro, socorro, socorro! —chilló el pájaro—. ¡Prisionero británico! ¡Déjenme salir!

Con una sonrisa irónica y exasperada, Anisha dejó su labor y se levantó.

—Está bien, tirano —dijo mientras se acercaba a la jaula de mimbre—. ¿Le apetece acompañarnos, *mademoiselle* Gauthier? Acabo de pedir el té.

—Claro, gracias.

El pájaro lanzó otro estruendoso chillido y fue a posarse en el respaldo de la silla de Anisha. Un poco nerviosa, Grace cruzó el suelo de baldosas y tomó asiento en la silla que le indicó ella. Le habría gustado no sentirse tan incómoda con la hermana de Ruthveyn. Con frecuencia, a su modo de ver, era fácil comprender a los hombres: como ocurría en el caso del marqués y de su hermano, una siempre sabía en quién podía confiar y en quién no. Las mujeres, en cambio, eran mucho más complejas. Y aunque no desconfiaba de lady Anisha, no estaba segura de que fuera bien recibida allí.

—*Milo* es precioso —comentó—. Y se lleva muy bien con las gatas.

—¡Prisionero británico! —exclamó el periquito, que, en efecto, era magnífico, con su plumaje verde manzana y su enorme pico curvo de color fucsia—. ¡Socorro, socorro, socorro! —Se paseó de un lado a otro detrás de Anisha y comenzó a picotear sus largos pendientes.

—*Seda* y *Satén* quedaron muy desconcertadas cuando llegamos —reconoció Anisha—. Mi hermano les trata como si fueran princesas a las que se les concede cualquier capricho, claro. Y *Milo* aprendió enseguida a rendirles pleitesía.

Grace, sin embargo, se había distraído.

—Vaya, ¿qué está bordando? ¿Es seda?

—Sí, en efecto. —Extendió la tela azul oscura sobre la mesa de té y alisó las arrugas—. Va a ser un regalo de Navidad para Adrian.

—¿Adrian?

Su expresión de perplejidad hizo reír a Anisha.

—Mi hermano —aclaró—. ¿No le ha dicho su nombre?

Grace se quedó pensando.

—No lo sé —reconoció—. Puede que sí. Yo... estaba muy alterada la primera vez que lo vi, en Saint James. ¿No le ha hablado de ello?

Anisha negó con la cabeza.

—No, pero me ha explicado su situación —dijo—. Espero que no le importe.

—*Mais non*. Estoy cuidando de sus hijos. Debe usted saberlo todo sobre mí. —Tocó distraídamente el bordado—. Pero esta labor... Lady Anisha, es una maravilla.

Su anfitriona se rió de nuevo. Su voz, pensó Grace, era como un tintineo de campanillas, y en sus palabras resonaba el eco de un ligerísimo acento.

—Mis bordados son una extraña mezcla de Oriente y Occidente —confesó—. Las mujeres *rajput* se enorgullecen de ellos, ¿sabe usted? Sobre todo del *zari*, el que se hace con este hilo fino y metálico. Pero mi estilo... ¡Ay, parece más bien el dechado de una colegiala!

—En absoluto. Nadie confundiría esto con la labor de una niña.

—Bonito, bonito —chilló *Milo*, girando uno de sus grandes ojos anaranjados—. Bonito, bonito.

El periquito tenía razón. Lady Anisha había bordado con hilo de plata algo que daba la impresión de ser un firmamento resplandeciente, aunque Grace sólo pudo identificar uno o dos grupos de estrellas. Aun así la ejecución era perfecta, con un ancho reborde decorativo que rodeaba por completo la tela y, en medio del cúmulo de rutilantes estrellas, un verso.

—Son constelaciones, ¿verdad? —preguntó—. Es el cielo de noche.

—Sí, tal y como era la noche en que nació Adrian.

—Qué extraordinario —murmuró Grace—. ¿Cuándo nació?

—Poco después de medianoche, el diecinueve de abril —respondió lady Anisha—. O sea, que es Aries, el Carnero.

—¿Se refiere a la astrología? No sé mucho de ella.

Lady Anisha se encogió de hombros.

—Bueno, la mayoría de la gente la considera una tontería.

Grace miró más de cerca las frases bordadas en la tela. Era un poema, todo él bordado en fino hilo metálico. Las puntadas eran tan delicadas y minúsculas que apenas se distinguían. Siguió suavemente con los dedos las palabras:

> *Y mi buen genio en verdad lo sabe,*
> *pues los hermanos de la rosa cruz*
> *no hacemos burdos presagios.*
> *Tenemos la palabra del masón*
> *y la clarividencia,*
> *el porvenir auguramos sin yerro,*
> *y al revelar lo que dice el misterio*
> *en bello acróstico se ve Carlomagno.*

—¿Qué es exactamente? —preguntó Grace.

—Una estrofa de un poema —dijo lady Anisha—. De Adamson.

—¡Sí, la *Elegía de las musas*! —murmuró Grace—. Una vez intenté leerlo, pero fue superior a mis fuerzas. Menos mal que no tiene que bordarlo todo.

Anisha volvió a reír.

—Tardaría toda la vida.

Grace ladeó la cabeza para verlo mejor.

—¿Qué significa?

La expresión de Anisha se desdibujó.

—Es una especie de oda a un amigo muerto. —Titubeó un instante—. Se cree que eran rosacruces. Ahí, ¿lo ve? La referencia a la «rosa cruz». ¿Le suena de algo?

—Era una sociedad secreta de místicos, ¿no? —dijo pensativamente—. O sigue siéndolo, que yo sepa.

Lady Anisha le lanzó una mirada extraña.

—Como muchos otros, yo creo que se disgregaron —dijo vagamente.

—¿Qué clase de personas pertenecían a ella?

Anisha levantó uno de sus delicados hombros.

—Hombres de ciencia, creo. O, al menos, de la ciencia de su época —explicó—. Alquimia, astrología, filosofía natural. También estudiaban los grandes misterios griegos y druídicos y es posible que tuvieran alguna relación con la masonería.

—¿Druidas? —Grace seguía mirando el bordado—. ¿No hacían sacrificios humanos?

Lady Anisha recogió bruscamente la tela.

—Ah, aquí está Begley con la bandeja —dijo—. Déjala aquí, Begley, y haga el favor de traernos otra taza.

—Iré yo.

Grace hizo amago de levantarse.

—No. —Anisha la detuvo—. Quédese. Quiero hablar con usted. Dígame qué tal se portan mis hijos. ¿Aún tienen salvación?

Grace le explicó que, en su opinión, los niños eran muy inteligentes, pero se resistían a la autoridad. Tras explayarse sobre ese asunto, le contó la historia del bicarbonato de sodio.

Anisha frunció los labios.

—¡Granujas! —exclamó—. No lo han sacado de mí. Yo, lo mismo que Adrian, fui una niña seria y formal.

Grace sintió el impulso de preguntarle por la vida de los niños, pues lord Ruthveyn la había instalado en la casa con tanta prisa que no sabía prácticamente nada sobre su historia. Aun así, vaciló. Llegó la taza extra y observó cómo Anisha servía el té.

—¿Es un té indio? —preguntó.

Ella dejó la tetera sobre la mesa.

—No, chino, de Oxford Street —contestó—. En algunas zonas de la India ha empezado a cultivarse té para su exportación, pero rara vez como bebida. De vez en cuando se cuece en infusión y se aromatiza con especias. *Chai masala*, lo llamamos nosotros. Pero creo que no dormiría usted en una semana si lo probara. Por cierto, ¿ha conocido al doctor Von Althausen?

—No —contestó al coger la taza que le ofrecía.

—Es una especie de científico de la Sociedad Saint James. —Anisha se estremeció—. Un científico loco, como en esa novela de terror.

—¿Qué es la Sociedad Saint James, de todos modos? —preguntó Grace—. Sé que no es un club de caballeros corriente.

—Bueno, a decir verdad no es más que un grupo de aventureros y mercenarios. —Anisha le dedicó una sonrisa avergonzada—. Hombres que sienten una curiosidad natural por el mundo. Como Von Althausen por el té.

—¿El té?

—Era amigo de mi padre —prosiguió Anisha—. Y ahora mi hermano y él han hibri... ¿Cómo se dice?

—¿Hibridado? —sugirió Grace.

—Sí, eso. Von Althausen fue a la India a preparar varios tes especiales para que Adrian los cultivase, pero no sé nada de ellos. Aun así,

Lucan dice que gracias a ellos nos haremos ricos. Es decir, más ricos. Pero ¡ay! Me han dicho que en Inglaterra nunca se habla de dinero.

Grace sonrió levemente.

—No, a no ser que se tenga alguno del que hablar —repuso—. Si no, todo el mundo prefiere fingir que es demasiado vulgar.

Lady Anisha profirió de nuevo su deliciosa risa, y el muro que se alzaba entre ellas pareció hacerse añicos.

—Adrian me había dicho que es usted medio inglesa —comentó—, pero a mí me parece más bien escocesa. Muchos de los hombres de la Compañía lo son, ¿sabe? Como mi padre.

Grace se sorprendió.

—No sé tanto de nombres como para notar la diferencia —confesó—. Pero es cierto que hay un antepasado escocés en mi árbol genealógico. Curiosamente, por el lado francés.

—Yo no sé mucho de Francia —dijo Anisha—. ¿Es bonito?

Grace sonrió.

—He visto poco del país —reconoció—. Me crié en el norte de África. Mi padre era militar.

Anisha posó la mirada en la taza de té que sostenía en equilibrio sobre la rodilla.

—Ah, como mi marido.

Grace aprovechó la ocasión.

—Lady Anisha, ¿puedo preguntarle desde cuándo falta el padre de Teddy y Tom?

Anisha levantó la mirada y suspiró.

—Desde siempre.

—¿Cómo dice? —preguntó suavemente—. Debo de haberla entendido mal.

—Enviudé hace poco, pero John, mi marido, nunca estaba en casa —aclaró Anisha—. Era capitán de la Artillería Montada Bengalí. Murió en Sobraon.

—¿Luchando contra los sijs del Punyab? —murmuró Grace—. Ésa fue una guerra controvertida, ¿no es cierto?

Lady Anisha se encogió de hombros.

—No para la Compañía de las Indias Orientales.

—En fin, le acompaño en el sentimiento, lady Anisha —dijo Grace—. Estoy segura de que ha de haber sido muy duro también para los niños.

Ella sonrió melancólicamente.

—Están un poco asilvestrados, sí —reconoció—, pero creo que no tanto como piensa Raju.

—¿Raju?

Lady Anisha se echó a reír.

—¡Sí, otro nombre! Adrian es su nombre de pila, pero de pequeño lo llamábamos por su apodo, Raju.

—Raju —repitió Grace, intentando imitar su pronunciación—. ¿Qué significa?

—Principito mimado, más o menos —contestó Anisha riendo de nuevo.

—¿Y eso era?

Lady Anisha puso los ojos en blanco.

—¡Ya lo creo! Mi madre lo mimaba muchísimo.

—Sus padres... ¿La suya fue una boda por amor? —Sintió de inmediato que se ponía colorada—. Lo siento. Discúlpeme, se lo ruego. No debería haber preguntado una cosa así.

—No tiene ninguna importancia —contestó Anisha—. No, fue un matrimonio político. Mi abuelo era de verdad príncipe, o algo parecido, en el Rajputana. Hoy día, en cambio, se ven con malos ojos los matrimonios mixtos, y es una lástima porque actualmente hay muchísimas inglesas en la India.

—Ah —dijo Grace en voz baja—. Confío en que fuera un matrimonio feliz.

Lady Anisha volvió a encogerse de hombros.

—Creo que no fue el matrimonio que ninguno de los dos habría preferido, pero mi madre era una gran belleza y mi padre muy rico. Yo diría que hay destinos peores. El segundo matrimonio de mi padre, con Pamela, la madre de Lucan, ése sí fue por amor.

Siguieron conversando un rato acerca de su infancia en la India. Si la comparación entre su madre y su madrastra suscitaba en ella algún sentimiento de amargura, sus gestos y ademanes no lo exteriorizaban. De hecho, mostraba en todo momento una gracia y una elegancia que muy pocas aristócratas inglesas podrían haber imitado.

Aun así, Grace supuso que la vida en Londres no podía haber sido toda de color de rosa para lady Anisha. A las viejas comadres de la alta sociedad, como su tía Abigail, les habría costado un ímprobo esfuerzo reconocerla como «una de las suyas».

Grace, como era lógico, entendía perfectamente su situación. Había llegado a Inglaterra con intención de labrarse una nueva vida y restañar sus heridas, y se había topado con otra tragedia, una tragedia que aún no había terminado y que, si había que creer a Ruthveyn, entrañaba peligro. Y lo que era peor aún, empezaba a temer estar enamorándose un poco de su salvador, lo cual sería una equivocación.

Sí, algunos días deseaba ardientemente escapar de Inglaterra.

Milo, al parecer, la entendía.

—¡Socorro, socorro! —chilló el pájaro—. ¡Déjenme salir, déjenme salir!

Capítulo 8

La prueba del crimen

Con un cigarrillo en la mano, lord Ruthveyn descendió la vieja escalera de piedra que conducía al sótano, débilmente iluminada por la siseante llama de un candelabro de pared. Era aquél un camino que los miembros y el personal de la Sociedad recorrían cada día una veintena de veces, pues en aquellas estancias oscuras, semejantes a mazmorras, era donde Belkadi guardaba barriles y barriles de los mejores finos de Europa y el doctor Von Althausen tenía su laboratorio.

Había otras habitaciones a lo largo del pasadizo de piedra abovedado, oculto bajo las casas que, conectadas como conejeras, componían la sede de la F.A.C., la *Fraternitas Aureae Crucis*, pero dichas estancias se usaban raras veces, casi siempre para celebrar ceremonias, o para el rezo y la meditación. Ruthveyn entró en la primera sala de la derecha, una estancia alargada, iluminada por altas ventanas enrejadas que se sucedían bajo la terraza del piso bajo.

Sentado a la mesa de trabajo, lord Bessett se estaba bajando las mangas, el rostro macilento y los ojos rodeados por profundas ojeras. A su lado, Von Althausen se hallaba inclinado sobre su generador eléctrico, haciendo algún tipo de ajuste con una de sus herramientas plateadas.

—¿Ha habido suerte? —preguntó Ruthveyn al sentarse en una de las sillas vacías.

Lord Bessett hizo una mueca y sacudió la cabeza.

—Yo no sirvo —dijo, lanzando una mirada compungida al doctor—. Han pasado dos semanas y las visiones no pueden producirse por medios eléctricos.

—Paciencia, paciencia, amigo mío. —Von Althausen levantó la mirada de su máquina y arrugó el ceño al ver el cigarrillo de Ruthveyn—. Ruthveyn, ¿es que quiere mandarnos a todos al otro barrio de un zambombazo? —gruñó—. No todos estamos empeñados en suicidarnos.

—¿Qué? —Levantó la mano, con el cigarrillo colgando entre los dedos—. Casi no tiene llama.

—¡Esto es un laboratorio, *um Gottes willen*! —replicó el doctor—. ¡Apáguelo!

Bessett fijó su mirada soñolienta en Ruthveyn.

—Me encanta que te eche maldiciones. Nadie más se atreve.

Ruthveyn levantó una ceja y apagó el cigarrillo.

—¿Me estaba echando maldiciones? —preguntó tranquilamente—. Tú ya pareces víctima de una maldición, amigo mío.

—Ha sido una noche dura. —Bessett se abrochó el puño de la camisa y se levantó para ponerse la chaqueta—. Ya sabes cómo es esto, muchacho.

—¡El cerebro! ¡El cerebro! —murmuró Von Althausen mientras echaba un viejo paño de holanda sobre su invento—. ¡Está todo en el cerebro! No es más que electricidad. Tiene que serlo. Galvani ya lo demostró.

—Pero Bessett no es una rana muerta —señaló Ruthveyn con calma—. No puede enseñar a su cerebro a controlarse si...

Von Althausen se giró y lo miró con enfado.

—¿Le digo yo cómo hacer su trabajo, Ruthveyn? ¿Se lo digo?

—Yo no tengo trabajo —contestó el marqués jovialmente.

—Usted es un Guardián —replicó el doctor, y se agachó en busca de algo—, y uno de los Vateis. Son deberes de mucho peso...

—Sí, pero no trabajos —lo interrumpió Ruthveyn—. Recuerde, soy un diplomático retirado.

—Más bien un espía retirado, diría yo —comentó Bessett, dejándose caer en su silla—. Pero Su Majestad la reina puede llamarte como le plazca, naturalmente. —Se volvió hacia el doctor—. Dieter, ¿tiene alguna botella por aquí?

—Sí, claro. —La voz del doctor surgió de entre varias cajas de herramientas colocadas bajo la mesa—. En el aparador.

Eran apenas las cuatro de la tarde, pero Ruthveyn se apiadó de su amigo.

—Quédate sentado, muchacho, no vaya a ser que te desmayes —dijo—. Ya la traigo yo.

Se levantó y estuvo rebuscando en el aparador atestado de cosas hasta que dio con una botella de armañac polvorienta y tres vasos casi limpios. Los criados tenían prohibido entrar en aquella sala a limpiar, pues el laboratorio estaba lleno de cosas secretas y peligrosas, varias de las cuales eran un misterio incluso para él.

Había toda clase de instrumentos ópticos: microscopios, lentes y, en un rincón, montada sobre un soporte de madera, una de aquellas cámaras fotográficas recién inventadas. Había una colección de frascos y redomas de cristal, todos ellos fabricados a mano siguiendo las indicaciones de Von Althausen, así como calibradores y otros instrumentos de medición, y montones de gruesos volúmenes encuadernados en piel sobre materias tan variadas como la alquimia y la zoología. Sacados de los estantes de la biblioteca principal y llevados a la guarida del doctor, aquellos libros no habían vuelto a salir del sótano.

Ruthveyn dedicó a todo aquello una mirada pasajera y regresó a la gastada mesa de madera. Mientras servía el armañac, observó a su amigo por el rabillo del ojo. Hacía poco tiempo que Geoff se había convertido en lord Bessett, y el peso del condado agobiaba sus hombros. Él sabía que las razones eran complejas, pero entre ellas destacaba el hecho de que su amigo nunca hubiera tenido aspiraciones de heredar el título.

Ruthveyn había sido educado para suceder a su padre al frente del marquesado y hacerse cargo de las muchas responsabilidades que éste conllevaba; Geoff, en cambio, no. Al menos hasta que su hermano, mucho mayor que él, había muerto repentinamente y la pena por su desaparición había venido a sumarse a la ya complicada vida del joven. Antes incluso de heredar el título, Geoff se había labrado un nombre, y una fortuna, como socio de MacGregor & Company, la empresa de su padrastro. Además de sus muchas capacidades metafísicas, el joven era un arquitecto y un pintor de primera fila.

Entonces acabó de servir y repartió los vasos mientras Von Althausen se acomodaba por fin en una silla.

—Por la *Fraternitas Aureae Crucis* —dijo levantando su vaso con una sonrisa torcida.

—*Auf uns* —contestó el doctor.

Bebieron un rato en amigable silencio, y Ruthveyn aprovechó la ocasión para observar a hurtadillas las sombras que rodeaban los ojos de Geoff. A pesar de sus choques ocasionales, sentía afecto por el joven. Aunque estaba al tanto de la existencia de Geoff y de su pertenencia a la *Fraternitas*, se habían conocido casi por casualidad en el norte de África, donde Geoff había sido enviado para supervisar un proyecto de construcción encargado por el gobierno colonial francés.

Cuando su cometido en África estaba a punto de terminar, él y Lazonby se lo habían encontrado borracho en el salón de un burdel marroquí, donde un par de franceses de aspecto dudoso le estaban vaciando los bolsillos.

Aquello le recordó un poco, de hecho, a su primer encuentro con Lazonby, aunque en aquella ocasión eran ambos los que estaban un tanto ebrios. También estaban desnudos, tendidos en un par de divanes de seda roja con un narguile con cuatro tubos colocado en el suelo, entre ellos, y dos complacientes beldades enroscadas como gatos junto a la pipa, todos ellos saciados y adormecidos después de lo que, en más de un sentido, sólo podía describirse como una orgía. Más tarde, en algún momento hacia el final de la velada, Ruthveyn había mirado a su nuevo compañero de farra por entre la turbia neblina que los envolvía, en el instante en que el sargento se giraba para buscar su camisa.

Y allí estaba: la marca inconfundible en la piel. La señal del Guardián.

La voz de Geoff lo sacó de su ensoñación:

—Nos han pedido que aceptemos un acólito —comentó sin dirigirse a nadie en particular—. De la Toscana.

Él levantó la mirada de su copa con el ceño fruncido.

—¿En qué circunstancias?

—El muchacho ha estado al cuidado de uno de los Advocati —explicó Geoff—. El *signor* Vittorio. Pero ahora los médicos dicen que se está muriendo.

Ruthveyn lanzó una mirada a Von Althausen.

—Los médicos siempre dicen lo mismo —repuso— y rara vez aciertan.

—Esta vez es un cáncer —continuó Geoff—, y corren tiempos inciertos en Toscana.

—*Ja*, se oye ruido de sables contra Austria —añadió Von Althausen—. Y se habla de deponer al gran duque Leopoldo.

—Exacto —dijo Geoff—. Vittorio opina que el muchacho estará mejor aquí.

—¿Tiene el Don? ¿Es eso lo que preocupa a Vittorio?

Geoff hizo una mueca.

—Tiene potencial, creo. El suficiente, al menos, para que a Vittorio le preocupe que alguien pueda servirse de él con fines perversos. Pero deduzco que no es un Vates de los más fuertes.

A Ruthveyn no le gustó la idea. Sabía que con excesiva frecuencia los muchachos muy jóvenes eran como Lazonby en su juventud, poco dispuestos a comprometerse con la *Fraternitas*, o como él mismo, atormentados y coléricos. Eran muy pocos los que ingresaban en la hermandad como lo había hecho Geoff, resignados a su suerte y bajo la tutela de su abuela, una poderosa vidente escocesa. Consagrarse por completo a la vida de un Guardián equivalía casi a una consagración monástica, y a veces suponía la primera asunción real del propio destino. Mejor, a su modo de ver, no dar nunca ese paso que darlo convencido sólo a medias.

Pero Von Althausen y Geoff seguían mirándolo fijamente.

—Necesitamos el voto favorable de la mayoría —dijo Geoff con calma—. Tengo tres votos, incluido el de Alexander. Lazonby y Manders están fuera. ¿Harás uso de uno de tus vetos?

Se lo pensó. Cada Fundador disponía de doce vetos de los que podía hacer uso a lo largo de su vida. Eso era lo que habían acordado al crear la Sociedad Saint James. Habían tenido la suerte de contar con algunos de los Sabios más veteranos de la *Fraternitas*, hombres doctos y de acrisolada experiencia como Von Althausen, y con sus sacerdotes, o Priostes, como el reverendo señor Sutherland, para ayudarles a conseguir sus objetivos, pero las votaciones y la dirección de la Sociedad recaían en los Fundadores.

—¿El muchacho ha sido iniciado? —preguntó—. ¿Está marcado?

—No lo sé —respondió Geoff—. Pero puede llegar dentro de un par de meses con toda la documentación necesaria que le dé Vittorio.

—A Belkadi no va a gustarle —advirtió Ruthveyn—. Le desagradan los italianos.

—A Belkadi le desagrada media humanidad, tú incluido —repuso su amigo tranquilamente—. Además, él no es un Fundador.

—Y los italianos odian Londres —prosiguió Ruthveyn—. Es frío, es húmedo y el aire apesta. ¿Se lo ha dicho alguien al muchacho?

Von Althausen soltó un gruñido.

—¿Es que hoy se ha levantado con el pie izquierdo, Ruthveyn? —masculló—. Le convendría aceptar a ese joven. ¿Quién sabe cuándo va a hacer falta uno de ustedes en otra parte? Lazonby ya está ocupado en Escocia y Manders tiene que ocuparse de sus intrigas políticas.

El doctor tenía razón. Y Vittorio era un hombre honrado que trabajaba al servicio de la *Fraternitas* desde antes de que él naciera. Tuvo que reconocer que sus objeciones se debían a su extraño mal humor, más que a la aceptación de un nuevo acólito.

—¿Cuál es su fecha de nacimiento? —preguntó.

—El catorce de abril —dijo Geoff.

Entonces apartó su vaso vacío.

—Muy bien —dijo—, pero avisad a Lazonby.

—Consideralo hecho.

Geoff apuró su coñac e hizo amago de levantarse.

En el último instante, Ruthveyn lo agarró del brazo.

—Hoy estoy de mal humor. Merecería que me dieran de latigazos.

Geoff esbozó una sonrisa desvaída.

—Bueno, la verdad es que te los daría de mil amores por ser tan cascarrabias, pero hace siglos que no duermo más de tres horas.

Aquél era un tormento que tenía en común con Geoff, y que, en cambio, Rance nunca padecía. Él dormía como un bebé y después de una borrachera roncaba como una de esas monstruosas locomotoras.

Ruthveyn miró hacia el techo.

—Arriba tengo la cura para el insomnio.

Geoff lo miró inexpresivamente.

—Me temo que ese hábito tuve que dejarlo en Marruecos, muchacho.

Él se encogió de hombros.

—No es opio precisamente.

—Opio, hachís... Todo pudre el cerebro, Ruthveyn.

—Puede ser —respondió con calma—, pero de alguna manera hay que sobrevivir.

Von Althausen dejó su copa de coñac.

—También son sustancias químicas que alteran la mente, hijo mío —comentó lanzándole una mirada de advertencia—. Sólo deben emplearse con fines rituales, y únicamente para hacer aflorar la información, no para embotar la mente, como es su caso. Haría bien en dejarlo.

—¿Y limitarme a beber hasta el estupor como hacen la mitad de los caballeros de Londres? —Entonces se levantó de su silla—. Veo poca diferencia.

—Como quiera —contestó el doctor—. Pero a veces es preferible enfrentarse a los propios demonios sin ayuda externa.

—Y lo dice alguien que no tiene ninguno —repuso Ruthveyn. Pero lo cierto era que empezaba a temer que sus amigos tuvieran razón. Por primera vez desde hacía mucho tiempo, se preguntaba si el desasosiego al que intentaba escapar no se debería solamente al insomnio y a sus visiones, sino a algo más.

Había empeorado desde la llegada de Anisha, Luc y los niños, pues, inexplicablemente, se sentía más solo que nunca a pesar de tener la casa llena de personas a las que amaba. Quizá fuera porque se sentía impelido a mantenerlas a distancia. Aquella necesidad de levantar un panel de cristal entre él y sus seres queridos se había vuelto tan natural en él como una segunda piel.

Y ahora *mademoiselle* Gauthier estaba viviendo en su casa. La bella y elegante Grace, que le inspiraba el absurdo deseo de romper aquella barrera de cristal. Grace, que suscitaba en él el impulso de protegerla y que sin embargo no le entregaba nada de sí misma, en parte porque él nunca había aprendido a pedirlo. Y en parte porque no se atrevía.

Al principio le había costado separar el puro deseo erótico de la fascinación. Salvo en el caso de las Vateis, nunca había conocido a una mujer a la que no pudiera «leer» en un momento dado, aunque debía reconocer que algunas eran más transparentes que otras. Había también unas pocas, mujeres como Angela Timmonds o Melanie, su difunta esposa, a las que podía cerrarse herméticamente un tiempo por pura fuerza de voluntad, hasta que dentro de él comenzaba a instalarse un afecto profundo y sincero, o incluso un sentimiento de amor.

En su juventud no había entendido nada de aquello. Sólo cuando era ya demasiado tarde había cobrado conciencia de que, cuanto más amaba, más se ensanchaban las puertas del Hades; que el objeto de su deseo y él se convertían en dos espejos colgados uno frente al otro en un corredor y cuyo reflejo le permitía ver cada vez más hondo, hasta el infinito.

Con Melanie no se había casado por amor, desde luego. A los veintitrés años, era demasiado inexperto, estaba demasiado absorto pugnando con sus demonios interiores. Melanie, con sus suaves rizos de color miel y sus grandes ojos azules, era muy bella y ya entonces algo en su fragilidad femenina lo había conmovido. Pero había sido la posición que ocupaba su padre, uno de los hombres más poderosos de la Compañía de las Indias Orientales, lo que había impulsado al padre de Ruthveyn a llegar a un acuerdo casi antes de que su hijo supiera que quería casarse.

Al principio, había sido un alivio para él la facilidad con que podía cerrarse a Melanie, hasta que, demasiado tarde ya, se había dado cuenta de que era más bien al contrario. Enfrascado en su carrera, había tardado semanas en advertir que era Melanie quien se había rodeado de una coraza mientras lloraba en silencio por el joven capitán del ejército con el que su padre le había impedido contraer matrimonio. Melanie no había aceptado de buen grado sus caricias. Simplemente las había tolerado.

Pero para entonces ya estaban casados, y el capitán del ejército no había vertido ni una sola lágrima por ella. Siendo tan reducido el círculo social de Calcuta, había logrado consolarse con otra beldad provista de una buena dote.

Se había casado con su hermana.

Él, sin embargo, había seguido luchando a brazo partido por sacar a flote su matrimonio, que se hundía sin remedio. Veía esperanza donde no la había. Melanie, con su boca rosada siempre fruncida en un mohín y su mirada trémula, había suscitado su compasión hasta que, tonto de él, había empezado a desear poder enamorarse de ella.

Antes de su boda había estado muy solicitado. Las solitarias esposas de los hombres de la Compañía y los oficiales del ejército parecían encontrar vagamente exóticos sus ojos oscuros. Por otro lado, el Don, incluso cuando estaba sofocado, confería a sus caricias una energía extraordinaria, casi hipnótica. Con muy poco esfuerzo, era capaz de sumir a una mujer en un extraño letargo sensual que ni siquiera ahora alcanzaba a entender por completo.

En cuanto a su propio deseo, había aprendido muy pronto que, si escogía a sus parejas con cuidado, se interesaba poco por ellas y acorazaba su mente, podía alcanzar la satisfacción física antes de que estallara su cerebro. Con el paso del tiempo había descubierto que el hachís, y más tarde el opio, apaciguaban inexplicablemente su cerebro sin mermar el potente deseo sexual que parecía arder continuamente dentro de él.

En cambio con Melanie, perversamente, cuanto más se distanciaba ella, más deseaba *verla*.

Luego, una noche, se había alzado el velo.

Encima de ella en la cama, una noche casi sin luna, con la luz apagada como ella insistía siempre que estuviera, Ruthveyn había mirado a su esposa con lo que parecía el aleteo de un amor naciente y su alma se había iluminado como un cielo nocturno hendido por un relámpago. En aquel pavoroso instante de lucidez, había visto. Había visto no sólo los sueños aplastados de su mujer, sino también lo que iba a ser de ellos.

Se había apartado bruscamente de ella para derramar su simiente maldita sobre las sábanas, pero era ya demasiado tarde.

Demasiado tarde.

—¿Ruthveyn?

Unos golpes enérgicos en la puerta lo devolvieron al presente.

Al mirar en derredor vio que Geoff se había marchado y que Von Althausen lo miraba desde el otro lado de la mesa.

—Conteste, por el amor de Dios —refunfuñó el doctor.

Se acercó a la puerta y la abrió. Belkadi estaba en el pasillo, el traje negro y la camisa de hilo blanco tan inmaculados como si acabara de ponérselos.

—Arriba hay un muchacho que trae un mensaje más bien expeditivo de Scotland Yard —dijo en voz baja.

—Maldita sea —masculló Ruthveyn—. ¿Qué quieren ahora?

—El subcomisario Napier viene para acá y solicita verlo un momento. —El mayordomo titubeó un instante—. He chantajeado al chico. Dice que es sobre la francesa que vive en su casa. La hija de Gauthier.

Ruthveyn maldijo de nuevo, esta vez con más vehemencia. En su estado de ánimo, lo último que necesitaba era una entrevista con Napier. Naturalmente, se había guardado de decirles a los miembros de la Sociedad que Grace se había instalado en su casa. Pero un hombre con la habilidad de Belkadi no necesitaba poseer el Don para enterarse de casi todo lo que pasaba en Londres. A fin de cuentas si Lazonby lo había introducido en la *Fraternitas* era por un buen motivo: Belkadi era Maquiavelo reencarnado.

Entonces sintió que su mano se crispaba sobre el pomo de la puerta. El impulso de proteger a Grace se había adueñado de él y su mente trabajaba a toda prisa.

—¿Dónde ha estado Napier esta última semana?

—Velando a un moribundo —respondió Belkadi—. Un tío suyo, muy rico, de Birmingham.

—Ah, a los tíos ricos siempre les salen parientes como hongos en su lecho de muerte. —Señaló con la cabeza hacia la escalera de piedra y cerró la puerta a su espalda—. Que alguien lo acompañe a la sala de estudio privada. Lo esperaré allí.

Arriba, el club estaba casi en silencio. Al pasar junto a la biblioteca de genealogía vio al señor Sutherland, uno de los Priostes, inclinado sobre un libro que parecía ser una enorme Biblia. Sin duda se la había pedido prestada a alguna familia poco avezada, sabía Dios con qué pretexto. Sutherland estaba convencido de que el Altísimo pasaría por alto sus mentirijillas.

Dudó al llegar ante el salón de fumar. El teniente lord Curran Alexander estaba sentado dentro, junto a las ventanas, con el bastón enganchado al brazo del sillón. Alexander, uno de los protegidos de su padre, era otra víctima de la guerra, en su caso de la desastrosa retirada británica de Kabul.

Ruthveyn también había estado allí, llevando despachos diplomáticos y tratando de averiguar en qué dirección soplaba el aire en lo relativo a Akbar Khan. No había tardado mucho en descubrirlo. Un día después de su llegada, el príncipe afgano, o sus secuaces, habían hundido literalmente un cuchillo en el corazón del Ejército del Indo. Hasta un tonto se habría dado cuenta de lo que iba a ocurrir. Él, por su parte, lo había visto en todos sus nítidos y espeluznantes pormenores.

Pero, ¡ay!, esas visiones nunca iban acompañadas de un calendario. Loco de desesperación e incapaz de hacer progresos con los paralizados dirigentes británicos, había hecho acopio de provisiones y pese a la crudeza del invierno afgano se había dirigido hacia el este, camino de Jalalabad, con intención de hacer una última llamada de auxilio, sin más compañía que la de Alexander y un pequeño contingente de hombres a sus órdenes. Los dos sabían, sin embargo, que probablemente no serviría de nada.

Al final, aquél había sido su mayor fracaso en lo que se le antojaba una sarta de ellos. Sólo se habían adelantado cinco días a la retirada general a través del paso de Jagdalak. No había habido esperanza alguna.

Alexander y él, sin embargo, habían sobrevivido al viaje, lo cual no podía decirse de los que habían venido detrás. Dieciséis mil británicos, en su mayoría mujeres, niños y personal de servicio, habían muerto congelados o abatidos por el enemigo.

Se preguntó por qué pensaba en ello ahora. Tenía algo que ver con Grace, pero no acertaba a saber por qué. Apartó la mano del quicio de la puerta y siguió adelante. Tenía un mal presentimiento. Era poco propio de Royden Napier ir a verlo allí, a la Sociedad Saint James.

Había hecho un día extrañamente despejado y las dos ventanas de la biblioteca seguían abiertas pese al frío creciente. Pensó en cerrarlas y enseguida lo descartó. No era preciso que Napier se sintiera cómodo. Cuanto antes se marchara, tanto mejor.

Se sirvió otro coñac y se acercó a la ventana abierta para observar la entrada al antro de Quartermaine. Pinkie Ringgold estaba recostado en la pared a un lado de la puerta, riendo junto a Maggie Sloane, una de las cortesanas de altos vuelos de Londres y compañera de cama ocasional de Ned Quartermaine.

Pero nada de lo que había en la calle podía retener mucho tiempo su atención. Apoyó la cadera en el antepecho de la ventana y dejó vagar su mirada por la sala de estudio. Aunque de las seis estancias dedicadas al estudio o la lectura que albergaba la sede de la Sociedad Saint James aquélla era su favorita, no había vuelto allí desde su primera conversación con Grace Gauthier.

Tal vez intencionadamente. Para él, aquel lugar estaría ya para siempre asociado a Grace. Incluso ahora, si cerraba los ojos, podía sentir su perfume en la habitación. Recordaba con exactitud el aspecto que tenía ese día, sentada en el sofá frente a las ventanas, las manos elegantemente cruzadas sobre el regazo. Y ello a pesar de la angustia que denotaban sus ojos y de los destellos de tristeza que había visto reflejarse en su rostro.

Entonces no había sabido qué pensar de ella, si creerla o no o, cuando se había desplomado en sus brazos, si debía sencillamente besarla y acabar con aquello de una vez.

Una cosa sí sabía, en cambio. Sabía que Grace no había amado a Holding. Lo sabía porque se lo había preguntado sin contemplaciones. Ya entonces se había sentido fascinado por ella.

Había tenido que hacer acopio de toda su templanza para mantenerse alejado de ella esos últimos días y confiar en que estuviera a salvo rodeada por los bien entrenados miembros de su servicio, y limitado a enviarle una o dos notas para mantenerla al corriente de lo poco que había averiguado. Por lo demás, había seguido llevando una existencia monástica en su suite del piso de arriba. Nadie, sin embargo, lo acusaría nunca de ser precisamente un monje.

En ese instante se abrió la puerta y entró un lacayo seguido por Royden Napier. El criado se inclinó sin decir nada ante Ruthveyn y volvió a salir, dejando al subcomisario en pie sobre la alfombra turca.

Levantó su copa.

—Buenas tardes, Napier —dijo con firmeza—. ¿Me acompaña?

Napier volvió la cabeza hacia las ventanas.

—Ruthveyn —dijo a regañadientes—, bribón metomentodo, no se atreva a fingir que esto es una visita de cortesía.

—Con todo el respeto, Napier, no alcanzo a imaginar ninguna circunstancia en la que usted y yo podamos codearnos —replicó mientras se apartaba de la ventana—. Aun así, le serviré encantado una copa.

Era una pulla sutil y ambos lo sabían. A él no podía importarle menos la idea de nobleza, pero había descubierto muy pronto que a muchos ingleses se les atragantaba la combinación de su título aristocrático y su origen mestizo, y no vacilaba en aprovecharse de ello.

—Váyase al infierno, Ruthveyn —le espetó Napier, cruzando la alfombra—. Esta vez ha ido demasiado lejos.

—¿De veras? —Sonrió—. Sea lo que sea lo que he hecho, muchacho, prefiero aguantar la reprimenda sentado. Sírvase acompañarme. O no.

Pasó rozando al subcomisario, lo justo para conseguir su propósito. Y aunque apenas alcanzaba a intuir a Napier, sintió subir la temperatura en la habitación.

Cerrando los puños, Napier lo siguió hasta un par de sillones cercanos.

—Usted, señor, no es un caballero —dijo con voz estrangulada—. Es un canalla manipulador que ha utilizado a Scotland Yard, que me ha mentido a la cara y que se propone burlar al verdugo una vez más...

Ruthveyn levantó la mano para atajarlo.

—Lo de canalla se lo consiento —dijo mientras se sentaba—, pero en lo de mentiroso debo disentir. ¿En qué le he mentido exactamente?

—Ha estado maquinando en favor de esa francesa desde el principio. Lo supe en cuanto me enteré de lo del maldito devocionario. Son ustedes un hatajo de ladrones y ahora han...

—Pero ¿en qué he mentido? —lo interrumpió de nuevo—. ¿Y qué devocionario es ése?

Napier se detuvo un momento.

—Aseguró usted... Vino a mi despacho y me dijo que...

—Que un miembro del servicio de la casa había acudido a mí —repuso él.

—¡Dio a entender que era un sirviente! —gritó Napier—. ¡No la prometida del muerto!

—Una institutriz es, en rigor, una sirvienta —contestó con calma—. Estuvo meses al servicio de los Holding.

—¡Eso son pamplinas, Ruthveyn, y usted lo sabe! —vociferó el subcomisario, cuyo ojo derecho comenzaba a temblar amenazadoramente—. Y ahora ha acogido a una prófuga.

Ruthveyn levantó las cejas.

—¿Una prófuga? —contestó con despreocupación—. Ésa es una acusación peligrosa, muchacho. Deduzco que ha conseguido una orden de detención contra *mademoiselle* Gauthier.

El semblante colérico de Napier se puso aún más colorado.

—No, pero le aseguro que puedo conseguirla.

Ruthveyn bebió pensativo.

—¿Usted cree? —murmuró por fin—. Bien, entonces, ¿por qué no lo intenta?

—Por Dios que daría mi brazo derecho por saber qué tiene usted contra la Corona —replicó Napier entre dientes.

Muy poco, a decir verdad. Disfrutaba del agradecimiento de una reina generosa, la cual nunca sabía cuándo podría volver a necesitarlo. Y cuando lo llamaban sus ministros solía acudir y hacer lo que podía por quien podía, siempre y cuando no tuviera que quebrantar para ello sus deberes de Guardián. Pues lo cierto era que, por mal que pudiera saberle, no todas sus «misiones diplomáticas» habían acabado en un completo fracaso como el de Jagdalak. De vez en cuando, quizá con más frecuencia, había dado en el clavo. Había ayudado a salvar vidas, tanto británicas como indias, y evitado calamidades. Ése era su pírrico consuelo durante sus largas noches oscuras.

Dedicó al subcomisario una tenue sonrisa.

—No le hará falta saberlo si puede demostrar que *mademoiselle* Gauthier es una asesina, Napier —dijo, y levantó una mano con la palma hacia arriba—. Se la serviré en bandeja de plata.

—Entonces espero que tenga una bandeja bien grande —gruñó Napier al tiempo que se metía la mano en el bolsillo. Sacó un pliego de papel con el sello de lacre rojo roto y se lo tendió bruscamente.

Ruthveyn lo cogió con cuidado, sin mirar directamente a los ojos del subcomisario ni rozar su mano. Aun así, sintió un vuelco en el estómago.

Eran malas noticias. Lo supo antes de que sus ojos se posaran en la letra rígida y meticulosa. Lo supo como sabía Lazonby ciertas cosas: con las entrañas, sin comprender cómo ni por qué, ni necesitar visión alguna.

Leyó la carta de principio a fin una vez. Luego se levantó. Se acercó a la ventana, la volvió hacia la luz y la leyó una segunda vez. No miró a Napier hasta que se repuso de la impresión.

El subcomisario, como era de esperar, lo había seguido. Ruthveyn se giró hacia él, fijando los ojos cerca de su oreja izquierda.

—¿Cuándo se escribió esto?

—¡Está fechada, por el amor de Dios! —Napier señaló con el dedo el papel—. Holding la escribió una semana antes de su muerte. Evidentemente, había recuperado la razón.

—¿Y dónde lo ha encontrado?

—Cuando volví, me dijeron que uno de mis hombres la había encontrado metida bajo un falso panel, al fondo de la caja en la que la señorita Gauthier guarda sus cartas —contestó Napier—. Estaba muy bien escondida. Por eso no la encontramos las primeras seis veces.

—*Mademoiselle* Gauthier no ha visto nunca esto.

Ruthveyn volvió a guardar la carta en su pliego de papel y se la devolvió a Napier.

—¿Qué quiere decir con que no la ha visto? —El subcomisario parecía incrédulo—. Estaba entre sus cosas.

—Entonces alguien la puso allí.

Napier levantó los ojos al cielo.

—¿Se ha vuelto loco o qué?

—Holding estaba de viaje. —Ruthveyn tomó aire lentamente, intentando sofocar su arrebato de angustia—. Pasó en Liverpool las dos semanas que precedieron a su asesinato. No tiene usted nada, salvo una carta sin sobre, sin señas, ni sello, Napier. Esto no vale nada. Salta a la vista que es una trampa.

Napier lo miró con furia.

—¿Acaso cree que la policía es idiota? Hemos preguntado a Crane, el socio de Holding y afirma que éste escribía a esa mujer todos los días cuando estaba de viaje. Siempre enviaba sus cartas personales dentro de las de negocios, para ahorrar dinero. Todo el mundo lo hace.

—¿Y asegura Crane haber visto esa carta en concreto?

—No, porque...

—Ah, eso me parecía.

—Porque dejaba las cartas cerradas en la mesa del vestíbulo cada mañana y se marchaba —contestó Napier—. No tenía tiempo ni ganas de leer un montón de ñoñerías. Esa mujer es peligrosa, Ruthveyn, y está claro que es vengativa. Mi única duda es si dejarla en su casa con la vaga esperanza de que, si se queda allí tiempo suficiente, también lo atraviese a usted con un cuchillo de cocina.

Ruthveyn lo miró aturdido.

—No va a detenerla —dijo tajantemente—. Si lo intenta, lo dejaré sin su empleo. Y si no puedo, me cobraré su cabeza...

—¡No puede amenazar a un agente de la Corona!

—Acabo de hacerlo —respondió él—. No va a detenerla. Va a dejar esto en mis manos o lamentará el día en que nació. ¿Me ha entendido, Napier?

—¡Váyase a paseo! —dijo éste; se acercó a la puerta y la abrió.

Ruthveyn salió tras él.

—Busque a Saint Giles —ordenó a un lacayo que pasaba por allí—. Y que me traigan mi carruaje.

Indiferentes a las cabezas que se asomaban al pasillo, siguieron discutiendo mientras bajaban por la escalera.

—Tiene que volver a examinar el caso, Napier —dijo Ruthveyn con acritud—. Hay algo que se nos escapa.

—¿Que se *nos* escapa? —exclamó el subcomisario—. Ah, por cierto, Ruthveyn, ¿sabía usted que ese dechado de virtudes lleva consigo un par de pistolas?

Aquello le sorprendió.

—Eso no es ilegal, ¿no es cierto?

—Tampoco lo es el arsénico, pero las mujeres inocentes no guardan una latita debajo de sus pololos.

Se detuvo el tiempo justo para arrancar su gabán de manos del bedel y salió al aire vigorizante de la calle.

—No sea tonto, Napier —añadió Ruthveyn—. Usted mismo ha dicho que Holding le escribió todos los días durante dos semanas. ¿Le parece una conducta propia de un hombre que ha cambiado de idea?

El viento sacudió la puerta cerrándola tras ellos. Napier miró hacia atrás y esbozó una mueca de desdén.

—Conque esta vez cree verlo todo claro, ¿eh? Y dígame, ¿es por pura soberbia o quizá por sus facultades especiales? ¿Cree que no he oído los rumores que circulan sobre este sitio, Ruthveyn? Por Dios, deme una sola oportunidad y cuando acabe con este caso les cortaré las alas a usted y a su presunta Sociedad.

Hacía más de mil cuatrocientos años que la gente intentaba cortarles las alas, pensó Ruthveyn. La *Fraternitas Aureae Crucis* podía estar debilitada, pero seguía siendo inquebrantable, y Napier tendría tan poca suerte como los demás.

Intentó agarrar del brazo al subcomisario, pero, por accidente, fue su muñeca lo que agarró.

—Maldita sea, Napier...

Un fogonazo traspasó de inmediato su cabeza, un rayo de puro dolor. Todas las emociones del subcomisario echaron a arder como yesca seca en contacto con una llama: rabia, desprecio y un odio abrasador que se enroscaba como una serpiente dentro de su cabeza. Intentó pensar, concentrarse, decirse que merecía la pena soportar aquel dolor. Pero no pudo ver nada. Con Napier, rara vez lo conseguía.

—¿Se puede saber qué diablos le pasa?

La voz del subcomisario le llegó desde muy lejos.

Ruthveyn apartó la mano y respiró hondo, intentando sofocar la oleada de emociones. El fulgor remitió de inmediato.

—Santo cielo, Ruthveyn, tiene las pupilas del tamaño de una moneda de medio penique —masculló—. Parece usted medio loco.

—¡Escúcheme, por lo que más quiera! —Clavó la mirada en él—. He visto este peligro. Si decide ignorarlo, allá usted.

Napier desvió la mirada y levantó la mano para llamar a un simón que se acercaba.

—¿Sabe, Ruthveyn, que antes solían quemar en la hoguera a la gente como usted? —dijo, pero le tembló ligeramente la voz—. Vaya a reunir a las fuerzas de su *Fraternitas*. Va a necesitarlas, puede estar seguro.

Furioso y un poco aturdido todavía, Ruthveyn lo vio subir al coche y marcharse. Al alejarse el simón, advirtió al otro lado de la calle una estampa que le desagradó casi tanto como su encuentro con el subcomisario.

Jack Coldwater holgazaneaba en la acera de enfrente, con un tacón apoyado en la pared del club Quartermaine. A su lado, Pinkie Ringgold sonreía mientras se mondaba los dientes.

—¡Ah, dichosas ventanas abiertas! —exclamó jocosamente Coldwater—. Parece que ha tenido otro rifirrafe con nuestro ínclito subcomisario.

Ruthveyn cruzó Saint Jame's Place.

—Coldwater —dijo con aspereza—, va siendo hora de que aprenda a respetar a sus mayores.

Coldwater hizo una finta a la izquierda.

—Vaya, vaya, parece que otra vez va a prescindir de su célebre flema, Ruthveyn —dijo—. ¿Tiene algo que ver con Lazonby? Tengo entendido que lo han mandado a Edimburgo por no sé qué mamarrachada.

—¿Puedo preguntarle cuál es su problema, Coldwater? —gruñó Ruthveyn—. ¿Acaso Lazonby se tiró a su madre en prisión?

Al oír aquello, una expresión de puro odio cruzó la cara del joven. Lanzó un gancho al marqués con la derecha, pero Ruthveyn lo empujó contra la pared de ladrillo con cuidado de no mirarlo a los ojos.

—Cálmese —dijo rechinando los dientes.

Pinkie tiró su mondadientes y se interpuso entre ellos.

—Más vale que lo dejes, Jack —dijo, poniendo una mano en el pecho de cada uno—. Vamos, suéltelo, señor. Imagínese lo que pensará la gente.

Resultaba humillante recibir una reprimenda de Pinkie Ringgold, nada menos. Ruthveyn se calmó.

—Algún día, Coldwater —dijo, y se detuvo para dar un buen tirón al cuello de su camisa—, algún día voy a estrangularlo.

—Será si Lazonby no me pilla primero —replicó el reportero.

Pinkie dio un codazo a Ruthveyn. Soltando un último improperio, el marqués lo dejó ir y Coldwater echó a andar a toda prisa calle abajo, siguiendo el simón del subcomisario.

Entonces se volvió e inclinó la cabeza enérgicamente.

—Gracias —le dijo a Pinkie—. Supongo.

Pinkie escupió en la acera, a sus pies.

—No hay de qué —contestó—. Jack es un cabroncete, pero me cae bien. No como otros, que se dan más aires de la cuenta *pa* ser lo que son.

Ruthveyn se limitó a sonreír.

—¿Ahora va a insultar a mis ancestros, Pinkie? ¿O sólo a los de Belkadi?

—Elija *usté* —dijo el portero, y al volver a entrar en el tugurio de Quartermaine, cerró de un portazo.

Quince minutos después, el carruaje de Ruthveyn se detuvo delante de su casa. Se apeó, dio varias órdenes a Brogden y entró.

—¿Y *mademoiselle* Gauthier? —preguntó ásperamente a Higgenthorpe.

El mayordomo cogió su sombrero de copa y su bastón.

—En el invernadero, milord.

Cruzó la casa hasta llegar al pasadizo que conducía a la estancia acristalada. Anisha estaba sentada en su sillón de mimbre favorito, con el periquito posado detrás, y en un asiento contiguo se hallaba la nueva institutriz del marqués.

—¡Au! —chilló el pájaro, estirando sus alas verdes—. ¡Prisionero británico! ¡Socorro! ¡Socorro!

—¡Raju! —Anisha dejó su labor y corrió a recibirlo—. ¡Qué sorpresa!

Grace se puso en pie para hacer una reverencia.

—Anisha, *mademoiselle*. —Se inclinó rígidamente ante cada una.

Pero Anisha estaba mirando lo que llevaba bajo el brazo.

—¿Qué llevas ahí, Raju?

—Ah, esto. —Casi se había olvidado del tarro de caramelos de limón—. Para Tom y Teddy —respondió dándoselo a su hermana—. Lleva dando vueltas en mi carruaje desde la última vez que hablamos.

Anisha lo miró atónita.

—¿Has comprado todo el tarro? ¿Para dos niños?

Vagamente molesto, Ruthveyn lo dejó sobre la mesa de té. Estaba haciendo un esfuerzo, maldita sea.

—¿A los niños no les gustan los caramelos?

Su hermana sonrió cariñosamente.

—La próxima vez, pídele al dependiente que te dé una bolsita —sugirió—. Trae, voy a guardarlos. Ya se los darás después, aunque seré yo quien los administre como me parezca conveniente, desde luego.

Anisha tenía razón, por supuesto. Él no sabía nada de niños.

—Como gustes —dijo en tono crispado, y fijó la mirada en Grace—. *Mademoiselle* Gauthier, ¿sabe usted montar a caballo?

—¿*Moi*? —Levantó la barbilla y en su rostro se reflejó algo parecido al miedo—. Pues sí... Sí, sé montar.

—Me gustaría que diera un paseo conmigo —añadió él.

—¿Dar un paseo con usted?

—Por el parque —contestó, cortante—. ¿Será suficiente un cuarto de hora para que se cambie?

Ella dejó a un lado el libro que sostenía, miró indecisa a Anisha e hizo otra reverencia.

—Sí, milord. Quince minutos.

—Gracias —dijo él.

Dio media vuelta y al salir del invernadero sintió clavada en la espalda la ardiente mirada de Anisha.

Grace tardó menos de lo previsto. Diez minutos después, cuando bajó las escaleras vestido con calzas y botas de montar y llevando bajo el brazo su fusta, Ruthveyn se la encontró vestida con el equivalente femenino a su traje de montar: un sencillo conjunto negro de amazona y una camisa blanca con la pechera plisada. Lucía además un elegante sombrerito con tres plumas negras, cuya cinta, del mismo color, se había anudado con un lazo a un lado de la barbilla.

A pesar del vendaval que se agitaba dentro de él, seguía siendo un hombre, y como tal nunca dejaba de apreciar la belleza femenina. Grace era, sin duda, un festín para los ojos. Poseía, además, ese don eterno, tan propio de las mujeres francesas, para la elegancia sencilla, un donaire capaz de eclipsar con su brillo hasta las sedas y los rasos más opulentos.

Tal y como le había ordenado su señor, Brogden había mandado sacar del establo el caballo de Ruthveyn y una yegua baya. Grace parecía perfectamente a sus anchas y montó en la silla sin apenas ayuda. Hizo volver grupas a la yegua, miró a los ojos a Ruthveyn y se puso en marcha a su lado en dirección a Hyde Park.

En cuanto se alejaron lo suficiente para que los mozos no les oyeran, se inclinó ligeramente hacia él y lo miró con preocupación.

—¿Qué sucede?

—Deseo hablar con usted —contestó secamente—. Lejos de casa.

Unos minutos después llegaron al parque y a Rotten Row. Ruthveyn impuso un ritmo enérgico y pronto dejaron atrás los carruajes y a los jinetes que habían acudido al parque únicamente a ver y ser vistos.

Cuando cruzaron el puente, volvió a mirar a Grace a hurtadillas y vio que tenía la mandíbula tensa y que su cara, blanca como la leche, contrastaba vivamente con la seda negra de las cintas del sombrero. Parecía estar armándose de valor. Pero ¿para qué? ¿Para encajar un rapapolvo? ¿O una mala noticia? Por primera vez en su vida, deseó ardientemente poder ver los pensamientos más íntimos de otra persona.

Pero ¿para qué necesitaba adivinar los pensamientos de Grace cuando sólo tenía que preguntarle por la verdad? Conocía su carácter. Había tomado partido al decidir ayudarla.

Y, sin embargo, después de ver la carta que le había llevado Napier, su intelecto analítico le dictaba que considerara al menos la posibilidad de que el deseo, y la casi arrolladora ternura que sentía por Grace, estuviera nublándole el juicio. ¿Era posible que no hubiera aprendido a juzgar a las personas si prescindía de sus facultades extrasensoriales? Por primera vez desde la época de su matrimonio, no estaba seguro.

Y, ¡qué diablos!, no soportaba dudar de sí mismo. No creía que Grace fuera una asesina, pero ¿cabía la posibilidad de que estuviera ocultando algo? ¿O de que la historia no se limitara a lo que le había contado? Le inquietaba un poco su ardiente deseo de averiguarlo, lo mucho de sí mismo que había invertido en Grace. Se sentía ciego, como le había dicho a Anisha.

¿Cómo, en nombre del cielo, forjaba sus relaciones la gente corriente? ¿Cómo confiaba un hombre en una mujer como él necesitaba confiar en Grace? La idea de no poder percibirla como percibía a los demás le resultaba al mismo tiempo estimulante y desalentadora. Y la idea de no verse nunca a sí mismo a través de ella se le antojaba sencillamente pavorosa.

El mero hecho de provocar a Grace para que lo besara había sido una experiencia novedosa y brutalmente erótica. En el pasado, con contadas excepciones, cada vez que había empezado a interesarse por una mujer había sabido desde el principio que esa mujer lo deseaba. Grace, en cambio, suscitaba en él la emoción de la caza, el león que cortejaba a su hembra, y, cuando una caricia suya la hacía estremecerse, su sangre palpitaba triunfante, y no sólo en su corazón.

Santo cielo.

¿Qué estaba haciendo? ¿Intentaba seducir a Grace Gauthier?

No podía ser. Era sencillamente impensable. Aquello no era ya un experimento, un simple paladeo de la tentación. Si no del todo virgen, Grace era, desde luego, una mujer sin experiencia conforme a sus parámetros. Y él no tenía intención de recaer en el error de casarse. Cuando su intimidad se hiciera más profunda, seguro que la ventana que daba al alma se abriría casi de golpe. Y Grace se hallaría atada a un esperpento. A un aborto de la naturaleza, como lo había llamado Melanie.

Lo cierto era, sin embargo, que la lógica estaba perdiendo terreno rápidamente. Desde aquel aciago beso en Whitehall, era incapaz de pensar con claridad. Sus noches insomnes se habían convertido en un tormento de sábanas enredadas y de patética autosatisfacción, a la que no sucumbía desde su adolescencia. Hasta su alma, o lo que quedara de ella, ardía de deseo por Grace. Y aunque habría podido escoger entre una veintena de mujeres sólo por una noche, ni siquiera se le había pasado por la cabeza recurrir a ellas. Estaba harto de aparearse como un animal, poniendo en ello sólo la mitad de su mente.

Más adelante había una arboleda y, dentro de ella, un pequeño calvero repleto de hierba. Cuando llegaron a él, Ruthveyn condujo a su montura por el camino de herradura. Grace lo siguió. Después, refrenó a su caballo.

—¿Qué ocurre, Ruthveyn? —preguntó.

Él se obligó a desviar la mirada de la delicada pulsación de una vena en su garganta y cerró herméticamente sus pensamientos íntimos.

—Grace —dijo con calma—, ¿tiene usted un arma?

Ella dio un respingo casi imperceptible.

—¿Qué? ¡No! —Luego titubeó—. Bueno, sí. Tengo las de mi padre.

—¿Las de su padre?

—Un juego de revólveres Colt, con cargador para cinco balas, regalo de aniversario de *maman*. Pero no tengo munición, así que los niños no podrían... —De pronto arrugó el ceño—. ¡Dios mío! ¿Qué ha ocurrido?

Ruthveyn cerró los ojos un momento y dejó que el alivio lo embargara. Eran las pistolas de su difunto padre. Y, naturalmente, las llevaba consigo. Todo lo que poseía se hallaba probablemente en los tres viejos baúles que habían traído sus sirvientes desde Marylebone. Grace era, tal y como le había dicho una vez, una hija del ejército.

Se bajó de la silla de cuero, que chirrió bajo su peso. Tras atar a su montura, la ayudó a apearse cogiéndola por la cintura. Su talle le pareció muy delgado, casi demasiado delgado, y se preguntó automáticamente si comía bien.

—*Merci* —dijo ella.

Ruthveyn no la soltó: la mantuvo cerca y aspiró su aroma mientras recorría su rostro con la mirada. Ella dejó las manos un instante sobre sus hombros. Luego las apartó. Era una señal. Una señal de Dios, posiblemente. Entonces se obligó a relajar las manos y a soltarla.

—Grace —dijo con voz queda—, ¿sabía usted que Ethan Holding tenía intención de romper su compromiso?

Se quedó absolutamente inmóvil.

—¿Cómo... cómo dice?

Él le sostuvo la mirada fijamente.

—Esas semanas, antes de que regresara de Liverpool... Holding le escribió una carta. Había cambiado de idea respecto a casarse con usted.

Grace parpadeó despacio.

—¿Se trata de una especie de broma? —musitó—. ¿Quién se lo ha dicho?

—Napier —contestó él.

—Pues se equivoca. No hubo ninguna carta. Y el señor Holding parecía seguir teniendo las mismas intenciones respecto a mí.

—Grace, ¿recuerda la nota que alguien metió por debajo de su puerta esa noche? —insistió Ruthveyn—. ¿Esa que usted no entendió?

—Nunca la olvidaré. —Se llevó los dedos enguantados a la boca. Su mano tembló ligeramente—. Decía que quería explicarme... No, que quería disculparse.

—Y la llamaba «señorita Gauthier» —le recordó él—. Usted misma dijo que no era lo normal.

—Cuando nos escribíamos, no —repuso Grace.

—Pero ¿no habría sido lo lógico si hubiera roto el compromiso? —preguntó él—. ¿O si creyera haberlo roto?

—Bueno, supongo que sí. —Bajó la mano, atónita—. Pero no lo rompió, Ruthveyn. Yo me habría enterado. Y habría habido cierta... cierta tensión durante la cena. ¿Verdad?

Ruthveyn no alcanzaba a entender aquello.

—¿No dijo usted que se peleó con el señor Crane?

Ella arrugó el entrecejo.

—¿Lo dije? —murmuró—. Sí, tuvieron unas palabras, pero no fue una pelea. Yo no lo llamaría así.

Ruthveyn comenzó a pasearse pensativo por el pequeño prado, dándose golpecitos con la fusta en la bota, con la otra mano apoyada en los riñones.

—Grace, Napier me ha enseñado una carta en la que Holding rompía su compromiso con usted —dijo por fin—. Pero ¿es posible que usted no la recibiera? ¿Que no se la entregaran o que alguien la escondiera? De lo contrario, sólo podría ser una falsificación, de lo cual cabría deducir que alguien la tenía a usted en el punto de mira.

Grace ya había empezado a negar con la cabeza.

—Ruthveyn, estoy absolutamente segura de que un hombre podría comprometerse conmigo y después pensárselo mejor —afirmó—. Pero le estoy diciendo que Holding no actuó así.

—¿Cómo puede estar segura?

Se encogió de hombros.

—Sencillamente, lo sé —dijo—. Tengo muy buen ojo para juzgar a los hombres. Pero si quiere un ejemplo, *très bien*: después de que acordáramos casarnos, Ethan siempre subía directamente a la sala de estudio de las niñas cuando llegaba a casa. Daba un beso a sus hijas y luego... —exhaló un suspiro y su voz se apagó.

—¿Y luego qué? —la instó él.

—Y luego... Luego, con muchas alharacas, se inclinaba sobre mi mano —contestó con un hilo de voz—, me la besaba y decía que yo era su reina y que las niñas eran sus princesas. Y que íbamos a vivir todos felices en un palacio por siempre jamás. Tonterías, por supuesto, pero a las niñas les hacía mucha gracia y a todos nos daba la risa. Y eso fue lo que hizo... ese día. El día en que murió.

Ruthveyn sofocó una punzada irracional de celos al pensar en que Holding hubiera tenido algún derecho sobre Grace. Y aunque no podía sentirla, oía claramente una nota de pesar en su voz. Había dicho que no amaba a Holding y no tenía motivos para mentir, pero por primera vez desde la muerte de Melanie, sintió el impulso de vigilar cada matiz de la expresión de una mujer intentando dilucidar lo que sentía.

Su amigo Lazonby creía que en el rostro y los gestos de una persona se reflejaban todas sus emociones; que no hacía falta «leer» a la gente, sino observarla. Es más, afirmaba que se trataba, más que de un don, de un simple talento. Fuera lo que fuese, de pronto deseó poseerlo.

—Dios, cuesta tanto creer todo esto —masculló.

Por el rostro de Grace desfilaron en rápida sucesión el dolor y la ira, y su cuerpo se tensó por entero.

—Y usted no me cree —dijo tajantemente.

—No he dicho eso, Grace —respondió.

Su voz sonó afilada:

—Yo creo que sí.

—No, es sólo que... que no lo entiendo.

—Es bastante sencillo, en realidad —replicó ella—. O se confía en alguien o no se confía. No hay ninguna garantía.

Ruthveyn comprendió que tenía razón. En su mundo, era realmente así de sencillo.

Buscó palabras para explicar lo que sentía, pero Grace siguió hablando con una aspereza que él nunca le había oído hasta entonces:

—Bien, a ver si me aclaro —dijo—. La policía ha encontrado las pistolas de mi padre en mis baúles, de lo cual se deduce que debo abrigar intenciones violentas. Y alguien ha falsificado una carta del señor Holding a fin de procurarme una razón para matarlo.

—Grace, yo no he dicho...

—Pero si todo eso es cierto —prosiguió levantando la voz—, ¿por qué no me limité a disparar al pobre hombre, dado que soy una asesina que guarda pistolas en sus baúles? ¿Por qué molestarme en usar un cuchillo? ¿O en meter una nota bajo la puerta? —Su voz adquirió un timbre levemente histérico—. Francamente, me alegro de haber regalado a mi tío la espada del uniforme de gala de mi padre. Sabe Dios de qué me habrían acusado, si no.

Ruthveyn la agarró por los antebrazos.

—Grace, han encontrado la carta entre sus cosas —dijo—. Escondida entre sus cosas.

Se quedó petrificada. Escudriñó la cara de Ruthveyn.

—Dios mío, eso no... no es posible.

—Estaba dentro de una caja de cartas, dijo Napier. Debajo de una especie de falso fondo.

—¿Un falso fondo? —Su voz sonó hueca—. ¡Qué tontería! La caja donde guardo mis cartas está forrada de terciopelo. Y el panel del fondo se desencoló, sí, lleva años suelto, pero ¿llamarlo un falso...?

—Grace, yo...

Sus ojos se clavaron en él, desorbitados y llenos de temor, como los de un animal salvaje que acabara de caer en una trampa.

—Dios mío —musitó—. Alguien quiere culparme de esto, ¿verdad? Quiere que...

Retrocedió, rodeándose el cuerpo con los brazos como si fuera a vomitar.

Ruthveyn la siguió.

—Cálmese, Grace —dijo con suavidad—. Debemos analizar detenidamente la situación.

—Usted ya lo ha hecho —respondió ella—. Y yo también. Veo cómo se presentan las cosas. Y usted no me conoce. No sabe qué creer.

Él le tendió las manos.

—Creo que sí la conozco, Grace —afirmó con calma.

—Lo cree, pero no lo sabe. —Agarró bruscamente las riendas de la yegua—. Quiero volver. Lléveme de vuelta, Ruthveyn, por favor. Tengo que recoger mis cosas.

Eso no iba a suceder.

—No sea necia, Grace. —La cogió del brazo y la hizo volverse. La yegua se asustó—. No le he pedido que se marche.

—Entonces es que usted también es un necio —murmuró—. ¡Maldigo el día en que vine a Inglaterra! Y maldigo el día en que lo conocí.

—Grace —dijo, agarrándola por los brazos y tirando de ella hacia sí—, ¿qué está diciendo?

—No estaba preparada para conocer a alguien como usted —contestó con un sollozo—. No estaba preparada para creer que podía... ¡Ah, no sé! Ya sólo quiero volver a casa de mi tía Abigail. Por favor.

La había lastimado. Significaba... algo para ella.

Por primera vez en su vida, se dio cuenta de que tenía que arriesgarse. Que tenía ante sí dos caminos muy distintos y que debía elegir uno. Tenía que confiar en Grace a ciegas, sirviéndose únicamente de su corazón. Por la razón que fuese, ése era el único recurso que tenía a su alcance para comprenderla. Incluso en ese momento, mientras la sujetaba junto a su cuerpo, tan cerca que podría haberla besado, con las emociones de ambos en carne viva, no percibía nada, excepto el presente.

La agarró de los brazos con fuerza.

—Grace, confío en usted. No creo ni por un instante que sea capaz de herir a nadie. Y si usted me dice que Holding no rompió su compromiso, yo la creo.

—No, no me cree —musitó ella—. Quiere creerme, pero no me cree.

De pronto deseó besarla otra vez hasta hacerla perder la razón. Embriagarla con su contacto y demostrarle lo que sentía por ella en el plano físico y en el de las emociones, pero había jurado que no la tocaría. Al menos, así. Quería, no, necesitaba, que Grace lo creyera cuando decía que confiaba en ella, y que lo creyera de corazón, no con la mente enturbiada por una potente y venenosa mezcla de pesar y deseo. Así pues, la estrechó firmemente entre sus brazos, la arrastró, en realidad, y al final ella se dejó abrazar con un estremecimiento. Le quitó con cierta brusquedad el sombrero y se permitió el consuelo de besar su coronilla.

—Maldita sea, Grace, no me diga lo que ya sé —dijo junto a su pelo—. ¿De acuerdo? Confío en usted. Y voy a descubrir quién se oculta detrás de esta traición, se lo prometo. ¿Entendido?

—Pero usted... usted no puede detener a Napier.

Pasó una mano por el cabello suelto de sus sienes.

—Ya lo he hecho —dijo, sintiendo un peso en el estómago—. Tendrá que escribirle una confesión en toda regla para que se atreva a presentarse en nuestra puerta con una orden de detención.

En nuestra puerta.

Sí, Grace era suya ahora. Al menos, mientras siguiera viviendo bajo su techo y al abrigo de su protección. Ruthveyn puso una mano en la parte de atrás de su cabeza y la apretó contra su levita mientras la rodeaba con el otro brazo. Era suya del único modo que podía importarle a un caballero: santa o pecadora, había jurado defenderla. Y por primera vez en su vida ya no estaba seguro de que, en caso de apuro, importara si hacía bien o mal.

Un largo silencio cayó sobre el claro, interrumpido únicamente por el canto lejano de un pájaro y el suave murmullo de las hojas, que empezaban a teñirse de colores otoñales.

—¿Grace? —dijo y puso un dedo bajo su barbilla.

—Gracias, Ruthveyn. —Levantó hacia él una mirada llorosa—. Gracias.

Pero seguía temblando.

Él la soltó y dio un paso atrás, recordando lo que le había prometido. A ella, y a sí mismo. Cogió las riendas de su caballo de la rama donde las había atado.

—Vamos —dijo con voz ronca—. Demos un paseo antes de que me olvide otra vez de mis buenos propósitos. Camine conmigo y cuénteme todo lo que sepa sobre las personas que vivían en Belgrave Square. ¿Podrá hacerlo?

—Sí, desde luego.

Consiguió esbozar una sonrisa trémula y agarró las riendas de su yegua.

Echaron a andar el uno junto al otro, seguidos por los caballos.

—Empecemos por el mayordomo —dijo Ruthveyn—. ¿No es siempre el culpable el mayordomo?

Ella se rió por fin.

—¡El pobre Trenton, no! Adoro a ese hombre.

—En serio, Grace, vamos a hacer una lista —añadió él—. Le diré a Belkadi que inspeccione sus vidas con lupa y que saque todos los trapos sucios. Me entrevistaré con cada uno de ellos si es necesario.

—Pero ¿con qué propósito? —preguntó ella—. ¿Qué van a decirle que no le hayan dicho ya a Napier?

Muchas cosas, quizá, pensó Ruthveyn. Y ya lo estaba temiendo.

Enfrascados en su conversación, cruzaron a pie casi todo el parque en dirección sur, siguiendo el contorno de Serpentine Pond. Grace hizo un repaso detallado de todo el personal de la casa, pero lamentablemente ninguno de sus miembros parecía digno de particular atención ni proclive al asesinato.

En los alrededores de Park Lane comenzó a aumentar el gentío. Había aún jinetes y carruajes que se dirigían a Rotten Row, pero en las praderas y a lo largo de los caminos dominaban las niñeras con sus carritos. Dejando a un lado a los anodinos sirvientes del señor Holding, a Ruthveyn le pareció que Grace se encontraba quizás un poco mejor cuando llegaron cerca de Grosvenor Gate.

Su tranquilidad, sin embargo, no iba a durar.

Casi al final del Serpentine, una señora baja y rubia observaba a dos niñas que estaban lanzando pan a la hierba con intención de hacer salir del agua a un trío de patos. Detrás de ellas había una manta extendida y una cesta, y lo que parecían ser los restos de una pequeña merienda campestre.

Justo en ese momento, uno de los patos pasó corriendo entre las niñas. Se volvieron ambas, chillando de alegría, y la más alta salió en persecución del pato cruzando la manta. El animal batió las alas, graznó enfadado y regresó al agua.

La niña, sin embargo, ya no lo miraba.

—¡*Mademoiselle!* —gritó volviéndose hacia Grace—. ¡Ay, *mademoiselle!* ¡Espere!

—¡Anne! —Grace, cuyos ojos se iluminaron de pronto, soltó las riendas y se arrodilló para abrazar a la niña—. ¡Anne! ¡Qué guapa estás! ¡Ah, cuánto os he echado de menos!

La niña se apartó, temblando de emoción.

—¡*Mademoiselle*, ahora tengo un pony! —dijo atropelladamente—. Y también un carrito. La tía me deja conducirlo.

Grace torció el gesto fugazmente antes de esbozar una sonrisa.

—¿De veras? —preguntó mientras se acercaba la más pequeña de las dos—. ¡Eliza! Ven, déjame ver esas trenzas tan preciosas. ¡Qué elegante!

La niña sonrió, radiante, dejando ver que le faltaba un diente.

—Me las ha hecho la señorita Effinger.

—¿Puede venir a vernos? —preguntó Anne con ansiedad—. Por favor. Podría enseñarle el pony. Y la dejaría llevarlo.

—Es marrón —añadió Eliza—. Y lo llamamos *Cacao*.

La señora rubia cruzó enérgicamente el prado con expresión consternada.

—¡Anne! ¡Eliza! —dijo—. ¡Calmaos!

Tenía una voz enérgica y un acento ligeramente continental.

Grace apartó a la niña y se levantó.

—Le pido disculpas —dijo enseguida—. Soy, o era, su institutriz, Grace Gauthier.

Le tendió la mano.

La señora rubia se la estrechó y sonrió, pero con escasa cordialidad.

—Buenas tardes —dijo—. Soy la señorita Effinger.

—Encantada de conocerla —repuso Grace—. La señora Lester cuenta maravillas de usted.

—Es muy amable.

Ruthveyn se acercó con la fusta a la espalda.

—Lord Ruthveyn, a sus pies, señora —dijo al inclinarse ante ella—. Soy un amigo de *mademoiselle* Gauthier.

Grace se sonrojó visiblemente.

—Sí, qué maleducada soy.

La señorita Effinger apenas pudo disimular su sorpresa, pero esbozó una reverencia.

—Es un placer, milord —murmuró—. Pero, si nos disculpan, nuestro carruaje nos está esperando junto a la esquina.

—Permítame que doble su manta, entonces.

Ruthveyn le pasó las riendas a Grace, y le pareció poco probable que la señorita Effinger dejara de percibir una nota de dolor en la voz de Grace cuando le preguntó:

—¿Y las niñas? ¿Están bien? ¿Duermen? ¿Han vuelto a estudiar?

—Están muy bien, sí —contestó la señorita Effinger—. Creo que el aire del campo les ha hecho mucho bien.

—¡Allí es donde está el pony! —exclamó Anne—. ¡Tenemos un patio enorme, *mademoiselle*! ¡Y hasta una fuente! Y damos vueltas con el carro. Pero Eliza no puede manejar las riendas. Sólo puedo yo.

—Entonces, ¿sólo están de visita en Belgrave Square? —preguntó Grace mientras acariciaba el cabello de Anne.

—Sí, para ver cómo sigue la señorita Crane —contestó con frialdad la señorita Effinger— y para recoger algunas cosas de la sala de estudio. La señora Lester ha creído preferible que las niñas salieran mientras tanto.

—Muy sensato por su parte —dijo Grace. Sonrió de nuevo a las niñas y retrocedió, pero Ruthveyn notó cuánto le costaba—. Estoy segura de que va a adorar usted a Anne y a Eliza tanto como yo.

—Ya las adoro. —Con una tensa sonrisa, la señorita Effinger cogió la cesta que había recogido Ruthveyn, con la manta doblada dentro—. Gracias, milord. Es usted muy amable.

Se volvieron las tres para marcharse, y las niñas miraron hacia atrás casi con pesadumbre. La más alta levantó la mano para saludar. Su rostro tenía una expresión melancólica.

—¡Adiós, *mademoiselle* Gauthier!

Ruthveyn vio que Grace vacilaba un instante.

—¡Señorita Effinger! —gritó por fin.

La institutriz se volvió hacia ella.

—¿Sí?

—¿Puedo escribir? —preguntó—. A las niñas, quiero decir.

La mujer se tambaleó ligeramente.

—Qué amable de su parte —dijo—, pero quizá sea preferible que escriba primero a la señora Lester.

Fue un rechazo discretísimo, pero aun así Ruthveyn sintió una punzada de congoja por Grace.

Se quedaron sobre el leve promontorio de la orilla del estanque, viendo cómo avanzaban las tres por el ancho tramo final del Serpentine y se encaminaban hacia Hyde Park Corner. Más allá esperaba un espacioso landó junto al cual aguardaban dos damas bien vestidas.

—¡Mire, es Fenella! —exclamó Grace en voz baja—. Y la señora Lester.

El cabello rojo de la más joven de las dos era, en efecto, inconfundible. Grace levantó una mano como si se dispusiera a saludar, pero las damas desviaron ostensiblemente la mirada y una de ellas abrió la puerta e hizo amago de montar. Ruthveyn se acercó a ella y le apretó los dedos de la mano.

Fue un gesto espontáneo y tierno, un gesto que, de haberse tratado casi de cualquier otra persona, habría evitado de manera tan automática como otros hombres pestañeaban. Tratándose de Grace, sin embargo, el contacto físico, cualquier tipo de contacto físico, surgía en él de manera natural, lo cual habría sido una revelación sumamente inquietante si se hubiera permitido pensar en ello.

Sin embargo, no lo hizo, pues en ese instante lo único que le preocupaba era ella. Casi le pareció oír cómo se resquebrajaba su corazón. Sabía que con frecuencia el dolor más intenso era el que permanecía mudo, el que no era causado por una cuchillada, sino por mil pequeños cortes compuestos de comentarios desconsiderados, frialdad y miradas condescendientes.

Ruthveyn deseó con toda su alma haber podido evitarle aquel mal trago.

De pronto comprendió que Grace no había hecho ningún daño a Ethan Holding. Era sencillamente imposible, aunque sólo fuera porque no les habría hecho daño a aquellas niñas a las que con tanto cariño había mirado. Haber dudado de ella lo avergonzaba.

Se quedaron allí, al borde del ocaso, mirando a las niñas hasta que estuvieron en mitad de la ladera. Entonces Eliza dio una mano a Anne y otra a la señorita Effinger e hizo el resto del camino resbalando por la pendiente.

Ruthveyn oyó que Grace ahogaba un suave sollozo.

—Parecen contentas —dijo—. ¿Verdad que sí? Deseo por encima de todo que sean felices.

—Creo que las niñas están bien —repuso él en voz baja—. Y puede que la familia entre en razón. Deles un poco de tiempo.

—Poco importa ya, Ruthveyn, usted lo sabe. Ya no formo parte de su vida. —Pareció paralizada de pronto por el miedo, quizás incluso por el horror—. *Mon Dieu*, ¿cree usted que habrán oído algo? —Su voz sonó como un murmullo hueco—. A los niños les gusta escuchar las habladurías, ¿sabe? No pueden evitarlo.

Él no fingió que no la entendía.

—Estoy seguro de que nadie la ha acusado de nada abiertamente, Grace —dijo, confiando en que fuera cierto—. No se atreverían. Y menos aún delante de las niñas. Venga, vamos a casa. Está refrescando.

Un momento después, el carruaje se alejó traqueteando. Grace se volvió hacia él con una sonrisa llorosa.

—Todo un desplante. ¿Se dice así?

—Es posible que las señoras no la hayan reconocido —sugirió él.

—Creo que los dos sabemos que es improbable —murmuró—, pero gracias.

Entonces la ayudó a montar y salieron del parque en silencio. Por primera vez parecía que Grace había perdido la esperanza. Como si le hubieran arrancado de cuajo el corazón. Sin duda había querido mucho a aquellas niñas. Ésa era posiblemente la única razón por la que había accedido a casarse con Holding. Pero ¡qué triste habría sido para ella aquel matrimonio!

Y, sin embargo, ¿qué tenía él que ofrecerle? ¿Qué quería ofrecerle?

Nada. Todos los argumentos en los que apoyaba esa decisión volvieron a desfilar por su cabeza, redoblados, mientras cruzaban Mayfair sin decir nada. Pero al llegar descubrieron de inmediato que el destino les tenía reservada otra sorpresa.

Capítulo 9

Soldado de fortuna

 —¿Sargento Welham?

Grace se quedó estupefacta al cruzar la puerta del invernadero.

—¿Grace? —Rance Welham se levantó del sillón de mimbre contiguo al de lady Anisha—. ¡Que me aspen! ¡Grace Gauthier! ¡Y más guapa que nunca!

Cruzó el invernadero haciendo resonar los tacones de sus botas sobre las baldosas del suelo, la agarró por la cintura y, para asombro de Grace, la levantó en volandas y comenzó a dar vueltas como un loco.

—¡Dios mío, niña, te has quedado en los huesos!

Grace sintió que se ponía colorada.

—Estoy bien, sargento. Bájeme, haga el favor.

Él la bajó riendo y se volvió hacia Ruthveyn.

—Y tú, muchacho... —Se detuvo para abrazar a su amigo dándole fuertes palmadas en la espalda—. Grace, este bribón no es digno ni de lustrarte los zapatos, ¿y me han dicho que eres su institutriz?

—Y me alegro mucho de serlo —contestó ella.

Lady Anisha salió del invernadero.

—¿Verdad que es maravilloso? —le dijo a su hermano—. Apareció hace una hora, merodeando por los ventanales como *Satén* cuando la pillan birlando migajas de la cocina.

—Conque merodeando, ¿eh, Nish? —Rance se volvió y le dio un sonoro beso en la mejilla—. Se me ocurrió echar un primer vistazo de reconocimiento. Ya sabes, los viejos soldados nunca mueren.

—Y yo que pensaba que todavía tardarías semanas en volver. —La voz de Ruthveyn sonó indiferente—. *Mademoiselle* Gauthier va a pensar que le he mentido.

Rance le guiñó un ojo a Grace.

—Estabas buscándome, ¿eh? —dijo—. Me he dado prisa en volver, claro. Tenía que asegurarme de que mi niña estaba bien cuidada.

—Te aseguro —respondió Ruthveyn— que no hacía falta que te dieras ninguna prisa.

Al oírle, Rance echó la cabeza hacia atrás y soltó otra carcajada.

—Sí, Adrian. Como siempre, te me has adelantado —dijo—. ¿No es mala pata que haya tenido que irme por ahí a correr aventuras justo cuando se presenta la chica más guapa de todo el Norte de África?

Lady Anisha puso los ojos en blanco.

—Tengo que bajar a hablar de la cena con la señora Henshaw —dijo—. Rance, ¿te quedas a cenar?

—No, no, gracias —respondió—. Bessett y yo hemos hecho planes para esta noche.

—Ah —dijo Anisha con expresión mordaz mientras echaba a andar hacia las escaleras—. Me pregunto si esos planes incluyen a dos jóvenes bailarinas de largas piernas que...

—¡Anisha! —exclamó Ruthveyn en tono de reproche, y volvió a mirar a su amigo—. Si me permites preguntarlo, Lazonby, ¿a qué has venido si no es para cenar gratis?

Rance se rascó pensativamente la mandíbula, en la que empezaba a asomar la barba.

—Para serte sincero, me gustaría hablar con Grace —contestó—. ¿Te importa?

Ruthveyn dudó un momento. Luego dijo con suavidad:

—En absoluto. —Se volvió hacia ella y esbozó una tensa reverencia—. Gracias por el placer de su compañía, *mademoiselle*. Lazonby, confío en que sepas encontrar la salida.

—Grace —dijo Rance cuando se hubieron acomodado en los sillones del invernadero—, ¿por qué no me dijiste que vivías en Londres?

—Pensé en avisarle en cuanto me enteré de que había salido de prisión —explicó ella mirándose el regazo—, pero mi tía Abigail me dijo que esas cosas no se hacían. Que una señorita soltera no debía buscar la compañía de caballeros ajenos a su familia.

—Pero sí la compañía de sus amigos —repuso Rance.

—Fue muy violento —contestó ella con franqueza—. No quería ir a su club a menos que... En fin, a menos que fuera una emergencia.

Él sonrió y sus brillantes ojos azules se iluminaron.

—Bueno, no sé por qué pero tengo la sensación de que ya no me necesitas —comentó—. No podrías estar en mejores manos que en las de Ruthveyn.

Mucho se temía Grace que allí era donde estaba exactamente: en manos de Ruthveyn, y en más de un sentido. Además, había olvidado lo encantador que podía ser Rance, y lo guapo que era, si a un hombre tan rudo podía calificárselo de «guapo».

«Creo», le había dicho Ruthveyn una vez, «que puedo asegurar sin temor a equivocarme que soy su mejor amigo».

¡Qué extraño que así fuera! Lord Ruthveyn era fibroso y ágil como un depredador, vestía con elegancia y refinamiento y era increíblemente guapo. Rance, en cambio, era una especie de bandido encantador: lleno de inagotable energía, siempre oliendo a cuero, con los ojos alegres y azules como el hielo rodeados por finísimas arrugas.

De pronto se dio una palmada en los muslos.

—Bueno, Grace, mi niña —dijo, y sus ojos joviales centellearon—, ha pasado mucho tiempo desde que salimos de El Bahdja, ¿verdad?

—Sí. Ha perdido a su padre —murmuró ella—. Lo sentí mucho cuando me enteré.

—Y tú has perdido al tuyo, Grace. —Su semblante se ensombreció—. Le debo la vida por triplicado. Henri Gauthier era un hombre valiente.

—Y un buen padre —repuso ella—. Y el suyo... ¡Ah, Rance! Luchó muchísimo por usted. No se dio por vencido ni una sola vez. Qué lástima que ya no esté.

—Creo que vivió para esa pelea —reconoció Rance, recostándose en el profundo sillón de mimbre—. Creo que fue eso lo que le hizo seguir respirando, ese afán de verme vengado y fuera de la cárcel.

—Y ahora aquí está.

Él se encogió de hombros.

—Bueno, salí de la cárcel gracias a la tenacidad de mi padre y a la influencia de Ruthveyn —contestó sombríamente—, pero en cuanto a la venganza... Eso, por lo visto, llevará algún tiempo.

Se parecía tanto a Ruthveyn cuando hablaba de venganza... Frío, decidido, implacable. De pronto, Grace comenzó a comprender qué era lo que tenían en común.

—Dígame —dijo en voz baja—, ¿supo mi padre desde el principio que lo buscaba la ley?

Rance se rió y apoyó de nuevo las anchas manos sobre los muslos.

—Gracie, cariño, a todos los soldados de la legión los busca la justicia. —Se inclinó hacia ella—. Tú lo sabes. Aquello es un refugio de bribones que huyen de algo. Somos gente dura, los legionarios. Por eso tu padre casi nunca trababa amistad con sus hombres: para mantenerte alejada de la gentuza.

—Bueno, mi padre confiaba en mi buen juicio en lo que respecta a bribones y calaveras. —Le lanzó una tenue sonrisa—. A fin de cuentas, con usted sí trabó amistad.

—Y algunas cosas duran más allá de la muerte —repuso el sargento con aire solemne—. Juré que siempre cuidaría de ti, y lo haré si Ruthveyn fracasa. Que no fracasará, créeme. Sí, Grace, le conté a Henri quién era y lo que era. Siempre lo supo.

—Pero ¿por qué siguen acosándote los periódicos? —preguntó ella—. ¿Por qué hacen preguntas sobre tu padre? He visto merodear por aquí a un periodista. Un tal Coldwater.

Una sombra pareció cubrir momentáneamente el rostro de Rance.

—Coldwater, ¿eh? —dijo—. Supongo que tarde o temprano tendré que enfrentarme a ese petimetre. Está obsesionado con mi puesta en libertad, igual que medio Londres.

—¿Porque la persona que testificó contra ti se desdijo sospechosamente en su lecho de muerte? —preguntó Grace—. Lo leí en el *Chronicle*. ¿Quién era ese hombre al que dicen que mataste?

Rance se había puesto serio.

—Bueno, he matado a muchos hombres, cariño —dijo con calma—. Es la carga que ha de sobrellevar un soldado. Pero el hombre al que no maté, lord Percy Peveril, era el presunto heredero de un condado. Su tío formaba parte del Consejo Privado y gozaba de la confianza del rey. ¡Ay! Elijo muy mal a mis enemigos.

—¿Y eso era? ¿Su enemigo?

Rance esbozó una sonrisa torcida.

—Peveril no era más que un lechuguino malcriado que me engañó a las cartas —respondió—, cuando yo era joven y atolondrado y no entendía que lo mío no eran los naipes. Además, una docena de personas lo vio hacer trampas. Pero, lo mismo que El Bahdja, eso es agua pasada, Gracie. Dime, ¿qué te parece mi amigo Ruthveyn?

Grace titubeó.

—Me parece muy amable.

Rance soltó una risa estentórea.

—¡Vamos, Gracie, eso son monsergas! A Ruthveyn nadie lo considera «amable». Ahora sé sincera conmigo. Nunca he conocido a una mujer que tuviera mejor ojo que tú para calar a un hombre.

Era cierto. Su padre había alabado a menudo su buen criterio, sobre todo en lo relativo a los hombres. Pero con lord Ruthveyn se sentía extrañamente insegura. Lo que sentía por él parecía proceder únicamente de su necio corazón. Y, cuando la besaba, también de algunos otros sitios. Y luego estaba el extraordinario y magnético ardor de sus caricias...

—¿Grace?

Dejó vagar su mirada hacia la ventana.

—Está bien —dijo con la mirada perdida—, creo que da un poco de miedo. Sus ojos... Se diría que me atraviesan. Hacen que me sienta...

A salvo. Sin aliento. Asustada. De mí y de él.

Pero no fue eso lo que dijo. Cerró los ojos.

—No sé qué es lo que me hace sentir —concluyó finalmente.

Rance se inclinó hacia delante y cogió su mano.

—Es un buen hombre, Grace. —Su voz sonó baja y, por una vez, también seria—. Es enigmático, sí. Incluso un poco... sobrehumano, quizá. Pero confía en él. Confía en que cuidará de ti. Y respecto a lo que sientes por él... En fin, confía en ti misma, mi niña. Tu padre tenía razón. Tienes un sexto sentido para los hombres. Y muy buen gusto, además.

Grace lo miró entre sorprendida y avergonzada. Abrió la boca para decir algo. Para regañarle, quizá, pero ¿con qué fin? Rance siempre había dicho lo que pensaba... y poseía un don casi sobrenatural para adivinar el pensamiento de los demás.

Exhaló un fuerte suspiro.

—Acabo de enterrar a mi prometido, Rance —dijo—, o lo habría hecho si hubiera podido ir al entierro.

Él le dedicó una sonrisa divertida.

—¿Me estás regañando a mí por ser tan deslenguado o a ti misma por haberte enamorado? —preguntó—. Cualquiera de las dos cosas sería una pérdida de tiempo, Grace. Las cosas son como son.

—¡*Arrêtez*, Rance! —Se levantó bruscamente—. Ya basta, por favor.

Él se rió otra vez y la cogió de la mano.

—Por Dios, eres hija de Henri de la cabeza a los pies —comentó mientras la hacía sentarse de nuevo—. Está bien, me he pasado de la raya. Ahora escucha y deja que me ponga serio un momento.

Molesta, Grace le lanzó una mirada de advertencia.

—*Oui* —dijo—. Hágalo, por favor.

Rance soltó su mano.

—Hagas lo que hagas, Grace, no le digas a Royden Napier que somos amigos —le advirtió—. Me tiene un odio inmenso.

—¿Por qué? ¿Le ha dado consejos sentimentales? —Al ver que la miraba con enojo, reculó—. Está bien, perdone. ¿Por qué le tiene tanto odio?

—Mi procesamiento y mi condena a muerte fue la última gran hazaña burocrática de su padre —explicó Rance—. Su último y decidido esfuerzo en aras de la justicia social, o eso pretendía él. En realidad, sólo fui un hueso que arrojar a la horda enloquecida de radicales y cartistas. Un señoritingo con el que demostrar que hasta un caballero de noble cuna podía acabar en el patíbulo por quebrantar la ley.

Los ojos de Grace se agrandaron, llenos de horror.

—¿Les sirvió para dar ejemplo? —musitó—. ¿Y le costó ocho años en la legión? Eso es mucho tiempo de travesía por el desierto, Rance.

Ambos sabían que no se refería a la geografía de Argelia. Él se encogió de hombros.

—A Royden Napier no le hizo ninguna gracia que se revocara la sentencia y que se pusieran en duda las motivaciones de su padre después de su muerte. —Hizo una pausa, le lanzó una sonrisa divertida y se puso en pie—. ¡En fin! Más...

—Agua pasada —concluyó Grace, levantándose también.

Él la agarró rápidamente de la mano y besó su guante.

—No volveré a verte hasta que se resuelva tu situación, Grace —dijo—. A no ser que me necesites. En caso de que sea así, sólo tienes que mandar recado a la Sociedad Saint James. Me hospedo allí hasta que encuentre un sitio donde sentar la cabeza.

—Usted nunca sentará la cabeza, Rance —dijo ella con calma.

Él se rió mientras caminaba hacia la puerta.

—¡Ah, seguramente tienes razón, Gracie, pequeña! Y tú... En fin, tú no vas a necesitarme. Estás en las mejores manos. Y tienen mucha más influencia que las mías.

—¿De veras? —preguntó suavemente.

La sonrisa de Rance se borró.

—Napier no se atreverá a tocar a Ruthveyn —afirmó—, a no ser que tenga una espada muy larga y poderosa. Y una estocada segura, además, porque sólo tendrá una oportunidad de rebanarle el pescuezo. Y él lo sabe.

En ese instante se oyeron pasos pesados y comedidos bajando por la escalera. Apareció lord Ruthveyn, recién vestido con una severa levita negra y la tupida cabellera peinada hacia atrás y húmeda todavía por el baño. Con su chaleco de brocado color crema y el gran rubí que brillaba en el dedo meñique de su mano derecha, parecía de la cabeza a los pies un príncipe rajput. Al menos, tal y como se lo imaginaba Grace.

—¡Ah, Adrian, aquí estás! —exclamó Rance amistosamente—. Olvidaba decirte que tengo malas noticias para ti.

Lord Ruthveyn levantó sus cejas negras con su habitual aire de condescendencia.

—Continúa, Lazonby.

—Belkadi te ha expulsado de la suite de invitados —dijo su amigo—. Ha venido de visita un párroco de Lincolnshire, un viejo amigo de Sutherland. Y yo... En fin, viejo amigo, yo me he quedado con la otra.

Ruthveyn miró a Rance y a Grace y viceversa.

—Qué oportuno —dijo en tono crispado—. Resulta... sencillamente asombroso.

Esa noche, Ruthveyn cenó con su familia por primera vez desde la llegada de Grace a Upper Grosvenor Street. A excepción de lord

Lucan, que habló animadamente de un combate de boxeo al que pensaba asistir en Southwark al día siguiente, apenas se dirigieron la palabra. La llegada de lord Lazonby parecía haber ensombrecido el ánimo de Anisha y de su hermano, y Grace no alcanzó a entender por qué.

Se retiró a su habitación para escribir a Fenella con la remota esperanza de que la brecha que se había abierto entre ellas pudiera repararse. Le manifestó su alegría por haber visto a Anne y a Eliza en Hyde Park y su esperanza de que fueran felices en su nuevo hogar. Luego, pensándolo mejor, hizo añicos la carta y la arrojó a las brasas. Era evidente que podía dar por terminada su amistad con Fenella a no ser que atraparan al asesino de Ethan, y en parte culpaba de ello a Royden Napier. Saltaba a la vista que el subcomisario había esparcido su veneno por doquier.

La espantosa verdad era que nadie de Belgrave Square, ni siquiera la cocinera o el ama de llaves, le había escrito tan sólo una nota de pésame, o incluso de despedida, y que ella se había encariñado en exceso con todos ellos. Quizás habían llegado a la misma conclusión sin ayuda de Napier. Ella estaba prometida con Holding, o casi, y Holding había sido asesinado. Ahora había una carta que daba a entender que la había dejado plantada. Era probable que la policía hubiera puesto en guardia a todo el servicio contra ella, lo cual era lógico, puesto que alguien se había tomado tantas molestias para incriminarla.

El miedo empezó a apoderarse de ella otra vez. Se dejó caer en la cama y recordó su último encuentro con Royden Napier.

«Ansiaba tener una familia —le había dicho—. Eso fue lo que me ofreció Ethan: ser mi familia. Intentar amarme y compartir sus hijas conmigo. Quizás incluso darme hijos propios. Habría hecho cualquier cosa por preservar eso.»

Hasta para ella aquellas palabras sonaban de pronto vagamente condenatorias. Napier sin duda las había anotado en su portafolios de cuero negro para poder utilizarlas contra ella a voluntad. No era de extrañar que Ruthveyn le hubiera ordenado no decir nada. A veces tenía la impresión de que lo único que la impedía hundirse en un lodazal de tristeza era la confianza y la fortaleza del marqués. Y esa tarde, cuando había temido por un instante perder esa confianza, había sentido por primera vez en su vida el impulso de rendirse.

Pero esa fortaleza seguía sosteniéndola en pie. En efecto, a veces le parecía que todo lo que había sucedido entre ellos era cosa del destino. Así lo había dado a entender Ruthveyn el día en que se conocieron. Quizás ella estuviera empezando a creerlo también, simplemente para tener algo en lo que creer. O quizá se había persuadido a sí misma que eso excusaba de algún modo el profundo e innegable deseo que sentía por él. Rance, como de costumbre, había dado en el clavo.

Dejando escapar un suspiro, se levantó y recogió sus cosas. Entró en aquel maravilloso cuarto de aseo para darse un largo baño caliente y después intentó leer. Había sacado de la biblioteca de la casa un ejemplar muy gastado de la *Elegía de las musas*, pero al poco rato renunció a su lectura: era demasiado profundo y filosófico para ella.

A las diez se acostó, pero estuvo largo rato dando vueltas en la cama sin pegar ojo, oyendo los gritos del alguacil que hacía la ronda nocturna. Al oír «¡las doce en punto y sereno!», se incorporó de pronto en la cama, convencida de que pasaba algo malo... y de que no tenía nada que ver con Royden Napier.

—Psst, señorita Gauthier.

Esta vez, aquella vocecilla que parecía surgir de la nada consiguió penetrar la neblina de su cerebro.

—¿Tom? —Apartó bruscamente las mantas—. ¿Qué ocurre, Tom?

—Teddy está enfermo, señorita —susurró el niño cerca de los pies de su cama—. Creo que será mejor que venga.

Pero Grace ya se había levantado y estaba buscando a tientas sus pantuflas.

—¿Cómo que enfermo? —preguntó mientras recogía su bata—. ¿Le duele el estómago? ¿Tiene fiebre?

—Está vomitando. ¿Puede venir, por favor? ¿Y no decírselo a mamá?

Grace buscó su mano a ciegas y se dirigió hacia la puerta.

—Tom, tú sabes que no puedo prometerte eso —dijo en voz baja—. ¿Teddy ha comido algo que no debía? Por favor, no me mientas.

Pero Tom no quiso decirle nada más.

En el dormitorio de los niños, dos puertas más allá, Teddy había conseguido encender un quinqué y yacía acurrucado sobre las sábanas de su cama. Al entrar ella, la miró un poco compungido y logró sentarse con algún esfuerzo.

—He devuelto otra vez —dijo como para tranquilizarla—. Ya estoy mejor.

—¿Qué ha pasado, Teddy? —Grace se acercó a él apresuradamente y se sentó en el borde de la cama—. ¿Tienes fiebre?

El chico desvió la mirada. La herida que tenía en la frente se destacaba, roja brillante, sobre su piel pálida como el yeso.

—Sólo que he potado —dijo—. No es nada. Ya estoy bien. De verdad.

—Se dice «vomitar» —lo corrigió ella. Y, efectivamente, tenía la parte delantera del camisón manchada de vómito.

Pero la voz del chico le sonó demasiado zalamera. Extrañada, y preocupada todavía, le apartó el pelo de la cara para palparle mejor la frente y notó entonces que tenía el pelo apelmazado por una sustancia desagradablemente pegajosa.

—Teddy, cariño, ¿qué has hecho? —preguntó—. Creo que será mejor que me lo digas.

—Se ha comido los caramelos del tío.

Grace miró a su alrededor y vio a Tom encaramado a la cama de al lado, con las rodillas a la altura del mentón.

—¿Caramelos? —repitió.

Tom encogió sus estrechos hombros y señaló el suelo.

Al mirar hacia abajo, Grace vio que habían sacado de debajo de la cama un viejo orinal. Sin duda lo tenían siempre a mano por si surgía una contingencia como aquélla. Gruñendo para sus adentros, se levantó y acercó la lámpara al orinal. Estaba medio lleno de un repugnante líquido amarillo claro en el que flotaban grumos de algo que se parecía sospechosamente al azúcar caramelizado.

Parecían caramelitos de limón.

Montones y montones de caramelitos de limón.

Grace se llevó una mano a la frente.

—No, Teddy.

—Sí —dijo Tom con su vocecilla.

—Chivato —replicó Teddy con aspereza—. Tú también has comido.

—Yo me he comido doce —contestó su hermano—. Y no he echado la po... Eh, no he vomitado.

Grace se volvió para mirarlo, sosteniendo aún la lámpara en alto.

—¿Y cuántos se ha comido tu hermano?

Tom se encogió de hombros otra vez y señaló el tarro vacío que había sobre la mesilla de noche.

—El resto —contestó con sencillez.

Grace dejó la lámpara y cogió el tarro.

—¡Ay, Teddy! —susurró—. ¿Todo el tarro?

El chico se llevó una mano al estómago, que empezaba a verse hinchado.

—Supongo que sí —dijo de mala gana—. Pero los he echado todos.

Grace se sentó en la cama.

—Tom, tráele a tu hermano un camisón limpio —dijo, y se volvió hacia Teddy—. Ven aquí. Quiero verte el pelo.

El chico se inclinó hacia ella. Tenía dos pegotes amarillos pegados en el pelo rubio oscuro, que se había enmarañado alrededor de ellos.

—¡Ay, Teddy! —dijo con un suspiro—. ¿Te sientes con fuerzas para levantarte y dejar que te cambie las sábanas?

Como si se resignara a su destino, Teddy se levantó de la cama.

Grace descubrió enseguida que por suerte sólo la funda de la almohada estaba manchada de aquel engrudo amarillo. Saltaba a la vista que el chico se había quedado dormido con la boca llena de caramelos. Intentó no reírse al recordar la cara de horror que había puesto lady Anisha al ver aparecer a su hermano con un tarro entero lleno de caramelos. Había intuido, y con razón, que aquello podía ser un desastre.

Teddy pareció leerle el pensamiento.

—¿Va a decírselo a mamá? —preguntó, abatido.

—Tengo que decírselo, cariño mío —contestó Grace—. Es tu madre y estás muy malito.

—Ya no —contestó él exhalando un profundo suspiro—. Pero volveré a ponerme malo cuando se lo diga.

Grace le puso de nuevo la mano en la frente y descubrió lo que esperaba. O sea, nada. Teddy parecía encontrarse bien, en efecto. Pero el fuego estaba apagado y hacía frío en la habitación.

En un abrir y cerrar de ojos cambió la funda de la almohada por otra limpia que sacó del armario y limpió la cara de Teddy.

—Ven conmigo a la cocina —dijo tendiéndole la mano—. Hay que quitarte esos pegotes del pelo y del camisón.

Recorrieron juntos el pasillo y bajaron el primer tramo de escaleras. Cerca del descansillo vieron colarse la luz de una lámpara a través de una puerta entornada. Era el despacho privado de lord Ruthveyn, una habitación en la que Grace no había entrado nunca. Llena de curiosidad, aminoró el paso cuando una de las gatas grises abrió un poco más la puerta con el hocico y pasó por la abertura.

Dentro del despacho, lord Ruthveyn yacía recostado en un largo sofá de piel, en medio de una turbia nube de humo, con la cabeza apoyada en una mano y en la otra un cigarrillo. Tenía los ojos cerrados. Delante de él, sobre un diván con flecos, había una bandeja con una botella y una copa vacía. Ataviado con una especie de quimono suelto y unos pantalones anchos de color blanco, no pareció percatarse de su presencia. Parecía, de hecho, la viva imagen del relajamiento.

Grace pasó rápidamente tirando de Teddy y al fin reconoció el olor dulce que a veces advertía en la levita de Ruthveyn. Al parecer, Teddy no era el único que esa noche se había dado a los excesos... y con algo mucho menos inocuo que unos caramelitos de limón.

—El tío Adrian da un poco de miedo otra vez —susurró Teddy mientras bajaban las escaleras.

—Shh. Está cansado. Tiene muchas responsabilidades.

Y además, según su hermana, nunca dormía, lo que explicaba quizás esa expresión de hastío constante que llevaba grabada en el rostro.

Una vez en la cocina, sentó a Teddy en el borde de la mesa y le quitó rápidamente el camisón. Allí el suelo de piedra vieja aún irradiaba calor, no como en las habitaciones de arriba.

—No debes tenerle miedo a tu tío —le regañó al dejar el camisón y la funda de la almohada en el cesto de la ropa sucia—. Es sólo que no ha dormido.

—Nunca duerme —repuso el chico—. Y no he dicho que yo le tenga miedo, boba. Sólo era una explicación, porque es usted nueva. Y he pensado que a lo mejor se asustaba.

Ella agarró el atizador.

—Por Dios, Teddy, a mí no me... —Se arrodilló y atizó el fuego con demasiado brío— no me asusta lord Ruthveyn.

El chico levantó los hombros huesudos.

—Pues a los demás sí —dijo tranquilamente—. Bueno, a mí no. Ni a Tom. Pero a los criados sí. Menos a Higgenthorpe.

—Qué tontería. —Entró en la trascocina para llenar una cazuela con agua caliente—. ¿Por qué iba a tener nadie miedo de tu tío?

—Porque tiene el Don.

Grace se distrajo un momento mientras colocaba la cazuela. Luego miró hacia atrás.

—¿Qué don, Teddy? ¿A qué te refieres?

Teddy juntó las dos manos entre las rodillas.

—No sé qué es —masculló—, sólo sé que lo tiene. Oí decir a mi madre que no entendía por qué los escoceses lo llaman «don» cuando es más bien una maldición.

—¿Una maldición? ¿Qué clase de don puede ser una maldición?

—Eso tampoco lo sé —repuso el chico—. Sólo sé que por eso los criados tienen prohibido tocar al tío. Y la señora Henshaw le dijo a una criada que no lo mirara nunca directamente a los ojos o el tío sabría cuándo iba a morir.

—Eso son cuentos de criadas, Teddy.

Aun así, Grace pensó en ello mientras colocaba la cazuela sobre la mesa y buscaba una artesa con manteca.

—¿Para qué es eso? —preguntó Teddy con desconfianza.

Grace dejó la artesa junto al cazo.

—Voy a untar un poco esos pegotes con manteca —explicó—, para que no te duela cuando te peine. Después te enjabonaré el pelo, te lo aclararé con agua caliente y te lo secarás junto al fuego antes de volver a la cama. Ya que has sobrevivido a un barril de caramelos de limón, me parece absurdo que sucumbas a un resfriado.

—No ha sido un barril —puntualizó Teddy—. Eso es mucho.

El fuego se estaba avivando y bañaba la cocina con un cálido resplandor dorado. Grace frotó el pelo pegajoso con un poco de manteca. Se fijó entonces en que el chico tenía unos extraños símbolos en el hombro. Lo cogió del antebrazo y le hizo darse la vuelta.

—¿Qué es esto, Teddy?

—Nada.

Grace observó las marcas. Aunque eran toscos y estaban torcidos y emborronados, de pronto despertaron un recuerdo en su memoria. Había visto antes aquellos signos, y no en la cornisa de la sede de la Sociedad Saint James. No, había sido hacía mucho más tiempo.

—No me digas que no es nada, Teddy —murmuró—. ¿Lo has dibujado tú?

El chico dejó caer los hombros.

—No es más que tinta —dijo—. Ya se quitará.

Grace le hizo volverse un poco hacia la derecha. Los símbolos recordaban vagamente a un blasón nobiliario, pero en lugar de un escudo formaban una especie de cartela en forma de cardo con una cruz dentro y algo que, echándole una buena dosis de imaginación, podía ser una pluma y una espada cruzadas. Era indudablemente el mismo símbolo que llevaba grabado el alfiler de corbata de Ruthveyn. Lo único que faltaba eran las letras en la parte inferior.

—¿Por qué te lo has dibujado en el brazo, Teddy?

El chico volvió a encogerse de hombros.

—A veces la gente lo lleva.

—¿Quién, por ejemplo?

—Mi abuelo —dijo—, pero ya murió. Además, sólo se trata de un dibujo.

Tenía razón. Era sólo un dibujo. La habitación ya no iba a caldearse más.

—Está bien, Teddy —dijo—. Inclínate sobre la cazuela, ¿quieres?

Media hora después estaba sentada en la silla favorita de la señora Henshaw, que había acercado a la chimenea de la cocina. Teddy estaba medio dormido en su regazo, envuelto en su camisón limpio y con el pelo casi seco. Por suerte no había tenido que cortarle ningún mechón. Se lo revolvió una vez más, se levantó y salió de la cocina con el chico en brazos.

—Puedo andar —refunfuñó él, pero a continuación apoyó la cabeza bajo su barbilla y volvió a quedarse dormido.

Arriba seguía saliendo luz del despacho de Ruthveyn. Grace echó un vistazo dentro y lo vio sentado aún en el sofá de piel, envuelto en su nube de humo, pero esta vez tenía las piernas cruzadas sobre el cojín, los brazos en reposo y los ojos cerrados. La copa de coñac que había sobre el diván estaba medio llena y la gata gris, el demonio familiar de Ruthveyn, quizá, se había esfumado.

El pequeño Tom estaba profundamente dormido cuando Grace metió a su hermano en la cama. Después de arroparlo, apagó la lámpara y avanzó por el pasillo diciéndose que Ruthveyn no era asunto suyo. Sabía, además, que bajar sería buscarse problemas. O algo más, quizá.

Y, sin embargo, al llegar a la puerta de su dormitorio, cuando tenía ya la mano en el picaporte, dio media vuelta. Se dijo que lo menos que podía hacer era abrir una ventana y ordenarle que fuera a acostarse. Se dijo que era cosa del destino.

Dentro del despacho, sobre la mesa, ardía una lámpara cuya mecha emitía un resplandor muy tenue. Ruthveyn seguía sentado en aquella extraña postura, con las manos relajadas sobre las rodillas, aparentemente ajeno a su presencia.

Grace entró, indecisa. Era una habitación bonita y acogedora, sin duda la más exótica de la casa, forrada de libros y salpicada de extrañas obras de arte. Sujeta a la pared, sobre la chimenea, había una impresionante carabina cuyo largo cañón se extendía por toda la repisa y, colocada en una esquina de un escritorio de madera labrada, una estatuilla de oro macizo de una deidad hindú con cuatro brazos y cabeza de elefante. En la otra esquina había un cuenco de bronce troquelado lleno de hierbas aromáticas. Precioso, pero inútil teniendo en cuenta la humareda que había en la habitación.

Armándose de valor, Grace cerró la puerta y cruzó de puntillas la alfombra, mullida como tierna hierba primaveral.

—¿Milord? —susurró.

Abrió los ojos al instante, aunque parecían cargados y soñolientos.

—Grace —dijo en voz baja.

—Es casi la una de la madrugada —dijo mientras ponía el tapón a la botella de coñac—. ¿Qué hace levantado?

—Estaba meditando —respondió Ruthveyn.

—¿Meditando?

—Pensando en... no pensar —masculló—. De eso se trata, ¿no?

Hablaba sin sentido.

—Creo que será mejor que se vaya a la cama —dijo Grace con delicadeza.

—No. —Su mirada se hizo más distante—. No puedo dormir.

Grace se inclinó para verlo mejor.

—Tampoco puede quedarse levantado toda la noche, fumando y bebiendo. —Cogió una colilla todavía encendida del cenicero de plata—. No me extraña que esté tan demacrado. ¿Se puede saber qué es esto exactamente?

Sostuvo la colilla ante sus ojos.

Ruthveyn esbozó una sonrisa ladeada y Grace pudo ver el principio de barba que ensombrecía su labio y sus mejillas. Sin sus refinados trajes él también parecía mucho menos respetable.

—Eso, Grace, es un cigarrillo —respondió.

—Sé lo que es un cigarrillo —repuso ella—. Creo que fuimos los franceses quienes inventamos ese término. Lo que quiero saber es qué tiene dentro.

—Tabaco turco —contestó tranquilamente.

—¿Y?

—Hierbas.

—¿Y?

Él encogió uno de sus anchos hombros.

—Y cáñamo.

—*Kif*, querrá decir —le reprendió ella suavemente—. O hachís. Quizás haya olvidado que tengo algo de mundo.

—Quizá —contestó como si la desafiara.

Pero Grace hizo caso omiso. Llevó la bandeja al escritorio y se sentó en el diván, frente a él. Sus rodillas quedaron a escasos centímetros de distancia. La energía que siempre parecía irradiar Ruthveyn se había aquietado de algún modo, y en ese instante tuvo la sensación de verlo por primera vez como un hombre corriente; un hombre muy guapo y peligroso, pero corriente de un modo que no acertaba a describir.

Seguía estando perfectamente relajado, con las piernas cruzadas y los pies descalzos apoyados sobre los muslos. Grace reparó en que sus dedos eran largos y sus pies finos y tan hermosos como sus manos. El quimono que llevaba, de seda dorada recamada con hilos de plata, parecía brillar en contraste con la tela blanca de sus anchos pantalones. Atado alrededor de la cintura llevaba un ancho pañuelo negro. No habría estado del todo fuera de lugar en un barco pirata con una cimitarra colgada del cinto, pensó Grace, o de pie en medio de un harén, contemplando sus posesiones.

—¿Por qué? —preguntó con voz queda mientras procuraba no mirar su ancho y masculino pecho, que el quimono dejaba al descubierto—. ¿Por qué lo fuma?

—Me calma.

—A mí siempre me parece calmado —respondió—. De hecho resulta un tanto desconcertante que siempre parezca tan calmado. ¿Se refiere a que alivia un dolor físico?

—No sufro dolor físico alguno. —Esbozó una sonrisa soñolienta y señaló con un ademán la caja de madera labrada que había en una esquina de su escritorio—. La noche todavía es joven, querida mía. Pruébelo.

—No me hace falta —dijo ella—. Yo diría que hay suficiente flotando en el aire como para dejarme sin sentido.

Él levantó una de sus negras cejas.

—¿Mi Grace tiene miedo?

—Yo no soy su Grace —respondió—. Y no, no tengo miedo. Pero usted debería pensar en los niños. No se puede contar con que duerman toda la noche de un tirón, Ruthveyn, ni dar por sentado que no irán a curiosear donde no deben.

Fue evidente que no se le había ocurrido, porque miró la caja y arrugó el ceño. Grace empezaba sentirse algo mareada.

—Le digo en serio que esto no puede ser —dijo haciendo amago de levantarse—. Voy a abrir una ventana para que el aire...

Ruthveyn alargó el brazo bruscamente, la asió de la muñeca y la atrajo hacia sí. Otro tirón y estuvo casi encima de él.

—¿A qué has venido, Grace? —Su voz sonó baja y un poco amenazadora.

—Suélteme, Ruthveyn.

—No. —El coñac y la droga endulzaban su aliento—. Has bajado aquí por propia voluntad. Tú sabes que no voy a irme a la cama. Solo, no. Y sabes que no estoy del todo sobrio. Así que, ¿por qué has venido?

Grace se echó bruscamente hacia atrás, pero él la sujetó por la muñeca y por los ojos, que estaban fijos en los suyos.

—Sólo he venido a ayudar...

—Embustera —la interrumpió él con suavidad—. Miénteme si así te sientes mejor, Grace, pero no te mientas a ti misma.

Tenía razón, comprendió ella mientras recorría su rostro con la mirada. Cuando Ruthveyn la traspasaba con aquellos ojos intemporales que parecían verlo todo, escudriñaba su alma, veía lo que había deseado desde el principio. Ahora estaba arqueada sobre él, con una mano apoyada en el sofá, detrás de su cabeza, y la otra atenazada por la suya. Sus caras casi se tocaban y el deseo era como un ansia que se agitaba en su vientre.

¿Cómo, en nombre del cielo, había llegado a aquella situación?

Se lamió los labios, indecisa.

—Quizá sea solamente el... destino —susurró.

Y entonces lo besó.

Capítulo 10

Un sorbo de tentación

Ruthveyn acercó la cara a la suya y correspondió a su beso deslizando lánguidamente sus labios carnosos y sensuales por los de ella. Grace sintió al instante que dentro de ella se derretía algo ardiente y sobrecogedor y abrió la boca. Él entreabrió los labios con un suave gruñido, un sonido acongojado de viril rendición, y atrajo la lengua de Grace al interior de su boca. Comenzó a chuparla rítmicamente, y aquel dulce ardor fue difundiéndose en espiral más y más abajo, desde sus pezones hasta su vientre y de allí al vértice de sus muslos.

Después, con ademán nada lánguido, Ruthveyn se tumbó de lado en el sofá, la hizo sentarse a horcajadas sobre él, levantándole el camisón y la bata hasta las rodillas, y hundió las dos manos entre su pelo. Quedó casi reclinado bajo ella, apoyado en el brazo del sofá, con los ojos negros fijos en los suyos, y por un instante el mundo pareció dejar de girar.

—Si es el destino, Grace —dijo con voz queda—, dejémonos llevar por él.

Ella respondió posando una mano sobre su mejilla y cerrando los ojos. Ruthveyn respiró hondo, trémulo, y a Grace le pareció sentir que su misterio se filtraba en ella, atravesándola como la energía de una brújula que buscara el Norte, y fluyendo como un río que se perdiera en la noche.

No era sólo la nube de *kif* que aún impregnaba el aire, ni era la locura del deseo largo tiempo reprimido. Fue como si entre ellos brotara una fuerza metafísica, limpia y purificadora. Había sido así la primera vez que Ruthveyn había tocado su cara, aquella mañana ya lejana en Saint James, cuando ella había salido de algún modo de sí misma para regresar a un yo libre de dolor y de angustia, al menos por un tiempo.

Con las manos enredadas aún entre su pelo, la atrajo hacia sí y la besó de nuevo: besos largos y embriagadores que la dejaron temblorosa.

En la vida de una mujer llega quizás un momento en que, sea lo que sea a lo que se aferre, su orgullo, su virtud, o quizá sólo su cordura, esa mujer se da cuenta de que ya no vale la pena seguir aferrándose a ello. O quizás ocurre sencillamente que encuentra la única cosa por la que vale la pena prescindir de ese asidero.

Ruthveyn, que la sujetaba con una mano por la cintura mientras penetraba lentamente su boca con la lengua, parecía ser esa cosa. Esa noche, la oscuridad que percibía en él no la asustaba. Era lo mismo que él, y él era lo que deseaba. Así pues, cuando apartó la boca de la suya para trazar un sendero abrasador por su garganta y a continuación por el escote de su camisón, ella se arqueó hacia atrás y dejó que sus dientes se hundieran en la franela.

Entonces tiró de ella y la primera cinta se soltó. El escote se abrió de par en par. Dejando escapar un gemido de aprobación, rodeó con la mano uno de sus pechos a través del camisón de algodón.

—Grace —dijo, pronunciando su nombre como si fuera una plegaria—. No deberías... estar aquí.

—Lo sé —susurró ella—. Te entiendo. Crees que no debo, pero no soy una ingenua.

Él no contestó. Acercó la boca abierta al vértice de su garganta y depositó una sarta de besos en su clavícula.

—Eres preciosa —murmuró. Luego levantó las manos temblando ligeramente y le quitó la bata de los hombros.

Grace se sacudió para desprenderse de ella, y la bata resbaló por su espalda y cayó al suelo. Ruthveyn movió las caderas y ella sintió el peso duro y caliente de su miembro contra el hueso de su pubis. Cerró los ojos y pensó en cuánto tiempo hacía que deseaba aquello. En cuánto tiempo había esperado al hombre capaz de hacerle sentir aquella ansia. Pero nunca había podido ser ningún otro, sólo aquél.

Comprendía ahora el terrible error que había estado a punto de cometer casándose con un hombre al que no amaba, y la vida estéril a la que había estado a punto de rendirse. Quizá no hubiera nada más fuera de aquella noche, pero lo que sucediera la nutriría durante mucho más tiempo que una vida entera de frustración. Y quizá, de haber estado sobrio, Ruthveyn le habría negado incluso aquello. Y si su vida no se hubiera ido completamente al garete, seguramente ella tampoco se lo habría pedido. Pero no quería pensar en eso. Esa noche, no.

Dejando escapar un leve gemido, se restregó contra él y aquel ardor irresistible y desconocido la despojó de su último vestigio de pudor. Bajo ella, Ruthveyn era todo virilidad dura, tersa, resbaladiza. La seda de sus ropas rozaba sensualmente la cara interna de los muslos de Grace. Sus manos recorrían su cuerpo con audacia, cálidas y exigentes.

Obedeciendo un impulso, echó mano del pañuelo que ceñía su cintura.

—¿Qué es esto? —le preguntó mientras apartaba un extremo

—Un *kamarband* —contestó él con voz ronca—. Desátalo.

Le temblaban tanto las manos que le costó desatarlo, pero el nudo de seda se deshizo por fin y la tela dorada del quimono resbaló, abriéndose sobre el pecho de Ruthveyn, musculoso y ligeramente poblado de vello negro. Una cicatriz fruncida, casi blanca por el paso del tiempo, cruzaba la parte de arriba de su hombro. Grace siguió su contorno con un dedo.

—¿Qué ocurrió? —preguntó en voz baja.

Ruthveyn lanzó una rápida ojeada a la chimenea.

—A un fusilero *ghilzai* no le gustó mi cara.

—Ah. —Se inclinó para besar la cicatriz—. ¿La carabina de la chimenea?

—Era él, o yo —masculló Ruthveyn, concentrado en sopesar sus pechos con las manos.

Grace pasó los dedos por la tela de su quimono abierto. Llevaba alrededor del cuello un colgante con cadena de oro. Parecía un trozo de marfil pulido engarzado en ese metal precioso. Una especie de garra, pensó vagamente.

Hizo ademán de quitarle el quimono de los hombros, pero él puso la mano detrás de su cabeza y la atrajo hacia sí para besarla de nuevo. Grace se inclinó sobre su pecho, quedó tan cerca de él que le pareció sentir el latido lento y firme de su corazón, cuyos pálpitos parecían imitar las acometidas de su lengua. Sintió que su calor, esa energía pura y casi sensual, la atravesaba de nuevo, derritiéndola por dentro. Sintió el deseo de arrancarse la ropa, de tenderse con él piel con piel, como sólo una amante podía hacerlo.

Él hundió de nuevo los dedos entre su pelo, por detrás de su cabeza, masajeándolo suavemente. La otra mano, cálida y ancha, la abrió sobre su espalda, atrayéndola hacia su cuerpo. Grace pasó un rato perdida en aquel beso. Luego se apartó un poco para mirarlo.

Visto así, en lánguido reposo, el rostro despejado de toda preocupación, Ruthveyn pareció por un instante el muchacho que sin duda había sido antaño: un adonis moreno y bellísimo, con las largas pestañas negras desplegadas sobre las mejillas, dueño incluso, quizá, del don de la inspiración délfica. Grace posó una mano sobre su cara y lo besó de nuevo, con más ternura esta vez. Dentro de su corazón, algo se elevó a alturas casi peligrosas.

Ruthveyn deslizó los labios por su mejilla, hasta la tierna concavidad de debajo de su oreja.

—Grace —dijo al tiempo que deslizaba las manos por su camisón. Sin preguntar, desató los lazos que aún quedaban atados y apartó lentamente la tela de sus hombros. El camisón de algodón resbaló por su cuerpo y, mientras caía, un soplo de aire fresco rozó los brazos de ella y sus pechos desnudos.

—Grace —susurró de nuevo—, ansiaba que esto ocurriera.

Ella cerró los ojos, levemente avergonzada. Las manos cálidas de Ruthveyn subieron por sus costados y cubrieron sus pechos. Suavemente, como si fueran la cosa más delicada del mundo, comenzó a pasar los pulgares sobre sus pezones describiendo círculos, hasta que los erizó el placer.

—Ah —gimió ella y echó la cabeza hacia atrás.

Cada vez que respiraba, sus pechos llenaban las manos de Ruthveyn. Él logró de algún modo incorporarse y los músculos de su vientre y su pubis se tensaron hasta el extremo bajo el cuerpo de ella. Luego, se volvió hasta quedar sentado en el sofá, con Grace a horcajadas sobre él, con las rodillas apoyadas a ambos lados de sus caderas.

Sus ojos líquidos y soñadores se clavaron en los suyos. La atrajo hacia sí y cerró de nuevo los párpados al acercar los labios a su pecho. Lo chupó largo rato, trazando círculos con la lengua y tirando provocativamente del pezón hacia el interior de su boca abrasadora. Grace creyó morir de placer. Aquella ansia que, cada vez más intensa, se agitaba en lo hondo de su vientre la dejó jadeante.

—Por favor —gimió al tiempo que clavaba las uñas en sus anchos hombros—. Por favor, Ruthveyn, haz...

¿Qué? Apenas sabía qué pedirle.

Él lamió su pecho una última vez. Luego apartó la boca.

—Adrian —susurró, y su aliento refrescó el pezón húmedo de Grace—. Dilo, Grace.

—Adrian —dijo ella casi como un suspiro—. Adrian, por favor...

—¿Por favor qué, Grace? —Frotó un lado de la cara contra su pecho y su áspera barba la arañó suavemente—. Si esto es el destino, entonces soy tuyo.

Ella se echó un poco hacia atrás, cogió los bajos de su camisón, lo levantó y se lo sacó por la cabeza. La mirada de Ruthveyn se llenó de admiración y se hizo aún más cálida, pero puso las manos sobre sus costados como si se dispusiera a apartarla.

—No —le suplicó ella, e hizo intento de desatar el cordón de sus pantalones, pero Ruthveyn la levantó en vilo y se puso en pie.

Llevada por el instinto, Grace rodeó su cintura con las piernas y su cuello con los brazos cuando se levantaron.

—No, Ruthveyn, espera.

—Así no, amor —murmuró él junto a su pelo.

Y entonces, como si fuera ingrávida, la llevó en volandas hacia el fondo en sombras de la habitación. Empujó una puerta empotrada en el friso de roble, cruzó un estrecho pasadizo y entró en una estancia iluminada por quinqués que flanqueaban una cama ancha y endoselada. *Satén* se levantó de un salto, se estiró, temblorosa, y se alejó con ligereza.

Adrian depositó a Grace en medio del colchón y dejó que se hundiera en una nube de lana y plumón. Ella lo observó con los párpados entornados. En algún punto del camino Ruthveyn había perdido su quimono dorado y sólo llevaba ya aquellos extraños pantalones: unos largos calzones de seda que colgaban bajos de sus caderas, atados por debajo de su ombligo. Grace supo sin saber cómo que debajo de ellos estaba desnudo.

Un reguero de vello negro comenzaba en su esternón y bajaba por su vientre, plano como una plancha de mármol ocre, hasta desaparecer por debajo del cordel de los pantalones. Ella sintió de pronto el impulso de acariciar su vientre. De sentir las cálidas protuberancias de su musculatura, suavemente pobladas de vello. De deslizar las palmas bajo la seda y sentir cómo se estremecía su carne al contacto de sus manos.

Se incorporó apoyándose en los codos, levantó un poco una rodilla y lo contempló desde la cama.

—Si eres mi destino, Adrian, ven aquí.

Él dudó un instante, como si fuera a rechazarla. Luego la rendición se pintó en su rostro, y apoyó una rodilla en el colchón. Avanzó hacia ella apoyándose sobre las manos y las rodillas, como un felino de la selva. Los pantalones de seda casi se desprendieron de sus caderas, y el adorno de marfil osciló colgado de su cuello mientras se acercaba.

Grace acercó las palmas de las manos a su vientre y lo sintió estremecerse. Su cabello liso y abundante cayó hacia delante, ensombreciendo su cara cuando agachó la cabeza y la besó sin preámbulos, apasionadamente, hundiendo la lengua en su boca una y otra vez con un ritmo inconfundible incluso para ella.

Grace deslizó las manos más abajo, enganchó los pulgares en la cinturilla de seda y bajó los pantalones hasta sentir que resbalaban por sus glúteos. Sintió que su verga, pesada y dura, quedaba libre, larga, cálida y tersa como la seda sobre la cara interna de su muslo.

Como si quisiera distraerla, Adrian la besó con más ansia, tomando su cara entre las manos. Pero el peso de su miembro era inconfundible y un poco alarmante. Grace movió indecisa una mano sobre su vientre. Adrian la agarró y tiró de ella hacia abajo, invitándola a tocarlo. Entonces rozó con los dedos su glande mientras lo observaba, absorta, y Adrian contuvo bruscamente la respiración.

—¿Lo quieres? —preguntó con voz rasposa. Sus ojos tenían aún una expresión soñolienta a la luz de los quinqués—. Dime que lo quieres.

Ella bajó la mano para acariciar tímidamente su verga. Se estremeció de placer al sentir su cálida tersura en la yema de los dedos y la maraña de rizos de su base. Jamás había imaginado que el sexo fuera así: que tocar pudiera ser tan placentero, que hubiera tanta ternura, tanta piel desnuda y tanta ansia abrasadora. Todo ello se mezclaba en una compleja amalgama de emociones que la ahogaba y que sin embargo la hacía desear más aún.

El cuerpo de Adrian se cernía sobre ella, cálido y protector, apoyado aún en las rodillas. Aspiró su olor a jabón, a humo y sudor y experimentó de nuevo aquella extraña sensación en la boca del estómago. Él frotó la nariz junto a su oreja y le chupó el lóbulo.

—¿Grace? —susurró.

Ella comprendió lo que le estaba preguntando. Había deseado a Ruthveyn desde aquel primer día en la biblioteca, y a pesar del dolor, el miedo y la confusión se había sentido arrastrada hacia él por algo que superaba la simple atracción. Ahora, sin embargo, se sentía extrañamente necia y torpe. Era probable que un hombre como Adrian hubiera tenido decenas de amantes, todas con más experiencia que ella.

Pero aquello era el presente y en el presente, aunque fuera fugazmente, aquel hombre misterioso, bello y deseable más allá de lo que podía expresarse con palabras, la deseaba a ella. Exhalando un suspiro entrecortado, levantó las rodillas y dejó que su verga se colara entre sus piernas. Adrian la guió con una mano y empujó ligeramente entre sus muslos. El terso glande de su miembro se deslizó sin esfuerzo entre los pliegues de su sexo.

—¿Quieres esto, Grace? —preguntó de nuevo con voz pastosa—. Dilo.

—Sí.

Su sexo estaba húmedo y resbaladizo por el deseo.

Adrian la penetró con un empujón seguro y firme, distendiendo su abertura casi hasta lo insoportable.

—¡Ah! —Grace se mordió el labio mientras él se quedaba perfectamente quieto—. Dios mío. —Exhaló un suspiro profundo—. ¿Ya está? ¿Hemos...?

Él dejó escapar un sonido a medio camino entre una risa y un gruñido y bajó la frente para apoyarla en la suya.

—Nada de eso, mi Grace.

—Ah —repuso ella, sintiéndose una boba.

Adrian levantó la cabeza, con un asomo de mala conciencia en la mirada.

—Ah, Grace —susurró—. Eres siempre un enigma.

—¿Lo soy? —dijo con una voz aguda y quebradiza.

Sintió con alivio que él se retiraba un poco y dudaba. Vio la fina película de sudor que se había formado en su frente.

—«Si bastara hacerlo —masculló como si hablara consigo mismo—, pronto quedaba hecho.»

—Dudo que Shakespeare se refiriera... —musitó ella.

Pero Adrian escogió ese momento para asestar el golpe final. La penetró con una embestida larga y enérgica que le hizo proferir un gemido de puro placer viril y convenció a Grace de que no podría volver a caminar.

—¡Ah! —gimió abriendo los ojos de par en par.

Él se quedó otra vez perfectamente inmóvil, bajó la frente para tocar la suya y rozó con los labios la punta de su nariz.

—Se acabó, amor mío —ronroneó—. Quédate quieta y pronto pasará.

—Adrian... —Tragó saliva—. ¿Podríamos no...?

—No. —La besó ligeramente—. El destino nunca se equivoca.

Entonces, como si quisiera demostrárselo, se retiró apenas un par de centímetros y volvió a hundirse en ella.

—Ahh —gimió ella suavemente.

Era un dolor exquisito. Dulce. Un dolor que no lo era en absoluto, que era más la promesa del placer venidero. Se obligó a relajarse, a abrirse a él y a darle la bienvenida. Sentía aún un peso y una presión imposibles, pero sabía que ya no era posible parar; ni siquiera ir más despacio. Y lo que sentía por él, la casi arrolladora necesidad de hacerle gozar, superaba con creces cuanto había imaginado.

Vio cautivada que Adrian cerraba los ojos y que se hundía en ella despacio, hasta el fondo. Luego comenzó a moverse rítmicamente, dentro y fuera, unidas sus carnes en una danza delicada y primigenia.

Grace cerró los ojos y se concentró en el placer inefable de hallarse unida a él. Levantó aún más la pierna derecha y se estremeció al sentir su muslo, su pantorrilla musculosa y el vello que los cubría.

Dentro de ella iba creciendo una tensión, una urgencia que Adrian no parecía sentir. Su rostro era muy bello, casi juvenil y despreocupado mientras se erguía sobre ella, con los brazos apoyados por encima de sus hombros. Su cabello negro brillaba a la luz de las lámparas con cada acometida.

—Adrian —susurró—. Ah, quiero...

—Lo sé, Grace —repuso él.

Había creído absurdamente que el acoplamiento sería rápido y frenético. Que la pasión se apoderaría de ellos y que el final, fuera cual fuese, llegaría enseguida. Pero cada movimiento de Adrian parecía premeditado, calculado detenidamente para avivar el ansia que ardía dentro de ella. Grace se sintió arder, presa de un ansia devoradora, de un frenesí de deseo por él y por aquello que tanto necesitaba. Aquello que sólo él podía darle.

Abrió la boca para suplicarle, para rendirse a él por completo, pero Adrian se dejó caer sobre ella y cubrió su cuerpo. Enlazándola con un brazo, la apretó contra sí al tiempo que le hundía la lengua en la boca y comenzaba a saborearla con un gemido de placer.

Penetró despacio su boca al mismo tiempo que su verga se hundía dentro de ella, marcando un ritmo perfecto y sensual. El placer embriagó a Grace. El olor a piel mojada, a sábanas limpias y a sexo la envolvió en un mareante torbellino de ardor mientras la amaba sin prisas, prolongando aquel instante hasta el infinito. Se retorció bajo él, se arqueó suplicándole satisfacción, y cuando al fin pensó que iba a volverse loca de deseo, Adrian se incorporó con el rostro contraído en una mueca casi de dolor.

—Córrete conmigo, Grace mía —susurró—. Ah, Dios. Qué dulzura...

Sí, aquello era lo que había ansiado. Había ido allí con el deseo de entregarse a él. Y en aquel instante de pasión y placer, no le importó lo que fuera de ella. La prudencia, al igual que su virtud, había volado a los cuatro vientos. Levantó las caderas hacia él y Adrian la penetró una y otra vez, hasta que una luz cegadora estalló dentro de la cabeza de Grace y la recorrió como un relámpago, haciendo temblar a cada uno de sus nervios. El placer la embargó en sucesivas oleadas, hasta hacerle perder fugazmente la noción del tiempo y el espacio. Hasta que su cuerpo y su corazón se fundieron con él.

Cuando volvió en sí, experimentó de nuevo la sensación espectral de haber abandonado su cuerpo, multiplicada por mil esta vez, y canalizada en una dicha pura y perfecta. Al abrir los ojos vio a Adrian mirándola. A la luz de las velas, sus ojos tenían una expresión tierna y sin embargo intensa. Se había retirado de ella y yacía un poco de lado.

—Grace... —Bajó la cabeza y frotó su mejilla contra la de ella como un gato buscando calor—. Grace, no sabes...

Para asombro de ella, una emoción desconocida ahogó su voz; algo que superaba la satisfacción corriente, o incluso la alegría.

—¿Qué? —preguntó.

Esbozó una sonrisa soñolienta.

—Nada.

Se inclinó y rebuscó por el suelo hasta encontrar sus pantalones. Sólo entonces advirtió Grace que había derramado su semen sobre la colcha. Lo limpió rápidamente y se dejó caer a medias sobre ella con un gruñido de satisfacción.

Ella se sintió extrañamente desairada por un instante. Pero ¡qué absurdo, cuando en realidad había sido un rasgo de generosidad por su parte!

—Ven —dijo en voz baja, haciéndole apoyar la cabeza sobre su hombro—. Ven. Ahora, duerme.

Adrian apoyó la áspera mejilla junto a su cuello.

—Peso mucho —murmuró.

—No —susurró ella—. Es perfecto.

Pero no importó. Sentía ya los brazos de Morfeo rodeándolos y el total abandono que iba apoderándose de él.

Ruthveyn se despertó al oír un reloj en alguna parte de la casa. Acurrucado contra el cuerpo cálido de Grace, fue contando las campanadas: tres en total, a menos que no hubiera oído las primeras. Ella estaba tumbada de lado, pegada a él. Al otro lado sintió a *Seda* enroscada junto a sus riñones, ronroneando como hacía siempre.

Con cuidado de no despertarlas, estiró el brazo y acarició distraídamente las orejas de la gata. Luego se incorporó apoyándose en un codo y vio que un quinqué se había apagado, pero que el otro lucía aún. Su luz arrojaba un resplandor cálido y dorado sobre la cara de Grace y sobre su larga melena desparramada sobre la almohada. Al mirarla, Ruthveyn sintió que algo le daba un vuelco en las entrañas.

Grace... *Su amante...*

Con cierta contención, aunque no del todo arrepentido, pasó un dedo por una de sus cejas ligeramente enarcadas. La suya era la clásica belleza inglesa, y ahora que su expresivo rostro estaba en reposo podía deleitarse contemplando la curva suave de su boca y sus altos pómulos.

En algún momento de la noche Grace había tenido frío y él la había arropado con las mantas. Apenas se acordaba, pues se había quedado del todo dormido. De hecho, no recordaba la última vez que había dormido tan profundamente, sin soñar, y por primera vez, desde hacía mucho tiempo, se sentía fresco.

Y sobrio. Penosa y lúcidamente sobrio.

Rememoró la noche en todos sus vívidos detalles. El impulso irrefrenable de poseerla. La satisfacción carnal, que había superado lo sensual para entrar en el ámbito de la felicidad, una felicidad que nunca había conocido, y ello sin que se diera comunicación extrasensorial alguna entre los dos, solamente aquel flujo erótico de energía compartida y el vínculo de dos amantes entregándose el uno al otro, con toda la dulce y sensual incertidumbre que comportaba. Por fortuna, la mente de Grace había permanecido en todo momento sellada para él.

Seguramente se había debido en parte al hachís. O quizá, como decía ella, fuera simplemente el destino. Torció la boca en medio de la penumbra. Sin duda eso le habría gustado creerlo, pero su necedad no llegaba a tanto.

Y luego estaba aquel otro insidioso problemilla.

Sabía desde el principio, claro está, que probablemente Grace era virgen. No tenía sentido fingir ahora que desvirgarla había sido un error producto de la embriaguez y el deseo reprimido. Ahora, con la cabeza más despejada, Ruthveyn se inclinó para besar su mejilla y rezó por que lo perdonara, por que no se arrepintiera de lo ocurrido.

Dormida, no tenía remordimientos. Se apretó contra él con un soñoliento suspiro de placer. Su trasero resultaba peligrosamente tentador. Él se tumbó de espaldas entre la gata y ella y se tapó los ojos con el brazo. No era hombre dado a los remordimientos. Lo que había dicho acerca del destino, lo había dicho en serio. Aun así, su lado más sensato lamentaba haber arriesgado tanto. Haber arriesgado la virginidad o el corazón de Grace. O incluso el suyo propio. Aquel letargo, aquel aturdimiento inducido por la droga, lo hacía a uno demasiado proclive a rendirse a sus impulsos más bajos.

En el pasado habían sido el opio y las prostitutas, aunque no se enorgulleciera de ello. Pero al menos sus compañeras de cama sabían desde el principio a qué atenerse, y la euforia había bastado para mantener a raya a sus demonios. Ésa era, sin embargo, su antigua vida. O su vida «intermedia»: esos largos años perdidos después de abandonar la carrera diplomática, cuando había vagado sin rumbo por el desierto, a veces literalmente.

Al final, sin embargo, sus vagabundeos lo habían llevado a Argelia y a aquel burdel donde se había topado con Lazonby y luego, en Tánger, con Geoff. Ellos le habían hecho recordar la promesa que le había hecho a su padre y a su abuela, y había empezado a asumir de nuevo que nunca iba a cambiar y que si decidía pasarse la vida en estado de embriaguez, ésta sería extremadamente corta.

Así pues, Geoff y él habían acompañado a Lazonby a Londres, sin necesidad de escolta armada, para llevar adelante su gran plan: organizar la *Fraternitas* y librar a Lazonby de las acusaciones que pesaban sobre él. Y al ayudar a Lazonby, él había vuelto a tratarse brevemente con la reina y aceptado, con toda la elegancia que pudo reunir, el reconocimiento de una nación agradecida. Como recompensa por sus presuntos esfuerzos diplomáticos en el extranjero, se le había concedido discretamente el marquesado de Ruthveyn. A veces todavía se sentía un poco como Judas con sus treinta monedas de plata.

Pero pensar en eso ahora carecía de sentido. Lazonby estaba libre, la Sociedad iba estructurándose poco a poco y él rara vez era requerido por la Corona. Estaba *retirado*, y su principal preocupación era Grace. Se volvió para abrazarla y entonces se dio cuenta de que lo había estado observando.

Sonrió, medio dormida, y se acurrucó contra su pecho.

—Quisiera saber —dijo en voz baja— en qué estás pensando.

Ruthveyn bajó la barbilla para mirarla.

—En nada importante —contestó, y rozó su frente con los labios—. Pero tenemos que hablar, Grace.

Ella volvió a fijar sus ojos azules en él.

—Lo cierto es que no —dijo—. Sé muy bien cómo están las cosas, Adrian. ¿Por qué no nos limitamos a disfrutar del poco tiempo que pasemos juntos?

¿Lo entendía? Confiaba en que sí. Nunca había desflorado a una virgen, salvo a su mujer. Ignoraba qué se esperaba de él. Aun así, lo desanimó un poco la facilidad con que parecía dispuesta a quitar importancia a lo sucedido.

—Grace, ¿por qué no me dices cómo crees que están las cosas?

Ella se rió suavemente.

—Creo que no debería haber bajado anoche —dijo—. Creo que te provoqué para que hicieras algo que de otro modo no...

—Basta, Grace —la interrumpió—. Acepto mi responsabilidad por...

Ella levantó una mano con la palma hacia fuera.

—¿Puedo acabar, por favor? —preguntó—. No, no creo que toda la culpa sea mía. Tuviste la mala idea de fumar hasta quedar aturdido, y eso es sólo culpa tuya, *oui*. Entre uno y otro, anoche cometimos un grave error, pero que conste que no me estoy quejando del resultado.

Ruthveyn la estrechó entre sus brazos y besó su coronilla.

—¿Qué quieres decir exactamente?

Ella titubeó un instante.

—Quiero decir que no tengo por costumbre seducir a los caballeros ricos para los que trabajo con el fin de empujarles a casarse conmigo —respondió—. De hecho, eso está descartado.

Él se quedó callado un momento, un poco sorprendido por la extraña mezcla de alivio y decepción que sentía. No deseaba volver a casarse. No, ni siquiera con Grace. Y el hecho de que estuviera ya medio enamorado de ella sólo reforzaba esa certeza. Porque sabía cómo acabaría todo, y sabía que, cuanto más la amara, peor sería. *Ése* era su destino. En algún momento pavoroso, cuando menos se lo esperara, seguramente cuando estuviera poseyéndola, justo al borde del éxtasis, la puerta del infierno saltaría por los aires arrancada de sus bisagras. No podía volver a vivir así, esperando a que ocurriera lo inevitable. Esperando a saber lo peor.

Quizá Grace estuviera destinada a darle una docena de hijos sanos y a sobrevivirle luego una década, pero en cierto modo eso sería peor que lo otro. Seguramente se levantaría cada día de la cama sabiendo no sólo que sus días con ella estaban contados, sino también cuántos eran y quizás incluso cómo acabarían.

Al pensarlo la abrazó un poco más fuerte. Santo Dios, a ella sería incapaz de dejarla como había dejado a Melanie, para dedicarse a una serie de absurdos intentos de pronosticar el destino del Imperio Británico. Sabía ya que ni su carrera ni su país pesarían más que su deseo de estar con ella. Ni siquiera intentaría utilizarlos como excusa.

Y se sentía incapaz de explicarse.

En ese momento *Satén* se subió de un salto a la cama. Aliviado por tener algo con lo que distraerse, Ruthveyn se sentó para acariciar a la gata bajo la barbilla. Habría sido mejor no hacerlo, claro. Se dio cuenta tan pronto como las yemas de los dedos de Grace acariciaron su cadera.

—Mmm, qué interesante.

Se volvió y se tumbó de lado, apoyado en un codo.

—¿Qué, el dibujo? —preguntó—. Es un tatuaje.

—Lo sé —contestó ella—. Los beréberes los llevan a veces.

—¿Te desagrada? A algunas personas sí.

Ella se rió con una mirada danzarina.

—Querrás decir a algunas mujeres.

Ruthveyn logró sonreír.

—Me lo han dicho alguna vez, sí.

—Habrán sido muy pocas, supongo, teniendo en cuenta el resto de tu persona —murmuró ella en tono halagador—. ¿Puedo verlo otra vez?

—¿Por qué?

Se encogió de hombros sobre las sábanas.

—Es sólo que me resulta familiar.

Él se incorporó de nuevo, de mala gana. Era costumbre que el símbolo se llevara en lo alto de la cadera izquierda, aunque él lo había visto a menudo en otras partes. Su padre, de hecho, lo había llevado en el hombro.

—¿Qué es? —preguntó Grace, pasando un dedo fresco sobre su piel—. Lo he visto antes. En la fachada de la Sociedad, claro. Pero también en otra parte.

Ladeó la cabeza para mirarla.

—Es un símbolo muy común —dijo—. He visto versiones distintas por toda Europa: en portales, en frescos, inserto en escudos de armas... Igual que la flor de lis.

—Bueno, no es tan común —murmuró ella, siguiendo aún su contorno con los dedos—. Estas letras de debajo, FAC, y la pluma y la espada cruzadas... Es todo muy extraño. Y encima hay una cruz latina dentro de una especie de cartela.

—Es el cardo escocés —contestó él—. La familia de mi padre procede de Escocia, por eso lo usa. Ahora, ¿puedo meterme debajo de las mantas contigo? Pareces tan acogedora, tan calentita...

Grace sonrió y se movió hacia un lado.

—Es curioso, pero Teddy se dibujó ese símbolo en el brazo —dijo cuando él empezaba a ponerse cómodo otra vez—. ¿Tienes idea de por qué?

Se encogió de hombros nuevamente.

—Mi padre tenía uno, así que es posible que Teddy lo viera cuando cayó enfermo. Pero ya digo que no es tan...

—Tan raro, sí, ya lo has dicho —lo interrumpió—. Pero el tuyo... Como dices, es un tatuaje. En cambio el que tiene Rance en las posaderas es más bien una cicatriz, ¿no es cierto? Como... ¿como la marca de un hierro al rojo vivo?

Ruthveyn se volvió y la miró con incredulidad.

Ella levantó una mano para atajarlo.

—Ni se te ocurra cambiar de tema acusándome de haberle visto el trasero a Rance —dijo—. No se lo he visto, ni quiero vérselo, aunque sé de buena tinta que es magnífico.

—Conque sí, ¿eh? —gruñó él.

—Sí —respondió—. La esposa de un joven teniente me lo describió una vez con gran detalle después de haberse excedido con el champán. Al parecer se las había ingeniado, prefiero no pensar cómo, para echarle un buen vistazo.

Ruthveyn estaba atónito. Su mente se había vaciado súbitamente, a lo cual contribuyó no poco el que la sábana se hubiera deslizado dejando al descubierto uno de los rosados pezones de Grace, endurecido por el frío que hacía en la habitación.

Grace posó su mano sobre la almohada.

—Pero la verdad es que he visto ese símbolo en alguna otra parte —dijo más para sí misma que para él—, sólo que no recuerdo el momento ni el lugar. ¿Piensas decirme qué es de verdad? ¿Y por qué lo llevas?

Tendido a su lado, Ruthveyn guardó silencio un momento mientras se preguntaba qué podía decirle. Lo cierto era que, en realidad, nada de aquello era en rigor un secreto. Si uno se molestaba en rebuscar en los textos antiguos, como estaban haciendo varios investigadores de la Sociedad, acababa por encontrar algunos retazos. Y en su conjunto la historia resultaba tan increíble que de todos modos nadie la creería.

Suspiró en medio del silencio de la habitación.

—No es más que un símbolo antiguo que lleva siglos dando vueltas por el Norte, como la cruz celta. En algunas casas nobiliarias de Escocia, las más antiguas, ha pasado a veces de padres a hijos. Una tradición extraña, eso es todo.

—Ah —dijo ella tranquilamente—. Entonces, ¿Luc también lo lleva?

Ruthveyn vaciló.

—No —contestó por fin.

—Entiendo. —Torció la cabeza para mirarlo—. Entonces, ¿por qué lo llaman la marca del Guardián?

Él logró reírse.

—Tiene que ver con una leyenda antigua —respondió—, y también un poco con la Sociedad Saint James y con cómo nos juntamos sus miembros.

Grace sonrió.

—¿Algo parecido al Club Hellfire? —preguntó, pensativa—. ¿Caballeros ricos y disolutos jugando a los ritos y las ceremonias secretas? ¿Quizás incluso desvirgando vírgenes? Ah, espera, eso ha sido esta noche.

Ruthveyn se volvió, incrédulo, y vio que estaba conteniendo a duras penas la risa. Para un hombre tan serio, fue demasiado. Bruscamente, se tumbó a medias sobre ella en el instante en que Grace rompía a reír a carcajadas.

—¡Bruja! —dijo antes de besarla—. ¡Calla!

Pero sus juegos se convirtieron pronto en algo mucho más serio. Él se tumbó por completo sobre ella, aplastando con el torso sus pechos redondos y erguidos y hundió la lengua en su boca. Poco a poco, sinuosamente, exploró los dulces recovecos de su boca hasta que Grace comenzó a suspirar bajo él, hasta que su verga empezó a palpitar con exigencia y su cerebro a juguetear con la idea de poseerla de nuevo.

Pero eso sería una insensatez. Se apartó lentamente y, al mirar la cara tersa y exquisita de Grace, se preguntó qué les tenía reservado el destino. La ironía de aquella idea lo dejó perplejo. ¿Acaso no acababa de llegar a la conclusión de que conocer su futuro era su mayor miedo?

Había dado por sentado que no tenían ningún futuro, y sin embargo se comportaban ya como amantes juguetones, como si... En fin, como si formaran una pareja. Les salía de manera natural. Espontáneamente. Como la pasión que había cobrado vida tan rápidamente entre ellos.

Grace suspiró exageradamente bajo él y comenzó a enrollar un mechón de pelo con el dedo.

—Imagino que no piensas contármelo.

Ruthveyn se quedó en blanco.

—¿Contarte qué?

—Lo de los Guardianes —respondió con otro suspiro.

—No es más que una antigua leyenda —repitió—. Ya nadie la cree.

Grace lo miró cuando empujó hacia arriba su almohada y se incorporó en la cama. Ella también se irguió y apoyó la cabeza en su hombro.

—Cuéntamelo —dijo—. Guardaré el secreto.

—Como quieras —respondió él—, aunque no entiendo por qué quieres saberlo. —Vaciló, pero al ver que ella no decía nada, añadió bajando la voz—: Bueno, la historia tiene que ver con unos viejos rumores acerca de un pueblo que descendía de los antiguos sacerdotes celtas...

—¿Los Druidas, quieres decir?

—En realidad, había tres clases de sacerdotes celtas —respondió él suavemente—. Los Druidas, sí. Ellos eran los filósofos. Pero también estaban los Bardos, que eran los poetas, y los Vateis, como se les llama a veces, que eran los profetas. O eso se cuenta.

—Y supongo que ese pueblo de tu leyenda no era el de los filósofos o los poetas, sino el de los profetas —murmuró Grace—. ¿Tenían el don de la clarividencia?

—Algo así —respondió Adrian—. Los sacerdotes celtas llegaron a Inglaterra después de la conquista romana de la Galia y luego, cuando las legiones romanas también invadieron esto, huyeron más al Norte. Al final fueron cristianizados y absorbidos por la cultura romana, pero se creía que el Don siguió transmitiéndose por vía sanguínea durante varios siglos, sobre todo en el Norte.

—Bueno, mucho de lo que cuentas es verdad, más que leyenda —comentó Grace.

—Sí, en parte —contestó Adrian para ganar tiempo—. En cualquier caso, la leyenda afirma que el Don comenzó a extinguirse y que al empezar la Edad Media los Vateis, los profetas, prácticamente desaparecieron. Los que nacían con el Don a menudo sufrieron persecución. En España los apresaba la Inquisición. En otros lugares fueron quemados en la hoguera, como Juana de Arco. Más tarde, en América, algunos fueron ahogados acusados de brujería. Las mujeres que tenían el Don eran especialmente vulnerables.

—Siempre la misma historia, *¿n'est-ce pas?* —comentó Grace pensativa—. A las mujeres con grandes talentos se las reduce de inmediato, de un modo u otro. Pero continúa, por favor.

Adrian se deslizó un poco hacia abajo y la apretó contra sí.

—La leyenda cuenta que, pese a la persecución y a la escasa frecuencia con que se manifestaba el Don, andando el tiempo una aristócrata escocesa concibió a una niña especial mediante una rara mezcla de sangres —prosiguió—. Sibila, se llamó a la niña, una gran profetisa descendiente de esos sacerdotes celtas huidos al Norte. La niña, sin embargo, no era hija del esposo de dicha dama, sino de su amante, un emisario del rey de Francia.

—Vaya por Dios —dijo Grace—. Ya sé cómo acaba esto.

—En efecto —murmuró él—. Cuando se descubrió el adulterio, el marido mató al francés. Llegado el momento, la niña nació sana y robusta y con el paso de los años llegó a conocérsela simplemente como «el Don» o «la Sibila», pues poseía poderes de adivinación desconocidos hasta entonces y que nunca más han vuelto a verse. Su madre, sin embargo, se marchitó lentamente y acabó muriendo de tristeza.

—Vaya por Dios —repitió Grace—. ¿La niña quedó huérfana?

Adrian asintió con la cabeza.

—El hermano de la madre, un poderoso sacerdote jesuita, se hizo cargo de ella y a instancias de la Iglesia se propuso llevarla a Francia para presentarla ante el arzobispo de París. Llevó consigo a su séquito, caballeros, monjes y nobles de su corte, y los llamó simplemente los Guardianes. Según se cuenta, los marcó a todos para que recordaran su deber solemne y se reconocieran desde entonces cada vez que se encontraran.

»Pero en Francia se torcieron las cosas. La niña fue secuestrada por un loco, un monje que la creía una encarnación del diablo, o que quizá pensaba servirse de ella con fines nefandos. En cualquier caso, los Guardianes lo siguieron hasta la Île Saint Louis, en el Sena. Atrapado, el monje fingió primero que entregaba a la niña y luego intentó prenderse fuego, con la pequeña aún en brazos.

—¡Uf! —Grace dio un respingo—. ¿Murió la niña?

—No. —Adrian sacudió la cabeza y su cabello negro restregó la almohada—. Su tío consiguió arrancarla de las llamas, y los Guardianes cabalgaron a toda prisa hacia el puente, el único camino para volver a París. Pero justo cuando los jinetes comenzaron a cruzarlo, un relámpago hendió el cielo y en medio de un trueno el puente se derrumbó, y la mayoría de los Guardianes sucumbieron entre las turbulentas aguas del río. Algunos dijeron que su derrumbe era una señal de la ira de Dios.

—¿Se derrumbó el puente? —preguntó ella—. ¿Estás seguro?

—Sí, pero entre todo aquel alboroto el tío consiguió escapar con la niña y regresó a Escocia a toda prisa. Receloso del mundo, cuentan que escondió a la pequeña en las Tierras Altas, donde vivió una vida más o menos normal. Con el tiempo tomó marido y tuvo doce hijos, todos los cuales llevaban el Don en la sangre, y en cantidad. Se destinaron Guardianes a los niños mientras fueron pequeños, y después a las mujeres.

—¿Y a los hombres?

—De un hombre se esperaba que, una vez llegado a la edad adulta, supiera valerse por sí solo y defender su honor y sus poderes y con frecuencia, si había nacido en una época determinada, que protegiera también a cualquiera que compartiera con él esos poderes.

—¿Una doble carga, entonces?

Adrian fijó la vista al fondo de la habitación y sonrió vagamente.

—Quizás.

—Entonces... esos símbolos ¿os los ponen al nacer?

—No, siendo jóvenes —contestó—. Pero la historia del símbolo... ya se ha perdido. Aparte de la leyenda que acabo de contarte, nadie recuerda ya casi nada.

—¿Rance y tú sois parientes?

—Es muy probable. —Levantó un hombro—. Él tenía la marca. Y yo también.

—¿Cómo viste la suya?

Adrian se volvió hacia ella con una sonrisa ladeada.

—Eres igual que Anisha, querida mía: no cejas —comentó—. Fue en una especie de burdel. En una orgía inducida por el opio, rebosante de hombres y mujeres y con algunas otras cosas en medio. Sí, yo sí he visto a Lazonby en cueros. ¿Podemos dar por zanjado el tema?

Grace notó que se ponía colorada, pero siguió adelante, llena de curiosidad:

—Entonces, el símbolo os lo tatúan en la piel o bien os lo marcan a fuego —dijo—. Está grabado en vuestros frontones, en vuestros servicios de té y en los alfileres de vuestras corbatas. ¿Nadie lo nota?

Él se encogió de hombros otra vez.

—El mismo símbolo aparece grabado en dinteles, escudos de armas y tapices de toda Francia y Escocia, y de algunos otros lugares —explicó—. ¿Qué significa? No lo sabemos. Sólo sabemos que nos marcaron con él siendo muy jóvenes y que nos contaron alguna versión de la historia que acabo de contarte. Nos dijeron que debíamos considerar como hermanos a cualquier otro hombre que llevara la marca y cubrirle las espaldas como si nos fuera la vida en ello.

—¿Y... todos poseéis el Don?

Su leve sonrisa se ladeó de nuevo.

—¿No acabo de decírtelo, querida mía? El Don es sólo una leyenda.

Grace esbozó lentamente una sonrisa astuta y se estiró como *Satén* después de una siesta.

—Veo que hemos llegado a un callejón sin salida —dijo—. Muy bien, Adrian, guárdate tus secretos si no confías en mí.

Él se incorporó de inmediato, llevándola consigo.

—No es eso, Grace.

—Está bien, no es eso. Pero si lo fuera, lo respeto. —Posó una mano sobre el musculoso muro de su pecho y besó su boca—. Hablemos de otra cosa.

—¿De qué, por ejemplo?

Lo besó de nuevo, despacio y con más intensidad.

—Hablemos —murmuró levantando los labios un poco— de nosotros.

—¿De... nosotros?

—Quiero saber si vas a ser mi amante, Adrian —susurró junto a la comisura de su boca—, hasta que se resuelvan las cosas aquí, con

Napier, quiero decir, y pueda volver a París. ¿Lo serás? Si somos muy discretos y tenemos mucho cuidado, ¿querrás ser mi amante?

—Grace, eso sería una insensatez —respondió—. Hay... riesgos.

—Que tú puedes mitigar —repuso ella antes de volver a besarlo—, como has hecho esta noche.

La miró con recelo.

—¿No será que sientes que me debes algo, Grace?

—Te debo mucho —reconoció ella—, pero se trata solamente de que eres un amante maravilloso y muy hábil. Me... hechizas de alguna manera con tus caricias. Y, francamente, dudo mucho que cuando me vaya de Inglaterra vaya a conocer a nadie como tú. Me gustaría marcharme sin remordimientos.

Ruthveyn escuchó atentamente sus palabras, tan nítidas como el filo de una navaja recién afilada y despojadas de súplicas sutiles e intentos de tirar de los hilos del corazón. Empezaba a comprender que Grace era una de esas raras mujeres que lo dejaban absolutamente sin aliento.

La apretó contra sí y la besó con fiereza.

—Sin remordimientos, entonces —susurró—. Ni uno solo.

La tumbó de espaldas y, sintiendo de pronto que se le rompía el corazón, le hizo el amor de nuevo, esta vez con la boca, las manos y toda el alma. Y mientras tanto no pensó ni una sola vez en aquella puerta al infierno, ni en lo que podía o debía ser.

Cuando acabó, después de que ella gritara suavemente bajo él y se quedara dormida, estremecida todavía por el placer, se levantó de la cama y entró en su despacho para hacer lo que debía haber hecho hacía siglos: llevó su caja de madera al cuarto de baño, arrojó su contenido por el elegante retrete de porcelana y tiró de la cadena.

Tal vez no hubiera respondido aún a la pregunta de Grace, pero ciertamente había solventado una de sus propias dudas.

Capítulo 11

Juego de adivinanzas

—¿Y esto es todo? —Lord Lazonby volvió a doblar el trozo de papel y golpeó con él la mesa de desayuno del club con gesto impaciente—. Aparte de la nota que metieron bajo su puerta, ¿ésta es la única prueba que tiene Napier contra ella?

—No es el original, claro. —Ruthveyn cogió la tetera y descubrió que estaba vacía—. Pero mandé a Claytor que la copiara palabra por palabra.

Lazonby silbó por lo bajo.

—Apuesto a que al bueno de Napier le sentó fatal que tu secretario se presentara allí exigiendo ver pruebas de la Corona. —Sonrió de oreja a oreja—. Me habría encantado verlo.

—Más vale que te quites de su camino —intervino Ruthveyn con aspereza—. Si no, las cosas se pondrán mucho más feas para Grace.

—Eso fue justamente lo que le dije en tu casa hace unos días —repuso Lazonby con expresión pensativa—. Quizá necesitemos a alguien más intuitivo. A alguien como Bessett, capaz de captar alguna emoción en este documento.

—Podría funcionar —dijo Ruthveyn—, si fuera la letra original del asesino.

—Sí, y si Bessett no se hubiera ido a Yorkshire para la cosecha —masculló Lazonby—. De todos modos es una posibilidad remota. Lo que me recuerda... ¿Dónde te has metido toda la semana, muchacho? Pareces muy descansado. Creo que Londres empieza a sentarte bien.

—Ciñámonos al tema que nos ocupa —sugirió Ruthveyn, y llamó a uno de los lacayos del club chasqueando los dedos. Sin necesidad de preguntar, el sirviente corrió a buscar más té.

—No te veo levantado a las siete de la mañana desde... Bien, desde hace una eternidad —prosiguió Lazonby—. A no ser, claro, que a esa hora no te hayas ido aún a la cama.

Pero Ruthveyn había abierto la carta y estaba releyéndola de nuevo.

—¿Podemos concentrarnos en Grace en vez de en mi ausencia de vida social? —murmuró—. Últimamente me he dado cuenta de que ahora hay dos niños pequeños viviendo bajo mi techo, y tú te has quedado con mi suite en el club.

—Bueno, la verdad es que fue el párroco quien se quedó con la tuya —aclaró Lazonby—. Por cierto, ¿has visto la joya que le trajo a Sutherland? Un manuscrito iluminado absolutamente asombroso. Lo encontró en las ruinas de no sé qué abadía de la isla de Man, donde se cree que habitaron por última vez las sacerdotisas druidas. Incluye algunos fragmentos de la *Geografía* de Estrabón y explica...

Ruthveyn levantó una mano.

—¿Desde cuándo no te importan un comino los textos antiguos? —preguntó—. Además, no te perdonaría que le hubieras cedido mi suite ni aunque nos hubiera traído el Santo Grial.

Lazonby sonrió.

—La verdad es que pensaba que a estas alturas me estarías dando las gracias por eso.

Ruthveyn exhaló lentamente un suspiro. No sabía si dar las gracias a su amigo o maldecirlo, pues el infierno que estaba viviendo desde que había hecho el amor con Grace era aún peor que el infierno que había vivido mientras sólo la deseaba. Pero por lo menos había vuelto a dormir.

No había vuelto a tocarla desde entonces, sin embargo, ni habían hablado más allá de cruzar algunas palabras banales a la hora de la cena. Había vagado por su propia casa como un alma en pena, caminando de puntillas, sin pararse nunca mucho tiempo en ninguna parte, y observando a Grace a hurtadillas cada vez que tenía oportunidad de hacerlo. Se sentía consumido por un desasosiego y un anhelo que superaban lo sexual para entrar en otro ámbito más profundo y desconcertante.

Lazonby pareció darse cuenta de que había insistido demasiado.

—En cuanto al apuro en el que se encuentra Grace —añadió—, ¿qué puedo hacer para ayudar?

Ruthveyn cruzó una mirada penetrante con su amigo. Lazonby y él tenían pocos secretos, y había cosas que ni siquiera tenían que decirse en voz alta.

—Búscame a Pinkie Ringgold —dijo secamente—. Belkadi le pidió hace tres días que visitara a todos los falsificadores de la ciudad capaces de copiar la letra de Holding, pero no hemos tenido noticias suyas y ha desaparecido del tugurio de Quartermaine.

—Yo daré con él. —Lazonby esbozó una sonrisa perversa—. Los criminales y los matones son mi especialidad. ¿Cómo es la letra original, por cierto?

—Letra corriente de colegial. —Ruthveyn dejó caer los hombros—. La verdad, Rance, cualquiera podría haber escrito la dichosa carta. Pero el primero que se me viene a la cabeza es Josiah Crane. Veía a diario la letra de Holding y tenía una oficina entera llena de muestras.

—Pero ¿por qué iba a querer matar a Holding? No era su heredero.

—No, a no ser que persuada a Fenella Crane de que se case con él —respondió Ruthveyn con calma—. Entonces sería el dueño de toda la compañía.

Lazonby silbó de nuevo.

—¡Caray! Y si asumimos que esa carta es una falsificación, debemos asumir también que hubo alevosía.

—¿Qué quieres decir con «si»? —preguntó Ruthveyn hoscamente.

—¡Por Dios, Adrian, sé que es una falsificación! No tienes que preocuparte por mi lealtad... ni hacia ti ni hacia Grace. —Tamborileó con un dedo sobre la mesa, pensativo—. ¿Cabe la posibilidad de que Napier intente detenerla?

—No se atreve. Sabe que está bajo mi tutela. —Se pinzó la punta de la nariz con los dedos, intentando mantener a raya un dolor de cabeza—. Pero, por si acaso, mandé a Saint Giles a visitar a un par de magistrados a los que conocemos, para asegurarnos de que no emitan ninguna orden de detención. Y puedo recurrir a instancias superiores si es preciso. Además, Belkadi se las arregló para sobornar a uno de los lacayos de Holding por si la gente que estaba a su servicio guardara algún secreto, así que...

—Y tú que pensabas que Belkadi nos traería más problemas que otra cosa —lo interrumpió Lazonby.

—Sigue demostrando que es un hombre de recursos —reconoció Ruthveyn mientras le ponían delante una tetera con té recién hecho—. Y ahora, amigo mío, necesito que sigas el ejemplo de Pinkie y desaparezcas.

Lazonby empujó su silla hacia atrás.

—¿Es por algo que he dicho?

—No, pero espero a unos invitados especiales para desayunar dentro de un cuarto de hora —contestó Ruthveyn—. Napier y Ned Quartermaine.

—¿Napier y Quartermaine? —repitió su amigo—. ¿Es que te has vuelto loco?

—Sí, creo que van a llevarse los dos una sorpresa. —Se sirvió tranquilamente otra taza de té—. Pero me parece que ya va siendo hora de que se conozcan en persona, ¿no crees?

Lazonby se encogió de hombros y salió del comedor.

Ruthveyn abrió su ejemplar del *Chronicle* y lo apoyó sobre la mesa. El motivo de su incipiente dolor de cabeza, el titular matutino, asaltó de nuevo su vista, sombrío y desafiante: *Ninguna detención por el asesinato de Belgrave Square.*

El artículo pintaba un cuadro muy poco halagüeño de los acaudalados vecinos de Belgravia poniendo el grito en el cielo mientras la Policía Metropolitana haraganeaba sin ningún interés por el caso. Críticas como aquella podían dañar a Sir George Grey, el ministro del Interior, en muy poco tiempo. Más artículos como el del *Chronicle* y los mandamases del país empezarían a exigir detenciones. Ruthveyn no pudo menos que preguntarse si el autor de aquel nuevo libelo no sería Jack Coldwater.

Al pensarlo, se levantó, arrojó el periódico a la papelera y lo aplastó con el pie.

Grace estaba acabando de beberse su café y se hallaba sola en el comedor cuando entró sir Lucan Forsythe ataviado con un llamativo chaleco a rayas y la mata de rizos rubios perfectamente peinada, una de esas matas de rizos, pensó ella, en la que cualquier señorita emprendedora soñaba con hundir sus manos.

El joven vaciló en la puerta.

—¡*Mademoiselle* Gauthier! —exclamó, como si ella no desayunara todos los días a las siete—. Buenos días. ¿Voy a poder disfrutar del placer de su compañía mientras me tomo mi café y mi arroz con pescado y huevos?

—Eso parece, lord Lucan. —Lo miró por encima de la taza y suspiró para sus adentros. Sentía lástima de sí misma y no le apetecía tener compañía—. Se ha levantado temprano —logró decir—. ¿Se está preparando para salir a dar el paseo matutino por el campo?

—Sí, sí, el paseo matutino.

Lord Lucan le lanzó una tensa sonrisa, se acercó al aparador y comenzó a llenar su plato. Grace lo observó un poco malhumorada desde su silla. El joven parecía un ángel en la misma medida que su hermano mayor parecía un demonio de carne y hueso, y sin embargo Grace tenía la aplastante sospecha de que, de los dos, lord Lucan era el menos de fiar. Pero, sintiéndose un poco avergonzada por aquella idea, procuró tranquilizarse.

El muchacho se había levantado temprano. ¿Y qué? Era siempre muy amable con ella y sus coqueteos habían sido inofensivos, sobre todo desde que se le habían curado las heridas en el dorso de la mano causadas por el tenedor. Además, se portaba bien con los niños y pasaba mucho tiempo con ellos, aunque ella había descubierto últimamente la razón para esto último. Lord Lucan estaba en deuda con su hermana.

El joven se apartó del aparador y dejó su plato sobre la mesa con un fuerte golpe.

—¿Puedo servirle más café, *mademoiselle*?

—¿Más café? —Grace levantó la mirada del enorme montón de comida del plato de lord Lucan—. Ah, sí, *merci*.

—¿Azúcar? —preguntó él mientras volcaba la cafetera.

—Solo, gracias.

—¿Quiere que le sirva alguna otra cosa?

—No, pero gracias por su amabilidad.

Lord Lucan sonrió de nuevo, pero su sonrisa pareció un tanto forzada. Grace se convenció de que estaba tramando algo. Para esas cosas tenía una intuición infalible.

Lord Lucan se sentó y extendió su servilleta.

—¿Tiene algún plan especial para hoy? —inquirió educadamente.

Grace levantó las cejas.

—¿Aparte de ejercer como institutriz? —preguntó con ligereza—. No. Como de costumbre, eso me llevará casi todo el día.

—Vaya. —Hizo una mueca compungida—. Dicho así, parece un suplicio.

—Entonces le aconsejo que procure no ponerse en situación de necesitar un empleo remunerado, lord Lucan —replicó ella—. Interrumpe horrores la vida social de uno.

El joven se rió como si Grace fuera el ser más ocurrente sobre la faz de la Tierra.

—Mi hermano le estará muy agradecido por haberme dado ese consejo, *mademoiselle* —dijo—. Además, estaba pensando en el paseo matutino.

—¿*Oui*?

Grace sintió que su sonrisa se desvanecía.

—Me estaba preguntando —prosiguió él— si podía pedirle que lleve usted a los niños a dar ese paseo por el campo. Verá, mi buen amigo Frankie, Francis Fitzwater, se encuentra mal y otro amigo me ha pedido que vaya a hacerle una visita sólo para ver si...

—Frankie Fitzwater —dijo una voz agria desde la puerta— es un sinvergüenza. Encantador, pero un sinvergüenza de los pies a la cabeza. Un bribón, un granuja, y hasta un cafre en ocasiones. Y si se encuentra mal será por algo relacionado con un caballo. O con una carrera de caballos. O con una partida de cartas. Si no con algo peor.

Grace vio a lady Anisha en la puerta, con los brazos cruzados.

El joven se levantó de un brinco para apartarle una silla.

—Buenos días, Nish. Estás guapísima esta mañana.

—No me vengas con pamplinas, Luc. —Anisha entró en la habitación—. Por cierto, el viernes es San Miguel, así que, si no quieres acabar convertido en un esclavo por tus deudas, más vale que las saldes en efectivo en cuanto recibas tu asignación. Si no, tendrás que pagarlas con sangre. Hasta entonces, si necesitas librarte de pasar tus dos horas con los niños, es conmigo con quien tienes que hablar, no con Grace.

Luc bajó la cabeza.

—Muy bien —dijo—. Me llevaré a los niños. Te di mi palabra de honor y pienso cumplirla.

—Excelente —contestó su hermana.

—Pero es cierto que Frankie está mal, Nish, te lo juro. —Los ojos de lord Lucan adquirieron la expresión de un *Bassett hound* hambriento—. Su amante lo puso de patitas en la calle y él se fue de juerga tres días seguidos. Estuvo borracho como una cuba de viernes a lunes, y ahora Morrison dice que no consigue sacarlo de la cama. He pensado... Bueno, he pensado que si le pido que me acompañe a Tattersall esta mañana para comprar esas dos yeguas, quizá nos animemos los dos.

Anisha no dijo nada más. Se sirvió una taza de café, llenó su plato y se sentó a un extremo de la mesa. Probó un bocado de su arroz con pescado y huevos y luego hundió bruscamente el tenedor en el plato.

—¡Maldita sea, Luc, no me mires así! ¿Es que crees que soy idiota?

—No, claro que no. —Luc volvió a bajar la cabeza—. Creo que eres muy buena. Y compasiva. Como... Bueno, como *mademoiselle* Gauthier.

Anisha dejó su tenedor.

—¡Demonios! —exclamó en voz baja—. Está bien, vete. Pero la próxima vez que oiga el nombre de Frankie Fitzwater más vale que sea porque publiquen su necrológica en el periódico.

Lord Lucan se olvidó al instante de su plato de comida, se levantó de un salto, besó sonoramente a su hermana y se marchó a todo correr.

Anisha apoyó el codo en la mesa y la cabeza en la mano.

—Dios mío, qué tonta soy.

Grace se aclaró la garganta.

—Me he dado cuenta de que estaba tramando algo en cuanto ha llegado —comentó—. Me llevaré encantada a los niños a dar un paseo. Es mi trabajo, y a fin de cuentas fui yo quien planeó la salida.

Anisha se levantó y se acercó a uno de los ventanales que daban al jardín trasero.

—La verdad es —dijo apartando la cortina con un dedo— que esta niebla va a tardar al menos una hora en levantarse. No hay prisa.

—Como quiera —dijo Grace, pero tuvo la extraña sensación de que lady Anisha también se traía algo entre manos. Apartó la silla como si se dispusiera a marcharse.

—No se vaya aún —dijo lady Anisha—. Tenga, tome más café.

Grace volvió a sentarse y se preguntó vagamente si una podía ahogarse en café. Lady Anisha llevaba tres días lanzándole extrañas miradas de reojo, aunque era imposible que supiera nada. Sus ojos, no obstante, parecían arder llenos de curiosidad.

A aquel juego, sin embargo, podían jugar dos.

Anisha volvió a dejar la cafetera sobre la mesa.

—¿No es extraño —preguntó pensativamente— que Adrian pase tanto tiempo en casa últimamente? ¿Y lo inquieto que está? ¿Qué cree usted que le ocurre?

Grace dudó antes de contestar. ¡Ojalá no supiera lo que le ocurría! Ruthveyn llevaba toda la semana evitándola, y sin embargo a menudo sentía sus ojos ardientes clavados en ella. Por las noches sentía aún el calor de sus manos y de su boca recorriéndola por entero, y hasta el peso de su cuerpo en el mullido colchón. Pero eran sólo recuerdos. Vívidos, sí, y peligrosamente cercanos a su corazón, pero no había vuelto a invitarla a su cama y a esas alturas estaba segura de que no volvería a hacerlo. Pasada la neblina de la euforia, quizá no le pareciera digna de correr ese riesgo por ella.

—No podría aventurar una explicación respecto a lord Ruthveyn —dijo—, pero hablando de comportamientos extraños, quería hablarle de una cosa que hizo Teddy hace poco. El domingo por la noche, cuando se puso enfermo, vi que se había dibujado algo en el brazo.

—¿Sí? —Anisha había empezado de nuevo a comer su desayuno—. Bueno, casi todo lo que hace Teddy es extraño. ¿Qué se dibujó? Espero que no fuera ninguna parte de la anatomía femenina, porque ya tuvimos una conversación sobre ese asunto.

Grace tuvo que reírse. Era muy propio de Teddy hacer algo así.

—No, era ese extraño símbolo del alfiler de corbata de lord Ruthveyn —contestó—. El de la cruz dorada. Cuando le pregunté, me dijo que su abuelo tenía esa marca.

Lady Anisha palideció fugazmente.

—¡Ah, eso! —dijo después, haciendo un gesto despreocupado con el tenedor—. No es más que una tradición familiar. Un tatuaje. No haga caso.

—Una tradición familiar —repitió Grace.

—Sí, ¿por qué? —Anisha le lanzó una mirada extraña—. No lo habrá visto por casualidad en alguna otra parte, ¿verdad? Porque, si lo ha visto, quizá debamos hablar de ello. Como mujeres adultas y maduras que somos.

—Es sólo que me resulta ligeramente familiar —contestó con voz suave—. ¿Sus hermanos también lo tienen?

Lady Anisha la contempló con expresión calculadora desde el otro lado de la mesa del comedor.

—Pues no estoy del todo segura —dijo por fin—. Supongo que es cuestión de gustos. ¿Qué opina usted? Si tuviera que aventurar una respuesta, quiero decir.

—Si tuviera que aventurar una respuesta —contestó Grace lentamente—, diría que Ruthveyn sí y que lord Lucan no.

—Mmm —dijo Anisha—. Qué interesante.

—Y si desea usted saber —añadió Grace— si su hermano se acuesta con el servicio, seguramente debería preguntárselo a él.

Lady Anisha se llevó tal sorpresa al oírla que inhaló un poco de café y tuvo que toser violentamente tapándose la boca con la servilleta.

—¡Vaya, Grace, a eso lo llamo yo no tener pelos en la lengua! —exclamó cuando se hubo recuperado—. Pero, para serle sincera, ya se lo he preguntado. Y, como de costumbre, no ha querido contarme nada.

—Bien —dijo Grace con calma—, su hermano no es ningún tonto. Creo que es muy capaz de distinguir claramente a una mujer que desea únicamente hundirle sus garras de otra que sólo lo aprecia por cómo es y confía en seguir adelante con su vida. Al menos, eso diría yo.

—Si tuviera que aventurar una respuesta —añadió Anisha—. Debe de ser usted una gran adivina, Grace.

—Sí, y además juego muy bien a las cartas —dijo—. A no ser que cometa el error de jugar con Rance Welham, perdón, con lord Lazonby, cosa que dejé de hacer hace años.

En la boca de Anisha se dibujó una sonrisa astuta.

—Desde luego. Y bajo ningún concepto hay que jugar a las adivinanzas con ese granuja —añadió—. Es tan bueno que todo el mundo piensa que hace trampas. De hecho, fue más o menos así como acabó acusado de asesinato, creo.

—Perdón —dijo Grace—, me he perdido.

—Creo que era tan bueno que alguien llegó a la conclusión de que estaba haciendo trampas —explicó Anisha—, pero como no pudieron conseguir pillarlo in fraganti, decidieron tenderle una trampa.

—¿Se refiere a lord Percy Peveril? —preguntó Grace.

Anisha levantó uno de sus estrechos hombros y luego su taza de café.

—Lord Percy Peveril era un memo, según parece —dijo pensativamente—. No, fue otra persona. O eso diría yo si tuviera que aventurar una respuesta.

—Parece que hoy es el día de las suposiciones —comentó Grace—. ¿Qué cree usted: tiene lord Lazonby una de esas marcas? Y si la tiene, ¿dónde la tendrá?

Anisha levantó las cejas.

—Sospecho que sí —respondió—. En cuanto a dónde, no sabría decirle.

Grace vaciló un momento.

—Yo sí —afirmó. Se levantó, cerró la puerta y le contó la historia de la mujer del teniente—: Yo tenía ya veintiún años y me había criado en el ejército, que no es el más delicado de los entornos —añadió al ver que a Anisha casi se le salían los ojos de las órbitas—. Pero la descripción que me hizo aquella señora fue tan detallada que se me quedó grabada en la memoria.

—¿Sí? —Anisha era toda oídos—. ¿La descripción de qué?

—De ese símbolo —repuso Grace—. Cuando me explicó cómo era, pensé enseguida que ya lo había visto en alguna parte.

—Pero eso es poco probable, ¿no? ¿En el Norte de África?

—Bueno, eso depende, creo —dijo Grace— de lo que signifique exactamente.

Lady Anisha empujó su silla hacia atrás y se levantó.

—Y yo creo que será mejor que vaya a prepararme para nuestro paseo por el campo —dijo—. Puede que tengamos muchísimas cosas de las que hablar. Cosas relacionadas con la naturaleza, quiero decir.

Pero en el último instante Grace la agarró del brazo.

—Teddy me dijo también otra cosa —añadió con voz suave—. Me dijo que los criados creen que lord Ruthveyn puede adivinar cuándo morirá una persona con sólo mirarla a los ojos.

Anisha se puso pálida y el silencio descendió sobre la habitación.

—Santo cielo —susurró por fin—. No llevamos aquí ni seis meses. Sí que se dan prisa con sus cuentos de fantasmas, ¿no le parece?

—Los criados siempre hablan —dijo Grace como si quisiera consolarla—, pero Teddy parecía más divertido que otra cosa. En cuanto a mí, no es mi intención causar problemas a nadie. No voy por ahí contando chismorreos, desde luego. Bueno, salvo esa historia sobre el trasero de Rance.

—Ésa es buena —reconoció Anisha, sonriendo.

Grace también sonrió.

—Demasiado buena para no compartirla. Pero en cuanto a su hermano, Anisha, quiero que sepa usted que no le deseo ningún mal. De hecho, le debo tanto que siempre estaré en deuda con él. Y me preocupo por él. Así que si hay algo que... algo que pueda hacer, o no hacer, que usted crea que puede beneficiarle, confío en que me lo diga. Así podría... En fin, podría no hacer esas cosas.

—O no —repuso lady Anisha—. No dejar de hacerlas, quiero decir. Porque mi hermano sabe lo que se hace, Grace.

—Bien. —Sonrió y abrió la puerta—. Entonces, parece que hemos llegado a un acuerdo entre caballeros.

—¿Esto es lo que usted llama una broma, Ruthveyn?

Royden Napier arrojó una hoja de papel sobre la mesa del desayuno.

—En absoluto —contestó Ruthveyn mientras indicaba una silla vacía y se sentaba—. Es lo que llamo un desayuno. Pruebe el salmón ahumado. Está buenísimo.

Al otro lado de la mesa, Ned Quartermaine se limitó a estirar las piernas y a juntar las puntas de sus largos y finos dedos.

—Su desfachatez no tiene límites, ¿verdad? —Napier volvió a coger el papel—. Me ha hecho venir hasta aquí so pretexto de... veamos... «informarme de novedades respecto al caso Holding». —Señaló a Quartermaine—. ¿Éstas son sus novedades? ¡Como si no tuviera ya usted suficiente mala fama en Scotland Yard! ¿Tiene idea de lo que diría sir George si supiera que me codeo con fulleros y gente de su calaña?

—Increíble, ¿no? —repuso Quartermaine con calma—. Puede que la próxima vez que sir George se pase por mi club, se lo pregunte.

Napier se puso rígido. Sus labios palidecieron.

—Siéntese, por el amor de Dios, Napier —ordenó Ruthveyn agitando una mano—. Nosotros los escoceses hemos de aceptar que la mitad de Londres está en deuda con hombres como mi estimado socio, aquí presente.

—Soy un hombre de negocios, Napier —dijo Quartermaine—, pero no tengo todo el día. Hay muchos aristócratas haciendo cola para que los desplumen, siempre dispuestos a quebrantar las leyes de Su Majestad. Lord Ruthveyn se las ha arreglado para convencerme de que me convenía hacerle partícipe de cierta información. Dispone de cinco minutos de mi valiosísimo tiempo. ¿Quiere oír lo que tengo que decirle o prefiere que informe directamente a sir George? Puede estar seguro de que lo veo de vez en cuando.

Sacó otro papel plegado y lo puso sobre la mesa.

Napier apartó una silla y se sentó.

—Le pido disculpas —dijo rígidamente—, pero Ruthveyn también parece creer que las leyes de este país están hechas para que él las quebrante.

Ruthveyn se limitó a levantar una mano y un instante después les llevaron un plato de entremeses.

—Pruebe uno —sugirió—. Mejorará su humor.

El subcomisario lo miró con ira, pero Quartermaine se inclinó hacia el plato con interés.

—¿Qué demonios es esto?

—*Makrouts* —contestó Ruthveyn—. Masa frita, rellena de fruta y untada con miel. Belkadi se tomó muchas molestias para que el chef aprendiera a hacerlas. Esto, y otros manjares.

—No me importaría probarlas —dijo Quartermaine, cuyo gusto por el buen comer era de todos conocido.

Pero alargaron el brazo al mismo tiempo y sus manos se rozaron. Ruthveyn se tropezó con la mirada de Quartermaine sólo un instante. Sintió que un rayo de luz atravesaba su sien y vio luego una imagen semejante a un fogonazo: una escena fugaz, como vista a través de la ventanilla de un carruaje.

Apartó bruscamente la mano.

—Por favor, después de usted.

Quartermaine cogió un *makrout*, lo inspeccionó por un lado y por el otro, le dio un mordisco y masticó con delectación.

—Um, riquísimo —dijo abriendo los ojos de par en par.

—Magnífico, ¿verdad? —dijo Ruthveyn con calma—. Lo cual me recuerda, Quartermaine... ¿Sabe usted lo que hacen los beréberes con quienes intentan robarles?

—No tengo ni idea —respondió Quartermaine antes de dar otro mordisco al dulce.

—Les cortan la mano. Con la que comen, generalmente.

Quartermaine se atragantó con el dulce.

—¿Es usted diestro, Quartermaine? —murmuró Ruthveyn—. Ah, sí, eso me temía. Le aconsejo que reconsidere sus planes.

Quartermaine consiguió tragar por fin.

—¿Y qué cree exactamente que estoy pensando robar? —le preguntó.

—El chef de Belkadi —contestó Ruthveyn—. Y Belkadi se lo tomará muy mal. Le sugiero que deje de reunirse con el cocinero y ponga un anuncio en el *Times*.

Por un momento pareció que a Quartermaine iba a darle un ataque. Dejó el resto del dulce y empujó la nota hacia Royden Napier.

—Me necesitan ahí enfrente —dijo—. Esto es lo que ha venido a buscar. Avíseme si tiene alguna pregunta.

Napier desdobló el papel y lo recorrió con la mirada.

—¿Listados? ¿De qué?

—De deudas de juego de Josiah Crane pendientes de pago —contestó Quartermaine con aspereza—. Con el nombre del establecimiento o el acreedor, la fecha de la deuda y si ha sido saldada o no. Como verá, la gran mayoría están sin pagar. ¡Ay, del señor Crane!

—Santo cielo —masculló Napier en voz baja.

Quartermaine apartó lo que le quedaba del dulce.

—Y usted —dijo con una torva mirada dirigida a Ruthveyn—, confío en que no olvidará nuestro pequeño acuerdo. Jamás se le permitirá sentarse a una de mis mesas de juego.

Ruthveyn se limitó a sonreír.

—En cuanto a ese asunto de la mano cortada, amigo mío —murmuró—, ahora que lo pienso debo de haber confundido a los beréberes con los árabes. Los beréberes van directos a la garganta.

Quartermaine sonrió con desprecio, le hizo una sugerencia más bien vulgar, e imposible desde el punto de vista anatómico, y salió tranquilamente del comedor con el semblante un tanto descolorido.

Quartermaine distaba de ser un cobarde, pero sólo un necio se habría atrevido a asestar una puñalada por la espalda a Belkadi. Habría sido una pelea interesante, se dijo Ruthveyn.

Encogiéndose de hombros, cogió el último pedazo del *makrout* de Quartermaine.

—Bien, un buen escocés no puede permitir que este manjar acabe en la basura, ¿no le parece, Napier? —dijo, y se lo metió en la boca.

Pero el subcomisario seguía mirando el listado de deudas.

—¿Desde cuándo está al tanto de esto? —preguntó con voz un poco hueca.

—¿De los detalles concretos? —preguntó Ruthveyn mientras masticaba el dulce—. Desde hace unos tres minutos. —Tragó y se levantó—. Creo que ha llegado la hora de hacer una pequeña excursión al otro lado del río.

Napier se levantó y lo siguió.

—¿Qué? —dijo, distraído—. ¿Adónde?

—A Rotherhithe —contestó Ruthveyn mientras se dirigía a las escaleras—. Al puerto comercial de Surrey. Ardo en deseos de trabar conocimiento con Josiah Crane.

Napier lo agarró del brazo en el descansillo.

—¡Maldita sea, Ruthveyn! Está otra vez interfiriendo en una investigación policial. No voy a permitirlo.

Ruthveyn refrenó su ira.

—Con el debido respeto, Napier, no tendría usted nada que investigar, al menos en este asunto, si no fuera por mí. Un hombre como Quartermaine no le diría nada ni aunque estuviera colgado por los pulgares en el puente de Blackfriars y usted fuera el único que pasara por allí.

—Maldita sea, eso no es...

—Ahora, me voy a Rotherhithe —afirmó Ruthveyn, interrumpiéndolo—. Soy un ciudadano cualquiera y estoy en mi derecho. No puede impedírmelo. Y le aconsejo que no lo intente. Le sugiero, de hecho, que venga conmigo.

Napier tensó la mandíbula.

—Es capaz de hacer cualquier cosa, ¿verdad? —dijo entre dientes—. Cualquier cosa para proteger a esa mujer y alejarla de sospechas.

—Sí —contestó Ruthveyn en tono crispado—. Cualquier cosa. ¿Viene o no?

—¿Es una orden, milord? —replicó Napier—. Porque, si lo es, limítese a decirlo. No necesito que sir Greville Steele vuelva a hacerme una visita para decirme cómo hacer mi trabajo. Sobre todo, cuando estoy en medio del juzgado con todos mis papeles en orden.

—Conque llegó a ir al juzgado, ¿eh? —Ruthveyn intentó dominar una repentina punzada de temor—. En todo caso pierde el tiempo, Napier. *Mademoiselle* Gauthier es inocente.

—Si eso es lo que cree, Ruthveyn, es que está haciendo el ridículo por una mujer —dijo el subcomisario—. Jamás lo habría creído de usted. Había oído decir que no tenía corazón.

Ruthveyn esbozó una fina sonrisa.

—Yo también lo había oído. Ahora, ¿vamos en barco o en mi carruaje? Estoy seguro de que lo encontrará usted mucho más cómodo que un simón, aunque esté mal que yo lo diga.

Napier arrancó su gabán de manos del lacayo que esperaba.

—Creo que será mejor que vaya —respondió ásperamente—. Si no, enredará usted este asunto sin remedio.

Ruthveyn le indicó la puerta.

—Usted primero.

Salieron al aire característico de Londres: una bruma densa, de un color blanco amarillento que hedía a carbón quemado, a estiércol de caballo y las miasmas del río cercano. Jamás, pensó Ruthveyn, se acostumbraría a aquella neblina opresiva, capaz de quemarle a uno los pelos de la nariz. Y, sin embargo, formaba parte del misterioso atractivo de Londres, un velo que ocultaba mil pecados y que sólo con reticencia dejaba entrever sus secretos. ¡Qué ironía que fueran a hacerle una visita a Josiah Crane con intención de desvelar algunos de los suyos!

—Creo que sería una imprudencia ir por el río —comentó mientras miraba al otro lado de la calle en un vano intento de distinguir la puerta del establecimiento de Quartermaine.

Napier asintió con un gruñido y Ruthveyn llamó a su carruaje. Esperaron pacientemente en la acera y el silencio que reinaba entre ellos pareció adensarse cuando subieron al landó.

—Sólo quiero saber una cosa —dijo Napier mientras doblaban la esquina de Saint James's Street.

Ruthveyn levantó las cejas.

—¿Cómo lo ha sabido? —Napier se volvió para mirar hoscamente por la ventana—. ¿Cómo ha sabido que Quartermaine estaba intentando robarle el chef a Belkadi?

Pero Ruthveyn se recostó en el asiento y no contestó.

En el puerto comercial de Surrey, el Londres marítimo era un vociferante hervidero de vida: desde los estibadores que salían de la niebla con maderos cargados al hombro, a los cargadores que iban de acá para allá entre los barcos y el muelle. Brogden hizo avanzar hábilmente el carruaje de Ruthveyn por la bulliciosa Rotherhithe Street, pasando a duras penas entre una carreta cargada con sacos de cereal y un montón de tablones caídos sobre el empedrado.

Según Grace, las oficinas de Crane y Holding estaban situadas en el número treinta y cinco de Swan Lane, nada más pasar Albion Yard y el muelle principal, pero en medio de la condenada bruma Brogden estuvo a punto de pasar de largo. Viró sin embargo en el último momento, arrojando a Napier contra un costado del carruaje. El subcomisario comenzó a rezongar en voz baja y le lanzó otra mirada siniestra como si le hiciera responsable de lo ocurrido.

Hasta donde él podía distinguir en medio de la bruma, las oficinas parecían casi idénticas a cualquier otro establecimiento de aquella parte de Londres; a saber, pragmáticas en su construcción y desgastadas por el tiempo y la intemperie.

Dentro de la pequeña antesala esperaban varios hombres. Uno de ellos portaba bajo el brazo un rollo de dibujos; los otros dos llevaban gruesa ropa de faena. Capataces del astillero, dedujo.

Más allá de un estrecho mostrador, sentado tras un alto pupitre, había un joven granujiento que iba tachando lo que parecían ser recibos en un libro de cuentas con tapas de bayeta verde. Se acercó y carraspeó, pero enseguida descubrió que su viaje había sido en vano.

—¿Pu-puedo a-ayudarlo?

El muchacho se bajó de su asiento con la cara muy colorada.

Ruthveyn sonrió y le tendió su gruesa tarjeta de visita de color marfil por encima del mostrador.

—Quisiera hablar con Josiah Crane —dijo—. Éste es mi socio, el señor Napier.

Vio con exasperación, sin embargo, que el muchacho no levantaba la mirada ni cogía la tarjeta.

—Lo-lo si-siento mucho, milord, pero el señor Crane no está y no-no se espera que regrese hoy.

Su pequeño discurso sonaba a ensayado y se preguntó vagamente si el joven se veía obligado a recitarlo con frecuencia. Justo en ese momento se abrió la puerta de detrás del mostrador y salió de lado una dama vestida de negro. Llevaba una cesta colgada del brazo y una capa ligera echada sobre los hombros.

—Creo que voy a llevarme el libro de cuentas, Jim —dijo antes de volverse—, y el correo.

Era Fenella Crane, vestida para salir, con una capa de poco abrigo y el velo negro que solía llevar.

—Buenos días, señorita Crane —dijo Ruthveyn.

Volvió la cabeza hacia el mostrador.

—Disculpe, no lo había visto. Lord Ruthveyn, ¿verdad?

El marqués se puso el sombrero bajo el brazo y esbozó una reverencia.

—En efecto. Encantado de volver a verla. —Se hizo a un lado—. ¿Conoce usted al señor Napier?

—¿A quién? Ah, sí. ¿Cómo está, señor?

Pareció azorarse un poco y Ruthveyn se sintió de inmediato como un patán. Claro que conocía a Napier: se habían visto la noche del asesinato de su hermano y posiblemente muchas veces después.

El tímido muchacho tartamudo cerró el libro de cuentas y se lo entregó cuando la dama pasó por su lado. Ruthveyn notó que estaba muy colorada y que parecía vagamente enferma, sin duda por la tensión.

—¿Hay algún sitio donde podamos hablar en privado, señorita Crane? —preguntó con suavidad al acercarse ella.

—Sí, desde luego. —Se puso el libro de cuentas bajo el brazo y accionó un pequeño pestillo que había bajo el mostrador—. Levántelo, si hace el favor, y pasen por aquí.

La siguieron hasta una pequeña sala que parecía ser un despacho sin uso, con las persianas bajadas y los escasos muebles cubiertos de polvo.

Cerrando fugazmente los ojos, Ruthveyn se abrió a las emociones que desprendía la habitación, pero no sintió más que aquella palpitante ansiedad que había experimentado otras veces. No vio, por suerte, ningún vislumbre de nieve ensangrentada y conejos muertos. Se preguntó de nuevo si su visión no habría sido en cierto modo una anomalía. ¿Estaba en peligro la señorita Crane? Y si así era, ¿quién la amenazaba?

La señorita Crane no se sentó ni les ofreció asiento, pero se volvió hacia Napier tan pronto se hubo cerrado la puerta.

—¿Ha ocurrido algo? —Su voz sonó baja y jadeante—. ¿Han cogido al asesino de Ethan?

Napier negó con la cabeza.

—Aún no, pero...

—Pero confiábamos en poder hablar con el señor Crane al respecto —terció Ruthveyn—. Queremos hacerle unas preguntas acerca de las cuentas del negocio. Tengo entendido que está fuera.

Napier lo miró con enfado y la señorita Crane se volvió hacia él.

—Sí, está en enfermo —contestó mientras dejaba su cesta sobre la mesa—. Mi pobre primo sufre de... ¡Ayyyy!

Soltando un grito, se apartó de un salto en el instante en que algo salía de debajo de la mesa y pasaba por encima del zapato de Napier.

—¡Qué diablos...!

El subcomisario dio un brinco hacia atrás.

—¡Ay!

La señorita Crane se llevó una mano al corazón.

—Era sólo una rata, creo —dijo Ruthveyn. Se agachó para ver adónde había ido el animal, pero no vio nada.

—Tendré que acostumbrarme —dijo la señorita Crane—. Son los peligros de trabajar en los muelles, supongo. —Bajó la mano del pecho y, sirviéndose del pie, metió bajo la mesa una lata blanca de forma rectangular—. Josiah le dice a Tim que hay que tener siempre veneno puesto y hacer venir al exterminador una vez al mes, pero dudo que le haga caso.

—¿Y un gato, quizá? —sugirió Ruthveyn—. En mi opinión son indispensables. Pero ¿qué estaba diciendo?

—Ah, sí, sobre Josiah —dijo la señorita Crane—. Sufre una afección de hígado, pero lo cierto es que no se encuentra del todo bien desde... Bien, desde que cayeron tantas nuevas responsabilidades sobre sus hombros. Quizá puedan venir otra vez dentro de un día o dos. Le diré que les espere.

Ruthveyn miró la cesta. Dentro, junto a un periódico enrollado, había un tarro de cristal que parecía contener caldo de carne y un bulto envuelto en un paño de estopilla: pan recién hecho, a juzgar por su olor.

—¿Va a ir a hacerle una visita? —preguntó.

—Me ha pedido que vaya —repuso ella—, así que se me ha ocurrido llevarle el correo y quizás el libro de cuentas de este mes, por si se sentía con fuerzas de... de hacer lo que quiera que haga con él.

Hizo un airoso ademán con la mano.

—¿Le parece prudente, señora? —inquirió Napier.

Ella se volvió para mirarlo.

—¿Cómo dice?

El subcomisario cruzó una mirada recelosa con Ruthveyn.

—Quizás hasta que todo esto se resuelva...

—No estará sugiriendo que mi primo tiene algo que ver con este espantoso asunto, ¿verdad, señor?

—Aún no hemos descartado a ningún sospechoso —contestó Napier.

La señorita Crane pareció temblar de rabia.

—¡Qué bobada! Mi primo no es capaz de eso, señor. ¿De veras han venido hasta aquí por esa majadería?

—Nos consta que el señor Crane se opuso a que Ethan Holding obligara a un competidor a retirarse del negocio ofertando precios más bajos por sus contratos —sugirió Ruthveyn—. Quizá por eso se pelearon la noche en que murió el señor Holding.

—¿Pelearse? —dijo la señorita Crane con aspereza—. Tuvieron unas palabras, quizá, pero eso fue todo. ¿Qué quieren dar a entender exactamente?

Ruthveyn y Napier cambiaron una mirada.

—Esperen, ya entiendo lo que ocurre. —La voz de la señorita Crane se crispó—. Ha contratado usted a esa mujer, ¿no es cierto? Supongo que a usted también le ha hecho perder la cabeza. Y la verdad es que no entiendo qué pinta usted aquí. —Se volvió hacia Napier—. Y usted... ¡usted fue quien nos dio a entender a la señora Lester y a mí que la asesina era ella! Dios mío, ¿han visto el artículo que venía hoy en el *Chronicle*? Puede que Ethan cometiera una estupidez, pero ustedes no están haciendo nada. Por lo menos nuestras pérdidas acabarán por subsanarse con el tiempo.

Pero quizá no sin que antes Crane se quede sin blanca, pensó Ruthveyn.

—Tenemos entendido que el señor Crane tiene algunas deudas de juego pendientes —afirmó Napier en tono desabrido. Al parecer, el subcomisario había abandonado todo intento de mostrarse diplomático—. Lo cual sugiere cierta desesperación de índole financiera.

Al oír aquello, la señorita Crane se quedó sin habla un momento.

—Josiah tiene flaquezas —convino por fin—. ¿Qué hombre no las tiene? Pero dentro de poco estará mejor. Yo cuidaré de él. Ethan nunca supo cómo manejar esas cosas.

—Podrían sencillamente vender el negocio —sugirió Napier— y saldar las deudas de Crane.

Ruthveyn no necesitó ver con claridad el semblante de la señorita Crane para notar que se encrespaba.

—¡Josiah jamás admitiría eso! —exclamó—. Nuestro abuelo se dejó la vida intentando levantar esta empresa. Es un tesoro familiar.

Pero lo cierto era que Josiah Crane habría tenido poco que decir al respecto. Fenella Crane poseía ahora la mayor parte del negocio. ¿Era tan ingenua, se preguntó Ruthveyn, que no se daba cuenta de ello?

Pero la señora había recogido su cesta y se había encaminado hacia la puerta.

—Les deseo muy buen día —dijo mirando hacia atrás—. Señor Napier, haga el favor de no volver por aquí hasta que pueda decirme algo menos absurdo.

Ruthveyn estuvo a punto de ofrecerse a acompañarla en su carruaje para hacer una visita al señor Crane, pero resultaba evidente que ella se habría negado. Volvieron a salir al áspero aire otoñal, ambos un poco desanimados.

Tan pronto como se cerró la puerta, Napier se giró hacia él.

—¡Lo cierto es —dijo imitando con acierto la voz de la señorita Crane— que no sé qué pinta usted aquí!

—No ha podido resistirse, ¿eh, Napier? —Ruthveyn levantó una mano para llamar a Brogden. La niebla había empezado a disiparse—. Sí, supongo que he caído bajo el influjo de toda una bruja. Quizá *mademoiselle* Gauthier me apuñale mientras duermo y sus sueños, señor Napier, se hagan realidad.

—No caerá esa breva —repuso Napier, pero su voz sonó apesadumbrada, y Ruthveyn sintió por primera vez que se estaba replanteando su opinión sobre Grace.

—Tal vez pueda persuadir a la señorita Crane de que me quite de en medio —propuso al abrir la puerta del carruaje—. Parece sentir un profundo desagrado hacia mi persona.

—En cambio a su primo le tiene mucho cariño, ¿no cree? —comentó Napier cuando subieron.

—Puede que Crane se haya esforzado últimamente por hacerse querer —murmuró Ruthveyn, y le contó que Holding había tenido esperanzas en algún momento de que su primo y su hermana se casaran.

Cuando acabó de hablar, Napier había entornado considerablemente los párpados.

—Vaya —dijo pensativo—. No lo había pensado. Y si se casaran, la propiedad de la empresa pasaría a...

—Creo que empieza usted a entender mi punto de vista —comentó Ruthveyn.

—Pero no hay pruebas de que Josiah Crane estuviera en la casa —dijo Napier mientras el carruaje se ponía en marcha con una sacudida—. Y su sospecha de que tenía una llave no era cierta, según el mayordomo de Holding. Aun así, da la sensación de que hoy Crane sólo quería darnos esquinazo. A fin de cuentas, su prima nos ha llevado a un despacho vacío... y parece lo bastante ingenua para protegerlo.

—Considero mucho más probable que Crane esté intentando dar esquinazo a sus acreedores —dijo Ruthveyn—. Y para eso nada mejor que meterse en la cama y fingirse enfermo.

Napier se recostó en su asiento mientras Brogden conducía el carruaje a trompicones calle adelante.

—Seguramente tiene razón, desde luego —dijo con un suspiro.

—¡Ah! —exclamó Ruthveyn en voz baja—. ¡Música para mis oídos!

Capítulo 12

El sortilegio

Algunas noches después de su extraño viaje a Rotherhithe Ruthveyn volvió a soñar con el paso de Jagdalak y con la brutal matanza acaecida en medio de la nieve. Después, la nieve se transformó en las infinitas arenas del desierto y entre aquella mezcolanza de imágenes vio conejos y el cadáver de Fenella Crane tendido en un campo de amapolas blancas. Las amapolas ondulaban como mecidas por el viento, y el cuerpo ya no era el de la señorita Crane, sino el de Grace. Yacía mortalmente quieta entre las flores con un cuchillo ensangrentado en la mano y los ojos abiertos, pero ciegos.

Se despertó bañado en sudor y braceando en el colchón, intentando encontrarla.

Pero no encontró nada.

Se incorporó bruscamente en la cama y respiró con ansia.

Grace no estaba allí. No estaba allí porque él se había persuadido de que sería un disparate para ambos. Pero ¿y si al alejarla de sí la había abocado a un destino aún peor? ¿Era eso lo que significaba aquel sueño? Todavía sentía el atronar de su corazón en los oídos. Notaba el sabor del miedo en la garganta.

Dios del cielo. Aquello era una locura.

Se pasó la mano por la cara y por pura fuerza de voluntad logró controlar su respiración inhalando despacio y profundamente, hasta que se relajó y aflojó la mano con que agarraba la colcha. Levantó luego las rodillas y siguió respirando profundamente hasta que su mente se despejó, se fundió con el aire que entraba y salía de sus pulmones y volvió a recordar los motivos racionales por los que Grace no estaba en su cama.

Aun así, en aquel despertar sombrío e inquietante, su ausencia se le había antojado automáticamente un error, y el miedo que se había apoderado de él era palpable. Pero había sido un sueño, se dijo, no una visión, y sus sueños nunca habían sido proféticos, a diferencia de los de su amigo Alexander. Horribles sí, pero nunca proféticos, como no fuera para augurar una noche espantosa.

Al menos había dormido un tiempo. En realidad, había podido dormir varias noches seguidas. Pero posiblemente no duraría. El insomnio volvía siempre, acompañado por retazos de horrores cuyo recuerdo acechaba en su memoria como asesinos emboscados en la noche. En el pasado había procurado sofocarlos por todos los medios a su alcance: opio, alcohol, sexo banal... Su lista de pecados era larga.

Cogió distraídamente a *Satén*, que dormía acurrucada a sus pies junto a su hermana y acercó la mejilla a su pelaje. La gata comenzó a ronronear, satisfecha. Resultaba extrañamente reconfortante estar en su casa, en su cama, con sus gatas. Y sin embargo se sentía incompleto.

Como si quisiera reconfortarlo, *Satén* siguió ronroneando soñolienta durante un rato, pero su paciencia de felino no tardó en agotarse.

—¿Me dejas, vieja amiga? —murmuró cuando la gata se escabulló de su abrazo y lo rodeó para ir a enroscarse en el hueco todavía caliente de su almohada.

Quizá fuera una señal. O quizá su célebre dominio de sí mismo comenzaba a fallarle. Napier había dicho de él que no tenía corazón.

Ahora, en medio de la penumbra, salió de entre las sábanas y cruzó desnudo la habitación para recoger su bata de la silla donde la había dejado. Mientras se la ponía cruzó su despacho y salió al pasillo.

Echaba de menos a Grace, la echaba de menos con una intensidad inexplicable, habida cuenta del poco tiempo que hacía que se conocían. Habían hecho el amor dos veces, la misma noche, y conocía ya la cadencia de su respiración cuando dormía. El olor de su piel. Cómo se retorcía en medio de la cama para acurrucarse a su lado.

Al llegar arriba no vaciló: obedeciendo un impulso que no entendía, abrió la puerta de su dormitorio. Los ligeros visillos estaban echados, pero las cortinas descorridas dejaban entrar la luz de la luna casi llena, envolviendo la habitación en un suave resplandor. Grace yacía en medio de la cama, con una mano bajo la almohada y la cara vuelta hacia la luz lechosa de la luna.

Adrian cerró la puerta y se sentó en el borde de la cama. La angustia lo abandonó de golpe al posar la mano sobre su mejilla. Todo iba bien. Su sueño había sido sólo eso, un sueño corriente.

Ella se removió y se puso boca arriba, girando la cara hacia su mano para frotar la nariz contra su palma.

—¿Grace? —susurró él.

Abrió los ojos de golpe.

—¿Adrian? —Se incorporó apoyándose en los codos y su densa cabellera rubia se desparramó sobre su hombro—. Adrian, ¿qué...? ¿Los niños...?

—No, es sólo... He tenido un sueño extraño.

De pronto se sintió un necio.

Los ojos de Grace se aquietaron, se enternecieron, y una sonrisa soñolienta curvó su boca.

—¿Era un sueño bonito?

—No, una pesadilla —respondió.

Ella esperó, apoyada todavía sobre los codos, pero fijó la mirada en su boca.

—He estado pensando, Grace —dijo Adrian, sintiéndose torpe como un colegial.

Ella levantó de nuevo la mirada.

—Bueno, estás en mi dormitorio —comentó—. Confío en que te lo hayas pensado bien.

—No, muy poco —masculló Adrian.

Pero, aparte de eso, no supo qué decir.

—Mmm —dijo ella—. Quisiera saber si has pensado en la pregunta que te hice.

Adrian posó la mano sobre la curva de su mejilla. Sabía a qué se refería.

—Grace, ¿adónde irás cuando acabe todo esto?

—A París —contestó con calma—. Ayer recibí carta de mi tío. Cree que ha encontrado una casita de campo para mí.

—A París —repitió bajando la mano. Era lo que esperaba, claro.

Ella se incorporó con cierto esfuerzo. Llevaba el camisón anudado a la altura del cuello y en la penumbra sus ojos dilatados tenían una expresión levemente angustiada.

—Adrian, he estado pensando —susurró—. Creo que quizá deba irme pronto. No soporto esperar aquí, en Inglaterra, con la espada de Napier pendiendo sobre mi cabeza. Si tiene fundamentos, que me detenga en el barco.

—¿Por qué irte, Grace?

Desvió la mirada.

—Los niños necesitan un preceptor como es debido y yo... Bien, yo no tengo vida aquí.

Pero podrías tenerla, quiso decirle Adrian.

Podía casarse con ella, desde luego. Pero si era sincero, si le confesaba quién y lo que era, posiblemente lo consideraría un loco o, si llegaba a creerle, no lo querría por esposo. Pese a todo, impulsado por algo, por el deseo de protegerla, se dijo, abrió la boca.

—No te vayas, Grace —dijo en voz baja—. Yo podría darte una vida aquí. Podría ca...

Ella levantó la mano y posó los dedos sobre sus labios.

—No —musitó—. Ah, no, Adrian. Por favor.

Él le apartó la mano.

—¿Por qué? —preguntó—. Grace, la protección que te ofrecería mi nombre...

—No —lo interrumpió con voz baja y hueca—. Aunque sólo sea eso, piensa en lo que interpretaría la policía. ¿Dos patronos ricos, dos compromisos matrimoniales? Y lo cierto es... —Lo miró compungida—, lo cierto es que no te conozco, Adrian. Hay una parte de ti que me ocultas. ¿No irás a negarlo?

Ahora fue él quien desvió la mirada.

—No.

—Y quizá tú tampoco me conoces a mí —añadió ella con delicadeza. Puso una mano sobre su muslo, pero en su caricia sólo había consuelo, nada más—. En otro tiempo y otro lugar tal vez las cosas habrían sido distintas entre nosotros. Pero lo único que tenemos es el presente. Y te deseo, te admiro y te estoy muy agradecida. Creo que hemos de contentarnos con eso.

Adrian logró esbozar una sonrisa de soslayo.

—Lo del deseo alivia un poco el escozor del aguijón.

Era cada vez más consciente, sin embargo, de que se estaba enamorando de ella, de su bondad y su serena elegancia.

A menudo, cuando ella no miraba, la observaba actuar con los niños, a veces cuando les leía a última hora de la tarde, o cuando retozaban por el jardín después del almuerzo. Pero, como sucedía con casi todo en su vida, la miraba a través de un sempiterno panel de cristal; a veces, literalmente. Y era en esos momentos, con la mano posada casi con doloroso anhelo sobre la ventana, cuando se daba cuenta de lo afortunado que había sido Ethan Holding por haber abrigado la esperanza de casarse con ella y ser feliz a su lado.

Él no tenía esa esperanza. Tenía, sin embargo, aquella noche.

—Te deseo tanto, Grace —murmuró—. Estoy completamente sobrio y sigo deseándote. Sea lo que sea lo que soy, lo que he sido en el pasado, en este pedacito de presente que tenemos ahora, ardo de deseo por ti.

Grace retiró una esquina de las mantas y se hizo a un lado. Ruthveyn comprendió que estaba pidiéndole que le hiciera el amor, aquí y ahora, sin esperar nada del mañana. Porque lo admiraba y lo deseaba y porque, con ella, él necesitaba rebasar aquella mampara de cristal. Iba a aceptar su ofrecimiento y a sentirse agradecido. Así pues, se metió en la cama a su lado, pasó un brazo por debajo de su cuerpo y la apretó contra sí.

Grace apoyó la mejilla en su hombro y besó suavemente su mandíbula.

—¿Has cerrado con llave? —preguntó en voz baja.

—Sí. ¿Podrían entrar los niños?

—Tom entró una vez.

Adrian deslizó una mano entre su pelo.

—Ah. Entonces me tocaría meterme en el armario, ¿no es así, Grace mía?

Ella dejó escapar una risa suave.

—¿Con esos hombros? Creo que sería mejor que probaras a esconderte detrás de las cortinas.

Consumido por una impaciencia repentina, Adrian se recostó en las almohadas y, enlazándola entre sus brazos, la hizo tumbarse sobre él. La besó una sola vez con suavidad y luego, apartándose, deslizó la mano entre su cálida y suelta cabellera a la altura de la sien y le hizo volver la cara hacia la luz de la luna. Ella lo miró con franqueza, los ojos enturbiados por la primera agitación del deseo.

Él bajó la cabeza para apoderarse de sus labios y la sintió temblar. La besó despacio, avivando poco a poco su pasión mientras hundía la lengua en su boca y la saboreaba minuciosamente. Aquello, la posibilidad de abrir su mente y hasta una parte de su corazón como hacían los hombres corrientes, era para él el mayor de los lujos.

Sí, iba a hacerle el amor a Grace una vez más y a poseer lo que no era suyo. Con la mente despejada, iba a besarla y a hundirse en ella hasta dejarse cegar por el dulce arrebato del clímax, por la bendita zozobra que sólo ella podía proporcionarle. Iba a concederse a sí mismo algo, dolor, posiblemente, con lo que recordarla cuando todo aquello hubiera acabado y ella se marchara, e iba a entregarle una parte de sí para que se la llevara consigo. Iba a entregarle lo que quedaba de su corazón.

Había pasado los tres días anteriores tratando de convencerse de que lo mejor para ambos era que no volviera a tocarla. Pero el destino, invisible como siempre, le había demostrado su error. Había sido el destino el que lo había llevado hasta allí, y ahora deseaba a Grace con un ardor y una desesperación que aniquilaban toda lógica. La besó como un hambriento, apoyando su cabeza en el hueco del codo mientras con el otro brazo estrechaba su cuerpo.

Grace respondió a sus besos con idéntico apasionamiento, desaparecida ya la incertidumbre juvenil de sus caricias. Entrelazó su lengua con la de él al tiempo que deslizaba la mano con levedad por sus costillas. Adrian ansió tocarla hasta ahogarse en el trémulo frenesí de su cuerpo, notoriamente desnudo bajo el camisón de algodón.

Siempre que la observaba se imaginaba tocándola así, despojándola del sombrío vestido de medio luto, de enaguas y crinolinas, desabrochando las ballenas del corsé que oprimía sus pechos. Sus fantasías eran infinitas. Ahora, en cambio, la tenía prácticamente desnuda entre sus brazos, y ella le devolvía sus besos caricia por caricia.

Levantó la cabeza y la miró. El pecho de Grace se agitaba visiblemente, su respiración era ya rápida y somera, sus pezones se habían endurecido bajo la tela. Poseído por la pasión, agachó la cabeza y tomó entre los labios uno de aquellos dulces botoncillos. Grace profirió un gemido en medio de la noche. A través del camisón, Ruthveyn siguió chupando su pezón hasta que la tela mojada se pegó a él.

Pasó entonces la lengua por la oscura areola una última vez y fijó su atención en el otro pecho. Grace metió los dedos entre su pelo.

—*Mon Dieu* —musitó con voz entrecortada.

Cada vez más impaciente, Ruthveyn desató los lazos, pero uno de ellos se enredó.

—Espera —dijo ella, y deshizo el nudo con habilidad.

El camisón resbaló por sus hombros y él volvió a acercar la boca a sus pechos, los lamió y los chupó hasta que Grace comenzó a retorcerse un poco entre sus brazos y frotó las nalgas contra su verga, ya hinchada y dura. El deseo lo atravesó como una cosa viva, agarrándolo por los testículos. Con cierta brusquedad se metió su pezón izquierdo en la boca y lo mordió hasta que ella profirió un grito ahogado. Luego lo lamió suavemente con la punta de la lengua y ella comenzó a suplicarle con tenues murmullos que la tumbara sobre la cama y la poseyera.

Demasiado, y demasiado deprisa, le advirtió su conciencia. Grace era prácticamente virgen. Y no obstante parecía tan presa de la pasión como él. La tumbó sobre el colchón con el camisón abierto. Incapaz de resistirse, se estiró hacia la mesilla de noche y encendió el quinqué, dejando la llama baja. Luego se recostó en la cama y procuró refrenarse.

A la luz vacilante de la lámpara, dejó que su mirada ávida recorriera el cuerpo de ella, fijándose en sus labios hinchados, en sus pezones rosas y crespos, húmedos todavía por el contacto con su boca, y en su melena desparramada. Santo Dios, quería verterse dentro de ella en aquel mismo instante. A decir verdad, ni siquiera estaba seguro de que pudiera aguantar mucho más, lo cual resultaba humillante.

Pero tal vez hubiera sido un error encender la lámpara. Grace se había sonrojado de vergüenza. Inclinándose sobre ella, la besó de nuevo.

—No te inquietes, cariño —murmuró al despegar con delicadeza sus labios de los de ella—. Eres un ser apasionado.

Su risa sonó quebradiza.

—Me siento tan... desnuda —dijo en voz baja—. Tan ansiosa de ti y sin embargo... tan perversa, supongo que ésa es la palabra.

Ruthveyn dejó que su mano se deslizara hasta que sintió el ardor de su sexo a través del camisón.

—Yo diría que aún no estás lo bastante desnuda, ni mucho menos.

Se levantó, impaciente, desató el cinturón de su bata de seda y la dejó caer al suelo. Su miembro quedó bruscamente el descubierto, y vio que sus ojos se agrandaban.

—No pasa nada, amor —dijo con dulzura mientras apoyaba una rodilla en la cama.

Ella lo tocó indecisa, pasando los dedos cálidos a lo largo de su verga. Ruthveyn contuvo la respiración. Grace levantó la mirada hacia su cara.

—Adrian...

—Puede que sea suficiente con eso —dijo con voz ronca, apartándose. Fijó la mirada en el bajo de su camisón, que, emburujado alrededor de sus rodillas, dejaba ver unas pantorrillas perfectas y unos pies delicados—. Quítatelo, Grace —ordenó suavemente—. Deja que te vea.

Ella se puso obedientemente de rodillas, agarró el camisón por el bajo y levantó despacio la prenda pasándola por encima de sus estrechos hombros. La lámpara la bañó en una luz cálida mientras sus pechos se erguían por el esfuerzo, los pezones duros aún y brillantes de humedad.

Sintiendo la boca seca, Ruthveyn intentó dominarse. Quería saborearla. Gozar de todas sus delicias antes de zozobrar anegado por el placer. Grace tenía el vientre suavemente redondeado, con el ombligo vuelto hacia dentro. Sus caderas eran esbeltas, sus últimas costillas se adivinaban por encima de su cintura. Sus pechos pequeños y perfectamente formados eran erguidos y tentadores.

Se preguntó fugazmente qué aspecto tendría si la dejaba encinta y sus pechos crecían y se redondeaban y su vientre se hinchaba.

Y la tristeza que acompañó a aquel pensamiento casi lo dejó paralizado.

Eso jamás podría pedírselo... ni soportarlo.

El dolor le hizo gemir.

—Túmbate, Grace.

Con los ojos desorbitados, ella obedeció, y su melena dorada se desparramó sobre la almohada al tenderse.

Ruthveyn apoyó de nuevo una rodilla sobre la cama y pasó una mano por su miembro erecto. De pronto deseaba separarle las piernas y penetrarla sin perder un instante. Copular con ella como una bestia. Su feminidad parecía agitar dentro de él algo profundamente animal.

Quizá fuera la tensión del deseo o, mejor dicho, el conflicto de querer demasiado, pues a diferencia de lo que le sucedía con Angela Timmonds y con todas las demás mujeres de las que guardaba memoria reciente, no creía que fuera a llegar un momento en que pudiera prescindir de ella fácilmente.

Pero eso poco importaba. Porque era Grace quien iba a dejarlo.

—¿Me deseas, Grace? —preguntó con voz queda.

—Sí.

Su voz sonó suave.

Se tumbó junto a ella, ansioso por sentir su piel desnuda contra la suya, y la estrechó entre sus brazos. La besó otra vez; jamás, pensó, se cansaría de besarla, y luego besó sus pechos y su vientre, deslizándose despacio hacia abajo. Posó las manos sobre la carne suave de la cara interior de sus muslos, presionó ligeramente y la besó allí también.

Grace contuvo de nuevo la respiración con un gemido dulce e inseguro.

—Adrian...

—Quédate quieta, amor —dijo—, y deja que te haga gozar.

Vio subir y bajar los músculos de su garganta, luego agachó la cabeza y pasó ligeramente la lengua por su sexo ardiente mientras ella se retorcía instintivamente bajo él. La provocó con caricias cortas y dulces hasta que comenzó a jadear y a retorcer las sábanas con las manos a ambos lados de sus caderas.

—¡Ah! —suspiraba—. ¡Ah, no puedo...! ¡No puedo...!

Pero sí podía. Claro que podía. Y él la contempló con ternura. Vio cómo sus muslos se ponían rígidos, cómo se agitaba su respiración hasta convertirse en dulces gemidos de placer. Y sintió a continuación el placer que recorría su cuerpo: su momento de triunfo.

Mientras permanecía tumbada, lánguida y saciada, Ruthveyn se incorporó e introdujo la verga en el valle cálido y húmedo de sus muslos. No podía esperar. No encontraba palabras para pedírselo. Ella rodeó su cuello con los brazos pero siguió con los ojos cerrados. Aún se la oía respirar en el silencio de la habitación. El olor de su excitación y el tenue calor de la consumación amorosa superaban en erotismo a cuanto él había experimentado antes, y cuando se hundió dentro de ella lo hizo sin vacilar.

Grace dejó escapar un grito suave y posó de nuevo las manos sobre sus hombros como si quisiera refrenarlo. Él se quedó inmóvil y sintió el sudor que se había acumulado sobre su labio superior.

—Adrian... —dijo ella con un suspiro jadeante y casi inaudible.

—Te acostumbrarás, amor —respondió roncamente—. Aguanta... Ah, sí, quédate quieta.

Deslizando las manos bajo sus caderas, la levantó ligeramente y la giró. Sintió que su respiración se aquietaba y tuvo que hacer un enorme esfuerzo por dominarse, por no penetrarla hasta el fondo y derramarse dentro de ella.

Pero por Dios que no lo haría: sin duda no era tan mal amante, tan poco hábil como para incurrir en ese error. Hacía tiempo que no dejaba insatisfecha a una compañera de cama. Grace era inexperta, sí, pero también era la pasión personificada, y si la guiaba, si se tomaba su tiempo y dejaba que aprendiera el canto de sirena de su propio cuerpo, tal vez pudiera llevarla de nuevo a aquella cima.

En parte se trataba de puro egoísmo: deseaba convertirla en su esclava, si ello era humanamente posible. Pero en parte obedecía también a su conciencia de lo que era el verdadero acto amoroso, y hacía mucho tiempo que no unía su cuerpo al de una mujer bella en aquella cosa pausada y grácil que debía ser el acto sexual.

Quizá fuera hora de que se acorazara y echara mano de la disciplina que sin duda poseía. Quizá fuera hora de que buscara algo más que una rápida descarga, de que se abriera y aceptara lo que viniera. Preparándose para ello, empujó más adentro y los ojos de Grace se desorbitaron. Santo Dios, no quería hacerle daño. La naturaleza había sido generosa con él en casi todos los sentidos, pero por un instante se sintió casi brutal. Después comenzó a moverse dentro de ella, adelante y atrás, frotando dulcemente la verga contra el centro de su sexo, y sintió que Grace suspiraba y se relajaba.

Despacio, ¡ah, tan despacio!, fue avivando su pasión: se hundía en ella hasta el fondo y se retiraba luego con exquisita lentitud, en lo que esperaba fuera el ángulo perfecto. Una vez. Y otra. Refrenándose implacablemente, siguió moviéndose dentro de ella, cubriendo por completo su cuerpo y levantándole las caderas.

—Adrian... —susurró ella otra vez con una nota de urgencia.

Eso estaba bien. Era bueno que sintiera aquel tormento.

—No te muevas, amor —le advirtió sin interrumpir el ritmo exquisitamente lento y minucioso de sus embestidas.

—Adrian... —Su aliento suave le rozó la mejilla—. Quiero...

—Paciencia, cariño. —Abrió la boca junto a su garganta, aspiró sus olores entremezclados y pasó con suavidad los dientes por su cuello—. El acto del amor puede ser lento, Grace. Puede ser largo y ceremonioso. Quizás hallemos juntos el éxtasis divino. Tenemos toda la noche.

Pero en realidad no tenían toda la noche. Se habían encontrado furtivamente y faltaban pocas horas para que se levantaran los criados. Ruthveyn, no obstante, ansiaba compartir con ella algo más profundo, a pesar de su defectuoso conocimiento del antiguo arte del amor.

La respiración de Grace había empezado a agitarse de nuevo.

—Adrian —susurró mientras se retorcía inquieta bajo su cuerpo.

—¿Confías en mí, amor? —Besó su mandíbula—. ¿Vas a dejarte gozar de este viaje?

—Pero yo... —Sofocó un gemido y clavó las uñas en sus hombros—. Quiero...

Ruthveyn sabía lo que quería. Y pensaba dárselo, a su debido tiempo. Pero aquello era para lo que había nacido: para ella, para aquella dicha pausada y exquisita, y ahora, dueño al fin por completo de su propio cuerpo, ansiaba prolongar el placer de ambos tanto como le fuera posible. Quería saciarse de ella, ser ella y sentir brotar entre ambos la energía de la vida. La cabalgó lentamente, concentrado en cada uno de sus gemidos, en cada aliento que exhalaba.

Se apoderó de su boca y la besó otra vez, despacio y profundamente, acompasando el movimiento de su lengua con el ritmo de su verga. Se permitió absorber su pasión y devolvérsela multiplicada, hasta que Grace comenzó a moverse bajo él, a arquearse con fuerza contra su cuerpo. Nunca había sentido tanto poder sobre una mujer. Nunca había sentido tanto deseo. Y sin embargo disfrutaba de cada instante de autocontrol.

—No... no pares —le suplicó ella—. No pares.

—No voy a parar, pero... —Desplegó una mano entre sus omóplatos, se incorporó y, levantándola, basculó sobre sus talones, se puso de rodillas y la sentó a horcajadas sobre él.

—¡Ah! —gritó Grace aferrándose a él.

—Grace —susurró mientras la sujetaba con firmeza—, abre los ojos, Grace.

Obedeció poco a poco, aferrada a sus hombros. A la luz de la lámpara, sus ojos se veían dilatados.

—Adrian...

—Relájate, amor, yo te sujeto. —Logró de algún modo enderezar las piernas al tiempo que la sostenía pegada a su cuerpo, enlazando su cintura con un brazo, con la verga hundida en ella—. Mantén los ojos abiertos y rodéame la cintura con las piernas. Estamos corazón con corazón, Grace. Relájate y deja que te abandone la tensión.

Ella asintió, más tranquila. Ruthveyn sonrió mirándola a los ojos, pero sintió que se le rompía el corazón.

—Vas a dejarme, Grace. —No era una pregunta—. Experimentemos el amor en su forma más pura. Intentemos ser esta noche un solo aliento, una sola carne.

—Sí —respondió lentamente.

—¿Confías en mí?

No era la primera vez que le hacía esa pregunta. Ahora, sin embargo, el contexto era muy distinto.

Su respuesta fue la misma.

—Sí —contestó con firmeza.

—Toma mi aliento —susurró él—. Llévame dentro de ti.

Se apoderó de su boca con los ojos abiertos. Ella hizo lo mismo, respiró hondo y se fundió en él.

—Qué... qué maravilla —musitó.

Ya no se aferraba con tanta fuerza a sus hombros.

—Mírame, Grace —ordenó él—. Mírame profundamente a los ojos. Deja que respire a través de ti.

Ella hizo lo que le pedía y Ruthveyn se abrió a aquella experiencia. El frenesí que conducía al orgasmo corriente había perdido urgencia, había sido trascendido, y la energía del interior de Grace, y de sí mismo, comenzó a crecer y a crecer paulatinamente. Él extrajo el aliento de su cuerpo una y otra vez y Grace lo imitó. Aquella contención del placer era exquisita.

Su verga estaba del todo dentro de ella, dura como una roca, pero la premura había pasado, y después de un rato Ruthveyn sintió que se deslizaba en un estado de relajación profunda, casi etérea. Y sin embargo a su alrededor se palpaba una atmósfera de sensualidad absoluta, como si cada uno de sus nervios vibrara de placer tan intensamente como el punto exacto en el que su verga la penetraba. Se movieron juntos tan despacio como si fueran el sol y la luna surcando el cielo. Eran Shiva y Shakti, el poder supremo y la energía celestial.

Hacía mucho tiempo que deseaba experimentar aquello, y mucho tiempo que se resistía a ello, a abrirse por completo a otro ser humano. Carecía del entrenamiento y la paciencia que exigía el tantra, pero aun así podía vislumbrar el paraíso.

—Mírame, Grace —susurró—. Ábrete a mí.

Lo miró a los ojos, perfectamente quieta. Lo envolvía por completo, no sólo con su cálido y femenino pasadizo, sino también con brazos y piernas y al menos con una parte de su mente, o eso deseaba creer él. Una intimidad como aquélla, dar y recibir, la conciencia del momento y la elevación más allá del puro sexo físico, podía conducir a la apertura mental más profunda posible, a lo que más temía. Y sin embargo con Grace, al menos esa noche, no lo temía.

Siguieron así, moviéndose juntos, quizás una hora, quizá más, despacio, sensualmente, respirándose y dándose el uno al otro. Cuando Grace se acercaba al orgasmo, Ruthveyn paraba o cambiaba ligeramente de postura, hasta que notaba que la energía que los envolvía crecía y se intensificaba de nuevo. Se sentía unido y arraigado a ella por una intimidad que trascendía lo físico.

¡Ah, pero aquello no duraría! Tenía poca práctica en aquel arte y sabía que, si se distraía aunque fuera sólo un ápice, la lujuria terrenal comenzaría a apoderarse de él nuevamente, con un ansia brutal y feroz. La alejó de sí y se abrió al juego divino, pero pasado un tiempo Grace suspiró al aspirar su aliento y al fin él sintió que algo se quebraba dentro de sí.

—Grace —susurró—, córrete conmigo.

La tumbó de nuevo sobre el mullido colchón, penetrándola profundamente, y su cuerpo oprimió su verga con ansia. Le hizo pasar las piernas por encima de sus hombros e inclinar la espalda hasta que vio que sus ojos se dilataban llenos de placer. Ella dijo algo en francés con un jadeante hilillo de voz. Luego el orgasmo se apoderó de ambos, lo atravesó a él e inundó a Grace como una avalancha largo tiempo contenida.

Durante un instante sublime, fue como si Ruthveyn abandonara su cuerpo físico. Como si toda su mente fuera un núcleo de placer que irradiaba su luz y se vertía en Grace cual un sol en estado líquido. La sintió temblar y mecerse bajo él, la oyó gemir de placer y aspiró sus gemidos, absorbiéndolos dentro de sí como aliento y energía, devolviéndoselos convertidos en un gozo puro e inalterado.

Cuando abandonó aquel lugar más allá de sí mismo y regresó a la cama, se dejó caer hacia un lado y quedaron entrelazados, la cabeza de ella apoyada sobre su hombro.

—Santo cielo —musitó Grace pasado un rato—, ¿qué ha sido eso?

Ruthveyn se inclinó para besar su coronilla.

—El acto amoroso como ha de ser, creo —murmuró—. O como ha de ser al menos algunas veces.

Grace no volvió a decir nada hasta pasado un rato, pero él oía su respiración pausada y firme.

—¿De veras es así como se hace? —preguntó por fin.

—En ciertas culturas, sí —contestó—, pero no es fácil lograr esa fusión de energías.

—¿Nosotros... nosotros la hemos logrado?

Ruthveyn respiró hondo.

—Hasta cierto punto, sí. —La besó otra vez—. Pero a veces para alcanzar un plano de auténtica armonía y energía compartida hacen falta horas... y práctica. Un montón de práctica. Hay que cultivar la disciplina y la capacidad de posponer la culminación para dar prioridad al viaje. Me temo que nosotros somos neófitos.

—Horas y horas, ¿eh?

Estaba otra vez enredándose un mechón de pelo en el dedo, un gesto pueril de ensimismamiento que a Ruthveyn había acabado por resultarle enternecedor. Después posó la mano en el centro de su pecho y se tumbó sobre él. Sus ojos eran pura seducción.

—No creo que el día tenga horas suficientes para eso —susurró—. Adrian, ha sido... He sentido... Ni siquiera encuentro palabras para expresar lo que he sentido. Ha sido todo y nada al mismo tiempo. Ha sido como... como experimentar lo divino.

Agachó la cabeza y lo besó.

Bastó con eso para que Ruthveyn se rindiera por completo. Lo poco de sí mismo que había logrado ocultarle se precipitó de pronto hacia el abismo.

Capítulo 13

El cuento del adivino

*E*stuvo un rato adormilado, abrazado a Grace, cuya cabeza reposaba sobre su hombro. No recordaba haber sentido nunca una felicidad semejante. Un bienestar parecido a aquél, aunque ese término no fuera el más adecuado para describir lo que sentía cuando estaba con ella. En todo caso, lo llamara como lo llamase, reposo, tranquilidad o puro sostén emocional, la triste realidad era que su vida había carecido de ello desde... en fin, casi desde siempre. Quizás hallar aquel bienestar en el otro era el mayor cumplido que podía hacérsele a un amante.

Esa noche se había entregado a la manifestación de la energía eterna entre hombre y mujer como nunca antes se había atrevido a hacerlo, ni había soñado que fuera posible. Había abierto a Grace su corazón y su mente, y no había sucedido nada: no había visto aquel súbito fogonazo cegador que auguraba una desgracia, no había entrevisto los rincones más oscuros de su alma, ni había vislumbrado un destino aún por cumplirse. Con Grace era un hombre normal, con las necesidades normales, capaz de extraviarse dentro de ella como sin duda había sido la intención de Dios.

¿Era posible? ¿Cabía la posibilidad, aunque fuera remota, de que entre ellos las cosas fueran siempre así? ¿Era Grace la amante que le estaba destinada desde el principio? ¿O simplemente el tantra había cegado sus ojos, impidiéndole ver el porvenir?

Debería haber sucedido justo lo contrario. Adentrarse en aquel estado de conciencia universal, aunque fuera de manera tan superficial y desmañada como lo habían hecho ellos, debería haber abierto todas las vías de comunicación entre ambos. Por el contrario, él había sentido el *prana*, la fuerza vital, atravesándolo sin trabas de ninguna clase quizá por primera vez en su vida. Había sido capaz de rozar lo divino, o al menos de vislumbrarlo, al darse tan profundamente a Grace. De haber creído alguna vez que aquello estaba a su alcance, habría prestado más atención a la antigua sabiduría.

Deseó de pronto comprenderlo más plenamente, deseó no haber rechazado hasta cierto punto esa parte de sí mismo que procedía de su madre. Siempre podía recurrir a Anisha, claro, si se atrevía a hablar con ella de aquel asunto. Al contrario que a él, a su hermana la habían animado a estudiar los tantras, o al menos no la habían disuadido de hacerlo. Ella era una mujer y su Don, si lo tenía, había quedado cuidadosamente arropado por el velo de la tradición hindú, primero por obra de su madre y después de sus sirvientes.

Él, en cambio, había sido educado en el rigor de las escuelas de la Compañía en Calcuta y posteriormente en la universidad escocesa, donde no le habían enseñado gran cosa de filosofía esotérica hinduista. Y menos aún de sabiduría erótica. La mayoría de sus compañeros de estudios creían que el acto sexual consistía en un beodo revolcón contra la pared de una callejuela, detrás de alguna taberna de pueblo. Ruthveyn sabía que no era así, pero no se había comportado mucho mejor.

Sintió que Grace se rebullía a su lado. Se frotó contra él, deslizando los labios cálidos contra su cuello.

—Umm —dijo—. Qué cara tan seria. ¿En qué estás pensando?

Se volvió hacia ella y logró sonreír.

—Aunque te parezca extraño, estaba pensando en mi madre.

Grace puso su mano pequeña y cálida sobre su pecho.

—Anisha me habló un poco de ella —dijo, mirándolo—. ¿Cómo se llamaba?

—Sarah —respondió él—. Sarah Forsythe.

—Sarah —repitió Grace—. Suena tan... inglés.

Él se rió, pero sin ganas.

—La llamaron Sarah después de su boda —explicó—. En realidad se llamaba Saraswati, pero mi padre quiso occidentalizar su nombre. Quiso occidentalizarla a ella, aunque no lo consiguió. En cambio pasó a llamarse Sarah.

Grace hizo una pequeña mueca.

—¿Qué opinaba ella al respecto?

—¿Sabes, Grace?, creo que eres la primera persona que me lo pregunta o que se interesa por eso —repuso él con suavidad—. Los deseos de una esposa, y más aún los deseos de una esposa india, rara vez se consultaban. Creo que mi madre llegó a resignarse a ello, a pesar de la decepción que supuso para mi padre.

—¿Para tu padre? —Grace se acurrucó a su lado—. Creía que ella era una gran belleza.

Ruthveyn dudó un momento mientras sopesaba cómo explicarlo.

—Mi madre era... extraña —dijo por fin—. Era muy poco frecuente que una mujer rajput fuera entregada en matrimonio a un extranjero, pero a su familia le había costado encontrarle marido.

—¿Encontrarle marido a una mujer tan bella e hija de un príncipe riquísimo? Qué raro.

Ruthveyn deslizó una mano por su pelo. Extrañamente, aquel gesto le reconfortó.

—Mi madre intimidaba un poco a su propio pueblo —explicó él con calma—. La creían una poderosa *rishika*, una vidente o mística, y ningún hombre quería casarse con una mujer así. Verás, era un don y al mismo tiempo una maldición. Así que se acordó un matrimonio político para ella.

Grace se quedó callada un momento.

—Ahí está otra vez ese asunto del «don» —murmuró—. Da la impresión de que hablamos de él con circunloquios. ¿Tu padre también la temía?

Ruthveyn ladeó la cabeza para mirarla.

—Creo que sencillamente se llevó una sorpresa —dijo mientras se preguntaba adónde quería ir a parar ella—. No le dijeron la verdad antes de la boda. Pero importó poco. No tenía ningún deseo de confraternizar con su pueblo y los ingleses... En fin, los matrimonios mixtos eran más comunes en aquella época, pero rara vez a un nivel tan alto. La verdad es que mi madre nunca encajó en ninguna parte.

—Pero ¿os quería? —preguntó Grace esperanzada—. Imagino que Anisha y tú erais su felicidad.

—Sí —contestó con sencillez—. Éramos su vida y su aliento.

Muy propio de Grace, pensó, *comprender algo tan fundamental.*

Ella se estiró y pasó una pierna por encima de las suyas. Los rizos de su pubis le rozaron el muslo y él cayó de pronto en la cuenta. Debió dejar escapar un gemido de consternación.

—¿Qué ocurre? —dijo Grace y levantó la cabeza para mirarlo.

Ruthveyn se volvió para mirarla, deslizó una mano entre ellos y la posó sobre su vientre. Ése era el problema de pretender unirse con el cosmos, supuso. Que uno tendía a olvidar los problemas y los inconvenientes del mundo terrenal.

—Grace, ¿cuándo tuviste la última regla? —preguntó suavemente.

Ella se puso muy colorada.

—Grace —dijo con una leve nota de reproche—, ahora somos amantes. No debemos avergonzarnos el uno delante del otro. No con estas cosas.

Ella se tumbó de espaldas y pareció comprender de pronto.

—¿Hace quince días? —musitó con la mirada fija en el techo—. Un poco menos, quizá.

Ruthveyn se maldijo para sus adentros, pero trazó un círculo sobre su vientre con la palma de la mano y se obligó a sonreír.

—Bueno, mi Grace —dijo con calma—, es posible que no veas París... como no sea en nuestra luna de miel.

Ella se incorporó apoyándose en el codo y lo miró a los ojos.

—No puede ser —contestó—. No va a ser.

—Puede que sí —respondió Ruthveyn—. He perdido el control, Grace. Lo siento. Confío en que no pagues un precio insoportable por el error que he cometido.

—¿Un precio insoportable? —Lo miró inquisitivamente y sacudió la cabeza—. ¿Eso crees que sería para mí? Porque... ¿Por qué? ¿Porque eres distinto? ¿Es por eso?

—¿Distinto? —murmuró—. ¿En qué sentido?

Grace desvió la mirada.

—En el sentido del que no hablamos —respondió—. No confías en mí. De hecho, es muy probable que no pasemos juntos el tiempo suficiente para que aprendas a confiar en mí, pero no soy tonta, Adrian. Y sí, quiero tener un hijo. No así, sin habernos comprometido el uno con el otro por elección, pero tener un hijo es la suma total de mis esperanzas y mis sueños. ¿Puedes decir tú lo mismo? No sé por qué, pero lo dudo.

Al mirarla desde el otro lado de la almohada, Ruthveyn comprendió que estaba angustiada, pero ¿qué podía decirle? Había mucho de verdad en su acusación. Y él no era hombre que huyera de la verdad. Lo había intentado y había descubierto que no servía de nada.

—Serías una buena madre, Grace. Una madre maravillosa —respondió—. Pero no, no quiero tener un hijo. Tuve una hija cuando era más joven y ansiaba desesperadamente tener una vida llena de esperanza y de futuro. Y perderla, verla y saber que hiciera lo que hiciese...

Dejó que su voz se apagara y sintió de pronto el impulso de pellizcarse el puente de la nariz.

—Lo siento —susurró ella, mirándolo fijamente—. Lo siento mucho. No lo sabía.

Consiguió dominarse: llevaba años haciéndolo.

—Se llamaba Hannah —dijo—. Nació unas semanas después de la retirada de Kabul, pero me retrasé. No llegué a casa a tiempo.

Ella posó una mano cálida sobre su mejilla.

—Tu hermana me dijo que viajabas mucho. ¿Estabas allí como diplomático?

—Más o menos —contestó—. Me envió el gobierno para intentar averiguar qué estaba ocurriendo y me fui sabiendo que...

—¿Qué? —preguntó ella con suavidad.

Se encogió de hombros, pero no la miró.

—Sabiendo que mi esposa estaba encinta —dijo—. Que... que en casa las cosas no iban bien. Pero tuve que elegir, Grace. Tuve que elegir. Si había alguna esperanza de detener aquella matanza, tenía que ir. Así que la dejé. Melanie murió en el parto, pero Hannah vivió el tiempo suficiente para que al menos la cogiera en mis brazos.

—Lo siento —repitió Grace—. No imagino peor dolor que perder a una esposa y a una hija casi de golpe.

—Y sin embargo es una tragedia cotidiana —repuso él en voz baja—. De los hombres se espera que aguantemos, que salgamos adelante, y eso hacemos. Eso hice yo. No, nunca he deseado tener otro hijo, ni otra esposa. Pero si llegara el caso, Grace, eso es lo que haríamos. Nos casaríamos y haríamos lo que han hecho legiones de personas antes que nosotros: lo haríamos lo mejor posible. Y es muy probable que nos fuera bien. Incluso que fuéramos felices.

Pero Grace ya no lo miraba.

—Eso no va a ocurrir —dijo, aturdida—. Y no voy a casarme con un hombre que cree que quizá lograra ser feliz conmigo.

—Grace, no es... —Levantó la mano y la dejó caer de nuevo—. No es por ti, es por mí.

Ella volvió la cabeza y su cabello rozó la almohada.

—No va a pasar —repitió—. Pero se está haciendo tarde, Adrian. Será mejor que te vayas.

Sí, era lo mejor, decidió Ruthveyn.

Con una tristeza que no esperaba sentir, besó su mejilla y buscó a tientas por el suelo su bata. La noche que con tantas ilusiones había empezado se le antojaba ahora una vana alegría. Grace estaba dolida y con razón. Y había poco que él pudiera hacer para explicárselo.

Tenía ya la mano en el picaporte cuando ella volvió a hablar:

—Adrian —dijo, y su voz resonó como una campana en la oscuridad—, ¿cómo lo supiste?

Al volverse, vio que se había puesto el camisón y que estaba sentada a la luz de la luna, con las rodillas pegadas al pecho.

—¿Cómo supe qué?

—Que habría una matanza —respondió ella con serenidad.

Él dudó un instante. Luego dijo:

—Era Afganistán. Allí siempre hay muerte y destrucción. Es un lugar infernal.

Y dado que había mucho de verdad en su respuesta, lo dejó así y confió en que Grace no tuviera nociones de historia. Ella, sin embargo, apoyó el mentón en las rodillas y suspiró.

—Vuelve a mi cama cuando tengas una mentira mejor que contarme, Adrian —dijo.

Él bajó la mano.

—¿Qué?

—Vuelve a mi cama y hazme el amor otra vez —añadió—, y quizá, sólo quizá, te portes tan bien y yo te desee tanto que me deje persuadir para creer ese embuste. Esta noche, en cambio, lo dudo.

Ruthveyn regresó lentamente a la cama. La bata de seda se agitó alrededor de sus tobillos.

—¿Qué quieres que te diga? —preguntó con aspereza, apoyando las manos sobre el colchón e inclinándose hacia ella—. ¿Qué quieres? ¿Que desnude mi alma? De todos modos vas a dejarme.

—Ah, ya veo. —Bajó las rodillas—. Voy a marcharme, sí, pero si no fuera así me lo contarías todo acerca de tu turbio pasado, ¿no es cierto? Y seríamos felices y comeríamos perdices. Tú, yo y ese hijo que temes que haya concebido.

—¿Qué quieres, Grace? —Su voz sonó hueca—. ¿Quieres que te diga que una vez fui algo más que un espía corriente? ¿Que mentí y manipulé y tiré de todas las cuerdas de las que la Compañía de las Indias Orientales y el gobierno de Su Majestad querían que tirara? ¿Que hasta apuñalé por la espalda a mi propia gente una o dos veces? Hice todo eso, sí, porque a veces uno no tiene más remedio que elegir entre lo malo y lo peor. Las hice porque mi padre me dijo que era mi deber. Que había nacido para ello. Pero ya no las hago, Grace. Por nadie. Prefiero beber y fumar hasta entontecerme, como tú dices, en lugar de pensar en ello. O de soñar con ello. Así que ya lo sabes. ¿Es eso lo que querías?

Ella negó lentamente con la cabeza.

—Creo que lo que quiero —respondió con un susurro— es no quererte tanto.

—Grace. —Tomó su cara entre las manos—. Grace, no me quieras. No me quieras.

Le sostuvo la mirada fijamente mientras una lágrima se deslizaba por un lado de su nariz.

—Ojalá no te quisiera —dijo—. He intentado fingir, he intentado convencerme a mí misma de que no era eso. Ojalá pudiera quedarme aquí hasta que se solucione este odioso asunto, disfrutar de la amistad de tu hermana y del placer de enseñar a los niños, y quizás incluso de hacer el amor contigo de vez en cuando. Pero me gustaría no quererte porque eres tan opaco, Adrian... Hablas de un intercambio cósmico de sensualidad y cosas espirituales, pero en realidad no compartes nada. Ésa es la impresión que tengo.

Él se sentó a un lado de la cama y respiró hondo, trémulo.

—Entonces, ¿qué? —preguntó roncamente—. ¿Qué quieres saber, en nombre del cielo? ¿Qué puedo decirte que te haga sentir mejor, Grace?

—Pues... todo. —Se apartó el pelo de la cara con un gesto que denotaba cansancio—. Quiero saber si eres uno de los Vateis, o como se llamen —añadió—. También quiero saber por qué, cuando me tocas, a veces siento como si me hechizaras y por qué tus ojos parecen tener mil años y haber visto un millar de cosas horribles. Y quiero saber por qué me trajiste aquí. Quiero saber qué fue lo que viste.

—Grace, no es...

—No —lo interrumpió—, sé que no es a Napier a quien temes. De hecho, no creo que le tengas ningún miedo, ni a él, ni a nadie. Así que quiero saber qué es lo que has visto, o presentido o adivinado o como quieras llamarlo, que hace que estés tan preocupado por mí. Creo que tengo ese derecho.

Se quedó callado largo rato, dando vueltas en su cabeza a lo que había dicho ella. Le sorprendía la tranquilidad con que era capaz de formular tales preguntas. De pronto se sentía como si su vida entera pendiera del filo de una espada. Como si el destino estuviera esperando a que se decantara de uno u otro lado para hacerle trizas.

—He visto mil cosas terribles, Grace —dijo por fin—, igual que mi abuela escocesa antes que yo y que su padre antes que ella, y que un centenar de generaciones antes que ellos, quizá. Sí, lo llevamos en la sangre como una maldición. ¿Somos los Vateis? No lo sé. Es tan buen nombre como cualquier otro.

—Entonces esa marca que tienes en la cadera no es un simple tatuaje —dijo ella—. Y la leyenda de los Guardianes no es sólo una leyenda. Rance, tú y la gente que es como vosotros descendéis de la Sibila, del Don.

Él apartó la mirada.

—De eso no hay duda —dijo—. Hay suficientes genealogías que lo demuestran.

—Así que tu madre era una mística —dijo Grace despacio—. Una profetisa hindú o algo parecido, y se casó con un hombre que llevaba en las venas el Don de los escoceses. Un hombre que tenía la marca del Guardián y cuyo trabajo consistía en protegerte de niño, me atrevería a decir. Con semejante linaje, Adrian, no habrías podido escapar a tu destino aunque lo hubieras intentado.

Le extrañó lo fácilmente que lo aceptaba, sin duda por obra de su hermana. Se volvió para mirarla y tomó su mano.

—Hablas como si fuera un rasgo cualquiera que se transmite por la sangre, como el cabello rojo o el reumatismo. Ojalá yo me lo tomara con tanta indiferencia.

—No se trata de eso —repuso ella con voz baja y un poco trémula—. Una tía mía tenía unos sueños espantosos. Sueños que podían hacerse realidad, o eso murmuraban los aldeanos. Mi padre me contó que la trataban como a una paria y que acabó arrojándose por un acantilado. A mi padre aquello le rompió el corazón. No, Adrian, puedo ser muchas cosas, pero indiferente no es una de ellas.

Aquello hizo callar a Ruthveyn durante un rato. Había oído aquella historia muchas otras veces: las sospechas de los pueblerinos eran eternas. Pero oír a Grace hablar de ellas le entristeció.

—¿Por qué me trajiste aquí, Adrian, a esta casa? —susurró ella—. Sé que no fue para seducirme, dado que fui yo quien te sedujo a ti y no al revés. Pero el hombre al que conocí en Saint James era muy diferente al hombre iracundo y atormentado que me siguió por las escaleras de Whitehall y me besó hasta dejarme casi sin sentido.

Ruthveyn sopesó su pregunta. Grace creía tener derecho a una explicación. Y quizá lo tuviera. Al principio no había querido asustarla. Ni siquiera él estaba seguro de lo que había visto. Seguía sin estarlo, pero quizá fuera hora de ser sincero.

Sentado frente a ella en la cama, levantó las piernas, las colocó en *siddhasana* y exhaló todo el aire que tenía en los pulmones, intentando desprenderse de la frustración que se agitaba en su interior.

—Esa mañana fui a la casa de Holding en Belgrave Square —dijo al cabo de un rato—. Y allí vi... algo. Una desgracia que aún no ha ocurrido, creo. No creo que la de Holding haya sido la última muerte en este terrible asunto. Es una sensación muy fuerte. Y he soñado...

He soñado con ello y te he visto muerta, pensó cerrando los ojos. *¡Ah, Grace! Vi el cuchillo y vi la sangre y sentí que mi vida se escapaba con ella...*

Pero Grace había posado la mano sobre la suya, sobre su rodilla.

—¿A quién viste, Adrian? —preguntó en voz baja—. ¿A quién?

Abrió los ojos y comprendió que ella se refería a su visión, no al sueño. Y sus sueños no eran proféticos, se recordó. No lo eran. Hasta una visión podía malinterpretarse. Y a veces podían alterarse por intervención divina o de otra especie. Había pruebas de ello a lo largo de la historia, y en parte era la razón por la que existían los Guardianes: para evitar que quienes podían manipular con intenciones perversas el curso de los acontecimientos se sirvieran del Don en su provecho.

Tragó saliva con esfuerzo y desvió la mirada para que Grace no viera en sus ojos más de lo que deseaba mostrarle.

—No estoy seguro —dijo evasivamente, a pesar de que era cierto.

—Pero viste a alguien —insistió ella.

Se volvió para mirarla con ojos sombríos, y se rindió.

—Vi a Fenella Crane —dijo—. La vi muerta en un campo de nieve, muerta violentamente. A su alrededor, en el aire, se agitaban el miedo y el odio, pero... no pude distinguir nada más.

—Fenella —susurró Grace llevándose la mano a la garganta—. ¡Dios mío! ¿Va a morir?

Ruthveyn sacudió la cabeza.

—No estoy seguro, pero temo que sí. Puede que la visión fuera una metáfora. O que sencillamente se equivoque de un modo que aún no puedo interpretar. Pero advertí a Napier de ello hace tiempo.

—¿Y te creyó? —preguntó con urgencia—. Dios mío, ¿sabe Napier que tienes el Don?

Ni siquiera se molestó en negarlo: de pronto se sentía incapaz de hacerlo.

—Alguien le habló de mí —respondió con voz rasposa—. Hace meses, cuando Lazonby estaba aún en prisión. Alguien de las altas esferas del gobierno. Tuvo que ser así, puesto que sólo lo saben tres o cuatro personas. Todos los demás han muerto, y en la Sociedad nadie me traicionaría. Pero Napier sigue pensando casi siempre que son sólo pamplinas.

—*Mon Dieu* —murmuró Grace.

—Puede que te tranquilice saber que tiene la casa vigilada —añadió—. Ayer lo llevé a rastras a Rotherhithe a ver a la señorita Crane. Parecía inquieta, desconfiada y muy empeñada en proteger a Josiah Crane. No pude ver cuál es el peligro que la acecha.

—Y cuando presientes esas cosas —insistió ella—, ¿qué forma adoptan? ¿Son sueños? ¿Visiones?

—Visiones o, si me abro, solamente... impresiones. Como una emoción que se manifiesta en una especie de energía a mi alrededor. —Apartó la mirada y la fijó en un punto al fondo de la habitación—. Dios santo, parece una locura.

—No, nada de eso —contestó ella con firmeza—. Dime cómo sucede. Cuéntamelo con detalle.

—No sé cómo sucede —dijo Ruthveyn, abriendo las manos sobre sus rodillas, con las palmas hacia arriba—. Sólo sé que, si no estoy en guardia cuando me encuentro en compañía de otros, si no cierro mi mente a propósito, me llegan. Cuando toco a la gente, la piel desnuda, normalmente. O a veces simplemente cuando les miro a los ojos, aunque sea por accidente. Es como si Dios levantara la hoja de una ventana y me dejara ver sus almas.

—¿La de cualquiera?

La voz de Grace sonó un poco más aguda, como si se estuviera imaginando lo que sería vivir así. Pero nadie podía entenderlo, pensó Ruthveyn, a menos que lo hubiera vivido.

—No, no la de todo el mundo, gracias a Dios —susurró dejando caer los hombros—. Algunas personas son los que los Vateis siempre han llamado «Incognoscibles». Somos ciegos a ellos.

—¿Qué hace que alguien sea incognoscible?

Él se rió, pero su risa sonó amarga.

—Eso también es una incógnita —confesó—. Y algunas personas están más abiertas que otras. Un Vates puede «leer» con más facilidad a unas personas que a otras. Por lo general los Vateis no podemos leernos entre nosotros, pero puede haber matices. Anisha puede leerme la palma de la mano y las estrellas, por ejemplo. El pueblo de mi madre la enseñó a hacerlo de la manera tradicional, así que es posible que heredara esa facultad por vía materna y que no pertenezca en absoluto a los Vateis.

—Qué extraño —susurró Grace—. Tiene que haber alguna razón que lo explique.

Ruthveyn se encogió de hombros.

—Yo ya he dejado de buscarla —contestó—. Y el señor Sutherland no ha encontrado ninguna en el curso de sus investigaciones genealógicas.

—¿El señor Sutherland?

—Nuestro Prioste, algo parecido a un sacerdote —explicó Ruthveyn—. De hecho, ha encontrado personas que tienen un Don tan difuso que creen que sólo se trata de intuición corriente. Es como si se hubiera difuminado en su sangre. Algunos, como Lazonby, tienen una percepción muy aguda. Clarividencia, quizá, pero no precognición. Algunos Vateis sólo pueden intuir al sexo opuesto. El Don tiende a saltarse una generación, pero aun así no podemos «leer» a nuestros propios hijos o nietos, ni a nuestros hermanos con precisión, si es que podemos hacerlo en absoluto. Mi abuela decía siempre que en eso Dios había sido misericordioso. Von Althausen, sin embargo, asegura que no tiene nada que ver con Dios. Que esas visiones son simples impulsos eléctricos incontrolados que se producen en el cerebro. Pero que me aspen si lo entiendo, Grace.

—Von Althausen —murmuró ella—. Ése al que Anisha llama «el científico loco».

—Anisha —dijo Ruthveyn con acritud—. Me dan ganas de estrangularla. Fue ella quien te contó todo esto, ¿verdad?

—No hizo falta. —Sacudió la cabeza y la confusión que empañaba su semblante pareció disiparse de pronto—. A eso se dedica la Sociedad Saint James, ¿no es cierto? Al estudio de lo metafísico.

—Estoy sufragando los estudios, sí, junto con lord Bessett —respondió él—. Pero la organización ha tenido filósofos naturales entre sus miembros desde hace siglos. Ahora estamos sencillamente intentando crear un refugio dedicado a la investigación. Formalizar ritos de iniciación y procurar que los miembros se conozcan entre sí. E identificar, si podemos, cualquier línea genealógica desconocida hasta ahora. La Sociedad ha ido perdiendo su estructura con el paso de los siglos y eso puede ser peligroso.

Grace lo miró fijamente.

—¿Esto viene sucediendo desde hace siglos? Entonces... en realidad ni siquiera es la Sociedad Saint James.

Ruthveyn sopesó un momento cuál sería la mejor forma de responder, pero habían llegado a un punto en el que la franqueza parecía ser el único camino posible.

—No exactamente —contestó por fin—. Se llama la *Fraternitas Aureae Crucis*, la Hermandad de la Cruz Dorada. En su forma más antigua, el símbolo no tenía ningún cardo, y de los escritos antiguos se deduce que la *Fraternitas* fue en tiempos una orden religiosa, más que cualquier otra cosa.

—¿Como los caballeros templarios?

Él se encogió de hombros.

—Creemos que los Guardianes proceden en parte de los jesuitas, pero hasta eso no es más que una leyenda —respondió—. Tiene que haber alguna relación con las antiguas civilizaciones celtas de Europa, porque algunos de los términos que emplea la *Fraternitas* son de origen celta. Pero el nombre es latino, lo que sugiere claramente que fue cristianizada por influencia romana. Francamente, creo que nunca sabremos la verdad por más que se esfuerce Sutherland en averiguarla.

Los ojos de Grace se agrandaron.

—¿Y todas las personas de esa organización tienen... tienen el Don?

—No, no. —Se pasó las manos por el pelo—. A la Fraternitas pertenecen toda clase de hombres de ciencia. Los Sabios, se les llama tradicionalmente. Y también tenemos hombres de leyes y de letras, los Advocati. Y hombres de Dios, los Priostes. Pero todos ellos protegen de un modo u otro el Don.

—Los Sabios, los Advocati, los Priostes... —repitió Grace en tono pensativo—. Empieza a sonar como los rosacruces, o como algo relacionado con la masonería.

Ruthveyn negó con la cabeza.

—Es anterior a la masonería —respondió—, aunque muchos creen que la Fraternitas fue en tiempos una rama de los rosacruces, de ahí el emblema de la cruz. Pero nadie lo sabe con certeza.

Grace bajó la cabeza para ver sus ojos.

—Adrian —dijo, indecisa—, ¿a mí puedes «leerme»? ¿Puedes ver mi futuro? ¿Es eso lo que ocurre?

Ruthveyn se quedó callado un momento. No sabía qué decir, y decidió ser sincero otra vez. La cogió de las manos:

—Puedo sentir tu presencia, Grace, cuando estás cerca de mí. Ni siquiera me hace falta mirar. Mentí cuando dije que era tu olor. Y cuanto te toco siento casi como si fluyéramos el uno dentro del otro. Hay momentos en que compartimos energía y fuerza vital, como enseñan los tantras, pero ¿verte más allá de eso? No, no puedo. Todavía no. —Se detuvo y bajó la cabeza—. Pero no podemos hacernos ilusiones, Grace. En mi caso, la intimidad ahonda la conexión mental. Y teniendo en cuenta lo que siento por ti... Bien, creo que no podemos hacernos ilusiones a largo plazo.

—Entiendo. —Tras un momento de vacilación, apartó las manos y fijó los ojos en la penumbra con la mirada perdida—. Bien, me siento conmovida, pero para ti sería horrible. Eso lo entiendo. No habría secretos entre nosotros.

—Y es muy probable que viera el momento e incluso la forma en que acabaría ese amor —añadió él—, lo cual sería aún más duro.

Grace se había vuelto hacia él. Sus ojos brillaron de pronto a la luz de la lámpara.

—¡Ay, Adrian! Ahí es donde te equivocas —dijo con voz ronca—. El amor verdadero no termina. No termina.

Al oírla, Ruthveyn notó un nudo en la garganta y se sintió impelido a apartar la mirada. Comprendió que Grace tenía razón: lo que sentía por ella no se difuminaría nunca. De eso estaba cada vez más seguro, con una certeza casi dolorosa. Buscó palabras para decírselo, pero luego se lo pensó mejor.

Justo en ese momento se oyó un estrépito en el interior de la casa. Alguien había dejado caer un cubo o una artesa de carbón. Ruthveyn miró velozmente hacia la ventana. Ni un asomo del alba alumbraba aún la ventana, pero la luz de la luna se había debilitado. Sin duda los sirvientes de la casa empezaban a levantarse.

Tomó rápidamente la cara de Grace entre las manos y la besó.

—Debo irme —dijo cuando al fin se separaron sus bocas—. No sé si puedo quererte aún más de lo que ya te quiero, Grace. Me quedo sin aliento cuando te miro, pero he pasado tanto tiempo cerrándome a los demás...

Aquel estrépito se oyó otra vez, peligrosamente cerca.

En realidad no había nada más que decir, y ya había dicho demasiado. Se levantó de la cama y dejó a Grace, como debería haber hecho mucho antes.

Pero cuando salió a hurtadillas por la puerta seguía sintiendo aquel nudo en la garganta y llevaba aún en los labios el sabor agridulce de su cuerpo.

Capítulo 14

El secreto del breviario

El domingo era, oficialmente, el día en que libraba Grace, pero debido a la deuda que lord Lucan había contraído con su hermana, y al placer perverso que obtenía Anisha de exigirle su libra de carne, los niños solían pasar con su tío las horas posteriores al oficio religioso de la mañana. Fue así cómo, teniendo la tarde para ella sola, Grace se decidió a pedir ayuda a Higgenthorpe para bajar del desván el baúl de su padre, que, desde la muerte de éste, la había acompañado a todas partes.

El mayordomo chasqueó los dedos y en un periquete dos fornidos lacayos bajaron el viejo armatoste por la escalera y lo llevaron a su dormitorio. Grace estaba metida casi literalmente hasta las rodillas y los codos en viejos recuerdos cuando lady Anisha, ataviada con unos pantalones de seda, entró en la habitación y se dejó caer en la butaca que había junto al hogar. Esa tarde llevaba incluso un arete de oro en la aleta izquierda de la nariz, y parecía muy distinta a la joven y elegante inglesa a la que Grace había acompañado a la parroquia.

—¿Qué está haciendo? —preguntó, apoyando la barbilla en un puño.

Grace se rió y se sacudió una pelusa sucia de la manga.

—Pasar el rato, principalmente —dijo—. O llenarme de polvo, mejor dicho. ¿Me necesita? Esto puede esperar.

—No, es sólo que estoy aburrida. —Se quedó mirándola un instante—. Así que, querida, Raju me ha dicho que le ha hablado de la *Fraternitas*.

Grace le lanzó una mirada extrañada.

—*Oui* —contestó rápidamente—. ¿Tiene alguna objeción?

Anisha la miró con sorpresa.

—¿Yo? Yo no tengo nada que ver con eso.

—¿No es... una de ellos?

Anisha levantó los ojos al cielo con su expresividad habitual.

—Mi querida niña, la Fraternitas es sólo para hombres. Y para hombres muy tercos, muy arrogantes y con muy malas pulgas, además, a pesar de toda su cháchara acerca la ciencia y el intelecto. Puede que hablen en un lenguaje elevado de proteger a las mujeres, pero ¿admitir a una? Eso nunca.

—Ah —dijo Grace—. No lo había entendido del todo bien.

Como si el tema le aburriera, Anisha tocó el desvencijado baúl de madera con la punta de su pantufla.

—¿Este mamotreto es suyo? Parece el doble de viejo que usted.

Grace se apoyó en los talones, riendo, y sacó un ancho maletín de cuero.

—La verdad es que era de mi padre, de sus tiempos de estudiante en la École Spéciale Militaire —contestó—. Nuestros exiguos tesoros familiares llevan una eternidad guardados aquí. Mire, eche un vistazo a la prueba material que Scotland Yard esgrime contra mí.

Abrió el cierre del maletín y levantó la tapa. Los revólveres Colt de su padre brillaron sobre su lecho de terciopelo azul, tan lustrosos como el primer día.

—¡Madre mía, un juego de pistolas! —exclamó Anisha—. ¿Se servirá de ellas para perpetrar su próximo asesinato? ¿Ésa es la teoría de Napier?

Pero el nombre de Napier le trajo el recuerdo de la sombra que pendía sobre ella, y de lo que había ocasionado. Algo pareció marchitarse en su semblante.

Anisha agrandó los ojos, consternada, y se llevó los dedos a la boca.

—¡Ay, Grace, qué torpe soy! No tiene gracia, ¿verdad? El señor Holding iba a ser su marido.

Grace rompió a llorar inexplicablemente, y Anisha se deslizó hasta el suelo.

—Perdóneme, Grace —dijo al estrecharla en sus brazos—. Soy la persona más desconsiderada sobre la faz de la Tierra.

—No, he... he si-sido yo quien ha empezado —logró decir Grace—. In-intento tomarme a broma lo de Napier, pero...

Por un instante, la pena volvió a embargarla. Sollozó apoyada en el hombro de Anisha como si fuera a acabarse el mundo, a pesar de no estar segura de por qué lloraba. No echaba de menos a Ethan Holding, pero lamentaba profundamente que hubiera muerto.

Aun así, su tristeza parecía tener raíces más profundas. Era la angustia de desear y temer el deseo. El dolor que producía el miedo a no volver a sentirse normal. La pena de haber perdido a su padre, y el cansancio de temer continuamente que Scotland Yard se abalanzara sobre ella por sorpresa y le pusiera la soga al cuello.

Y lo que era peor aún: hacía días que no veía a Adrian, y percibía claramente la distancia que los separaba. Él no había ido a cenar y la noche anterior Luc había comentado que su antigua suite en Saint James estaba otra vez desocupada. Tenía la convicción de que Adrian estaba evitándola, y en sus momentos de mayor abatimiento empezaba a temer haber agitado en él algo a lo que Adrian no quería enfrentarse y a lo que, de no ser por ella, no habría tenido que enfrentarse nunca.

—Ea, ea —dijo Anisha, dándole unas palmaditas en la espalda—. No puede ser para tanto, Grace. Tenga valor, querida mía. Al final todo se arreglará, se lo prometo.

Grace levantó la cabeza de su hombro, confusa.

—¡Pe-pe-pero está muerto! —dijo entre sollozos—. ¿Cómo va a solucionarse?

Anisha puso cara de consternación.

—No, no, eso no —reconoció mientras le apretaba las manos—. En lo del pobre señor Holding tiene mucha razón.

Al fin Grace se echó hacia atrás otra vez, apoyándose sobre los talones y se enjugó los ojos con su pañuelo de bolsillo.

—Perdóneme, Anisha —dijo—. Esto me tiene trastornada.

—Claro, ¿cómo iba a ser de otro modo? —Anisha sonrió con ternura y pasó las manos por el maletín de las pistolas—. Hábleme de las pistolas —añadió—. Su padre debía de tenerles mucho cariño.

—Sí, se lo tenía. —Esbozó una sonrisa llorosa—. Cuando yo contaba unos catorce años, mi madre hizo que se las trajeran de América como regalo de aniversario. Les tenía tanto cariño que no tuve valor para desprenderme de ellas.

Anisha cruzó las piernas sobre la alfombra de la misma extraña manera en que solía hacerlo su hermano y levantó una cajita de madera que Grace había dejado apoyada sobre el borde del baúl.

—¿Y esto qué es?

—Algunas de las joyas de mi madre —contestó Grace—. Cosas pequeñas, la mayoría, pero mi padre no podía permitirse más. Se las regalaba con mucho amor. Deje que se las enseñe.

Y así, poco a poco, Anisha la sacó de su abatimiento distrayéndola con el baúl hasta que parte de su pena acabó por disiparse. Grace comprendió de pronto que, a excepción de las lágrimas que había derramado ante la tumba del señor Holding, no había llorado desde la misa fúnebre de su padre y su marcha de Francia.

Pasado un rato, cuando la mitad de las cosas que contenía el baúl yacían esparcidas por la alfombra y después de que hubiera contado una docena de anécdotas, Anisha agarró su mano y volvió a apretársela.

—Grace, sólo tiene que aceptar que ha pasado un par de años muy duros —dijo—. Quizá debería llorar más. No menos.

—No sé a qué se refiere.

Pero Anisha le había abierto la mano sobre su rodilla y estaba pasando un dedo con suavidad por su palma con expresión pensativa.

—Tuvo que abandonar su amada Argelia para llevar a su padre enfermo a morir a casa —continuó—. Pero lo afrontó, y después tuvo que afrontar un trabajo nuevo en un lugar extraño, y a continuación la perspectiva de un futuro nuevo pero incierto con el señor Holding. Y cuando creía que eso estaba arreglado, el destino lo hizo todo pedazos otra vez. Y ahora está aquí, y tiene que enfrentarse con Adrian y con toda su oscuridad.

—¡Ay, Anisha, no es...!

Pero Anisha la atajó levantando una mano.

—Grace, créame cuando le digo que algo sé de tragedias y de cambios repentinos —dijo—. Desgasta las emociones hasta dejarlas en carne viva, por más valerosos que seamos en apariencia.

Fijó de nuevo la mirada en su mano, bajando el dedo por el surco profundo que se dibujaba en el centro de su palma. Luego chasqueó la lengua.

—¿Ve estas rayitas que se cruzan por todas partes? —preguntó—. Es de lo que le estoy hablando. Proceden de la tensión que ha vivido. De sus penas, si quiere llamarlas así.

Grace se inclinó para mirar. Después suspiró.

—Bueno, Anisha, al menos las tengo en la mano, no en la cara —logró decir—. Aún.

Por fin se rieron las dos otra vez.

Anisha pasó el dedo por uno de los carnosos montículos de su palma.

—Y esto... Esto es Venus. Representa a Shakti, la gran madre celestial. —La miró con expresión maliciosa—. Mi querida Grace, su pasión es impresionante. Un poco en exceso, quizá. Cuide de que sus apetitos sensuales no le traigan más sufrimiento.

Grace sintió que le ardía la cara.

—Quizá sea ya demasiado tarde, me temo —masculló.

Anisha cerró su mano suavemente.

—Ya está bien por un día —dijo—. Si me lo permite, volveré a leerle la mano con más calma después de haber hecho su carta astral.

—¿Por qué no? —Grace no sabía nada de astrología, o como quiera que se llamara, pero saltaba a la vista que, tal y como le había dicho Adrian, Anisha le concedía mucha importancia—. Me pongo en sus manos, Anisha. Quizás así aprenda algo.

Anisha sonrió vagamente.

—Entonces anóteme la fecha y el lugar exacto de su nacimiento —dijo—, y la hora, por favor, con la mayor precisión posible.

Grace lanzó una mirada al baúl.

—Está escrito ahí, en alguna parte.

—Excelente —dijo Anisha—. Búsquelo y así podré consultar las estrellas con mayor exactitud. Y decirle exactamente cuándo debe ir a visitar de nuevo la cama de mi hermano.

—¡*Ça alors!* —exclamó Grace—. ¡Anisha!

—¿Qué? —Parpadeó con aire inocente—. Confío en que no se haya dado por vencida. A Raju no le haría ninguna gracia. No, debe acudir a su cama en el momento en que su mente esté más despejada y su *prana* sea más abundante. Vaya, enséñele ese Venus hiperdesarrollado y pregúntele qué puede hacerse con él.

Grace supuso que estaba colorada como un tomate.

—Anisha, por favor —dijo—. Ande, ya que está tan llena de energía y tiene tantas ganas de hacer travesuras, ayúdeme a acabar de revisar el baúl.

—Claro. —Anisha descruzó las piernas y se levantó con facilidad—. ¿Qué está buscando?

Grace se arrodilló y se asomó al interior del baúl. Sólo quedaban libros y fajos de papeles.

—No estoy del todo segura —reconoció—. Algo que vi de pequeña, un libro o puede que un dibujo. Creo que lo sabré cuando lo vea. Vamos a sacarlo todo poco a poco.

—Primero los papeles sueltos —ordenó Anisha—. Yo los saco y usted se sienta y los clasifica. Eso que busca... ¿era de algún color en concreto?

—No, que yo recuerde. —Comenzó a revisar el primer montón de papeles que le pasó Anisha—. Pero ¿recuerda esa vieja leyenda sobre los Guardianes, Anisha?

Anisha miró por encima del hombro y con un ademán se colocó el largo pañuelo de seda.

—¿La de la niña secuestrada a la que fueron a buscar a la Île Saint-Louis?

—*Oui*, cuando se derrumbó el puente. —Miró ceñuda los papeles—. No se lo dije a su hermano, pero hay algo que me inquieta. Y es de lo más extraño.

Anisha pareció percibir algo en su tono de voz y se volvió lentamente.

—¿Sí?

—Tuve un antepasado que estuvo a punto de morir en el derrumbe de un puente, un antepasado escocés al que, según se cuenta en mi familia, se dio por muerto en París.

Anisha se quedó de piedra, con los ojos desorbitados.

—¿De veras?

—Al final se recuperó y puede que hasta volviera a casa una temporada, pero creo que murió en París. Mi padre me dijo una vez algo sobre su tumba. No recuerdo qué.

—Me pregunto cuántos puentes habrá en París —dijo Anisha.

—Más de media docena —respondió Grace pensativa—. Pero ¿cuántos pueden haberse derrumbado a lo largo de los siglos?

—Buena pregunta. —Anisha dejó otro montón de papeles en el suelo—. Lo que estamos buscando, ¿tiene algo que ver con ese antepasado?

Grace levantó las dos manos.

—No lo sé —respondió—, pero ese símbolo, la cruz dorada, sé que lo he visto en alguna parte cuando era niña. Y puesto que me crié en el Norte de África, ¿no sería lógico que lo hubiera visto entre las cosas de mi padre?

—Es lo más probable —respondió Anisha mientras levantaba otro fajo de papeles—. Vamos a revisar primero los libros. Así acabaremos antes.

El sexto libro que le pasó Anisha, un volumen fino y decrépito con las tapas de cuero rojo descolorido, llamó enseguida la atención de Grace.

—Éste me suena —murmuró al darle la vuelta.

El libro había estado antaño repujado en oro, pero había perdido gran parte de su dorado y tenía la tapa casi arrancada del lomo. Aun así, parecía muy bello... y muy caro.

Anisha se arrodilló a su lado.

—¿Qué es?

—Un *bréviaire* —dijo Grace—. O una especie de misal. Está en latín, claro.

Lo abrió con cuidado y allí estaba, grabado en el frontispicio y coloreado a mano en brillantes tonos de rojo y azul. En aquella versión faltaba el cardo. La cruz latina estaba iluminada en oro reluciente y colocada encima de una pluma y una espada cruzadas. Debajo se leía «F.A.C».

—¡Santo cielo, la *Fraternitas Aureae Crucis*! —susurró Anisha, pasando un dedo por el emblema—. ¡Y mire! ¿Qué dice aquí?

Grace giró el libro, emocionada, para enseñárselo. En la esquina superior derecha del frontispicio, alguien había escrito con letra apretujada y fina un nombre y una dirección.

—Sir Angus Muirhead —murmuró Grace—, Rue de la Verrerie.

Fuera de eso no había nada que indicara quién era Muirhead ni cómo había llegado a su poder aquel libro. Las páginas, no obstante, estaban muy manoseadas. La fecha de publicación era 1670 y las páginas interiores del libro estaban bellamente ilustradas en vivos tonos de rojo, azul y oro.

—Muirhead —repitió Anisha—. ¿Es un nombre escocés? ¿Podría ser su antepasado?

Grace suspiró.

—Angus es un nombre escocés, creo —contestó—. Imagino que era un pariente, o mi padre no habría tenido el libro, pero ¡ay, ojalá hubiera estado más atenta cuando era pequeña!

—Quizás haya un árbol genealógico.

Grace dejó el breviario.

—Es posible que mi tío tenga uno. Y esa calle está cerca de la Place des Vosges, nada más volver la esquina de su casa. La casa donde nació mi padre y muchos antepasados suyos antes que él. ¿No es extraño?

—Grace —dijo Anisha con entusiasmo—, ¿y si desciende del Don? ¿De la Sibila?

—Bueno, eso no puede ser —repuso Grace—. Aún suponiendo, y ya es mucho suponer, que Muirhead fuera antepasado mío y que estuviera en París con la Sibila, eso sólo significaría que era, como mucho, pariente suyo.

—Y que por tanto el Don corría por sus venas —le recordó Anisha—. Rance me ha contado que era usted una joven muy perspicaz, y que cuando coqueteaba con usted jamás se dejaba engatusar. Quizá tenga el Don, aunque sea sólo un asomo.

Grace le sonrió débilmente.

—Estoy segura de que no, Anisha —respondió—. Y Rance nunca coqueteó conmigo.

—Pero Grace —dijo Anisha pensativamente—, ¿nunca ha tenido la sensación de saber cosas que otros no saben? ¿De saberlas instintivamente, quiero decir, como si las sintiera en la boca del estómago?

Grace se quedó pensando.

—*Mais oui*, ¿no le pasa a todo el mundo? —contestó—. Aunque la verdad es que tuve una tía que...

—¿Sí?

Grace sacudió la cabeza.

—Tenía sueños extraños, eso es todo —dijo—. Yo nunca he adivinado el futuro, Anisha, de eso no hay duda.

—No me refiero a eso —insistió—. El señor Sutherland y el doctor Von Althausen están convencidos de que en algunas familias el Don ha quedado tan difuminado que se confunde con simple perspicacia. No se trata de visiones, sino más bien de una especie de clarividencia amortiguada. Sospechan, sin embargo, que con entrenamiento esa facultad puede... no sé, verse restaurada, quizá. Si se tiene la propensión. La sangre adecuada, si prefiere decirlo así.

—Pues no sé... —respondió Grace—. No me veo adiestrándome para una cosa así, ni desearía hacerlo. Pero mi madre decía siempre...

—¿Qué? —preguntó Anisha inclinándose hacia delante—. ¿Qué decía?

Grace esbozó una sonrisa apenada.

—Decía siempre que yo tenía un don —contestó—. Un don para conocer a las personas. Bueno, al menos a los hombres. Decía que era extraordinario, y que mi padre era igual. Que éramos capaces de conocer a un hombre con una sola mirada. Que siempre sabíamos quién tenía buenas intenciones y quién era insincero.

—¿Y es cierto?

Grace se encogió de hombros.

—Nunca me han engañado, si se refiere a eso. Y he rechazado algunas ofertas matrimoniales a lo largo de los años porque... en fin, porque notaba que había algo raro.

—¿Algo raro? ¿En qué sentido?

—Que... que no congeniábamos —dijo reflexivamente—. O que eran infieles. Y hubo uno en particular que... Pero, bah, no merece la pena mencionarlo.

—Para mí sí —le aseguró Anisha—. Lo encuentro fascinante.

—Bien, pues hubo un joven comandante del ejército, muy guapo, destinado a la Legión —explicó con reticencia—. Yo lo amaba con pasión desde lejos. ¡Ay, Anisha, si hubiera visto sus hombros! Pero más adelante, cuando papá lo trajo a casa a cenar...

—¿Sí? Continúe.

Fijó la mirada en la alfombra.

—Bueno, fue sencillamente que cuando lo miré a los ojos, sentí que un escalofrío me corría por la espalda —dijo en voz baja—. Le dije a mi padre que había cambiado de idea, que no me interesaba, cosa que él se alegró de oír. Justo antes de regresar a Francia, el comandante conoció a la sobrina de un *maréchal de camp* y se casó con ella. Pero por lo visto tenía un genio de mil demonios y menos de un año después, en un ataque de ira, propinó tal paliza a la pobre chica que la mató.

—Santo cielo. —Anisha pegó las rodillas al pecho y las rodeó con los brazos—. Qué horror.

—¡Ay, Anisha! Me sentí tan... tan terriblemente culpable...

—¿La mala conciencia del superviviente?

Grace arrugó el entrecejo.

—No, era peor que eso —murmuró—. Sentí como si... como si hubiera tenido que evitarlo de algún modo. Como si yo supiera de lo que era capaz ese hombre y debiera haber hecho algo.

—La intuición de esa maldad, ¿le llegó en un sueño? —preguntó Anisha fervorosamente—, ¿o en un momento de vigilia?

Grace la miró y se rió.

—¡Cuánto dramatismo, Anisha! —exclamó—. Como le decía, sólo fue el clásico escalofrío en la espalda.

Anisha se relajó en el sillón.

—Claro —respondió—. Y respecto a eso no hay nada que hacer, ¿verdad?

Grace se encogió de hombros otra vez.

—Lo cierto es que no sé qué podría haber hecho —dijo con suavidad—. En cuanto a mí, mi padre decía que sólo estaba esperando a que llegara el hombre adecuado, del mismo modo que él había esperado a mi madre, y que me daría cuenta cuando lo encontrara.

Anisha se quedó callada un momento.

—Grace —dijo por fin—, Raju me dijo que era una Incognoscible, al menos para él. ¿Sigue siendo así?

—De momento, sí —respondió con cautela—, pero eso es algo que le atormenta profundamente.

Anisha suspiró.

—Su Don es muy fuerte —dijo— y no se deja dominar fácilmente, al contrario de lo que les sucede a otros. Mi hermano es un hombre muy disciplinado en todo lo demás, de modo que le resulta sumamente difícil aceptarlo. Se enfada con su propio corazón. Consigo mismo.

—Creo que lo entiendo.

Anisha se abrazó con más fuerza las rodillas.

—Cuando Raju era pequeño —explicó con voz queda—, nuestra madre temía que ocurriera esto. Antes de morir, intentó enseñarle a dominar su mente mediante *dhâranâ* y *dhyâna*, pero no son habilidades que puedan enseñársele a un niño, porque exigen mucha disciplina y largos años de entrenamiento. Y nuestro padre... En fin, él lo desaprobaba. Temía que despertara el Don. Creo que nunca entendió la carga que era.

Grace estaba confusa.

—¿Y en qué consisten esas habilidades?

Anisha arrugó las cejas perfectamente enarcadas.

—Es difícil explicarlo en lengua corriente —contestó—. Es como disciplinar el pensamiento pero hacia dentro, sirviéndose del *pranayama*, la retención de la respiración. Luego está el *samâdhi*, el control de la mente, la capacidad de bloquear mentalmente distracciones inoportunas. Puede lograrse la unidad interior y conseguirse así un mejor dominio de los propios pensamientos. Raju lo intenta, pero no ha sido adiestrado y cuando fracasa recurre al cáñamo, lo cual le procura sólo un falso silencio. Una paz pasajera. Quizá yo podría echarle una mano, pero a pesar de su aparente amplitud de miras, sigue considerando que soy responsabilidad suya, y no al revés.

Grace suspiró.

—Sigo sin entenderlo, Anisha. ¿Está diciendo que, con práctica, podría encender y apagar el Don a voluntad?

—Podría exigir años de trabajo y estudio, pero sí —respondió—. Ésa es mi teoría. He oído que en la India los grandes santones pueden cortarse con un cuchillo y detener la hemorragia con su mente. Pero Von Althausen, ese terco hombre de ciencia, cree que la explicación de todo ha de hallarse en un libro. —De pronto su sonrisa se iluminó—. Vamos, levántese, Grace. Tenemos que llevar ese *bréviaire* o como se llame a la Sociedad Saint James.

—¿Para qué? —preguntó Grace mientras se ponía en pie.

Pero Anisha tenía otra vez aquella expresión pícara en la cara.

—Me apetece ver si al reverendo señor Sutherland le suena de algo sir Angus —respondió—. Y luego pienso curiosear un poco en su colección de libros raros, a ver si consigo descubrir cuántos puentes se han derrumbado en París.

La duda de Anisha obtuvo fácil respuesta poco más de una hora después, mientras estaban sentadas en los sombríos confines de la biblioteca principal de la Sociedad Saint James.

—Tres, exactamente, que yo sepa —afirmó el reverendo señor Sutherland.

Puso sobre la mesa un grueso y mohoso volumen encuadernado en tafilete negro, lo abrió por una de sus páginas centrales y lo observó a través de sus gafas de leer plateadas con el orgullo que sólo un bibliófilo era capaz de proyectar.

—¿Se han derrumbado tres puentes?

Grace miró la letra minúscula.

—Cuatro, contando el Pont Royal —puntualizó el caballero—. Ése se quemó, se inundó y por último se derrumbó, todo ello en el plazo de un par de años.

—Qué suerte la mía —masculló Grace, girando el libro para leerlo mejor.

—¿Qué es? —preguntó lady Anisha mientras se inclinaba hacia delante en su silla—. ¿Y qué pone? Mi francés es horrible.

—Es una historia de la arquitectura de la ciudad de París. —El señor Sutherland seguía mirando el libro casi amorosamente—. Uno de los preferidos de lord Bessett.

—Entonces, el Pont Saint-Michel y el Pont Notre-Dame también se han derrumbado alguna vez —murmuró Grace mientras leía—. Los dos en el siglo quince. Demasiado pronto para sir Angus, teniendo en cuenta la fecha de su breviario.

—En efecto, en efecto —dijo el señor Sutherland, mirándola desde lo alto de su nariz—. Lo cual deja o bien el Pont Royal o...

—El Pont Marie —concluyó Anisha con aire triunfal—, como en la leyenda de los Guardianes.

—En efecto, lady Anisha —dijo Sutherland—. Ahora, fijémonos en este devocionario bellamente iluminado. Un libro notable, y muy caro en su época. Sir Angus era un hombre rico, de eso podemos estar seguros.

—¿Sí?

Grace volvió a mirar el libro, que Sutherland había abierto de par en par con sumo cuidado y sujetado con dos pesas forradas de cuero a fin de poder estudiar cómodamente sus símbolos.

El reverendo se había quitado los anteojos y estaba observándolos a través de una lupa de plata.

—Un trabajo muy fino. Todo hecho a mano, desde luego. Y lo de la cruz es pan de oro, no simple pintura dorada. —Apartó la lupa y se enderezó con expresión pensativa—. Una pieza conmemorativa, creo. O un regalo. Y la ausencia del cardo es muy significativa.

—Pero ¿nunca ha oído hablar de él? —preguntó Anisha por segunda vez.

El señor Sutherland hizo una especie de mueca.

—Permítame revisar mis cuadros genealógicos, señora mía —contestó al tiempo que se levantaba—. Quizás haya olvidado algún nombre.

Grace lo vio alejarse con tibio interés. Era un hombre extraordinariamente apuesto, de sienes plateadas y barba entrecana. Tenía, no obstante, el porte de un soldado, una risa pronta y espontánea y un brillo travieso en la mirada.

Le recordaba extrañamente a Adrian, a cómo podía haber sido, quizá, si la vida no hubiera puesto sobre sus hombros la carga abrumadora de sus facultades y sus enormes responsabilidades.

—Anisha —dijo con voz queda—, cuénteme otra vez a qué se dedican los Guardianes.

Anisha apartó la vista del breviario.

—Protegen el Don en un sentido universal —contestó—. Todo aquél que posee el Don es considerado un tesoro... y un arma.

—¿Un arma?

—A lo largo de la historia, el mal se ha servido de los profetas para sus fines —prosiguió Anisha—, de ahí que los Vateis tengan que defenderlo de quienes ansían su poder. Especialmente tratándose de mujeres y niños. De hecho, ningún niño que posea el Don queda sin un Guardián o su delegado, casi siempre un pariente consanguíneo. Por eso se ha ausentado Rance. Su padre era el Guardián de una nieta de la que se cree que tiene el Don, una muchacha muy joven. Ahora que su padre ha muerto, esa responsabilidad ha recaído en él.

Grace cruzó los brazos.

—¿Y uno se ofrece voluntario? ¿Es así de sencillo?

Anisha sacudió la cabeza.

—No, es un deber que recae en uno por nacimiento —explicó—. Los manuscritos antiguos afirman que un Guardián ha de nacer entre el trece y el veinte de abril.

—¿Por qué en esas fechas concretas?

—¿Quién sabe? —Anisha se encogió de hombros—. Pero curiosamente ese plazo coincide casi exactamente con el signo del Carnero tanto en la astrología occidental como en la Jyotish.

—¿El Carnero?

—El signo del fuego y la guerra —explicó Anisha—. En la astrología Jyotish se llama «Mesha», y en la occidental, «Aries».

—Como la constelación —murmuró Grace.

—Exacto —dijo Anisha—. El Carnero posee gran resistencia, resistencia mental pero también física, una facultad muy interesante, como imagino que descubrirá muy pronto.

—¡Anisha!

—Está bien. —Anisha sonrió—. Pero también debería recordar que el Carnero es muy capaz de doblegar a otros a su voluntad. Los carneros son líderes natos, agresivos y lúcidos, pero también tercos y carentes de tacto. ¿Le recuerda a alguien que conozca?

Grace dejó escapar una risa irónica.

Anisha esbozó su sonrisa serena y sagaz y volvió a fijar la mirada en el breviario. Mientras ella estudiaba las coloridas ilustraciones, Grace se levantó y estuvo dando vueltas, inquieta, por la sala. Era una estancia larga y estrecha, semejante a una galería, que se extendía a todo lo ancho del edificio, con una hilera de amplios ventanales que daban a Saint Jame's Place. Estaba provista de una mullida alfombra turca que la recorría de un extremo a otro y de gruesas cortinas de color verde botella que rozaban el sueño pulimentado. Como sucedía con el resto del edificio, tampoco allí se había reparado en gastos.

Aquélla era, le había explicado Anisha, una de las cuatro bibliotecas que albergaba la Sociedad, y una de las dos que estaban abiertas al público. Las dos restantes eran la pequeña sala de lectura privada que había visto en su primera visita y la Sala de Tesoros, que contenía manuscritos raros de relevancia religiosa e histórica, todos ellos con más de doscientos años de antigüedad y en su mayoría iluminados.

Habían llegado a la Sociedad poco después de la hora del té y para llegar a la biblioteca habían tenido que pasar junto al comedor, la sala de café, la sala de fumadores y, al final del pasillo, la consabida sala de naipes, donde, abierto sobre un aparador, había un amplio mueble bar de caoba maciza con sitio para seis botellas. Los miembros de la Sociedad podían ser hasta cierto punto caballeros templarios, pero ni uno solo de ellos era un santo, al menos hasta donde veía Grace. De hecho, Ruthveyn se hallaba en muchos sentidos tan lejos de la santidad como cabía estarlo.

Entonces se sonrió para sus adentros al pensarlo mientras se acercaba a las ventanas y contemplaba la tranquila calle, allá abajo. Su mirada, sin embargo, fue a posarse en alguien a quien conocía de vista. Cerca del pequeño soportal del otro lado de la calle había un joven holgazaneando en la acera. Tenía una mano metida en el bolsillo de su impermeable de color apagado y charlaba ociosamente con un individuo que parecía ser el portero del establecimiento de Quartermaine.

Era Jack Coldwater, aquel reportero. Y doblando la esquina de Saint Jame's Street apareció Rance. Habría reconocido su paso firme y desenvuelto en cualquier parte. Acercó la mano a la ventana como si quisiera advertirle, pero fue un gesto impotente. El cristal brilló fríamente entre ellos, y el sabueso y su presa ya se habían visto el uno al otro.

Coldwater se situó tranquilamente en medio de Saint James's Place, con el sempiterno portafolios metido bajo el brazo. Grace los vio cruzar unas palabras. El reportero tenía una actitud desafiante, con la cabeza muy alta. Rance no perdió la calma. Pasado un momento, echó la cabeza hacia atrás y rompió a reír despreocupadamente. Coldwater replicó algo y en un abrir y cerrar de ojos Rance lo agarró del brazo y lo arrastró hacia la escalinata. Coldwater no pudo hacer nada.

—¡Anisha! —dijo Grace con nerviosismo—, ¿dónde está su hermano? ¿Se encuentra aquí?

Anisha la miró con sorpresa.

—Pues creo que sí —contestó casi en son de broma—. ¿Por qué? ¿De pronto le han entrado ganas de verlo?

—Pues.. la verdad es que sí —contestó ella.

—Saliendo por esa puerta, por el pasillo de la izquierda, hasta el final —explicó Anisha—. Su cuarto de estar privado es la última puerta a la derecha. Si no está allí, pare a un criado y pídale que lo busque.

Sin apenas pararse a pensar en las consecuencias, Grace salió apresuradamente de la habitación. Podría habérselo dicho a Anisha, pero ignoraba qué había exactamente entre ella y Rance, en caso de que hubiera algo. ¿Y qué podía hacer ella, de todos modos? No, aquel asunto requería la presencia de Adrian.

El pasillo estaba desierto. Al llegar a la última puerta, Grace tocó ligeramente con los nudillos. Confiaba en parte que Adrian no estuviera.

—¡Adelante! —gritó él.

Entornó la puerta y vio un cuarto de estar pequeño y cómodamente amueblado, provisto de un sofá de cuero y un escritorio. Adrian estaba de pie junto a la ventana, de espaldas a la puerta, con una copa de vino tinto en la mano. Iba extrañamente vestido con una amplia bata de áspera lana marrón, con la capucha echada hacia atrás. Evidentemente, creía que quien había llamado a la puerta era un criado.

—Disculpa —dijo ella, azorada.

Se volvió de inmediato, sus ojos negros afilados como hielo hecho añicos.

—Grace. —Su voz sonó baja y un poco áspera—. Grace, ¿se puede saber qué...?

—Tenía que verte.

Cerró la puerta y entró en la habitación. Vio a la izquierda una puerta de doble hoja cerrada y dedujo acertadamente que daba a su dormitorio.

Adrian dejó el vino, arrastrando el bajo de su bata por la alfombra al moverse.

—¿Qué haces aquí?

—He venido con Anisha —explicó—. Para usar la biblioteca. Pero eso no importa. Adrian, he visto a ese joven, el que estaba buscando a Rance...

—Coldwater.

Sus ojos centellearon de nuevo al acercarse a ella.

—Sí, estaba esperando al otro lado de la calle —dijo Grace—. Yo estaba mirando por las ventanas de la biblioteca y he visto a Rance subirlo a la fuerza por la escalinata. Después nada más, pero creo que lo ha metido a rastras en el edificio.

—Rance puede arreglárselas solo con Coldwater —contestó Adrian mientras la recorría con la mirada.

Grace se sintió de pronto como si se hubiera acercado demasiado a una hoguera.

—Pe-pero ¿y si lo estrangula? —logró decir—. No puede permitirse más líos con la ley... ni con los periódicos.

Adrian se acercó un poco más.

—Él sabe cómo ocuparse de un alfeñique como Coldwater —respondió con voz crispada—. Créeme.

De pronto, la atmósfera parecía haberse enturbiado en la habitación. Estaba claro que Adrian desaprobaba su presencia allí. Sus ojos reflejaban una extraña mezcla de enojo y deseo reprimido, y esto último la alivió en cierto modo. Había ido allí con intención de socorrer a Rance, pero se estaba olvidando muy rápidamente de él.

—Yo... Sí, tienes razón, supongo —murmuró mientras daba un paso atrás—. ¿Qué... qué es lo que llevas puesto?

Adrian miró la prenda abierta como si acabara de reparar en ella.

—Una bata ceremonial —contestó—. Lo llevamos en la capilla.

—¿Tenéis una capilla? —preguntó ella, caminando hacia la ventana.

—En el sótano —contestó Adrian a su espalda con voz tensa.

Grace se fingió despreocupada, a pesar de que oía el latido de su corazón en el pecho. Se sentía extrañamente reacia a marcharse y sin embargo temía a medias quedarse allí. Adrian parecía más tenso que nunca, como la hoja de una guillotina retenida a duras penas, a la espera de cercenar una cabeza.

Pero en algún momento tenían que superar aquel punto muerto, aquella cosa que lo había hecho huir de su casa... y de la cama de ella.

Se giró y lo vio acercarse.

—Y esa capilla... ¿qué hacéis en ella? —preguntó con fingida despreocupación—. Confío en que no sacrifiquéis vírgenes.

El semblante de Adrian se endureció.

—La utilizamos para nuestras ceremonias y ritos de iniciación —contestó—. Y para rezar, si lo deseamos.

—Pero el reverendo señor Sutherland no estaba allí —señaló Grace—. Estaba con nosotras, con Anisha y conmigo. Y la sala de café estaba llena de gente.

—Estaba solo —repuso entre dientes—. Paso mucho tiempo solo. Grace, ¿a qué has venido? Aquí, quiero decir. ¿De veras se trata de Lazonby?

Ella tragó saliva con esfuerzo.

—Sí —contestó—. Pero ahora... ya no estoy segura. Supongo que me gustaría saber dónde has estado estos últimos días.

—Aquí y allá —respondió con calma. Su mirada oscura y cristalina se deslizó por la cara de Grace y luego por su cuello, difundiendo calor a medida que avanzaba—. Anoche vine aquí. Me pareció lo mejor.

—¿Por qué, Adrian? —Levantó la barbilla—. ¿Has terminado conmigo?

Una sonrisa amarga marcó una comisura de su boca.

—Tú sabes por qué —dijo mientras levantaba la mano para juguetear con un mechón de su pelo—. Porque no puedo estar alejado de ti. Porque jamás podré terminar contigo, Grace. Al menos, mientras no nos separe un continente.

—Entonces, ¿por qué evitarme? —preguntó, un poco enojada—. Es una tontería, Adrian. ¿Para qué perder el poco...?

Chocó de espaldas con la pared antes de que le diera tiempo a cobrar aliento. Adrian se apretó contra ella, atrapándola con su cuerpo. La besó casi salvajemente, apoderándose de su boca de manera visceral y apasionada. Hundió la lengua y ella sintió arder dentro de sí un ansia súbita, semejante a un rayo incandescente.

Se entregó por entero a su beso y entrelazó la lengua con la de Adrian hasta que él profirió un gemido. Su piel despedía ardor y frustración en oleadas, y Grace aspiró su olor ansiosamente, como si se ahogara sin él. Ajena a quién pudiera entrar, le rodeó el cuello con un brazo y lo atrajo hacia sí para seguir besándolo.

Adrian agarró su trasero con una mano ancha y cálida y la apretó firmemente contra su miembro erecto, urgiéndola a fundirse con él. El deseo que cobró vida dentro de ella la dejó sin aliento y envió su sangre desde su cerebro a lugares que palpitaban de pronto, llenos de un anhelo ansioso.

Una locura. Aquello era una locura...

Y sin embargo dejó que una de sus manos resbalara bajo la áspera bata de lana y rodeara la cinturilla de los pantalones de Adrian. Al ver que no cedía, metió la mano entre los dos y acarició su verga, que se apretaba contra la tela tensa de los pantalones.

¡Santo cielo, cuánto lo había echado de menos! Era ya como una adicción. Se apartó para suplicarle, enajenada por el deseo, pero él rozó su sien con la boca. Tenía los labios febriles y el aliento caliente.

—Nunca me cansaré de ti, Grace —susurró—. Nunca. Tendrás que dejarme tú. Sólo confío en que tengas sensatez suficiente para...

Ella lo besó con pasión, poniendo fin a sus palabras.

Un momento después, tras un largo y fogoso beso, Adrian volvió a separar sus labios de los de ella esta vez sin decir nada y deslizó la boca por su garganta al tiempo que con una mano desabrochaba un botón de la espalda de su vestido. Momentos después, la parte delantera del vestido se aflojó y, no sin cierta brusquedad, Adrian le bajó la camisa y desnudó sus pechos, que sobresalían por encima de las ballenas del corsé.

Rodeó levemente uno de sus pezones con la lengua hasta que se endureció y Grace clavó los dedos entre su pelo, jadeante.

—El dormitorio —musitó ella con voz ahogada—. Por favor. No tardaremos mucho.

Bajó la otra mano hasta el cierre de sus pantalones y acarició su miembro duro y grueso, pero cuando fue a desabrochar los botones, Adrian la detuvo.

—No —dijo con voz ronca—. Eso no.

Volvió a besar su pezón, chupando la areola y lamiéndola mientras el cerebro de ella se derretía. En ese instante habría hecho cualquier cosa que le pidiera Adrian sin apenas pensarlo. Entre el calor ansioso y el fragor de su sangre, sintió subirle una brisa fresca por la pierna y se dio cuenta de que le estaba levantando totalmente las faldas.

Él se arrodilló y su voluminosa bata se amontonó alrededor de sus pies. Le desató las polainas y, cuando comenzó a acariciar su sexo con la lengua, Grace sintió que la papilla en la que se había convertido su cerebro se transformaba en algo caliente y palpitante. No veía ya los anchos hombros de Adrian y la habitación parecía flotar ante ella como en un sueño. Comprendió confusamente que estaba de pie frente a la puerta por la que había entrado. ¿Había echado él la llave?

Pero tenía los dedos enredados en el cabello de Adrian, cuya lengua, aquella lengua perversa, le estaba haciendo algo tan delicioso, tan enloquecedor, que apenas podía tomar aliento.

—La puerta —dijo con un suave jadeo—, ¿está...?

—Pillina —murmuró él, rozando con los labios su muslo—, no vengas a tentarme si no estás dispuestas a pagar el precio.

—¿El precio? —preguntó con voz ronca—. No, yo...

Pero su lengua la acarició con más firmeza, y ella ya no pudo pensar con coherencia, olvidó lo que no estaba dispuesta a hacer y se deshizo con un agudo gemido, rompiéndose en astillas de pura luz blanca mientras el placer la embargaba oleada tras oleada.

Debía de haberse deslizado hacia abajo por la pared, inerme y rota, porque cuando volvió en sí se descubrió entre los brazos de

Adrian, que apoyaba el hombro contra el friso de madera y respiraba agitadamente, lleno de deseo.

—*Mon Dieu* —murmuró ella—. Ha sido... ¡Ah! No tengo palabras.

Hizo intento de desabrochar el botón de arriba de sus pantalones, pero con escaso brío.

—No —dijo él apartando su mano. Luego la besó en la mejilla y susurró su nombre como en una plegaria.

Pasado un rato, Grace respiró hondo entrecortadamente.

—No lo haría, ¿sabes? —logró preguntar.

—¿Qué no harías, Grace mía?

—Aunque alguien entrara por esa puerta en ese instante, no me casaría contigo, Adrian —dijo en voz baja—. A eso te referías, ¿verdad? Pero tengo tan pocos deseos de casarme por ese motivo como por el otro, por ese hijo que no vamos a tener.

Los labios de Adrian rozaron cálidamente su sien y sus dedos comenzaron a acariciar de nuevo los pliegues sedosos y húmedos de su sexo.

—¿Por esto, entonces, amor? —murmuró cuando ella se estremeció entre sus brazos—. ¿Lo harías por esto?

—No —contestó con toda la firmeza que podía reunir una mujer presa de la lujuria y completamente despeinada, con el corpiño a medio bajar y las faldas subidas hasta las caderas—. No, ni siquiera por esto.

—Cuánta sensatez —murmuró él, y apoyó la cabeza contra la suya—. Pero te arrepentirías enseguida. Además, ¿para qué casarte con el toro si puedes tener la...? ¿Cómo es ese dicho? ¿El de conseguir la leche gratis?

Grace lo miró atónita.

—Es casarse con la vaca, Adrian —puntualizó—. Pero ¿cómo te atreves a decir eso? No se trata de que no te desee.

—Hay una parte de mí —repuso él con suavidad— que se alegraría de que fuera al contrario.

—Creo que eres un embustero. —Grace logró sentarse—. En todo caso, se trata de que vives angustiado pensando en lo que podrías ver o saber —continuó mientras se bajaba las faldas casi violentamente—. Ahora mismo te sientes intrigado porque no puedes escudriñar mi mente. Si pudieras, creo que no estarías ni la mitad de fascinado por mí.

—Grace, no es eso...

—Y al mismo tiempo que estás fascinado —prosiguió ella—, estás esperando a que suceda lo inevitable. Si estuviéramos casados, te despertarías cada mañana preguntándote «¿será hoy el día en que se abra la temible ventana entre nuestras mentes y nos una de esa forma atroz?» ¿Vas a negarlo?

Lo miró con expresión falsamente triunfal.

Pero estaba claro que Adrian no quería llevarle la contraria. Sin decir nada, comenzó a colocarle el vestido. Ella estuvo observándolo un rato con el corazón medio roto.

—Me casaré contigo, Adrian —susurró por fin— si alguna vez me suplicas que lo haga. Cuando digas que me amas y que no puedes vivir sin mí, y cuando digas que podemos afrontar juntos las dificultades que nos depare el futuro. Si alguna vez llega ese día, sí, me casaré contigo, y me consideraré la mujer más afortunada del mundo. Pero jamás me casaré contigo por un descuido que achaquemos a la mala suerte. Puede que el destino sea inevitable, Adrian, pero no va a ser mi amo. No voy a permitir que lo sea.

Sin decir nada, él la hizo volver y comenzó a abrocharle los botones, deteniéndose en cada uno para besar su nuca.

Y así, de pronto, el deseo comenzó a agitarse de nuevo. Grace cerró los ojos, respiró hondo para calmarse, se sacudió las faldas y se levantó, enfadada consigo misma y con él. Comprendió enseguida, sin embargo, que si él iba a su cuarto esa noche, lo recibiría con los brazos abiertos y se rendiría con toda facilidad a la tentación de su exuberante boca, de aquellos ojos oscuros y brillantes y aquellas hábiles manos. Por no hablar de su...

Atajó implacablemente aquella idea y al volverse vio que Adrian se dirigía hacia la puerta de doble hoja. Instantes después regresó del dormitorio sin la bata, en mangas de camisa, con los puños de la camisa enrollados y los musculosos antebrazos al aire. Le sostuvo la mirada intensamente mientras se bajaba las mangas, pero no dijo nada.

Parecía algo tan extrañamente íntimo, estar a solas con un caballero vestido sólo a medias, en su cuarto de estar... Lo cual era grotesco, teniendo en cuenta el estado de desnudez en el que había estado ella hacía un momento.

—Sigo pensando —dijo con terquedad— que deberías ir a buscar a Rance. Tengo un mal presentimiento.

Adrian, que estaba abrochándose uno de los puños de la camisa, la miró seductoramente, con los párpados entornados, desde debajo de un grueso mechón de pelo negro.

—Y yo sigo pensando —contestó con suavidad— que debería acompañarte de vuelta a la biblioteca, donde estarás a salvo junto a mi hermana y los dos podremos fingir que no acabo de hacerte gozar de un modo que habría escandalizado a todo el mundo de aquí a Hampstead Heath, si alguien nos hubiera pillado.

—¡Adrian...!

—De lo contrario —prosiguió, interrumpiéndola—, estoy dispuesto a llevarte a rastras a mi cama y a hacer lo que me muero de ganas de hacer, o sea, ponerte sobre mis rodillas y hacer lo que se me antoje contigo, pero armaríamos tal alboroto que es casi seguro que nos oirían en la sala de café.

Grace sintió que sus rodillas se aflojaban y, con ellas, su determinación, pero logró acercarse a la silla donde estaba la ropa de Adrian y coger su chaleco.

Esbozando una sonrisa sagaz, éste se lo puso y se lo abrochó con exasperante parsimonia. Ella suspiró para sus adentros y cogió su levita. Pero casi en ese mismo instante la puerta se abrió de golpe.

—Su carruaje está listo, señor, y Brogden dice... —Fricke se quedó helado en el vano de la puerta—. Ah. Le ruego me disculpe, señor.

—No pasa nada, Fricke. —Adrian se puso su levita—. *Mademoiselle* Gauthier ha venido a traerme un recado de lady Anisha. Me necesitan en la biblioteca principal. Dígale a Brogden que espere junto a la acera.

—Desde luego, señor.

El ayuda de cámara entró y sostuvo la puerta abierta.

Adrian se detuvo lo justo para coger su bastón y su sombrero de la mesita que había a un lado de la puerta.

—¿*Mademoiselle*? —dijo y le ofreció su brazo.

Ella lo aceptó y recorrió con él el pasillo hasta la biblioteca sin que ninguno de los dos dijera nada. En el último instante, sin embargo, Grace se detuvo y se volvió para mirarlo.

—Ven a casa esta noche, Adrian —dijo con voz ronca—. Ven... ven a casa. Ven a mi cama. Y que sea lo que haya de ser. Por favor.

Él despegó los labios para contestar, pero justo entonces se abrió la puerta de la biblioteca y su hermana salió como un torbellino. Los ojos de Anisha se iluminaron cuando lo vio.

—¡Raju! ¡Menos mal! —exclamó, exasperada—. Necesito ese libro de bocetos que hizo Curran para ti con las distintas formas que ha adoptado la marca con el paso de los siglos. El señor Sutherland está intentando datar el que aparece en el breviario de Grace.

—¿En el breviario de Grace? —dijo Adrian y arrugó el ceño.

Anisha miró a Grace, cada vez más exasperada.

—Santo cielo, ¿no ha ido a decirle eso? —preguntó—. ¡En fin, da igual! —Fijó la mirada en su hermano—. Adrian, el libro de bocetos, ¿puedes buscarlo?

—Abajo, en la biblioteca privada —repuso él—. Llego tarde a una cita en Scotland Yard. Ven, deprisa, te lo daré.

—Gracias —dijo su hermana—. Grace, el señor Sutherland quiere enseñarle algunos nombres, por si le suenan de algo.

Ruthveyn bajó por las escaleras con su hermana del brazo, resistiéndose a mirar hacia atrás. Aun así, sintió el calor de su mirada fija en él. No alcanzaba a explicarse por qué se sentía tan molesto. Tal vez porque Grace le estaba poniendo difícil mantener la distancia entre ellos. Aquella pared de cristal que necesitaba levantar entre el resto del mundo y él parecía derrumbarse con toda facilidad ante ella.

¡Y esas últimas palabras! ¡Esa voz baja y ronca que parecía decir «ven y tómame», y el modo en que había mirado su boca! Sintió un escalofrío de deseo. El hecho era que estaba enamorado de Grace Gauthier, total e irremediablemente enamorado de ella desde el día en que se habían conocido. Pero peor aún que el amor era aquella dolorosa necesidad que sentía por ella. No el deseo físico, ni siquiera el anhelo ardiente de un nuevo idilio, sino aquel grito profundo y constante con que un alma llamaba a otra, como si sus raíces estuvieran ya inextricablemente entrelazadas, como una pareja casada desde hacía veinte años y no como dos amantes que se conocían desde hacía menos de dos semanas. Aun así, no se explicaba cómo podía haberse enamorado de ella tan rápidamente y con tanta contundencia.

A su lado, su hermana parecía vibrar de entusiasmo reprimido. Ruthveyn le lanzó una mirada rápida.

—¿Qué te pasa, Anisha? —preguntó con calma.

Su hermana lo miró inquisitivamente.

—¿Ahora mismo? —preguntó—. Me estaba preguntando qué habéis estado haciendo Grace y tú.

—Anisha, haz el favor de responder a mi pregunta —repuso en un tono que no admitía discusión.

Su hermana suspiró.

—Muy bien. Grace ha encontrado un antiguo devocionario en el baúl de su padre —respondió mientras apretaba el paso para ponerse a su lado—. Data del siglo diecisiete y tiene una copia de la marca de los Guardianes en el frontispicio.

Ruthveyn se detuvo en el descansillo y se volvió para mirarla.

—¿Qué?
—Raju —dijo Anisha en voz baja—, Grace no es una Incognoscible.
Su hermano escudriñó su cara, intentando entender lo que decía.
—Rezo por que no estés en lo cierto.
—No, tú no lo entiendes —susurró Anisha—. No es una Incognoscible porque... Bueno, porque creo que pertenece a los Vateis.
Ruthveyn se quedó paralizado. Luego dijo:
—Debes de estar loca.
Anisha sacudió la cabeza tan fuerte que sus pendientes tintinearon.
—Yo no lo creo —continuó—. Nos ha dicho a los dos, a ti y a mí, que la marca le resultaba familiar. Pues bien, hemos encontrado una. En el baúl de su padre, Raju. Dentro de un breviario que perteneció a un antepasado suyo. Y adivina qué nombre tenía.
—Yo... Obviamente, no tengo ni idea.
—Un nombre escocés —dijo Anisha—. Sir Angus... no sé qué. Y mientras Grace estaba fuera, haciendo lo que hayáis estado haciendo, el señor Sutherland ha encontrado ese nombre en un manuscrito antiguo que trata de ritos de iniciación. Te digo que es verdad, Raju. Grace pertenece a los Vateis. Lo noto con toda claridad. Recuerda que he visto la palma de su mano.
—Pero Anisha... eso significaría...
—Sí —contestó su hermana con énfasis—. Así es.
Ruthveyn meneó la cabeza, deseoso de que algo despejara las telarañas de su cerebro. Aquello era demasiado. Tenía que pensar en muchas cosas... y hablar largo y tendido con Grace.
—No puedo pensar en eso ahora mismo —dijo casi para sí.
—¿Qué quieres decir? —preguntó su hermana, indignada—. ¿Qué puede haber más importante?
Ruthveyn la agarró del brazo y siguió bajando por la escalera.
—Napier me mandó una nota hace una hora —explicó en voz

baja, apenas consciente de que llevaba a su hermana casi a rastras—. Hay malas noticias.

—¿De qué clase?

—El ministro del Interior está en el punto de mira —dijo Ruthveyn—. Los acaudalados vecinos de Holding se han reunido con él para exigirle que la Policía Metropolitana haga algo. Por lo visto no les importa lo que sea. Así que sir George ha decidido que detener a Grace es el modo más seguro de convencerles de que no hay un loco asesino suelto por Belgravia. Un crimen pasional, así piensa presentarlo.

—¡Pero eso es absurdo! —siseó su hermana—. No tienen pruebas suficientes.

—No creo que a sir George le preocupe tanto que la condenen como que haya un juicio rápido y la manden luego a París con el primer cargamento de correo —dijo Ruthveyn sin alzar la voz—. Sólo busca algo con lo que acallar al populacho. Pero, por Dios, Anisha, ¿un juicio? ¿La cárcel? Aunque sólo fuera temporal, resulta inconcebible. No. No permitiré que Grace pase por ese calvario.

Anisha le lanzó una mirada de reojo, incrédula, mientras avanzaban por el pasillo.

—¿Y Napier te ha avisado de la detención?

—No por altruismo, claro —contestó Ruthveyn con acritud—. Ese hombre no soporta la idea de que se celebre un juicio y no la condenen. Pero creo que en parte también está empezando a creerme cuando digo que Grace es inocente.

—¿Y crees que le importa? —Anisha soltó un bufido—. Con Rance no le importó.

—En este caso parece que sí —repuso Ruthveyn en tono crispado—. Ha escrito para avisarme y para decirme que si tengo algún medio a mi alcance para parar los pies a sir George Grey, es el momento de hacerlo.

—Quiere que le pidas a la reina que intervenga.

—Puede que sí —contestó.

—¿Y vas a hacerlo?

—Si es preciso, sí —dijo rápidamente—. Pero ahora mismo está en Balmoral, lo cual retrasará un poco las cosas. Además, la sola sospecha de que haya podido cometer un crimen perseguiría a Grace el resto de su vida. Lo que debo hacer es ofrecerle a sir George un sospechoso mejor.

—¿Qué piensas hacer?

—Geoff puede a veces extraer información de objetos inanimados —explicó Ruthveyn como si pensara en voz alta—. Hay dos cartas. Bueno, una nota y una carta, y es casi seguro que las escribió el asesino de su puño y letra.

—Pero lord Bessett está en Yorkshire —replicó Anisha—. Y Napier no va a entregarte las pruebas del caso.

—No, pero podríamos ir... —Se detuvo al oír voces airadas procedentes del fondo del pasillo—. ¿Qué demonios...?

Anisha pareció alarmada.

—Es la voz de Rance —dijo, y recogiéndose las faldas echó a correr—. Parece muy enfadado.

Ruthveyn se acordó entonces de la advertencia de Grace.

—Maldita sea —masculló, y salió a toda prisa en pos de su hermana.

Las voces se oían con mayor intensidad a la altura de la biblioteca privada, pero las palabras resultaban ininteligibles a través de la gruesa puerta de roble. Ruthveyn agarró el picaporte y sopesó de mala gana sus opciones. Santo Dios, ¿no tenía ya suficientes problemas sin que Rance viniera a sumarse a ellos?

—Mamá siempre decía que era de mala educación escuchar a través de las puertas —comentó Anisha con urgencia—. Así que ábrela.

Justo entonces se oyó un golpe fuerte y seco seguido de un estrépito de porcelana rota.

Mascullando un juramento, Ruthveyn abrió la puerta.

Enseguida deseó no haberlo hecho.

A su lado, Anisha contuvo un grito y se llevó las manos a la boca.

Lazonby tenía a Jack Coldwater atrapado contra el respaldo del sofá en lo que parecía ser un abrazo apasionado. Tenía una pierna metida entre las de su presa, y en el suelo había un busto de porcelana de Aristóteles hecho pedazos. El pedestal de mármol se había volcado.

Ruthveyn cerró la puerta tan rápidamente como la había abierto. Pero no había forma de borrar aquella imagen.

—Ay, Dios —susurró su hermana, trémula.

Ruthveyn la agarró nuevamente del brazo, esta vez con más suavidad.

—Vamos, Nish —dijo—. Esto no es asunto nuestro.

Pero cuando habían avanzado unos metros por el pasillo, Anisha pareció reaccionar.

—Raju —susurró, deteniéndose—. Parecía como si... ¿Crees que Rance estaba...?

—Maldita sea, no lo sé —replicó.

Detrás de ellos se abrió violentamente una puerta. Un instante después Jack Coldwater pasó por su lado y bajó al vestíbulo con tanta rapidez como si lo persiguiera el diablo.

Ruthveyn se volvió hacia su hermana y suavizó su tono.

—Me parece que no nos han visto —dijo—. Anisha, creo que los dos debemos convencernos de que no es lo que parecía.

Pero su hermana seguía teniendo los ojos como platos y estaba muy pálida.

—¿Qué... qué crees tú que parecía? —preguntó con voz temblorosa—. Dímelo, Raju.

Ruthveyn cerró los ojos y maldijo en voz baja. Anisha no era ninguna ingenua. A pesar de lo que le había dicho, la escena que acababan de contemplar no dejaba lugar a error. ¿Verdad?

No es que hubieran sorprendido a Lazonby besando al joven reportero. Sin embargo, el ambiente estaba cargado de ira y de deseo. Pero ¿Lazonby, nada menos?

Aquello era un disparate. Rance era tan disoluto como el que más, desde luego, y Ruthveyn no le iba a la zaga. Los dos habían hecho cosas cegados por la lujuria y la embriaguez de las que preferían no acordarse a la cruda luz del día. Pero aquello, estando completamente sobrio y en una casa respetable, era el colmo.

—Voy a hablar con él —dijo bruscamente, soltando el brazo de su hermana—. Quiero que vuelvas arriba con Grace. Dile que quieres irte a casa. ¿De acuerdo?

Anisha estaba mirando el suelo.

—¿De acuerdo? —dijo y le levantó la barbilla con un dedo.

—Sí. —Consiguió esbozar una sonrisa—. De acuerdo.

Ruthveyn le dio un beso ligero en la frente.

—Yo le llevaré el libro a Sutherland —dijo—. Ahora vete, antes de que salga Lazonby.

Anisha asintió con un gesto y subió a toda prisa por la escalera. Ruthveyn la vio marchar, indeciso. Grace seguía siendo su principal preocupación. Grace y las consecuencias de la extraña historia que le había contado Anisha acerca de aquel devocionario. ¡Qué injusto parecía que pudiera abrigar una leve esperanza de conseguir todo cuanto había soñado mientras su hermana acababa de ver hechos pedazos sus sueños!

Jamás habría permitido que Anisha se casara con Lazonby, desde luego, pero había confiado en que el enamoramiento de su hermana pereciera de muerte natural. Aquello, sin embargo, distaba de serlo. De hecho, algunos dirían que era «contranatura», por no decir una perversión. Él no habría llegado tan lejos, pero pensaba hablar con Lazonby muy seriamente.

La puerta de la biblioteca privada seguía abierta. Lazonby se había acercado a las ventanas y estaba mirando hacia la calle con los brazos tiesos como varas y los puños cerrados. A Ruthveyn no le habría hecho falta poseer el Don para percibir la rabia que reinaba en la habitación.

—Bien —dijo mientras cerraba suavemente la puerta—, a veces, viejo amigo, todavía me sorprendes.

Lazonby se volvió y palideció.

—¿Cómo dices?

Ruthveyn hizo un vago ademán señalando el sofá y el busto roto.

—No me corresponde a mí juzgar el gusto de nadie en tales asuntos —dijo—, pero creo que conviene que sepas que hace tres minutos, cuando abrí la puerta, Anisha estaba conmigo. La próxima vez ciérrala con llave, por el amor de Dios.

Mientras Lazonby lo miraba boquiabierto, Ruthveyn sintió una punzada de mala conciencia. No hacía ni un cuarto de hora que él también había cometido la estupidez de dejar una puerta abierta y poner en peligro la reputación de otra persona, aunque en su caso tenía ya pensada una solución; incluso cabía la posibilidad de que abrigara el deseo inconsciente de que los pillaran. Pero Grace tenía razón: nunca había que dejar tales decisiones al azar. Jamás debía arriesgarse a lastimar a otra persona, o a arruinar su reputación.

—¿Nos habéis... visto? —preguntó por fin Lazonby.

—Me temo que sí —contestó él con calma.

Lazonby se puso muy colorado.

—Maldita sea, no era lo que parecía.

—Entonces, ¿qué era?

—Eso no es asunto tuyo.

Ruthveyn avanzó por la habitación con las manos unidas a la espalda, resistiéndose al impulso de abofetear a su amigo.

—En efecto, no es asunto mío —dijo por fin—, pero me preocupan los tiernos sentimientos de mi hermana. Se cree medio enamorada de ti, ¿sabes?

—¿Anisha? —Lazonby lo miró con incredulidad—. Será una broma.

—No —contestó Ruthveyn tranquilamente—, no lo es.

Aquello pareció lastimar a Lazonby.

—Le tengo muchísimo cariño a tu hermana, Adrian —dijo haciendo una mueca—, pero... en fin, no es mi tipo.

Eso parece, pensó Ruthveyn, pero dijo:

—Sólo te digo que pienses en tu reputación, amigo mío... y en el buen nombre de la Sociedad, y en la importancia de nuestra tarea. Aparte de eso, eres mi amigo, al margen de lo que hagas en privado.

—Pe-pero si no... no era nada —protestó Lazonby.

Ruthveyn levantó una ceja.

—Pues parecía *algo* —contestó—. Creo que deberías decidir qué exactamente... y luego procurar dominarte. Siempre contarás con mi apoyo, Rance. Ya deberías saberlo.

Lazonby respiró hondo, trémulo, y se pasó una mano por la cara como si de ese modo pudiera borrar los últimos minutos.

—No sé —dijo—. No hay nadie a quien convenga tener más a mano en caso de apuro que a ti, Adrian. Ese cretino me ha sacado de quicio, eso es todo. No suelta su presa. Sencillamente. Y estoy tan harto de ver cómo los periódicos arrastran mi vida por el fango... Estoy harto de preguntas, de insinuaciones. Harto de tenerlo siempre delante con esa maldita actitud de superioridad. Así que esta vez... he perdido los nervios, supongo. Sólo quería darle un escarmiento.

—Pues lo que has hecho —repuso Ruthveyn suavemente— es darle más leña que echar al fuego. Si es que decide usarla.

—Santo cielo, Adrian. —La voz de Lazonby sonó áspera—. ¿Qué voy a hacer? Yo... no soy así. No lo soy.

—Cuando mayor me hago —dijo Ruthveyn—, más convencido estoy de que ninguno de nosotros es de un modo u otro. No todo el tiempo, ni en todas las circunstancias.

Pero Lazonby no parecía escucharlo. Había regresado junto a la ventana y, con las manos apoyadas en el marco como si hiciera esfuerzos por no saltar, estaba mirando de nuevo hacia el establecimiento de Quartermaine.

Ruthveyn deseó de pronto con todas sus fuerzas haber hecho caso a Grace. Ella había presentido que algo iba mal.

«Deberías ir a buscar a Rance —le había dicho—. Tengo un mal presentimiento.»

Un Vates no podía leer el pensamiento a otro, eso era cierto. Pero todos ellos tenían cierta intuición, percibían las emociones desatadas con la misma facilidad con que otros respiraban. ¿Sería posible que Anisha estuviera en lo cierto?

Lazonby cerró una mano y dio un puñetazo en el marco de la ventana.

—¿Cómo demonios he podido permitir que las cosas se me fueran así de las manos? —susurró—. Quiero decir que... ¡Ay, rayos! ¡No sé qué quiero decir! Dime solamente qué voy a hacer si Coldwater da a entender... si da entender que yo...

Ruthveyn se acercó a él y apoyó la mano entre sus omóplatos.

—No creo que lo haga —respondió con calma—. Parecía tan alterado como tú. No, creo que guardará silencio.

—Pero ¿y si no es así? —preguntó Lazonby—. Entonces, ¿qué?

—Entonces, diré que estaba ahí —dijo Ruthveyn—. En la puerta, todo el tiempo. Pero mi hermana, no.

Lazonby se volvió.

—Quieres decir que mentirías.

—Quiero decir que haría lo que fuera preciso para proteger a alguien que me importa —repuso tranquilamente—. Y para proteger la *Fraternitas*. Rance, el trabajo que hacemos aquí es más importante que tú y que yo... y, si me apuras, que nuestras vidas mezquinas e insignificantes.

Pero Lazonby se dio la vuelta y volvió a mirar por la ventana.

—Mira, Brogden está esperándome junto a la acera —dijo Ruthveyn, dándole de nuevo una palmada en la espalda—. Y es muy susceptible con esas cosas. ¿Nos vemos enfrente para cenar?

Lazonby suspiró y al fin relajó los hombros.

—Tienes prisa por llegar a algún sitio, ¿no?

—Sí, al Número Cuatro —respondió—. Scotland Yard está a punto de ordenar la detención de Grace.

Capítulo 15

El regreso del libertino

Ruthveyn fue a verla esa noche. Fue porque ella se lo había pedido. Y porque ansiaba tenderse a su lado, no sólo hacerle el amor, sino sencillamente hallarse en la misma esfera que ella, respirar el mismo aire. Descansar la cabeza sobre su hombro y buscar consuelo en el calor de su mirada.

Apenas unas semanas antes, la hondura de sus sentimientos hacia Grace le habría dado que pensar. Pero como le recordaba a menudo su hermana, los *Upanishads*, las antiguas escrituras védicas, enseñaban que el destino del alma de un ser humano estaba escrito y que sólo en vano se luchaba contra él. De pronto lamentaba no haber estudiado aquellos textos sagrados, pues sentía que había entregado su alma a Grace y que al hacerlo había comenzado a embargarlo un sentimiento de paz.

Todos sus miedos, todas las descabelladas teorías de su hermana acerca de Grace y el Don iban perdiendo importancia rápidamente. Sólo sabía que el destino lo estaba llevando de viaje, como había predicho Anisha unas semanas antes, y que se había rendido a él.

Entró sigilosamente en su habitación pasada la medianoche, sin llamar, convencido de que Grace sabría que era él. Ella se incorporó apoyándose en el codo y se apartó el pelo de los ojos con gesto soñoliento.

—Adrian —susurró, y su voz fluyó sobre él como miel caliente.

Ruthveyn dejó que su bata cayera al suelo y le hizo el amor en silencio, lentamente, diciéndole con su cuerpo y sus suspiros que lo que sentía por ella no cesaría nunca. Y cuando al fin Grace yacía saciada bajo él, la atrajo rápidamente hacia su costado, escondió la cara en su cuello y posó los labios en la vena que palpitaba suavemente bajo su oreja. Ni siquiera se había molestado en retirarse: la había llenado con su simiente, exultante, quizás incluso con un asomo de esperanza.

—Tengo que irme mañana, Grace —dijo por fin, susurrando las palabras sobre su piel.

Ella se tensó entre sus brazos.

—¿Cuánto tiempo estarás fuera?

—Tres días. —Rozó su barbilla con los labios—. Y cuando vuelva tenemos que hablar largo y tendido, tú y yo.

—Umm —dijo.

A pesar de la penumbra, Ruthveyn sintió que sus ojos lo escudriñaban.

—¿Puedo preguntar adónde vas?

Él suspiró para sus adentros. No quería perturbarla hablándole de los temores de Napier.

—A Yorkshire —respondió—, a la casa de campo de lord Bessett. Tenemos un asunto pendiente.

—¿Un asunto relacionado con la *Fraternitas*?

—Sí, algo así.

Grace se tumbó de espaldas y dejó escapar un murmullo exasperado.

—¿Por qué tengo la sensación de que otra vez me estás ocultando algo, Adrian?

Él se puso el brazo sobre los ojos y sopesó su respuesta.

—Porque así es —contestó por fin—. Y porque Anisha tiene razón: eres demasiado perspicaz. Pero ¿todavía confías en mí, Grace?

—Sí.

Como siempre, su respuesta no se hizo esperar.

—Entonces, ¿podemos dejarlo así de momento? —preguntó suavemente—. ¿Puedes sencillamente confiar en mí y tener fe en que estoy haciendo lo correcto?

Grace lo aceptó con sorprendente facilidad y, acurrucándose a su lado, pasó una pierna por encima de la suya.

—Trato hecho —contestó mientras besaba su sien—. Ya está, ¿lo ves? Confío en ti. Pero hay algo más que te preocupa, ¿no es cierto? Algo aparte de nosotros, quiero decir.

Él soltó una risa áspera.

—Sí, eres demasiado perspicaz —repitió—. Ojalá te hubiera hecho caso esta tarde, Grace. Sobre Rance, quiero decir.

—Ha habido problemas, ¿verdad?

—Yo... —Se interrumpió y sintió que la frustración que sentía se reflejaba en su rostro—. He visto a Rance con Coldwater. En una situación comprometida.

—No entiendo —murmuró Grace.

Ruthveyn dejó caer la cabeza sobre la almohada.

—He visto a Rance prácticamente besando a Jack Coldwater... o eso parecía.

—¡*Ça alors!* —Grace se sentó en la cama—. Seguro que te equivocas.

Él sacudió de nuevo la cabeza, frotando el pelo contra la almohada.

—Ojalá —susurró—. Pero estaba pasando algo.

—Seguro que no era eso —masculló ella.

—Después, Coldwater salió corriendo como una liebre asustada —prosiguió él—. Pero Anisha estaba conmigo y tuve que alejarla.

Grace pareció meditarlo un momento.

—La Legión surte a veces extraños efectos en los hombres que pasan muchos años en ella —musitó por fin—. Es una vida muy dura. Pero ¿Rance? Era el peor mujeriego que cabía imaginar. Ahora entiendo por qué Anisha tenía tanta prisa por marcharse.

—Yo también me he quedado de piedra, te lo aseguro —repuso Adrian—. He vivido como un hermano con ese hombre y nunca me ha parecido que... En fin, que pudiera sentir... ¡Ay, Dios! ¡Qué sé yo!

Grace se recostó sobre él, apoyando los pechos desnudos sobre su torso y la mejilla en su hombro.

—Noto una nota de duda en tu voz.

—No... una duda, no.

Pero lo cierto era que de vez en cuando se había preguntado por el extraño apego que Lazonby parecía sentir por Belkadi. Hasta donde él sabía, Belkadi y su hermana, Safiyah, eran huérfanos desde niños y habían pasado su infancia en la calle. Después, Belkadi había acabado siendo una especie de ordenanza de Lazonby y, tras su detención, éste había dado instrucciones precisas para que los sacaran de Argelia, y así lo había hecho Ruthveyn. Belkadi no parecía sentir, sin embargo, gratitud alguna. Era todo muy extraño.

—¿En qué estás pensando? —preguntó Grace en voz baja mientras le ponía un mechón de pelo detrás de la oreja.

Ruthveyn se puso de lado, arrastrándola consigo.

—En que me gustaría no tener que marcharme —contestó escudriñando su cara—. Grace, ¿crees que es posible? ¿Hay alguna posibilidad? Me refiero a esa idea absurda de Anisha.

Ella comprendió de inmediato a qué se refería.

—Al principio no lo creí —confesó—. Pero sí creo que desciendo de sir Angus Muirhead y que fue a Francia y estuvo a punto de morir en el derrumbe de un puente. Desde luego, da la impresión de que tuvo algo que ver con la *Fraternitas Aureae Crucis*.

—Sutherland está convencido de que así es —contestó él.

Grace suspiró y se puso de espaldas para mirar el techo.

—Pero ¿creo que tengo una especie de don? —prosiguió—. No. Sigo siendo la misma de siempre.

Apoyándose en un codo, Ruthveyn puso la mano sobre la suave elevación de su vientre.

—Grace —dijo—, esta noche he derramado dentro de ti mi simiente. Y lo he hecho... lo he hecho con cierta esperanza. Porque te quiero, Grace, y creo que...

—Basta —lo interrumpió ella con suavidad, cubriendo su mano con la suya, más pequeña y cálida—. Basta, Adrian. Puede que desees quererme, pero ahora mismo es muy posible que sólo estés enamorado de una esperanza, nada más.

—Maldita sea, Grace, no me digas...

—No, déjame hablar, Adrian —dijo ella con suave insistencia—. Ahora mismo confías en que yo sea... no sé, una de los Vateis, supongo. Hasta decirlo me suena a disparate. No lo soy. Y lo que sientes se basa en algo que no soy. Eso es lo que temo. ¿No te das cuenta de que es lo más lógico?

Adrina posó una mano sobre su mejilla y la miró a los ojos.

—Te quiero, Grace —dijo con firmeza—. No me digas lo que siento. Te quiero. Te necesito y a veces te echo tanto de menos que pienso que, si te perdiera, sería como si me arrancaran el corazón de cuajo. Eso es lo que yo temo, Grace. Así que no me digas lo que siento. Dime que me quieres. Dime que vas a casarte conmigo.

—No puedes hablar en serio —susurró ella—. Precisamente ahora.

—Hablo muy en serio —respondió Ruthveyn—. Nunca he hablado más en serio.

Grace apartó la mirada y él le hizo volver la cara.

—Está bien —añadió con voz aún más suave—. Dime que no me quieres. Mírame a los ojos, Grace, y dímelo.

Ella profirió un suave gemido en la penumbra. Una especie de lamento, como si estuviera a punto de romper a llorar.

—Claro que te quiero —dijo casi con un sollozo.

Ruthveyn se sintió de inmediato como un canalla.

—¡Ah, Grace! —susurró, estrechándola entre sus brazos—. ¡No llores, cariño! Lo siento. Por favor... no llores.

—Claro que te quiero —repitió ella—, pero no quiero que desees estar a mi lado sólo porque crees que no puedes ver mi futuro, o porque sospeches que puedo estar embarazada de ti. Lo que he dicho hoy, lo he dicho en serio, Adrian. No me basta con un amor que sólo lo es cuando las cosas son perfectas, cuando todo va como la seda. Y si lo piensas bien, te darás cuenta de que a ti tampoco te basta con eso.

—Entonces crees que sólo te quiero por esa disparatada teoría de mi hermana —repuso él.

—Creo que hace unas horas te daba miedo nuestro futuro —musitó ella—. Ni siquiera querías acostarte conmigo como es debido... y tuve que suplicártelo.

—Grace, en el club... —dijo con voz ahogada—, estaba esperando a Fricke, por el amor de Dios. Estuvo a punto de pillarnos. Y entonces te dije que no te dejaría nunca.

—Y que esperabas que tuviera suficiente sensatez para dejarte yo a ti —concluyó ella.

Ruthveyn maldijo en voz baja, sirviéndose de una palabra que ningún caballero se atrevía a emplear en presencia de una dama, y menos aún en su cama.

Siguió un momento de silencio mientras yacían juntos, él recostado sobre ella y ella rodeándole la cintura con el brazo. Entonces comprendió que Grace tenía razón en parte. Había permitido que la idea de Anisha lo impulsara a hacer algo que, aunque inevitable desde su punto de vista, no había pensado con detenimiento.

Amaba a Grace, sí, y estaba decidido a casarse con ella. Necesitaba pasar a su lado los días que le otorgara el destino, aunque no fueran más que quince y supiera sus horas contadas. Porque hasta un instante fugaz en su presencia suscitaba en él una alegría y una paz que nunca había imaginado posibles, y un instante sin ella... en fin, un instante sin ella quizá no tuviera valor alguno.

Al final conseguiría convencerla de todo aquello. Pero quizá fuera poco razonable esperar que cayera en éxtasis en ese preciso instante.

—Muy bien —dijo suavemente—. Que sea como tú quieres, Grace. Pero... quédate conmigo. No te des por vencida. No regreses a Francia. Dame tiempo para convencerte de que debemos estar juntos.

Ella volvió la cara y lo besó.

—Hazme el amor otra vez —susurró—. Despacio, como aquella vez. Comparte mi aliento y mi alma, Adrian, con nuestros cuerpos hechos uno. Y sólo por unas horas, vive únicamente el presente. Conmigo. No pienses en el futuro.

Y mientras la miraba, extraviándose en el azul infinito de sus ojos, Adrian pensó que aquélla era la mejor sugerencia que había oído en muchos días.

Al despertarse a la mañana siguiente, Grace sintió la casa vacía e inanimada. Adrian se había marchado antes del amanecer... y la había dejado espantosamente soñolienta tras dos horas haciendo el amor con exquisita y torturante parsimonia. Le había dado un fuerte beso y le había susurrado algo acerca de un tren que salía de la estación de Euston. Ya sentía su ausencia como un dolor en los huesos.

Al descorrer las cortinas, vio que la neblina formada por la humedad y el humo se había levantado, dejando al descubierto los regueros que una fina llovizna había dejado en las ventanas, más allá de las cuales, a la luz mortecina de las farolas, los adoquines se veían vidriosos y amarillentos. Un carro de lechero pasó traqueteando en la penumbra. El conductor, encorvado, llevaba el ala del sombrero chorreando.

Dominada por un extraño desasosiego, Grace desayunó sola, y la comida le supo a ceniza. Pasó luego dos horas repasando las tablas de multiplicar con Teddy mientras su hermano intentaba prender fuego a los bajos de sus pantalones y *Milo* aleteaba y chillaba «¡Socorro! ¡Socorro! ¡Prisionero británico!»

—Creo que el prisionero británico soy yo —declaró por fin Teddy, apartando su pizarra—. Esto es peor que el Agujero Negro de Calcuta.

Grace suspiró.

—En el Agujero Negro murieron asfixiados más de un centenar de bravos ingleses —le recordó.

—Pues el viejo nabab debería haberles hecho aprender las tablas de multiplicar —replicó el chico—, así habrían muerto de aburrimiento.

Tom, que estaba sentado en el taburete de castigo, en un rincón, se volvió hacia ellos.

—¿Puedo bajarme ya? —preguntó esperanzado—. Creo que ya he aprendido la lección.

—Sí —contestó Grace—. Baja y ve a preguntar a Higgenthorpe si las criadas han acabado de limpiar el invernadero. *Milo* tiene que volver, o la cocinera servirá periquito para cenar.

—¡*Pauuuuuk!* —protestó el animal, batiendo sus alas—. ¡Bonito, bonito! ¡Bonito, bonito!

—Es demasiado tarde para halagos, muchacho —dijo Grace con fastidio.

—¡Caramba! —exclamó una voz sedosa desde la puerta—. Parece que llego justo a tiempo.

Al volverse, Grace vio que lord Lucan entraba tranquilamente en la habitación.

—*Alors*, un zascandil tras otro —dijo sofocando una sonrisa—. Ha venido a defender a *Milo*, ¿verdad?

—No, no, para recomendarle que lo sirva con una salsa madeira —repuso lord Lucan—. O con una *velouté*, quizá, y un Viognier bien frío, si piensa saltearlo.

—¡Pero si no va a comérselo de verdad, tío Luc! —exclamó Tom—. Es sólo que la hemos sacado de sus cartillas porque Teddy no se sabe la tabla del ocho ni la del nueve y porque yo he *encendío* una cerilla y se la he acercado a la pernera de los pantalones.

—Se dice «encendido», no «encendío», y creo que he dicho que me habéis sacado «de mis casillas», no «de mis cartillas».

—Casillas, cartillas... —dijo lord Lucan, enseñando sus dientes blanquísimos al sonreírle—. Mi querida señorita, van a salirle a usted arrugas en esa encantadora frente. Mire, el sol ha asomado por fin. ¿Qué le parece si cojo un bate de críquet y me llevo a los chicos al parque para que se desfoguen un rato?

Grace le lanzó una mirada sagaz.

—¿Para que se desfoguen ellos, lord Lucan —preguntó en voz baja— o usted?

Los dientes del joven brillaron más aún, si cabía.

—Oh, sólo ellos, señora —contestó—. Mi fogosidad es mucho más resistente... e indecorosa.

—Me lo ha quitado usted de la boca. —Grace cerró el cuaderno de aritmética de Teddy—. Gracias, de todos modos. Acepto su amable oferta y lo anotaré en el libro de cuentas de su hermana como es debido.

—¡Ah, ahí está otra vez! —La sonrisa de Lucan se hizo más amplia cuando ella se levantó—. El filo de cuchilla de una lengua más que tentadora.

—Más vale tenerla afilada que viperina, diría yo —murmuró Grace mientras colocaba el cuaderno en la estantería.

—Sí, pero con cualquiera de ambas va tener usted al pobre diablo con el que se case más derecho que una vela. —Lord Lucan cogió un bate y una pelota del cesto que había junto a la puerta—. ¡Vamos, chicos! ¡Id por vuestros abrigos!

—¡Hurra! —gritaron los niños, y salieron corriendo de la habitación.

Lord Lucan, sin embargo, vaciló en la puerta.

—Sólo para que me quede claro, señorita Gauthier... ¿Ya se ha decidido definitivamente por mi hermano? —Balanceó hábilmente el bate agarrándolo con dos dedos—. Porque los profetas pueden ser tan siniestros y agoreros, ¿no le parece? Y luego está todo ese asunto de la filosofía védica, un hueso muy duro de roer, en mi opinión. Y afrontémoslo, algunas mujeres prefieren sencillamente la belleza de un adonis rubio a la negrura de un míst...

—Lord Lucan. —Grace extendió una mano—. Deme el bate.

Él levantó las cejas.

—No, gracias. He visto su swing. —Le lanzó una última sonrisa llena de astucia—. En fin, parece que ha ganado el mejor. Lo de siempre, ¿no? ¡No debo hacer esperar a los niños!

Se volvió apresuradamente y chocó con su hermana.

—¿Qué anda tramando?

Lady Anisha miró hacia atrás con desconfianza mientras su hermano pequeño se alejaba a toda prisa.

—Sólo va a llevar a los niños al parque —contestó Grace con calma—. ¿Cómo se encuentra esta mañana?

Anisha suspiró y se dejó caer en una silla.

—Bueno, confiaba en ver a mis hijos —dijo en tono quejumbroso, apoyando un codo en la mesa—. Me parece que Luc se ha tomado su servidumbre con demasiado entusiasmo y ahora los niños prefieren jugar a la pelota a que les lean.

—No desespere —dijo Grace al sentarse frente a ella—. Luc tiene buen corazón, aunque no lo tenga puro, y los niños están en una edad en la que necesitan una figura paterna.

—Vaya un sintagma aterrador: las palabras «Luc» y «figura paterna» en la misma frase —comentó Anisha—. Por cierto, ¿adónde ha ido Raju con tanta prisa al rayar el alba?

Grace levantó las cejas.

—¿Debería saberlo?

—Sí —contestó Anisha—. Y lo sabe.

Ahora fue Grace quien suspiró. ¿Acaso en aquella casa no había secretos? Al parecer, no, y era lógico: a fin de cuentas, estaba llena de adivinos. Pero entonces, ¿por qué no sabía Anisha la respuesta a su propia pregunta?

—A casa de lord Bessett —dijo por fin.

—¿A Yorkshire?

—Eso creo —repuso Grace—. Ha tomado el tren en la estación de Euston.

—¿Hay trenes para ir a Yorkshire? —Anisha frunció las cejas—. Ni siquiera sé dónde está Yorkshire.

—¿En el Norte? —sugirió Grace—. Mi institutriz era francesa y consideraba una pérdida de tiempo estudiar la geografía inglesa.

—¿De veras?

—Sí. Estaba convencida de que algún día se impondrían los franceses y volverían a bautizar todas las ciudades y los condados, de modo que no tenía sentido molestarse en aprenderse sus nombres.

—¡Ah, los peligros de una educación extranjera! —dijo Anisha con una sonrisa—. No hay duda de que hemos aprendido toda clase de herejías, usted y yo.

Se echaron a reír las dos, pero al cabo de un rato sus risas se extinguieron, dejando sólo un denso silencio.

—En serio —dijo Grace—, ¿se encuentra bien?

Anisha le lanzó una extraña mirada desde debajo de sus pestañas negrísimas.

—¿Se lo ha dicho Raju?

Grace desvió la mirada.

—Lo siento, Anisha —dijo—. Le tenía cierto cariño, ¿verdad?

Ella soltó una risa amarga y crispada.

—Y eso que, según dice, no tiene dotes de adivina.

Grace alargó el brazo y puso su mano sobre la de Anisha.

—Rance Welham es un buen hombre —dijo con vehemencia—. Un buen hombre y un soldado valiente. Lo demás, importa poco. Pero eso no le sirve de mucho consuelo, ¿verdad?

Anisha se encogió de hombros y se enderezó exhalando un suspiro.

—En fin, creo que lo he superado —dijo con calma—. Pero habría sido... agradable, quizá. Y habría sacado de quicio a Raju.

—¿No está... no está enamorada de Rance?

Anisha se encogió de hombros.

—Desesperadamente, no —reconoció—. Un poco encaprichada, quizás. Está bien, muy encaprichada. Pero ¿qué mujer no lo estaría? No, espere. No conteste. Usted no. Pero sólo porque el destino ha estado reservándola para mi hermano.

—¡Anisha! —exclamó Grace en tono de reproche.

Ésta desvió la mirada y se levantó de un salto para llamar.

—Me apetece una taza de té —dijo de repente—. Y mientras esperamos, acabaré de leerle la mano.

—¿Y las estrellas? —preguntó Grace medio en broma.

—Quizá pueda decirle algo —dijo Anisha—. Pero aún no he completado su carta astral.

Entró un lacayo y volvió a salir para ir en busca del té. Anisha se sentó, extendió la mano sobre la estrecha mesa y movió los dedos mirando a Grace.

Con una sonrisa divertida, ésta le ofreció la mano vuelta hacia arriba. Anisha pasó los dedos por ella como si le quitara las telarañas y, con el ceño fruncido, comenzó a escudriñar la palma frotando ligeramente con un dedo las concavidades y las prominencias de la carne.

—Éstos son sus montes —dijo por fin—. Cada uno nos dice una cosa distinta.

—¿Sobre mi futuro, quiere decir?

Anisha la miró, ceñuda.

—El Jyotish y la quiromancia védica son ciencias —dijo con fingida severidad—, no una engañifa de caseta de feria. Pueden ayudarnos a comprender nuestra verdadera naturaleza y nuestras inclinaciones, buenas y malas, y enseñarnos a manejar nuestra vida con más acierto.

Yo tengo tendencia a enamorarme de hombres misteriosos e incomprensibles, pensó Grace.

¿Podría ayudarla Anisha a sobrellevar eso?, se preguntó.

Pero Anisha estaba tocando con el dedo una parte de su palma situada más abajo.

—Esto es Saturno. —Su voz había adquirido un timbre sedante, casi cantarín—. Saturno revela que posee buen criterio. Que es usted una mujer juiciosa y prudente en casi todo.

—¿Sí? —Grace se rió—. Bien, es un consuelo saberlo, supongo.

—Ésta —añadió Anisha pensativa—, ésta de aquí es su línea del Sol. Es... sólo mediana.

—Ah —dijo Grace—. ¿Qué simboliza?

—Es... ¿Cómo se dice? Algo más que encanto. Su magnetismo. Su capacidad para atraer a otras personas a su órbita. A Adrian le ocurre lo mismo, aunque puede ser encantador cuando se lo propone... o sea, casi nunca. Y usted... Bien, usted posee una especie de gracia serena, no magnetismo. Acertaron al ponerle su nombre, lo cual es buena señal. En cuanto a la línea del Sol de Rance... ¡es como un surco que casi le parte la mano en dos!

Grace se rió de nuevo.

—¿Por qué será que no me sorprende?

El rostro de Anisha, sin embargo, se había puesto serio de pronto.

—La línea de su cabeza revela que es usted una persona optimista y que se sabe capaz. Con lo cual estoy de acuerdo, dicho sea de paso. Y aquí veo que es usted muy lúcida. Sus temores, sean los que sean, son racionales. Pero no debe desdeñarlos de inmediato. Le ruego que lo recuerde.

—Santo cielo —dijo Grace—. Eso suena a mal agüero.

Anisha no contestó, pero puso su mano sobre la de Grace, tocando con las yemas de los dedos el pulso de su muñeca.

—Grace, es usted una mujer de emociones fuertes y llena de energía —dijo con calma—. Ahora, dígame, ¿qué desea saber concretamente?

—¿Qué deseo saber? —murmuró—. Pues lo normal, supongo.

—El Jyotish y la mano, unidos, revelan muchas cosas —explicó Anisha—. Cómo somos y cómo seremos. A quién amaremos. Cómo viviremos y cómo moriremos. Todo está escrito. El *karma* es la suma de nuestras palabras, de nuestros pensamientos y nuestros actos. Se recoge lo que se siembra, en esta vida o en la siguiente. *Prarabdha* es el karma presente y *sanchita* el pasado...

—Pero yo conozco mi pasado.

—A veces, querida, conocemos el pasado, pero no lo vemos. —Su voz cantarina y musical se había convertido casi en un susurro—. Además, el *karma sanchita* es la acumulación de todos los actos de nuestras vidas pasadas, no sólo de ésta. Ahora, ¿quiere que le diga lo que veo? Piénselo bien antes de responder.

—*Mon Dieu*. —Tragó saliva—. ¿Intenta alarmarme, Anisha?

—Sólo la ignorancia es alarmante —contestó ella.

Grace se sintió de pronto una necia.

—Sí, adelante.

—Muy bien. —Anisha le lanzó una sonrisa sofocada—. Bien, veo que la muerte del señor Holding le ha producido mucha tristeza. Y mala conciencia. Sí, en cierto modo se culpa de ello.

—¿Sí?

Grace volvió a sentirse inquieta.

—Sí, lo noto claramente —murmuró Anisha, y Grace tuvo la extraña impresión de que en realidad ya no estaban hablando de la palma de su mano, ni de las estrellas.

—Inconscientemente —prosiguió Anisha—, siente que de no haber sido por usted o por sus actos, quizás esa muerte no habría tenido lugar.

Un intenso calor comenzó a difundirse por el brazo de Grace, acompañado por una extraña y contundente lucidez. Se sentía culpable, en efecto. Durante todo ese tiempo no había dejado de culparse. Pero ¿por qué?

—Grace —dijo Anisha en tono enérgico—, ¿qué significa para usted el número treinta y cinco?

—Na-nada, ¿por qué?

Anisha sacudió un poco la cabeza, con los ojos cerrados.

—No sé —contestó—. Es un mal número para usted. Procure evitarlo a toda costa.

—¿Evitarlo? —Grace empezaba a experimentar un extraño letargo, como la primera vez que la había tocado Adrian—. ¿En... en la ruleta, por ejemplo? ¿O con las cartas? Yo nunca juego.

Anisha suspiró.

—No lo sé exactamente —contestó, frustrada—. ¿Y el signo del cisne?

—¿El cisne? —Grace arrugó el ceño e intentó pensar—. ¿Como el de una taberna?

—Puede ser. —Anisha había arrugado tanto sus negras cejas que casi se tocaban—. ¿Nació usted en un lugar así? ¿Se ha alojado alguna vez en un sitio que se llamara así, o ha viajado en un barco con ese nombre, quizá?

—*Non* —contestó lentamente—. Nací en Londres, ¿sabe? En Manchester Square, para ser exactos.

—Sí, puede que no sea nada. —Anisha parecía de pronto azorada—. Es muy extraño. Volvamos a su presente y a su futuro y a su propensión al amor, la salud y la felicidad.

—¿Por qué no?

Aquello sonaba mucho más agradable, y aquel maravilloso calorcillo seguía difundiéndose por su brazo.

—Grace, está usted regida por el planeta Mercurio —afirmó Anisha—. Es Mithuna, el acoplamiento de macho y hembra. Su unión con Mesha le traerá muchos problemas y complicaciones.

—¿Quién lo habría imaginado? —dijo Grace con sorna.

Anisha sonrió sin abrir los ojos.

—Con su energía, llevará a Mesha hacia la luz, pero no debe presionarlo demasiado o él... ¿Cómo se dice? ¿Se encabritará? Sí. Sin embargo, usted puede templar su tozudez y hacerle muy feliz si tiene cuidado. Ayudará a Mesha a encontrar su rumbo y le devolverá el afán de aprender y madurar.

—Pero ¿qué significa todo eso?

—¿Concretamente? Que Raju tiene mucho que aprender de sí mismo. —Su voz adquirió un timbre sedante, decididamente cantarín—. Ha rechazado la parte más espiritual de sí mismo, la que busca la verdad.

—¿Su parte *rajputra*, quiere decir?

—Nosotros no tenemos el monopolio de la espiritualidad —respondió Anisha—. Pero sí, quizá. Su fuerza vital, su *prana*, ha mermado porque no ha nutrido esa parte de su alma. Y esa desidia ha causado, a su vez, mucho sufrimiento íntimo.

—*Oui* —murmuró Grace, dejándose llevar por la relajación que sentía. La explicación de Anisha tenía sentido, al menos en aquel estado letárgico.

Sus palabras siguieron fluyendo a su alrededor:

—Y le advierto, Grace, que aunque se siente fuertemente atraída por Mesha —prosiguió—, un signo de fuego puede causar quemaduras muy graves. Tómese en serio esta relación o retírese. Si decide seguir por este camino, Mesha querrá ser quien encabece la marcha y usted ha de dejarle... o al menos dejarle creer que así es.

Grace se rió, pero su risa le sonó muy lejana.

—*Alors*, ¿ése es mi futuro?

—En parte. —La voz de Anisha sonó baja y cargada de frustración—. Hay algo más, pero ¿Qué? ¿Qué es...?

—¿Algo más? ¿A qué se refiere? —murmuró Grace, soñolienta.

—Es frustrante. Se me escapa. Es como un estornudo que no acaba de salir.

Anisha estuvo callada un rato y comenzó a respirar profundamente, como Adrian a veces cuando le hacía el amor con aquella lasitud exquisita y sosegada. La presión de su mano sobre la suya no disminuyó, sin embargo. Grace siguió sintiéndose como si estuviera cautivada de un modo que no alcanzaba a expresar con palabras.

—Maldita sea —masculló por fin Anisha en su tono característico—. Grace, deme su otra mano.

Abrió los ojos y así lo hizo. Anisha sujetó sus manos sobre la mesa, con la cabeza un poco inclinada. Ya no fingía mirar su palma. Estuvo en aquella postura un rato y durante unos instantes Grace se preguntó vagamente si se habría quedado dormida.

Pero tras unos momentos de silencio, el extraño letargo que se había apoderado de ella comenzó a disiparse y el calor fluyó por su brazo izquierdo como un río deliciosamente purificador, inundándola por completo para regresar a la madre mar.

Cuando aquel calor desapareció, Anisha levantó la barbilla, abrió los ojos y dijo:

—Alguien le tiene una enorme inquina, Grace —dijo con voz clara como el tañido de una campana, pero sin su cadencia anterior—. Es usted el instrumento de la venganza de otra persona.

—¡*Mon Dieu*! —Grace contuvo la respiración un instante—. Alguien quiere culparme de la muerte del señor Holding.

—Parece lo más probable —repuso Anisha—. Es lo que ha creído Raju desde el principio.

—Creo que por eso ha ido a Yorkshire. —Grace levantó la voz bruscamente—. Pero Anisha, ¿quién puede odiarme hasta ese punto?

Anisha negó con la cabeza.

—Es envidia —contestó—, no odio.

—Pero yo no tengo nada envidiable —protestó con voz estridente—. Nada. A no ser que... a no ser que el señor Holding tuviera una amante despechada.

Anisha hizo de nuevo un gesto negativo con la cabeza.

—Creo que el objeto de esa envidia no es usted, sino otras personas —explicó—. Como le decía, presiento que es usted un instrumento de venganza. A veces, los animales simbolizan emociones. Creo que eso es lo que representa el cisne. Dígame, Grace, piénselo detenidamente, ¿qué representa el cisne para usted?

—¿El cisne, otra vez? —Grace sintió que sus ojos se desorbitaban, llenos de espanto—. Anisha, esto... esto ya no tiene nada que ver con el Jyotish, ¿verdad?

—No se preocupe por eso —contestó Anisha con impaciencia—. El cisne, Grace, ¿qué puede significar?

—¡Nada, Anisha, se lo juro! Son pájaros grandes y blancos con muy mal genio. Es lo único que sé de ellos.

—El mal se manifiesta representado por un cisne y por el número treinta y cinco. —Arrugó el ceño intensamente—. Son símbolos de muy mal agüero y asociados íntimamente con la inquina de la que es usted objeto, Grace. Le ruego que lo piense con detenimiento.

Soltó sus manos, visiblemente ensimismada. Grace parpadeó y se irguió en su asiento. Vio con asombro que junto a su codo había una bandeja de plata labrada con un servicio de té.

Llevada por un impulso, tocó la tetera. Estaba casi fría.

Santo cielo.

Miró a Anisha, que estaba pálida y demacrada.

—Parece cansada —dijo—. ¿Sirvo el té?

Anisha se espabiló y miró la tetera.

—Ah. Sí, gracias.

—Anisha —dijo mientras llenaba su taza—, ¿puedo hacerle una pregunta?

—Sí. Sí, claro.

—Hace un momento habló de «otras personas». —Le pasó la taza por encima de la mesa—. De envidia dirigida hacia otros. ¿A quién se refería?

Anisha fijó en ella aquellos ojos intensos y oscuros que tanto le recordaban a su hermano mayor.

—Hay maldad por todas partes a su alrededor, Grace —dijo con voz queda—. Los temores de Raju no son infundados.

—Pero, Anisha, ¿no es posible que esté equivocada? —repuso Grace—. A fin de cuentas, si tuviera una pizca del Don, no podría escudriñar mis pensamientos.

—Yo no leo el pensamiento —contestó Anisha casi con desaliento—. Mis facultades no son las del Don. Son... distintas. Pero hasta los Vateis pueden sentir emociones, a veces incluso emociones dirigidas hacia dentro, así como irradiadas hacia fuera.

Grace se sintió inquieta de pronto. Todo aquel tiempo se había permitido desdeñar los temores de Adrian porque estaba convencida de que no le quedaba otro remedio. Pero, al hacerlo, ¿había puesto en peligro sin saberlo su hogar?

—Anisha, ¿esto podría suponer un peligro para ustedes? —preguntó—. ¿Para los niños? Dígamelo, por el amor de Dios.

—El mal no está aquí. —Anisha habló como si estuviera exangüe—. Sólo puedo decirle lo que he visto. Y nunca había visto con tanta claridad una cosa tan aparentemente sin sentido. Tiene que significar algo.

Grace sacudió la cabeza.

—No se me ocurre nada.

Anisha agarró la pizarra de Teddy, exasperada.

—Treinta y cinco —dijo con determinación— y un cisne. —Escribió sobre ella enérgicamente con la tiza y le dio la vuelta—. Piense, Grace, se lo ruego.

Grace no podía respirar. Sus ojos se dilataron, sus manos se agarraron a la mesa.

—¿Qué? —preguntó Anisha.

Ella respiró bruscamente.

—Anisha, es el treinta y cinco de la calle Cisne —susurró—. Es Crane y Holding, la dirección de la oficina de Josiah Crane.

Anisha la miró atónita.

—¡Santo Dios! —exclamó, dejando caer la pizarra sobre la mesa—. ¿El primo desheredado?

—Sí, sí. —Grace se llevó una mano a la boca—. *¡Mon Dieu!* ¡Es lo que dijo Adrian y lo que yo me negué a creer! Josiah estaba muy endeudado. Necesitaba dinero y su primo Ethan lo abocó a la ruina al invertir todas sus reservas de efectivo.

Las cejas perfectas de Anisha volvieron a fruncirse.

—Pero ¿en qué lo beneficia esto? —preguntó—. No ha heredado nada. Y no fue un asesinato impulsivo, producido por la ira. Lo planeó. ¿Por qué?

Una sensación de mareo embargó a Grace. Recordó de nuevo la horrenda visión que había tenido Adrian de la muerte de Fenella.

—*Mon Dieu* —susurró otra vez—. Creo que Josiah Crane planea casarse con Fenella... o intentarlo. La tía Abigail dice que en Inglaterra las posesiones de una mujer pasan directamente a su marido a no ser que su padre establezca lo contrario en su testamento. Si se saca con Fenella, Josiah será el dueño de todo.

—¿Lo aceptará ella? —preguntó Anisha—. Sin duda no se dejará engañar.

Grace sacudió la cabeza.

—No, no lo aceptará —susurró—. Estoy segura. Pero, Anisha, ¿cómo reaccionará él cuando se lo diga? ¿Qué hará?

—Sabe Dios —repuso Anisha.

—Deberíamos avisar a Scotland Yard.

—¿Y qué les diríamos? —preguntó Anisha con voz temblorosa—. ¿Qué la hermana mestiza de Ruthveyn el Loco también está teniendo visiones? No, Grace. No tenemos pruebas. Creo que lo mejor será avisar a Rance. Él sabrá cómo enfrentarse a ese loco asesino hasta que vuelva Raju.

—Sí, sí, eso es. —Grace echó su silla hacia atrás—. Rance sabrá qué hacer, ¿verdad? En cuanto a mí, Anisha, creo que ha llegado la hora de que haga lo que debí hacer hace días. Lo cierto es que me avergüenza haber sido tan cobarde.

Anisha levantó la barbilla.

—¿Qué piensa hacer?

—Voy a ir a casa de Fenella —contestó—. Y voy a convencerla de mi inocencia. Es más, le haré ver, aunque sea indirectamente, que ha de tener cuidado con Josiah.

—¿Podrá hacerlo?

—Tengo que intentarlo —susurró—. Si le ha propuesto matrimonio con la excusa de protegerla o cuidar de ella, o alguna idiotez semejante, le sugeriré que le dé largas, pero que bajo ningún concepto lo rechace.

—No, no —musitó Anisha—. No debe hacerlo. Si está lo bastante loco para matar, su negativa podría encolerizarlo.

—Y yo no podría soportar que otra mujer muriera en tales circunstancias —dijo Grace contrayendo un poco el rostro—. No, si puedo impedirlo diciendo unas cuantas palabras.

Anisha hizo una mueca.

—Está pensando en esa pobre chica a la que mató el comandante, ¿no es cierto? —murmuró, y tomó su mano—. Pero eso no fue culpa suya, Grace. Y esto tampoco. Josiah Crane sólo se ha servido de usted para inculparla de sus actos.

—Sea lo que sea lo que haya pasado, ahora sólo puedo pensar en Fenella. Debería haberlo hecho antes. —Cogió las manos de Anisha y las apretó con fuerza—. Usted corra a avisar a Rance. Yo voy a ir a casa de Fenella, y no aceptaré que se niegue a recibirme. Deséeme suerte.

—Sí. —Anisha sonrió fatigada y la besó en la mejilla—. Buena suerte.

Capítulo 16

Rubíes en la nieve

El rítmico traqueteo del tren al aminorar la marcha estuvo a punto de sofocar el siseo de fastidio que dejó escapar Royden Napier.

—¡Pero ésta es la estación de Boxmoor! —exclamó, mirando ceñudo al marqués de Ruthveyn al tiempo que cerraba bruscamente su periódico—. ¿Por qué demonios tenemos que bajarnos en Boxmoor?

Ruthveyn se levantó y apoyó una mano en la puerta de su compartimento de primera clase.

—Esto ha sido un error —dijo, alzando su voz por encima del ruido de la locomotora—. Tenemos que volver.

—¿Volver a Euston? —Napier masculló un improperio—. Vino ayer a Whitehall a exigirme que me levantara de madrugada para acompañarlo en un viaje «absolutamente esencial», y son palabras suyas, señor, no mías, y ¿ahora quiere que nos apeemos y volvamos a casa?

—Sólo serán unas horas —repuso Ruthveyn—. Volveremos a partir por la mañana.

—¡Vaya, discúlpeme! —Napier guardó violentamente el periódico en su maletín—. Ahora está perfectamente claro.

—Nos marcharemos con *mademoiselle* Gauthier —añadió Ruthveyn—. Deberíamos haberla traído desde el principio. No sé en qué estaba pensando.

—¿Y ahora sí lo sabe? ¡Dios se apiade de nosotros! —El subcomisario se agarró al respaldo de su asiento y se incorporó con esfuerzo, sobreponiéndose a la inercia de la locomotora—. Voy a apearme, ya lo creo que sí. Pero no pienso volver a tomar otro tren con usted..., y menos aún llevando mi maletín lleno de documentos. Si quiere inmiscuir a lord Bessett en esta absurda quimera suya, ya puede llevarlo a Whitehall.

—*Mademoiselle* Gauthier debería haber venido con nosotros —repitió Ruthveyn, que había oído sólo a medias la invectiva de Napier—. No debería haberla dejado sola, Napier. Además, puede que sirva de ayuda a Bessett. Quizá... no sé. Debería haber venido, eso es todo.

—¿Y qué opinarían de eso los ofuscados vecinos de Belgravia? —preguntó el subcomisario ásperamente—. ¿Qué pensarían si supieran que me he ido a Yorkshire con la principal sospechosa del caso? No sé por qué, pero sospecho que eso no mitigaría gran cosa los quebraderos de cabeza políticos de sir George.

El tren se había detenido y a lo largo del pasillo iban abriéndose puertas mientras fuera se oían los gritos de los porteadores. Ruthveyn sacó su maletín del portaequipajes, abrió la puerta con gesto enérgico y se apeó sin mirar atrás.

—¡Ruthveyn! —gritó Napier a su espalda—. ¡Hablo en serio! Si quiere que lo acompañe a Yorkshire, ésta es su última oportunidad.

Pero el marqués se había ido derecho a la ventanilla de venta de billetes.

—Dos, por favor —pidió— para el próximo tren a Londres.

La enorme mansión de Belgrave Square parecía de algún modo más fría de lo que la recordaba, pensó Grace al apearse en la acera. Pagó al cochero y le dio las gracias. Él la miró desde el pescante con los párpados entornados.

—¿Quiere que la espere, señorita?

Con una mano en el sombrero, Grace miró hacia el cielo gris.

—Sí, si no le importa —contestó—. Dé la vuelta en Halkin Street. Puede que tarde media hora.

—Sí, señora.

El hombre tocó el ala del sombrero con el látigo y el simón se alejó, dejando a Grace sola en medio de la incolora plaza. Los árboles estaban perdiendo ya su follaje y la hierba se estaba volviendo de un tono de verde invernal. Sintiéndose empequeñecida ante tanta magnificencia, Grace se arrebujó en su capa y fue a llamar al timbre.

La recibió una cara conocida.

—¡Trenton! —exclamó—. Qué alegría verlo. ¿Puedo entrar?

El anciano mayordomo parecía cansado y un poco demacrado, pero sonrió de todos modos.

—*Mademoiselle* —contestó, abriendo por fin la puerta de par en par—. Han pasado unas cuantas semanas.

Grace había empezado a quitarse los guantes.

—Les he echado de menos terriblemente a todos —dijo—. ¿Cómo está la señorita Crane? ¿Haría el favor de decirle que he venido a verla?

—Será un placer, señorita —contestó, pero pareció un poco apenado—. ¿Tiene la bondad de esperar en el saloncito?

—Desde luego —contestó, y se volvió dispuesta a seguirlo.

Notó entonces un leve olor a disolvente. En el saloncito habían quitado el papel de color dorado y las paredes estaban pintadas de un tono marfil. El medallón dorado del techo había desaparecido, al igual que los grandes espejos de color oro. La estancia tenía ahora un aspecto casi austero.

—Veo que Fenella está redecorando la habitación —dijo al dar la capa y los guantes a Trenton—. Confieso que me gusta mucho más así.

—A la señorita Crane le parecía ostentoso —comentó el mayordomo—. Creo que nunca le había gustado.

—Y supongo que Tess no echará de menos esos espejos —dijo Grace con una sonrisa—. Parecía pasarse media mañana sacándoles brillo.

Trenton pareció afligirse.

—Lamento decir que Tess ya no está con nosotros, señorita. De hecho, gran parte del servicio ha sido despedido.

Grace se quedó atónita.

—¿Despedido?

—Me temo que sí. La señorita Crane dijo que no pensaba recibir a nadie y que no estando las niñas no hacía falta el personal nuevo.

—¿El personal nuevo? —Grace se adentró un poco más en la habitación—. ¿Qué personal nuevo?

—El que había sido contratado después de la época de la señora Crane —explicó Trenton tras ella—. La anciana señora Crane, mejor dicho.

Grace se giró, con los guantes todavía en la mano.

—¿Se refiere a la madre de Ethan? —Lo miró con curiosidad—. Pero eso fue hace siglos. ¿Quién queda?

—Sólo tres, señorita —dijo el mayordomo en tono un poco quejoso—. De hecho, creo que últimamente la señorita Crane ha decidido deshacerse de la casa y mudarse a otro sitio.

—¿Mudarse? ¿Mudarse a dónde?

Pero Grace supo la respuesta tan pronto la pregunta salió de sus labios.

—A Rotherhithe —respondió Trenton—. No sé dónde exactamente. Dice que lo echa de menos y... Pero ¿qué digo? Uno no debe cotillear. Déjeme ver si la señorita Crane está en casa. No estoy... del todo seguro.

Grace comprendió con una oleada de angustia que tal vez había llegado demasiado tarde. Fenella debía de tener intención de casarse con Josiah Crane y trasladarse a su casa. Era la única explicación.

Salió apresuradamente tras el mayordomo.

—¡Trenton! —Puso una mano sobre su frágil brazo—. Tengo que ver a Fenella. No puedo explicarle lo importante que es. No deje que dé por sentadas cosas que... bien, que no son ciertas. No deje que se niegue a verme, por favor. Se lo suplico. Dígale... dígale que he dicho que no me marcharé hasta que me reciba.

—Sí, señorita.

Pero parecía poco convencido.

Grace volvió a sentirse mareada. Era aquel olor, pensó.

—Trenton —dijo antes de que el mayordomo saliera de la habitación—, ¿puedo esperar en el cuarto de estar? Creo que el olor a pintura me está revolviendo el estómago.

Trenton vaciló un instante. Luego un asomo de compasión se reflejó en su rostro.

—Claro que sí, señorita. —Inclinó ligeramente la cabeza—. Ya sabe usted dónde está.

Mientras el anciano mayordomo desaparecía en el interior de la casa, Grace cruzó el magnífico vestíbulo de mármol y subió por la ancha escalera semicircular hasta el rellano de arriba. Se detuvo allí para mirar a su alrededor, deslizando una mano por la balaustrada mientras caminaba de un lado a otro.

Experimentaba una sensación de horror casi palpable. La última vez que había estado allá arriba, Ethan yacía muerto en su despacho del otro lado del pasillo y ella se apoyaba contra la pared del cuarto de estar, casi incapaz de sostenerse en pie y ajena a los agentes de policía y los criados que pululaban a su alrededor. Pero por suerte aquella noche espantosa parecía ya muy lejana.

Dio media vuelta y se encaminó al cuarto de estar. De pronto deseaba tener la facultad de percibir emociones, igual que Anisha o Adrian. Sin duda aquella casa rebosaba una ira invisible, toda ella dirigida ahora hacia Fenella. Y la pobre mujer se encaminaba hacia una trampa mortal sin saberlo.

La puerta del cuarto de estar estaba abierta, como siempre. Al entrar, descubrió que también aquella habitación estaba en obras. Habían retirado todos los cuadros y en un rincón había un andamio. Por lo visto estaban a punto de pintarla. Faltaba la butaca preferida del señor Holding, además de la vitrina de cristal que albergaba su colección de pájaros disecados, algo que a Grace siempre le había resultado vagamente repugnante.

Demasiado inquieta para sentarse, se quitó el sombrero y lo dejó sobre la mesa de té junto con los guantes. Luego empezó a pasearse por la habitación. ¡Qué extraña se le antojaba la casa ahora, con los cuadros de paisajes descolgados y todo aparentemente patas arriba! Y aunque aprobaba los cambios que estaba haciendo Fenella, le resultaba sorprendente que hubiera emprendido la remodelación de la casa tan poco tiempo después de la muerte del señor Holding. Parecía... un poco irrespetuoso, quizás.

Al fondo de la habitación, el andamio se alzaba como un árbol desnudo recortado contra el cielo invernal. No estaba, sin embargo, pegado a la pared. Daba la impresión de que iban a trasladarlo a otra parte. Llena de curiosidad, miró más allá de él.

El gran retrato de marco dorado que antes había colgado sobre la chimenea estaba detrás del andamio, apoyado contra la pared, entre las sombras. Pero tenía un aspecto un tanto extraño. Grace lo separó de la pared con un dedo, distraídamente, y quedó horrorizada al instante. La cara de la modelo se hallaba desgarrada por dos largas cuchilladas y un tercer corte cruzaba por entero el cuadro, dejando trozos de lienzo que colgaban impotentes. Sofocando un gemido de sorpresa, volvió a dejarlo como estaba.

Aquellos cortes cobraron de pronto sentido para ella. En nombre del cielo, ¿qué podía haber impulsado a alguien a hacer aquello? ¿Qué odio profundo podía empujar a una persona a ensañarse así con un objeto inanimado?

El retrato, recordó, representaba a la madre de Ethan en su juventud. La señora Crane era una joven y encantadora viuda cuando había ingresado por matrimonio en la dinastía Crane, y ella nunca había oído ni una sola palabra en su contra. De hecho, todo el mundo parecía coincidir en que había sido una buena mujer, orgullosa de su familia y de sus logros domésticos.

Y sin embargo saltaba a la vista que alguien la había odiado.

Alguien había odiado a la señora Holding hasta el extremo de acuchillar su cara hasta casi hacerla trizas. Grace juntó las manos e intentó no retorcérselas. Allí pasaba algo raro. Las obras que se estaban efectuando en la casa iban más allá de una simple renovación o un cambio de mobiliario. ¿Y para qué cambiarlo todo si uno pensaba irse? ¿Y por qué hacer trizas un retrato viejo e insignificante?

A no ser que tuviera algún significado que los demás no podían apreciar a simple vista.

Obedeciendo un impulso, se acercó al escritorio de caoba que había enfrente de la chimenea y con mano repentinamente temblorosa abrió el cajón de arriba. La bandeja de madera que siempre había contenido una provisión de papel con el membrete personal de Ethan estaba ahora vacía, pero la de la izquierda contenía aún un grueso montón del papel de cartas de color cremoso con el monograma de Fenella.

Cerró el cajón con las puntas de los dedos mientras una fea y gélida sospecha recorría su columna como un escalofrío. Santo cielo. ¿Cuántas veladas, se preguntó, habían pasado juntos en aquella estancia, leyendo tranquilamente o jugando a las cartas después de la cena Ethan, Fenella, Josiah y ella misma? ¿Y cuántas cartas había escrito Fenella sentada a aquel mismo escritorio?

El despacho de Ethan estaba justo al otro lado del pasillo. Grace había pasado poco tiempo en él, pero sabía sin necesidad de haber mirado que, si alguna vez hubiera abierto el cajón de arriba de su mesa, habría visto un pulcro montón de hojas de Crane y Holding a un lado y el papel con el membrete personal de Ethan al otro, éste último apenas sin uso.

El segundo montón, aquel montón, siempre se había guardado allí para uso de Fenella. Porque Ethan ansiaba verse aceptado en sociedad y al mismo tiempo temía el desdén de las clases altas. Porque se sentía tosco y desmañado, y dejaba en manos de su hermana todo lo relativo a las relaciones sociales. En manos de una hermana que no era tal, que sólo era la hija de su padrastro.

Por razones que no alcanzaba a explicarse, Grace se acercó de nuevo al retrato de la señora Holding y se arrodilló a su lado para verlo con más claridad. Los ojos grises y risueños de Ethan le devolvieron la mirada desde el cuadro, separados ahora en distintas franjas de lienzo rasgado. Sintió una náusea y se llevó los dedos pálidos a los labios.

En ese preciso instante se oyó un ruido suave. Grace se levantó y al volverse vio a Fenella en el vano de la puerta, vestida todavía de luto riguroso, con un broche de azabache en el cuello y minúsculos pendientes a juego pero en forma de lágrima colgando de los lóbulos de las orejas.

También Fenella había juntado las manos delante de sí. Parecía extrañamente hinchada, casi rolliza, y llevaba despeinado el espeso pelo de color rojizo, cosa impropia de ella.

—Grace —dijo con escasa cordialidad—, esto es sumamente inesperado. No estoy segura de que debas estar aquí.

Una especie de ira se agitó en el pecho de Grace.

—¿Por qué, Fenella? —preguntó—. ¿Por qué no puedo venir a visitar a alguien a quien antes consideraba una buena amiga? ¿Acaso porque la policía sospecha aún que soy una asesina? ¿O es por otro motivo?

—No me gusta tu tono —replicó Fenella al adentrarse en la habitación—. Creo que conviene que dejemos que la policía cumpla con su labor y que nos reservemos nuestras opiniones, y nuestra amistad, hasta que lo haga.

Grace estiró un brazo.

—¿Qué ha pasado con el retrato de la madre de Ethan? —preguntó en tono áspero, señalándolo con el dedo.

Fenella dio un respingo, como si hubiera recibido un golpe.

—Lo rompieron los obreros —contestó—. Y de todos modos ya no servía para nada.

Temblando de indignación, Grace caminó hacia ella.

—*Mon Dieu*, Fenella —susurró—. ¡Era su madre! ¿Qué estás haciendo con esta casa? ¿Qué estás tramando?

—Sería mejor preguntar qué he *deshecho* —replicó Fenella—. Ethan está muerto, Grace. No va a volver. Y esto... ¡toda esta ostentación! —Levantó las manos al cielo—. ¡El mármol y los dorados, y esta misma casa!

—¿Qué estás diciendo, Fenella?

—¡Que yo soy una Crane! —repuso entre dientes—. Que no somos Holding. Nunca lo hemos sido. Nos levantamos de la nada. Sí, puede que de paso nos rebajáramos a sacar a los Holding de la bancarrota, pero los Crane siempre, siempre hemos sabido quiénes éramos y lo que éramos. No necesitábamos una monstruosa mansión en Westminster, ni una página en la *Guía Debrett de la nobleza*.

—¡Pero esto es un disparate! —replicó Grace—. ¿Cómo puedes ser tan desagradecida? ¡Ethan os hizo ricos!

—¿Y a qué precio? —Los ojos de Fenella parecieron llamear de pronto—. Sí, Ethan sabía vender cosas, pero nunca se molestó en aprender nada sobre construcción naval. Y Josiah, igual que su padre, se dedicaba a las cartas y a los dados. Así que íbamos todos a mariposear por fiestas y cenas mientras el alma de Astilleros Crane se dejaba en manos de delineantes y carpinteros, y el dinero se derrochaba en horrores como éste.

—Entonces, estás deshaciéndolo todo, ¿no es eso? —Grace retrocedió un paso hacia la puerta—. Has empezado por despedir a los criados de la difunta señora Holding y por arrasar la casa de Ethan. ¿Y luego qué, Fenella? ¿Vas a rebautizar la empresa llamándola «Construcciones Navales Crane»?

—Ya se llamaba así, tontita —siseó Fenella—. Añadirle el apellido Holding no fue más que un modo de halagarles a Ethan y a ella. —Señaló con dedo trémulo el retrato de su madrastra.

—¿Y quién va a dirigir la empresa? —preguntó Grace levantando la voz—. ¿Tú? *Mon Dieu*, ¿tienes idea de lo ridículo que suena eso?

No debió decir aquello.

—¿Acaso me crees incapaz de hacerlo? —La voz de Fenella tembló, llena de odio—. Por Dios, puedo llevar los libros de cuentas con los ojos cerrados, pero mi padre y Ethan creían que no servía para nada salvo para casarme, o peor aún, para celebrar cenas y escribir cartas complacientes a personas que me importaban un bledo.

Se abalanzó hacia ella casi amenazadoramente y la verdad golpeó de pronto a Grace como un cuchillo hiriente. Fenella estaba loca, quizá lo estaba desde hacía mucho tiempo.

—No he dicho que seas incapaz. —Levantó una mano como si intentara escudarse tras ella—. Cálmate, Fenella. Soy tu amiga, ¿recuerdas? Nunca he dicho que seas incapaz.

—No, pero lo pensabas, como todos los demás —replicó con rabia—. Mi padre prefirió entregar el mando del negocio a otro hombre antes que dejar la joya de la familia en manos de su propia hija.

—Fenella, Ethan era tu hermano —susurró Grace—. Te lo dio todo. Te quería.

—¡No era mi hermano! —gritó—. ¡Y la señora Holding, mi querida madrastra, con su calceta y su encaje, y sus bobadas acerca de que «el lugar de una mujer está en la casa»! Después de su llegada, no se me permitió volver a pisar la calle Cisne. ¡Y mira lo que ha ocurrido!

—La calle Cisne —masculló Grace—. Estuviste allí la semana pasada.

—He estado allí todas estas semanas, por el amor de Dios —replicó Fenella—. Alguien tiene que dirigir el negocio. Entre la afición por el juego de Josiah y el derroche de Ethan en bobadas, la empresa no cuenta ni con dos peniques. ¿Y aún tienes la audacia de sugerir que no puedo ocuparme del negocio de mi familia? ¿Que debería quedarme de brazos cruzados mientras se me ignora una y otra vez y se permite que un hombre tras otro lo lleve a la ruina?

Grace empezaba a sentir auténtico miedo. Lanzó una mirada hacia atrás con la esperanza de ver a Trenton en el pasillo y se dio cuenta con cierta angustia de que estaba saliendo de la habitación, caminando de espaldas.

—Fenella —dijo—, eres muy inteligente. ¿No lo he dicho siempre? Estoy absolutamente segura de que puedes valerte sola.

—¡No me trates con condescendencia! No eres más que una linda conejita francesa. —Sus ojos centellearon—. Eso es lo que fuiste siempre para Ethan, Grace: solamente un medio para conseguir un fin. Quería que le dieras un heredero, un heredero varón, porque una mujer sería inservible. Pues no pensaba permitirlo, ¿me oyes? ¿Otro hombre sin una gota de sangre de los Crane sentándose en el sillón de mi abuelo y dejándome sin nada más que un montón de migajas y banalidades? Igual que hizo Ethan estos últimos diez años. Igual que hizo mi padre cuando se casó con esa mujer. Pues bien, ya estoy harta.

Grace sintió que le flaqueaban las piernas. Santo cielo, era cierto. Fenella había asesinado a Ethan. Lo había matado para impedir que se casara. Para que no tuvieran hijos.

Apoyó la mano en el picaporte para sostenerse en pie.

—Fenella, deberías pensar en Josiah —dijo—. Él puede ayudarte. Es un Crane.

—Sí, pero es débil —le espetó—. Igual que lo era su padre.

Grace había retrocedido hasta el pasillo y estaba casi junto a la barandilla. De pronto la asaltó una idea espantosa.

—¿Dónde está Josiah, Fenella? —preguntó, casi tropezando con sus faldas—. Dímelo. ¿Qué has hecho con él?

En la boca carnosa de Fenella se dibujó una sonrisa casi beatífica.

—El pobre Josiah está enfermo —dijo—. Muy enfermo. Demasiado enfermo para salir a jugar... o incluso para ir a la oficina.

Pero alguien tiene que ir, ¿no? Creo que el personal se irá acostumbrando a mí. A fin de cuentas, soy la dueña de la mayor parte del negocio.

Grace no podía respirar. Notó que chocaba de espaldas con la barandilla.

—Tu metiste esa nota por debajo de mi puerta —dijo en voz baja—. Escribiste esa carta y la escondiste entre mis cosas.

—Quien a hierro mata, a hierro muere, Grace. —Fenella soltó una risa estentórea—. Ethan debería haber escrito sus dichosas cartas, ¿no crees? Pues bien, yo me encargué de mandar sus excusas a su última fiestecita.

Grace lanzó una ojeada a su izquierda. Las escaleras estaban apenas a veinte pasos de distancia.

—*Mon Dieu*, Fenella, ¿por qué ahora? —musitó.

Fenella la agarró por los hombros.

—Porque esta vez no iba a esperar y a arriesgarme —siseó, zarandeándola furiosamente—. Te habrías quedado embarazada enseguida, no había más que verte. No, esta vez no podía esperar.

—Tú... ¡Dios mío! —Grace se tapó la boca con la mano—. ¡Tú la mataste! Tú empujaste a la esposa de Ethan por esas escaleras.

—Fue un accidente terrible, espantoso. —Su cara estaba tan cerca que Grace vio colgar la saliva de su labio mientras hablaba—. Pero tenía que morir. La muy mema estaba embarazada. Iba a ser una sorpresa para Ethan. ¡Pues bien, la sorpresa se la di yo!

Grace sintió un fuerte empujón. Intentó mantener el equilibrio.

—¡Basta, Fenella! —La agarró del brazo con todas sus fuerzas, pero el fustán negro del vestido se rasgó y Grace le asestó una fuerte bofetada en la mandíbula.

La boca de Fenella se torció en una mueca de odio.

—¡Putita! ¡Nunca has sido mi amiga! ¡Ni siquiera lo eras de Ethan!

—¡Alto! —gritó una voz desde abajo—. ¡Señorita Crane, suéltela inmediatamente! ¡Se lo ordena la Policía Metropolitana!

Los ojos de Fenella se achicaron hasta quedar reducidos a dos negras rendijas.

—¡Zorra! —siseó agarrando a Grace del cuello.

—¡Fenella Crane! —gritó con voz retumbante Royden Napier. Grace oyó que empezaba a subir por la escalera.

—Queda usted detenida. Suéltela y apártese. Voy armado.

—¡No! —chilló Fenella, agarrándola con más fuerza y sacudiéndola como a una muñeca de trapo.

En ese instante Grace vio por el rabillo del ojo que algo se movía entre las sombras. Alguien estaba subiendo sigilosamente por la escalera de atrás. ¿Sería Trenton?

Clavó las uñas en el cuello de Fenella y le arrancó el broche de azabache. Con la otra mano se asió a la pechera de su vestido, que también se desgarró. Se debatió frenéticamente, pero empezó a nublársele la vista.

La fuerza de Fenella surgía de la locura. Estaba empujándola, y sus riñones se apoyaban en la barandilla. Sintió que se inclinaba hacia atrás y agitó un brazo, pero no encontró nada, excepto aire vacío.

Sólo veía ya el blanco del techo por encima de ella. Se obligó a refrenar el pánico. No iba a caer. No iba a caer. Por Dios que no caería sin luchar.

Agarró bruscamente un puñado de pelo de Fenella y tiró de ella hasta que sus caras estuvieron otra vez casi pegadas.

—Si caigo yo —dijo rechinando los dientes—, tú también caerás, Fenella, lo juro por Dios.

Enlazó sin más su cintura con un brazo. Se oyó de pronto un fuerte crujido y alguien agarró a Grace, salvándola del caer al vacío. La barandilla cedió y Grace soltó a Fenella y cayó al suelo, con un brazo y una pierna colgando en el vacío.

—Agárrese fuerte, yo la sujeto —dijo una voz áspera junto a su oído.

—¡Noooo! —gritó Fenella. Fue un alarido surgido directamente del infierno.

Grace parpadeó, intentando enfocar su mirada. Fenella colgaba casi un metro por debajo de la barandilla rota. Agarrada al brazo de Adrian, agitaba los pies como una marioneta enloquecida.

—¡Estese quieta, maldita sea! —gruñó Adrian mientras sujetaba a Grace por la cintura y a Fenella por la muñeca.

Pero Fenella no se estaba quieta, y de todos modos la situación era insostenible. Se sacudió de nuevo, los ojos desorbitados por el miedo, o quizá por el odio. Después, su mano resbaló de la de Adrian. Cayó al suelo de mármol del vestíbulo envuelta en una voluminosa nube de fustán negro. Su cabeza golpeó el suelo con un fuerte crujido y rebotó sobre las baldosas.

Grace gritó. Adrian la agarró con el otro brazo y tiró de ella para separarla del borde. Ella logró levantarse de algún modo, temblando, y se arrojó en sus brazos.

—Te tengo, amor mío, te tengo.

Adrian escondió la cara en su hombro, pero sólo un instante.

—¡Adrian! —gimió ella—. ¡Ah, gracias a Dios!

—Te tengo —repitió él con voz ronca—. Y no voy a dejarte marchar. No me lo pidas siquiera.

Parpadeando para contener las lágrimas, Grace se echó hacia atrás, temblorosa todavía.

—¿Y Fenella? —musitó.

Adrian se asomó por encima de lo que quedaba de la barandilla.

—Napier —dijo—, ¿está...?

El subcomisario se había arrodillado ya en medio del suelo de mármol del vestíbulo y había deslizado dos dedos bajo la oreja de Fenella, que yacía con los brazos extendidos, como un ángel desplegando sus alas, la hermosa cabellera rojiza desparramada entre ellos.

Bajaron juntos la escalera rápidamente. Las salpicaduras de sangre relucían como piedras preciosas, formando un arco. Una de ella rodaba por la mejilla de Napier. El subcomisario levantó la vista cuando se acercaron. Sus ojos tenían una expresión lúcida y apesadumbrada.

—Ha muerto —dijo.

Sin soltar la mano de Grace, Ruthveyn hincó una rodilla en el suelo y tocó un momento la muñeca de Fenella. Luego la soltó. La mano rebotó ligeramente al chocar contra el suelo de mármol y los dedos se abrieron, dejando ver un puñado de pelos de Grace.

—Nieve, Napier —dijo Adrian con su voz honda, mirando el mármol blanco salpicado de sangre—. Nieve blanquísima. Y rubíes brillando por todas partes.

Epílogo

El regalo de bodas

*L*ord Ruthveyn soportó los meses interminables que precedieron al día de su boda con su ardiente impaciencia de costumbre, incluso cuando parecía estar tan tranquilo e impasible como siempre. Por insistencia suya, su compromiso matrimonial no se anunció a los cuatros vientos, y entre sus amigos y familiares la fecha de la ceremonia se fijó vagamente «para la primavera», aparentemente para dejar que pasara el mal tiempo, si bien una o dos personas menos bienintencionadas afirmaron que seguramente se debía a que su prometida necesitaba tiempo para resignarse a su suerte.

Grace, sin embargo, había abrazado ya su destino, quizás incluso con excesivo entusiasmo, pues muy a fines de marzo, ya casi en abril, aquella temible ventana hacia el alma seguía venturosamente cerrada y una mañana Grace se descubrió levantándose a toda prisa de la cama y clavando la vista en su orinal, en su fondo, para ser exactos, donde un instante después vio aparecer el chocolate que había tomado para desayunar.

Se sentó al borde de la cama, sudorosa, mareada y feliz casi hasta el delirio. Ella podía tener paciencia, pero estaba claro que el heredero del marquesado de Ruthveyn, no. Lady Anisha, que ya estaba avisada pues había predicho que en otoño tendrían un hijo sano y robusto, gorjeó alborozada cuando la llamaron al despacho de su hermano para que consultara los astros y escogiera por fin la fecha más propicia para la boda.

Tan pronto se marchó su hermana, Ruthveyn ayudó a Grace a levantarse y la rodeó con sus brazos como si estuviera hecha de cristal.

—Grace —susurró—, amor mío, la suerte está echada.

Ella se limitó a reír y a darle un fuerte beso.

—Confío, Adrian, que no pienses tenerme envuelta en algodones estos próximos meses —dijo un rato después—, porque tengo otras ideas mucho más interesantes.

Él rozó suavemente su mejilla con los labios, pero no perdió su expresión grave.

—Me has hecho el hombre más feliz de la Tierra —dijo—, y dentro de dos semanas seré el doble de feliz.

Un ánimo grave se apoderó de los dos.

—*Alors*, ¿estás decidido? —preguntó ella, y un asomo de sonrisa cruzó su semblante—. ¿No tienes miedo?

—Creo que he estado decidido casi desde el momento en que nos conocimos —respondió él, mirándola a los ojos—. Pase lo que pase, Grace, allá donde nos lleve la vida, teníamos que acabar juntos. Es así de sencillo. Es nuestro destino.

Y así fue como una soleada mañana de mediados de abril, la flamante marquesa de Ruthveyn se encontró abrazada por unos y otros mientras los invitados desfilaban por la escalinata de la mansión de su marido en Mayfair, donde iba a celebrarse el banquete de bodas.

El último en llegar fue Royden Napier, que subió las escaleras ceñudo y con cierto aire de timidez. Lady Ruthveyn recibió sus felicitaciones con todo el donaire que fue capaz de reunir y a continuación se excusó para ir a atender a dos de sus invitados más importantes.

—Bien, Ruthveyn, se ha salido usted con la suya —comentó Napier mientras se dirigían al gran salón de baile, repleto de mesas y adornos florales para la ocasión—. Mi más sincera enhorabuena.

—No se ponga tan ceremonioso, amigo mío —dijo Ruthveyn tranquilamente—. La fase de luna de miel no dura eternamente, ¿no es cierto? Todavía hay esperanzas de que me apuñale mientras duermo y sus sueños se hagan realidad.

—Lo dudo —contestó Napier hoscamente—. Su esposa parece radiante de felicidad.

Vieron cómo Grace, vestida aún con su traje de novia, se arrodillaba para besar a Anne y Eliza mientras la señora Lester se quedaba un poco rezagada, sonriendo con cierta rigidez.

—Entonces, ¿se ha reconciliado con la familia? —murmuró Napier—. Confieso que me alegra saberlo. Las niñas parecían dos ángeles arrojando pétalos de rosa por el pasillo de Saint George.

—Grace deseaba de todo corazón que asistieran a la boda —comentó Ruthveyn, muy serio—. No es que no les tenga cariño a Tom y Teddy, ojo. Pero angelicales... Eso no lo serán nunca.

En ese momento se acercó lord Bessett con una copa de champán en la mano y una encantadora rubia del brazo.

—Buenas tardes, Napier —dijo con frialdad—. Creo que no conoce a mi madre, lady Madeleine MacLachlan.

Se hicieron rápidamente las presentaciones y Napier se inclinó cortésmente para besar la mano de lady Madeleine. Ruthveyn advirtió que su amigo se mostraba educado, pero rígido y ceremonioso, dueño de toda la fría altivez que era capaz de mostrar un joven y acaudalado aristócrata. Seguía desconfiando de Napier, al igual que él, pero Ruthveyn tenía aún ribetes de diplomático y sabía que no había mejor bálsamo para la reputación de Grace que contar con el subcomisario de policía entre los invitados a su boda.

—Entonces, ¿es cierto, señor Napier, que Josiah Crane ha regresado del Mediterráneo? —preguntó lady Madeleine como si quisiera rellenar el tenso silencio—. ¡Qué mal trago ha pasado ese pobre hombre!

—En efecto, ha regresado esta misma semana, señora, con la salud muy recuperada gracias a los climas más benignos —contestó

Napier—. Al parecer las pequeñas dosis de arsénico que le estaba administrando su prima para debilitar su organismo no causaron daños permanentes. Discúlpeme, Ruthveyn, no he tenido ocasión de decirle a su esposa que el señor Crane había vuelto. Lamentaría que se encontrara con él sin previo aviso.

—No tiene que preocuparse lo más mínimo —repuso el marqués—. Grace siempre le ha tenido simpatía a Crane, siempre ha confiado en él. Sólo mi hermana logró convencerla erróneamente de que quizá fuera un asesino a sangre fría.

—Quizá lady Ruthveyn no le creyera capaz de algo así —comentó Napier generosamente—, pero tampoco lo creía de Fenella Crane. Igual que yo, dicho sea de paso.

—En fin —dijo Ruthveyn en tono ambiguo—, Grace tiene un don para juzgar el temperamento de los hombres. Con las mujeres está menos segura.

—¿Y quién no? —masculló Napier en voz baja.

Geoff, que había estado oteando a la multitud, pareció volver al presente.

—Eso me recuerda algo, Ruthveyn —dijo—. Me habían encargado que te dijera que Sutherland quiere hablar contigo y con Grace, si tenéis un momento antes de que empiecen el banquete y los brindis. Es importante, creo. Lo encontrarás cerca de la tarima.

—Gracias —dijo Ruthveyn amablemente—. Lady Madeleine, caballeros, si me disculpan...

Inclinó la cabeza y se alejó, ansioso de pronto por reunirse con su esposa. Encontró a Grace junto a la mesa de honor, con Anisha. Su hermana estaba ayudando a Safiyah Belkadi a apuntalar un arreglo floral que se estaba escorando a estribor y amenazaba con precipitarse sobre un mar de manteles.

Ruthveyn deslizó una mano bajo el codo de Grace.

—Deja que Nish se ocupe de eso —le dijo en voz baja—. Sutherland quiere hablar con nosotros.

—Sí, claro.

Grace lo acompañó por el salón de baile, con la cálida mano sujeta por su brazo. Ruthveyn sabía, aunque ella lo ignorara aún, que eran almas gemelas. Que estaban destinados a estar juntos y que nada, ni siquiera el Don, podría separarlos. Aun así, habría deseado poder demostrárselo a Grace... o haberle demostrado al menos que no le importaba lo que les deparara el destino. Eran uno, y aquél era su sino.

—¡Ah, ahí están! —El reverendo señor Sutherland les sonrió con una expresión que sólo podía calificarse de felicidad paternal—. Permítanme darles la enhorabuena y desearles de todo corazón que su unión sea larga, venturosa y fructífera.

—Estoy seguro de que lo será —repuso Ruthveyn mientras estrechaba la mano del Prioste—. Gracias, señor, por toda su ayuda y sus ánimos.

—¡Santo cielo, Ruthveyn, eso ha sonado casi pusilánime! Pienso darles algo mucho más duradero que ánimos. —Sostenía a la espalda un paquete en forma de rollo envuelto en papel de colores—. Así pues, zarpan pronto hacia Calcuta. Al fin vuelve a casa.

—Sí, al menos por un tiempo —contestó Ruthveyn, mirando a Grace con ternura—. Mi esposa se ha compinchado con mi hermana e insiste en que partamos enseguida.

Sabía que Grace quería partir de inmediato porque más adelante el embarazo le impediría salir de viaje. Y aunque compartía con su hermana la certeza de que en la India encontraría la sabiduría que le permitiría controlar el Don, estaba más que dispuesto a intentarlo. Encontraba además una extraña satisfacción en el hecho de que su hijo y heredero naciera allí, en la misma casa en la que había crecido él.

—Bien, quería que tuvieran esto antes de abandonar Inglaterra —dijo Sutherland, y ofreció a Grace el rollo con una exagerada reverencia—. Sospecho que dará pie a conversaciones interesantes durante las largas semanas de travesía. Y creo además que será un gran alivio para usted, Ruthveyn. Lo acabé justo ayer.

—¿Lo acabó? —preguntó Grace con una sonrisa—. Pero si parece un cartel impreso. O un dibujo enrollado. ¿Tiene usted una vena artística que nos ha estado ocultando, señor Sutherland?

—¡Claro que no! —Los ojos del reverendo brillaron—. No tengo ningún talento, fuera de la perseverancia y una vista excelente. Sé que es un poco extraño y que todavía no está enmarcado como es debido, pero me gustaría que lo abrieran ahora mismo.

—Cómo no. —Grace miró a su marido, indecisa—. Amor mío, ¿haces tú los honores?

Varios invitados dejaron de hablar y se volvieron hacia ellos al oír rasgarse el papel. Sin prestarles atención, Ruthveyn lo dejó en la mesa más cercana y desenrolló con habilidad una gruesa hoja de pergamino.

—Dios mío —dijo al recorrer con la mirada las ramas y columnas llenas de nombres pulcramente grabados—. Es... es un árbol genealógico.

—¡Mira, Adrian! —exclamó Grace, señalando sus nombres unidos—. ¡Es nuestro árbol genealógico! Aquí estamos nosotros... para siempre jamás.

—Sí, y aquí está el que seguramente es el segundo matrimonio más interesante de la página, hijos míos.

El señor Sutherland se inclinó sobre la mesa y señaló una serie de renglones en la parte superior de la página.

—¡Que me aspen! —exclamó Ruthveyn—. ¡Pero si es sir Angus Muirhead!

—¡Exacto! —Sutherland les sonrió, radiante—. Y, tal y como muestra el árbol, sir Angus se casó en 1660 con una tal Anne Forsythe, también prima lejana suya.

Grace puso unos ojos como platos.

—*Mon Dieu*, ¡lo ha encontrado! —dijo—. ¡Por fin lo ha encontrado!

—En efecto, pero lo más importante es que si siguen esta línea hacia atrás... —Así lo hizo con el dedo índice, siguiendo los nombres casi hasta lo más alto de la página—, verán que tanto Anne como Angus descendían del mismo linaje que lady Jane McKenzie.

—¿Lady Jane McKenzie?

Grace había entornado los párpados e intentaba leer la pequeña letra del pergamino.

—La madre de la Sibila —explicó el reverendo—. Está todo aquí.

Grace tardó un momento en asimilar la noticia. Luego, su mirada azul se clavó en la de Ruthveyn, llena de asombro.

—*Mon Dieu*, ¡somos primos! —exclamó, y cogió a su marido de las manos.

—Bueno, puede que primos en vigésimo cuarto grado —aclaró Sutherland—. Y no estoy nada seguro de que eso constituya un verdadero parentesco.

Pero al ver que la feliz pareja seguía mirándose a los ojos, carraspeó enérgicamente.

—Bien, veo que Bessett me está haciendo señas —murmuró—. Sé que querrán estar solos un momento antes de que empiecen los festejos.

Grace fue la primera en salir de su trance.

—¡Gracias, señor Sutherland! —exclamó, y le plantó un fuerte beso en la mejilla—. No podría... no podríamos haber... —Se detuvo, posó una mano sobre su vientre y parpadeó para contener las lágrimas—. Ninguno de nosotros podría haber tenido mejor regalo de bodas que éste.

Mientras Ruthveyn carraspeaba intentando tragarse el extraño nudo que notaba en la garganta, Sutherland pareció de pronto azorado. Miró a uno y a otro.

—Sabía que estaban los dos preocupados —confesó—. Y por fin, gracias a una gran lupa de aumento y una noche muy larga, di con él.

—Pero ¿dónde? —preguntó Ruthveyn.

Sabía que Sutherland había revisado los archivos minuciosamente en busca de alguna noticia sobre sir Angus. Incluso había viajado dos veces a Escocia, una de ellas en pleno invierno, lo cual era una locura. Con el paso de los meses había logrado reconstruir casi por completo la historia familiar de Grace, tanto en su rama francesa como en la escocesa, pero el eslabón final se le escapaba.

—Por fin encontré su nombre escrito al margen de una antigua biblia familiar de los Forsythe, en una página con la esquina doblada, de modo que parecía poner «Angus Muir» —explicó Sutherland—. En aquel entonces no tenía título, así que fue fácil pasarlo por alto. Pero cuando levanté la esquina, allí estaba el resto de su apellido. Por lo visto, después del derrumbe del puente se recuperó y regresó brevemente a Escocia para casarse. El título nobiliario debieron de concedérselo más tarde. No está del todo claro.

—Pero ¿es él? —musitó Grace—. ¿Está seguro? ¿No hay duda?

—No, ninguna, señora mía —contestó Sutherland—. Y fue su requetetatarabuelo. En cuanto di con el nombre, todo lo demás encajó enseguida. Lo teníamos casi todo. Sólo nos faltaban un par de piezas que encajaran.

Ruthveyn agarró el pergamino y cogió a Grace de la mano.

—Sutherland, es usted un príncipe entre los hombres —declaró mientras echaba a andar hacia las puertas del salón de baile.

Grace miró hacia atrás y vio que los invitados ya parecían estar divirtiéndose.

—Espera, ¿adónde vamos? —preguntó.

—Al invernadero, un momento —contestó Ruthveyn con una mezcla de vehemencia, alivio y felicidad—. Quiero ver esto con buena luz.

Una vez dentro de las paredes de cristal, extendió el pergamino sobre la mesa de té, cerca de la jaula de *Milo*. El pájaro se movió de un lado a otro sobre su percha, ladeando la cabeza para observar el documento con un ojo cristalino.

Se sentaron juntos, apretados en el diván de mimbre, y leyeron de arriba abajo las columnas y ramas de nombres minúsculos, muchos de los cuales Ruthveyn conocía tan bien como el suyo propio.

Le pareció que todo encajaba a la perfección. Y estaba clarísimo de dónde surgía la rama familiar de Grace, con sir Angus y lady Anne como los últimos escoceses por encima de una larga lista de descendientes franceses.

Por fin se volvió hacia ella, sintiéndose más dichoso que en toda su vida.

—¿Te das cuenta de lo que significa esto, Grace?

Los ojos de ella se iluminaron.

—Sí —contestó, y en su boca se dibujó esa lenta sonrisa que tanto amaba Ruthveyn—. Significa que nunca podrás estar completamente seguro de lo que pienso. Ni de qué voy a hacer a continuación.

—Bueno, sé perfectamente lo que vas a hacer a continuación —contestó él en voz baja.

—¿Ah, sí? —Ladeó una ceja—. ¿Y qué es?

—Vas a tumbarme en este diván —afirmó— y a hacer conmigo lo que se te antoje. —La estrechó en sus brazos y se dejó caer sobre los mullidos cojines, tumbándola sobre sí con su vestido de novia y todo.

Riendo, Grace se apoyó en los codos.

—¡Ah! —dijo, y su mirada pareció esponjarse, llena de deseo—. Hasta ahora me preguntaba si no sería todo un truco de salón..., pero veo que es cierto: eres adivino.

Ruthveyn la besó, lenta y minuciosamente.

—¡*Pauuuuuk!* —chilló *Milo*—. ¡Prisionero británico! ¡Socorro, socorro, socorro!

www.titania.org

Visite nuestro sitio web y descubra cómo ganar
premios leyendo fabulosas historias.

Además, sin salir de su casa, podrá conocer
las últimas novedades de
Susan King, Jo Beverley o Mary Jo Putney,
entre otras excelentes escritoras.

Escoja, sin compromiso y con tranquilidad,
la historia que más le seduzca
leyendo el primer capítulo de cualquier libro
de Titania.

Vote por su libro preferido y envíe su opinión
para informar a otros lectores.

Y mucho más…

S FICTION CARLYLE
Carlyle, Liz,
Tocada por el escGandalo /
R2001415989   EAST ROSWELL

ODC

EAST ROSWELL

Atlanta-Fulton Public Library